増補決定版

沈黙の闘い

もの言わぬ双子の少女の物語

大和書房

THE SILENT TWINS

MARJORIE WALLACE

マージョリー・ウォレス著
島浩二・島式子訳

偉大な母 ドリス・ウォレス・ハーウッドへ

謝辞

私は何よりもまず第一に、双子の両親であるオーブリ・ギボンズとグロリア・ギボンズ夫妻の勇気に心から感謝したい。ギボンズ夫妻は、自分達が傷ついたり家族のプライバシーが侵されたりするのを気にかけることなく、終始一貫して私を信用し、手助けしてくれた。双子の娘達の身の上に起こったことを余すところなく知ってもらいたいという、ギボンズ夫妻の強い決意がなければ、本書を最後まで書き上げることはとうてい不可能であった。

また、最初に双子を診断した教育心理学者のティム・トーマスの勇気と心配りにも深く感謝する。そもそも私が双子に関心をもつようになったのは、双子の将来に対して彼が示した憂慮がきっかけであったし、その後も、洞察力の乏しい同僚の非難のなかで時には職を失う危険まで冒しながら、私とギボンズ家の皆に対して彼はあらゆる援助を惜しまなかった。妻のスーザンと子ども達も数々の不愉快なことを経験したと思うが、最後まで彼の支えになった。

さらに、ハヴァフォドウェスト周辺の多くの人々、とりわけエヴァン・デイヴィーズ博士、双子の特別教師で私に論文を提供してくれたキャスリン・アーサー、双子についての資料を見せてくれた警察官にも、たいへんお世話になった。

パクルチャーチ拘置センターの所長をはじめスタッフのみなさん、双子の弁護側の心理学者ウィリアム・スプライ博士、ブロードムア特別病院の責任者ジョーン・ハミルトン博士以下幾人かの医師、看護師、ソーシャルワーカーの皆さんには、双子と面会し話を聞くうえで何かと便宜をはかってもらった。特に、私をジューンとジェニファーに引き合わせ、繰り返し面会するように激励してくれたボイス・ル・クトゥール博士、ブロードムアについての叙述をチェックしてくれたソーシャルワーカーのダグラス・ハンター氏には深く感謝したい。

双子の日記を書き換える仕事を手伝ってくれたメアリー・セネカルとフランシス・アングリスにも感謝の言葉を述べたい。キム・バーンとサリー・ベイカーも同様である。

しかしとりわけお世話になったのはトム・マージェリスン〔トマス・アラン・マージェリスン（一九二三～二〇一四年）はイギリスの科学ジャーナリスト、作家。雑誌『ニュー・サイエンティスト』の創設者。一九六〇年に『ザ・サンデー・タイムズ』に科学記者として参加、一九八〇年代半ばに本書の著者マージョリー・ウォレスのパートナーとなり一子をもうけている〕である。彼の的確な判断、忍耐強さ、思いやりのおかげで、双子と格闘したこの三年間を私はなんとかもちこたえることができたように思う。

沈黙の闘い　目次

［註］
ユナイテッド・キングダム・オブ・グレートブリテン（U・K）は、ある程度の自治権と独自の文化（言語）を持つ四つの「国」（イングランド、ウェールズ、スコットランド、北アイルランド）から構成される国で、日本ではその国名を慣用的に「イギリス」と呼んでいる。本書でもこれに倣った。
地名や人名の表記は原音になるべく忠実に表記すべきなのはもちろんだが、同時に我が国での慣用的な用法からあまり大きく外れないように心がけた。
丸括弧（　）は著者の註記で角括弧［　］は訳者がつけた註記である。

沈黙の闘い

もの言わぬ双子の少女の物語

はじめに

窓から見えた
独りぼっちの小鳥さん
雪の中で震えてる
くちばしを固く閉じ、歌わない小鳥さん
私そっくり、でも誰も知らない

ジューン・ギボンズ

ハヴァフォドウェストはありふれた小さな町で、丘にへばりつく家々が、まるで大昔の恐竜の背中の突起のようにごつごつとしていた。ここはペンブルック［ウェールズ南西端の州］の西端に位置する西ウェールズの中心都市で、何世紀にわたる曇りと雨の陰鬱な日々が染み付いているかのようだ。古い町並みと新しい住宅地とがどんよりとした灰色の中に溶け込んでいる。おまけにこの町は住民の心の中まで天候そっくりの印象を与えた。人々は分かりにくいなまりでボソボソしゃべり、心を貝のように固く閉ざしている。丘の頂（いただき）あたり、今ではもう使われなくなった競馬場と町との間に、戦後建てられた団地がある。それは寝室が二～四部屋のありふれたテラスハウス［連棟住宅のこと。日本のアパート同様一続きの建物だが、フロアごとではなく二階または三階建ての縦に住居があり、それが横に連なっている］で、近くのブローディにある英国空軍基地勤務者の家族向けに建設されたものだ。その外壁についた汚れを一目みれば人が長年住んでいることが分かるが、団地全体には仮住まいの趣（おもむき）が漂っている。どの庭も手入れが悪く、芝もまだらで木々も花もわずかしかない。

このテラスハウスの端、ファージー・パーク三十五番地に、この団地のなかでたった一組の黒人の家族、ギボンズ一家が住んでいた。オーブリ・ギボンズは有能で社交的な、感じの良い人物で、空軍基地の航空統制副官として働いていた。バルバドス［カリブ海の島国で十七世紀にイギリスの植民地となり、一九六六年に独立。英連邦加盟国の一つ］を後にしてこの二十年、英国空軍での彼の仕事ぶりは地味だが堅実だった。妻のグロリアは四歳年上で、各地の英国空軍基地を転々とする夫とともに四人の子どもを育てあげた。幸福そのものの家族であったが、隣近所との特別なつきあいはなかった。子ども達は躾が行き届いていて行儀もよい。ギボンズ一家にはこれといって特別なこともなく、平穏な日々を送っていた。とりたてて言うことは何もなかった、ただこの家族に双子がいることを除いては。

ジューンとジェニファーは一卵性双生児だった（母親のグロリアは、双子が生まれるとは思ってもみなかったが）。双子の娘は小柄でかわいらしく、きりりとした顔立ちをしていた。二人はほとんどの時間を居間の上にある自分達の部屋で一緒に過ごし、十六歳になってもまだ人形遊びに興じ、お喋りし、ポップ・ミュージックのラジオやテープを聴いた。時には薄化粧をし、ヘアー・スタイルを整えて町へ繰り出し、自分達の失業手当を貯めたお金で切手シートやペン、メモ帳、練習帳を買った。毎日、二人宛に手紙や大型茶封筒やジフィー・バッグなどの郵便物がどっさり送られてきた。それを受け取るたびにグロリアは目を丸くした。一体双子の娘達は何を企んでいるのだろうか？

ＣＳＥ資格［サーティフィケイト・オブ・セカンダリー・エデュケーション。五歳から始まる義務教育の最終学年、十六歳前後に受ける各科目の試験のこと。五段階の評価があり就職などの判定基準として使われる。大学入試のためのＡレベル試験と区別してＯレベルと呼ばれることもある］を一科目しか取らずに学校を卒業すると、二人は自分達の部屋に閉じこもり、誰にも笑いかけず、食事も家族と共にせず、家にいる気配すら感じさせなくなった。本当は、二人と家族の結びつきは強く、双子の側から愛情を間接的に示すこともあったが、面と向かっては表現しなかった。時には家族との接触を断ち切って二人だけの秘密に没頭し、家族とはたまたま同じ宿をあてがわれた敵同士のようになっていった。日が経つにつれ、母親は二人がパジャマを着てベッドに寝ているところか、通信販売のカタログで買うようにせがまれたタイプライターを夢中で叩いている姿しか見なくなった。ある日、鍵のかかった二人の部屋へ郵便物を持っていった時、グロリアは中身が知りたくてたまらなくなり、小包を開いて分厚い黄色のパンフレットを取り出した。『会話の技術』というタイトルを目にした時、信じられない思いで胸に熱いものがこみあげた。幼いころからジューンとジェニファーは誰とも話すことを拒(こば)んできた子ども達だったからである。オーブリとも兄や姉とも、また母親である自分自身とも。グロリアは期待しては裏切られ、心労を重ねた歳月を振り返った。
「二人とも……今度こそ頑張るつもりなのね」

私が初めてこのもの言わぬ双子のことを耳にしたのは一九八二年四月のことで、『ザ・サンデー・タイムズ』の寄稿者として、この二人の放火と窃盗(せっとう)に関する裁判についての記事を書いた。取材が進むにつれてこの裁判の異様な側面が明らかになってきた。憔悴(しょうすい)しきった小柄な二人はたまに呟(つぶや)くほかは一言も喋らなかったので、罪を認めたものと解釈されてしまった。決まり切った法廷劇が、当の二人を一切無視して冷ややかに進められた。医者の証言、弁護士の反対尋問、最後に判決。全てが予定通り進められ、誰一人意図して二人を罪に陥れようとしたものはなかった。だが、ブロードムア特別病院「イングランド南東部、ロンドンの西に接するバークシャー、クローソーンにある、精神を病んだ犯罪者の拘置・治療施設。十九世紀半ば設立。後に二人はここに十年余収容される」に不定期隔離すべしとの判決を、恐怖に慄(おのの)く双生児に裁判官は淡々と言い渡したのである。

この判決に私は強い衝撃を受け、二人について調べるためにその両親を訪ねることにした。父親のオーブリに双子の部屋へ案内された時、一気に手掛かりが摑めたと思った。というのは、二人の部屋のドアを開けると小さな部屋一杯に黒いゴミ袋があふれ、二段ベッドの上にも床にも、また家具という家具の上にも、それが積み上げられ散乱しているのが見えたからである。オーブリは一つの袋を開けた。なぐり書きや絵がいっぱい詰まっていた。「警察に押収されていたのをちょうど取り戻してきたところです」と彼は言った。それは日記や書きかけの小説、短いお噺に詩の原稿、絵をなぐり描きした紙片やスケッチ帳などの、異様なまでのコレクションだった。オーブリの許しをもらって、私は黒いゴミ袋の山を車に積み、この宝物をロンドンへ持ち帰った。

この宝の山を調べていて、双子が十七歳の時、ジューンの最初の小説『ペプシコーラ中毒』の出版費用に二人の失業保険金七百ポンドを充てようとしていたことが分かった。それ以来、ジューンは何十篇もの短篇小説や詩を書き、さらに新しい小説を三篇書き始めていたし、ジェニファーも三篇の短篇小説と数多くの随筆を書いていた。これらの作品は巧みな文章とは言えないが、エネルギーと感受性に満ちみちていた。

しばらくして、ブロードムア特別病院の顧問精神科医ル・クトゥール博士から電話をもらった。博士は私の記事を読んで、この双子に小説や詩を書く力をもう一度蘇らせるために助力を求めてこられたのだ。博士の考えでは、二人の創造性を引き出すことができれば、周囲の人々と気持ちを通わすようになるのではないか、ということだった。私も同感だったので、この双子と面会することにした。そしてある日、私は落書きだらけのさびれたクローソーン駅に降り立ち、丘をのぼってブロードムア特別病院へと向かった。丘の頂の周囲一帯は高さ四十フィート［約十二メートル］のレンガ壁で囲まれ、まるで侵入者を拒むためではなく、中の住人を閉じ込めるための要塞都市のようだ。ここがイギリスで最も警戒厳重なことで知られる病院である。中には運動場、プレハブの物置小屋、堅牢な病棟、ボイラー小屋、鉄柵つきのバルコニーと鉄格子のはまった窓のある老朽化した一戸建ての病棟がある。手入れの行き届いた庭や菜園までもが高い壁で区切られている様子は、この丘の斜面にあるテラスハウスと変わりない。しかしここはどこも錠前だらけなので、看護師の腰では常に鍵がジャラジャラ鳴っていた。五百人の収容者の中には、強姦常習犯、幼児性犯罪者、毒殺犯、絞殺犯、大量殺人犯などがいる。私は女性棟の面会者名簿に署名し、ついでに以前の面会者の名を見ようとページを繰りかけたが、すぐに制止された。

私は気を静め、指示された通り十数人の面会者の列の後ろにならんだ。受付で背の低い男が妻に会わせろとヒステリックに叫んでいた。面会はできないと言われると、男は入り口に立つ看護師に向かって、丸一日かけてはるばるやって来たとくどくど説明していた。面会はできないと看護師はもう一度繰り返した。ブルーの制服を着た女性が門を開けてバラバラに入った私達を面会室へと案内し始めても、この言い争いはまだ終わりそうになかった。面会室には十数台の小テーブルと布張りの椅子が二脚ずつ置いてあった。この部屋の唯一の飾りといえば一台の展示ケースだけで、その中にはパステル・ピンクとブルーのリボンをつけたフワフワの熊の縫いぐるみとか、可愛らしいウサ子ちゃん、丸いびっくり眼(まなこ)のコアラ、スモックとボンネットをつけた人形などが並べてある。皮肉なことに、我が国でもっとも凶悪な男女の手になるとは思えないほどの無邪気な作品群である。

「ジューン・ギボンズです」と別の係員が知らせたので、私は顔を上げた。緊張で身体をこわばらせた少女の両脇を二人の看護師が抱えていたが、少女の様子はまるで棺桶そのものだった。身じろぎひとつせず、目を伏せ、その両腕は重たげに垂れ下がっていた。顔はまるで能面のように無表情で、およそ生気という生気が抜け去ったように見えた。テーブルの向かいに座らされ、二人の看護師が数フィート離れたところに椅子を引き寄せて私達の「会話」を聞き取ろうとしていた。

しかし看護師の耳に届いたことはほんのわずかだった。最初の十五分間で、ジューンという少女の心に私の言葉がまったく入り込んでいないことに気づいた。それにはかまわず私は喋り続けたが、喋れば喋るほどその感を深くした。ジューンはここブロードムアに着いて以来一ヵ月、看護師や医者にも、また言語治療士や他の収容者に対しても一言も喋らなかったのである。おそらく双子の妹のジェニファーとなら喋ったかもしれないが、ジェニファーはジューンと離れた棟に収容されて「集中治療」を受けていた。

魂の抜けがらのようなジューンとみすぼらしいテーブルをはさんで向かいあっていたその時、私にはこの子と心を通わせることはまったく不可能に思えた。しかしジューンの書いたものについて私が話し始めると、少女の目に輝きが垣間見え、口もとには微笑が浮かんだように見えた。それでもこの子の口から出るのはしわがれた呟きだけだった。魂全体がまるで、いまにも吠えんばかりの叫び声をあげようとしながら、話してはならぬという命令のようなものとの狭間できりきり舞いしているかのようだった。ジューンはもどかしげに口を開こうとするたびに、何者かに首をしめつけられでもするかのように口を閉じた。一体いかなる力がジューンをこのようにがんじがらめにしているのだろう？この子に差しのべられるどんな助けや愛をも拒み通す強さは、一体どこに潜んでいるのか？将来のある少女がバラ色の青春を棒にふって隔離病棟に閉じ込められ、自分の内にかたくなに閉じこもってしまったのは何故なのだろう？　看護師が連れ去るために近づいた時、ジューンは一瞬ではあったが、不本意な別れを半ば詫び、半ば楽しんでいるような眼差しで私を見た。賢そうな鋭い目つきで、皮肉な笑いさえ浮かべていた。私は殺人事件の真犯人を挙げようと躍起になる探偵のような気持ちだった。ただこの場合、殺された少女の「身体」は生きていて、犯人はジューンの心の中に潜んでいるのだ。

私はタールマカダム舗装［砕石・砂利などを敷いた上からタールで固めた舗装］の道を横切って、当時ランカスター・ハウスとよばれていた棟へ、ジェニファーと会うために案内された。第一ランカスター・ハウスは女性用の「集中治療」棟で、共同生活のできない者や規則の緩やかな病棟では管理不能な者が収容されていた。階下の個室はマットレスを敷いただけで、ほとんどのドアは施錠されていた。ジェニファーは、ジューンへの手紙を取り上げた看護師に殴りかかったことがあり、そのために常時保護観察中だった。病棟内では面会用の小部屋に入るまでにいくつもの錠のかかったドアを通ったが、そのたびに再び丹念に錠がかけられた。集中治療を受けている人は中央棟の面会室へ入ることが許されていないのである。

ジェニファーは背丈が二倍はありそうな看護師二人に付き添われて現れ、テーブルの向かいに腰を下した。看護師もすぐ横に座り、監視しながら聞き耳をたてている。私がブリーフケースから創作講座案内を取り出して見せるとジェニファーは明らかに興味を示した。最初は全然喋らず、訳の分からぬ呟きを発して看護師の方を盗み見ていたが、一方では何かもの言いたげな様子もみせた。そこで私は紙と鉛筆を取り出して筆談で会話をすることにした。するとようやくジェニファーは語りだした。こうしてこの子の一番の希望がはっきりした。何としてももう一度ジューンと一緒になりたいのだ。

面会を重ねるごとに、ジェニファーとジューンは私を信頼しはじめた。二人は自分達の書いたものについて話す際、徐々に打ち解けるようになり、少しずつ気楽に喋りはじめた。最初は機関銃のように吐き出され、絞り出すような二人の言葉に私は戸惑ったものだが、時が経つにつれて意味が分かるようになった。

収容所の壁を隔てて友情が育っていった。もっともそれは猫同士のように冷ややかで距離をおいたものだったが、どちらにも相手に対する信頼と尊敬の感情が増していった。二人は手紙で、百万語以上にもなる日記の全文に目を通してもよいとまで言ってくれた。その膨大な日記は病院から支給されたノートに書かれ、その全てのページは虫めがねが要る（い）ほどの細かい字で埋めつくされていた。どのページにも余白はなく、開けるたびに真っ黒のかたまりが目に飛び込んできた。一行に四行分の細かなきちんとした字が、運針の縫い目よろしく並んでいた。

　私はこの文章を詳しく検討して、まず一語ずつ、次には一行、さらには一文節というふうに順々に再構成していった。その文章が説得力に富んでいたせいか、読み始めると引きずり込まれるようだった。時にはこの双子の日毎（ひごと）の些事（さじ）を私も体験しているような気になり、その思想や夢、思い、途方もない空想の世界に遊んだ。二人が寒気を感じて疲れ切った時には、私も同じように感じた。私の感情は二人の起伏に合わせて揺れた。二人の経験を追体験し、傷ついた心の一部が理解できるように思えたのは、その叙述が仔細（しさい）にわたり、かつ生き生きしていたからだ。私は徐々に二人の人生に潜む悲劇を再現しようという気持ちになった。

　私は今までにこの真相を様々な人に語ってきた。双子の両親と家族にも、教師にも、またこの二人を治療した心理学者、精神科医、ソーシャルワーカーにも、さらに二人を誘惑したアメリカ人の少年達や、二人を逮捕した警官、弁護した弁護士にも。さらにパクルチャーチ拘置センター［イングランド南西部、グロースターシャーに一九六五年に設立された施設。後に双子はここに収容される］のスタッフの人々にも、ブロードムアの医者やスタッフにも。これらの人々とのインタビューを通して、この双子の日記が非常に些細な点に至るまで驚くほど正確であることがわかった。事実が正確に綴られているだけでなく、解釈・判断についても的（まと）を射ていた。インタビューの内容と日記の記述が一致しない時には、さらに詳しく尋ねると、私が話を聞いている人の方が記憶違いを認めた。ジューンとジェニファーの記した「冒険譚（ぼうけんたん）」は、証言が得られるか否（いな）かにかかわらず、まず正確そのものといって間違いなかった。そこでこの本を書くにあたって、私は二人の文章の事実描写を尊重し、その味を残そうと努めた。

この日記類の中から浮かび上がってくるジューンとジェニファーの姿は、互いにきわめて強く愛し合い、また憎み合っているために、一緒に生活することも離れることもどちらもできなくなってしまった二人の人間のあり方である。二人はあたかも双子星のように、互いの引力圏の中に閉じ込められて永久に回り続ける運命にある。二つの星が接近しすぎても離れすぎても、破滅あるのみだ。だから二人は、闘争や術策や均衡を保つためのルールを考え出さざるを得なかったのである。

この闘争を続けない限り二人が現実の世界を生き抜くことはできないという点に、この双子の謎がある。もっともこういう闘争や儀式には人生の不吉で暗黒な局面に誘い込まれる恐れがあり、また高価な代償を払わなければならないこともあるのだが。いずれにせよ、二人の前には敗北と罰、さらには死が待ち受けていた。

この本は善悪両極端を持つ一卵性双生児の生み出す不思議な結びつきが、どちらか一方による他方の独占・支配に至る物語である。また、カインとアベル、ヤコブとエサウ、ロムルスとレムス［アダムとイブの子である兄カインは諍いの末に弟アベルを殺す。イサクの子で双子の兄エサウと弟ヤコブは長子の権利を巡って争うが後に和解する。これらは旧約聖書の創世記の物語。ロムルスとレムスはローマの建国神話に登場する双子で、狼に育てられ兄ロムルスが弟レムスを殺してローマを建設し統治する］の殺し合い、罠、権力闘争のように、どちらも勝つ見込みなく続けられる声なき闘い、自分を確立するための闘いの物語でもある。

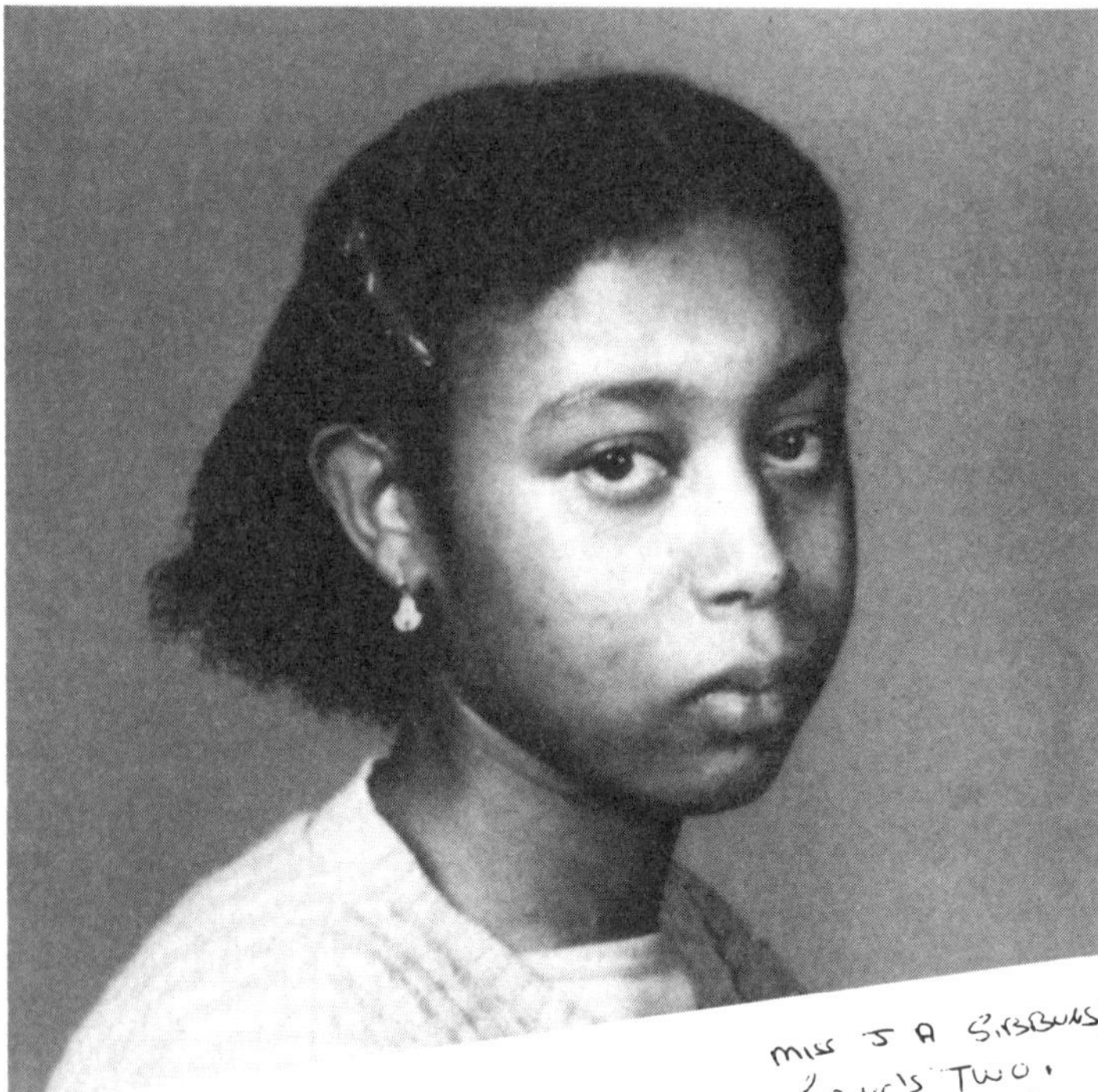

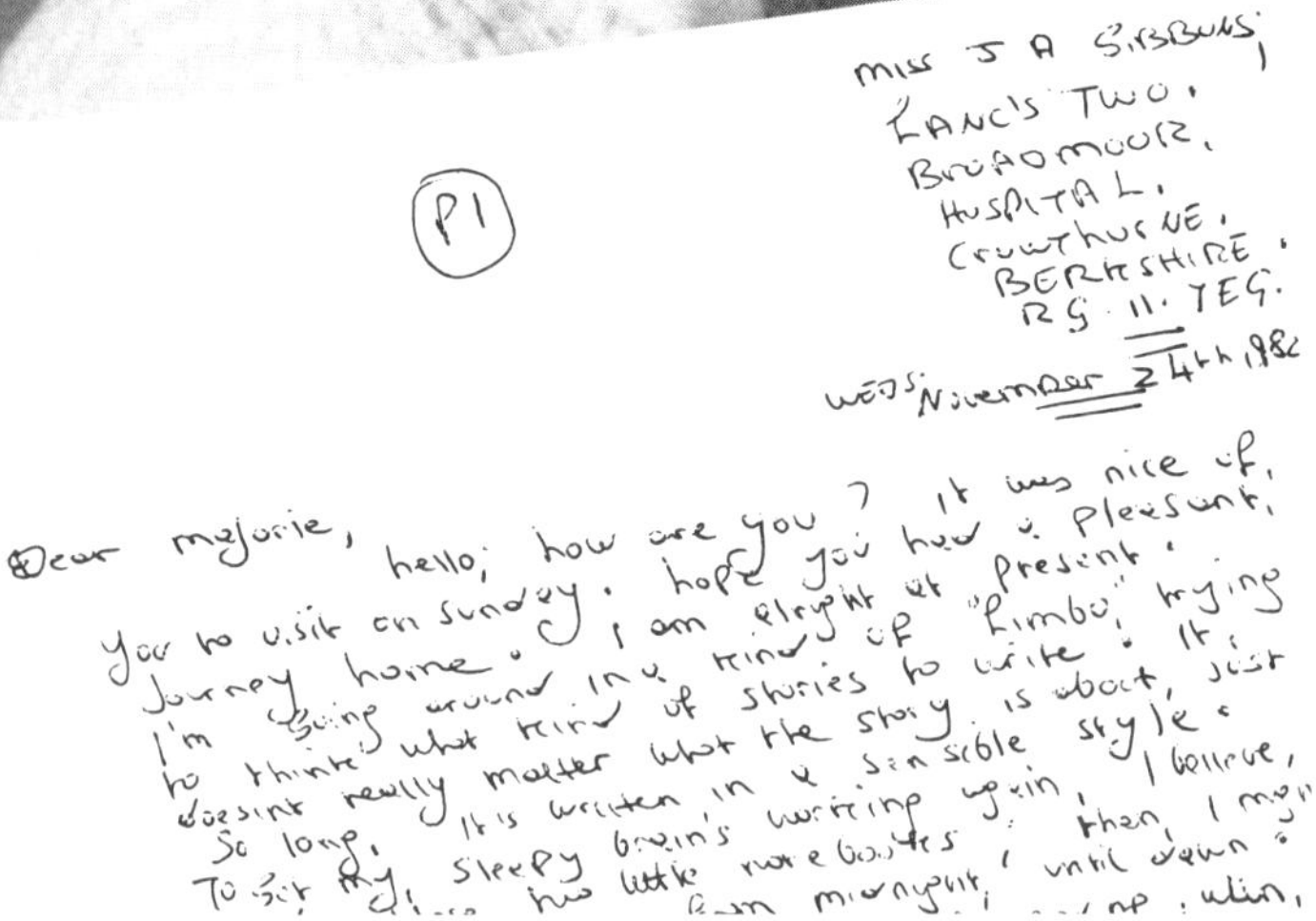

Miss J A Gibbons,
Lancs Two.
Broadmoor.
Hospital.
Crowthorne.
Berkshire.
RG. 11. 7EG.

P1

Weds. November 24th, 1982

Dear marjorie,
hello; how are you? It was nice of you to visit on sunday. hope you had a pleasant journey home. I am alright at present. I'm going around in a kind of "limbo" trying to think what kind of stories to write. It doesn't really matter what the story is about, just so long, it is written in a sensible style. To get my sleepy brain's writing again, I believe, then I might ... two little note books ... until dawn ... from midnight ...

ブロードムア特別病院でのジューン（1982年）と、筆者宛の手紙の一部。

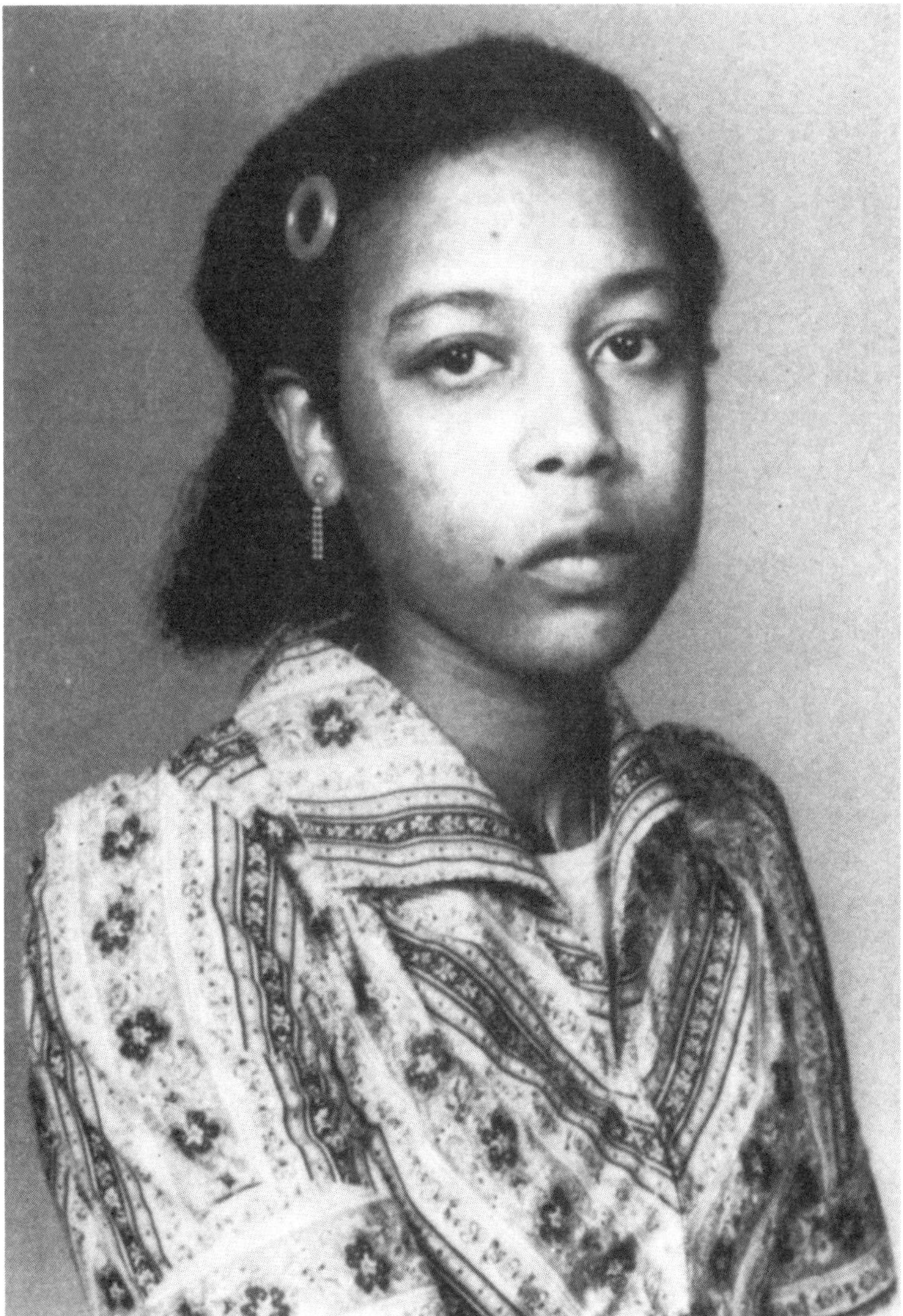

ブロードムア特別病院でのジェニファー（1982年）。

ブロードムア特別病院でジェニファーが書いていた日記の一部（原寸大）。

第一章　幸せな家族

家族なんてものは悲劇そのもので、悲惨の連続だ……。時々は愛をめぐって、けれど大抵は憎しみばかり。だからみんなが演技しているのが私には分かる、ちょうどジグソーパズルのように家族みんながピタリとかみあい、理想的な家族像に収まるふりをしながら。

ジューン・ギボンズ

双子のうち、ジューン・アリソン・ギボンズが先にこの世に生を受けたが、ジューンが成長するにつれてこの事実に悩まされることになる。ジェニファー・ロレイン・ギボンズはちょうど十分遅れて生まれた。一九六三年四月十一日、午前八時十分、アデン［イエメンの都市］のスティーマー・ポイント英国空軍病院でのことである。七歳のグレタと四歳のデイヴィッドに二人の姉妹が加わって、グロリアは一挙に子どもが倍になったことを大変喜んだ。もちろん生まれるまで分からなかったわけではない。二ヵ月前に超音波スキャナーで心音が二つ聞こえたのである。それからは双子の出産に備えてあれこれと準備をすすめる病院の指示に従って、グロリアはベッドに身を横たえてその日の来るのを待った。

グロリアはバルバドスでの子ども時代、六人兄弟の下に末子が生まれた時のことを想い出していた。母親のペタは近所の小さな教会へ毎日いそいそと出かけてはオルガンを弾いた。父ははじめ砂糖プランテーションの簿記係だったが、その後セント・フィリップスで食料品店を経営した。彼はバルバドスではどこにでもいる厳格な父親で、長女が教師になることを願っていた。長女に「悪い友達ができる」のを恐れるあまり、十三歳になると男女共学の私立校、「工業高校」に進ませた。

グロリアは感受性豊かで勘もよかったが、学校の勉強は不得意で、十八歳で進級資格を一つもとれずに卒業してから簿記とタイプを習った。しばらくのあいだ幼稚園の先生をしていたが、気にいった仕事ではなく、二十二歳の時にセント・フィリップスのシーウェル空港［バルバドスのシーウェルにある唯一の国際空港グラントリー・アダムズ空港］で電話交換手の仕事に落ち着いた。二年後にここで理想の男性、頭がよく快活な十九歳の青年、オーブリ・ギボンズに出会う。

オーブリは大工の息子で、六人兄弟の長男だった。両親はのべつまくなしに口汚くののしりあい、生活は決して幸せとはいえなかったが、オーブリは快活で小学校の成績も良く、父の一番大切な持ち物である小型ピアノも上手に弾けた。十一歳でハリソン・カレッジ［一七三三年に創立されたバルバドスの名門中等高校］の奨学金資格を得たが、この学校は何から何までイギリスの最上の事例に倣ってつくられていたので、お金のかかる学校だった。オーブリは学校に近いセント・マイケルズの叔母の家に下宿したが、まもなく優秀な学生として頭角をあらわし、古典ギリシア語と古典ラテン語の特別個人レッスンを受けるまでになり、古典ラテン語、化学、数学、外国語で優秀な成績を収めた。オーブリは勉学だけでなく何にでも秀でており、クリケットにも熱心な一方で、十五歳になるとカレッジの礼拝堂で日曜毎にオルガンを演奏した。最終的には九教科の進級資格を取っている。

しかし家庭の事情は悪くなるばかりであった。口汚い言い争いは絶えることがなかった。何度も荷物をまとめて家を出たが、そのたびに惨めにうちひしがれて戻ってきた。弟が二人亡くなった後、オーブリが十八歳で上級進級資格を取る準備を始めた時、母が七番目の子どもを産んですぐに亡くなった。オーブリは、自分が家を離れて母に何もしてやれなかったことを悔やみ、悲嘆に暮れた。そして父を徹底的に憎んだ。憎しみがあまりにも強かったために、ほとんど四十年経った今日まで父に手紙も書かなければ礼の一つも言ったことがない。医者か弁護士になって家族の夢を実現したいという彼の願いははかなく消えて、学校を辞めた。「もうだめだと思った」とオーブリは認めている。「僕は家族みんなを失望させてしまった。みんなが期待した人間にはなれなかった」

ただ仕事だけはすぐに見つけた。シーウェル空港の気象観測官助手のポストで、ここでオーブリはグロリアと出会い、二人は一九五五年十二月八日に結婚した。オーブリは二十二歳、グロリアは二十五歳だった。グロリアは翌年最初の子どもフランクを出産するが、間もなくその子は亡くなった。その一年後にグレタが、そしてその約二年後にデイヴィッドが生まれた。

シーウェル空港の気象観測部門のような小さな部局では、なかなか昇進できなかった。仕事に就いたばかりの頃には給料も良いように思われたが、妻と二人の子どもを養う身になるともっと多くが必要だった。オーブリはずいぶん迷った挙げ句にカリブとの絆を断ってイギリスへ移住し、コヴェントリにいるグロリアの兄のもとに身を寄せることにした。オーブリがまず一九六〇年一月にイギリスに渡り、すぐに適性検査を受けて英国空軍に職を得た。グロリアと子ども達も七月にはオーブリと合流し、あちこちの基地を転々とする新生活が始まった。

軍隊で働く家族の生活は決してたやすいものではない。仮住まいから仮住まいへと絶えず転居を繰り返し、一向に愛着のわかない間に合わせの品々に囲まれ、できたばかりの友人を転居のたびに失い、基地という隔離された社会の中で窒息しそうになる。当時空軍基地には黒人家族はほとんど住んでいなかったから、黒人であるグロリアにとってこの生活は一層辛いものとなった。

だがオーブリについては違った。ハリソン・カレッジで彼は理想的なイギリス紳士のマナーを身につけていたので、英国空軍基地の一員になるとまわりの誰よりもイギリス人らしく振る舞いはじめた。軽く飲みながら兵隊達とわいわいやるのを愉しみ、基地のクリケット・チームに入った。誰にでも好かれ、認められることを心から望み、そのためなら何でもした。ところが皮肉なことにオーブリが社会的信認を得ようと躍起になればなるほど、家族の絆に亀裂が入り始めたのだ。オーブリが子ども達と過ごす時間が目に見えて減った。バルバドスの男にはありがちだが、住居を確保することが家族に対する家長の責任の全てであると考えて、それ以外のことはグロリアにまかせきりだった。基地要員用のアパートでグロリアはただ一人、友人もなく、誰の助けもあてにできず、二人の赤ん坊と二人の幼児を育てる辛い生活を送った。双子のうちジューンの方がお姉さんだったが、身体は弱く、乳児期のお座りやハイハイ、ヨチヨチ歩きなど発育のどの段階もジェニファーの方が早かった。すでにこの頃から、二人が何でも一緒にしたがることにグロリアは気づいていた。初めの数ヵ月間母乳で育てたが、二人が乳房を求めて競い合うので手に負えなくなり、母乳をやめる結果となった。

一九六三年のクリスマス直前に、オーブリはヨークシャー［イングランド北部の州］のウーズ川に近いリントン基地に転属になった。ここで双子はヨチヨチ歩きを始め、いつもニコニコ笑って家族のみんなからかわいがられた。この頃、グレタもデイヴィッドも学校に行っていたので、グロリアにとっては割に楽な時期だった。双子は元気いっぱいで一緒にいたがり、二人で楽しげに遊んだが言葉は遅かった。三歳までにできたのは簡単な二、三語文を並べることだけで、そのわずかな言葉も不明瞭にしか発音できなかった。しかしグロリアはあまり心配しなかった。双子の場合に言葉が遅いのは珍しくないことを知っていたし、その点を除けば二人とも健康で幸福そのものだったからである。

一九六七年にグロリアはまた妊娠し、翌年五人目の子どもロージーを出産した。ジューンとジェニファーは学齢に達していたが、やはりよく話せる方ではなかった。一年生の学年末に渡されたジューンの通知簿にはこう記されている。「当初やや落ち着きなく、双子の妹と離れるのを嫌がる。しかし徐々に慣れてくる。自立の傾向が認められる。不満があると長時間泣く。教師には話しかけないが他の生徒とは話している」翌年の通知簿では評価が少し上がっている。「ジューンは字を書き始めている。話したり読んだりする自信はまだないようだが」双子の学校生活については次のように記されている。「二人だけの世界で充分に満たされているために、外に向けて何かをしたがることはないようである。二人とも何かを率先して行なったり、何かを解決するために工夫をこらすことができない」学校側は二人を言語治療士のもとへ週に一度通わすことにしたが、効果があったようには見えない。なるほど、発音や単語の反復練習をたくさん宿題として持ち帰ったが、全然手をつけなかった。またグロリアも双子についての考えを改めようとはしなかった。つまり、ちょっと言葉が遅れているだけで、放っておいても話せるようになると思い込んでいたのである。もっとも手のかかる子どもを五人も抱えていれば、二人のブツブツやキーキー言うのに、いちいち手をかける時間はなかったのだが。

八歳になると読み書きの力は評価されるようになるが、依然として話そうとしなかった。ジェニファーの通知簿には「言葉で応答しないが、黙って書く力はある」と記され、ジューンについては「ほとんど喋らず、誰とも会話しない」とある。また「二人とも羞恥心が非常に強い」と指摘されている。

双子の奇矯(ききょう)な振る舞いは、このように羞恥心のせいにされて見過ごされてしまった。一九七一年にオーブリがデヴォン〔イングランド最西南端のコーンウォールに接する州〕のチベナー英国空軍基地に配属されるに伴って二人もブローントン〔チベナー近くにある村〕の学校に転校したが、そこでも同じような見方がついて回った。当時八歳半の双子は新しい環境にまったくなじめず、うまく話せぬ上に肌の黒い二人と親しくしてくれそうな子どもはほとんどいなかった。二人は教室で嘲笑され、運動場でいじめられたりいたずらされたりした結果、いままで以上に二人だけの安全な世界に閉じこもり、堅い砦(とりで)の内側に引きこもるようになった。二人は砦の外の人間とは一切言葉を交わそうとしなくなり、家族の中でも前より一層孤立するようになった。グロリアもオーブリも、二人がお互いに、また時には人形相手に長い時間お喋りしている声は聞いたが、言葉の意味はほとんど分からなかった。話し言葉を秘密の暗号に意図的に変換して、誰にも意味が理解できないようにしているかのようだった。

双子が二人だけに通じる言葉をつかう例はないわけではない。あるフランス人映画監督の作品に、カリフォルニア州サンディエゴ在住の双子が、独自の秘密の言葉をつかう様子を描いた映画がある。この双子は幼いころから「暗号」を作り上げていたのだが、それを初めて耳にした人にはまったく理解できず、まるで二人が新しい言語を作ったと感じられるほどだったという。二人は互いにポト、カベンゴと呼び合い、ギボンズ家の双子と同じように短くつまった耳障りな声で猛烈に早く喋った。しかし二人の会話をテープに録音してゆっくり再生し、一語一語分析してみると、二人の秘密の「言語」は普通の英語にドイツ語を混ぜたもの――この家族はバイリンガルだった――に過ぎず、ただとても速く、しかも繰り返しを多くしてアクセントの位置を常とはまるで反対に変えて話していただけだった。ポトとカベンゴは、この言葉遊びの法則が解明されて別々の学校に通うようになると、「秘密の言葉」を使うのをやめて普通に話せるようになった。

しかしジューンとジェニファーにはそれほど簡単な解決はなかった。この二人が他人に対して口をきかないこと、そして二人の間で早口の「秘密のことば」をつかうことはただ氷山の一角にすぎず、その背後に隠されたさらに深刻な葛藤が将来二人を苦しめることになる。双子と外界との闘い、さらに双子同士の内的な闘いがいつ始まったのか、幼児期かあるいは最初の学校でか、それとも二番目のブローントンの学校でか、正確なことは分からないが、二人が十一歳になるとこの闘いは誰の目にも明らかになった。

その頃にはオーブリも双子の娘の状態に気づきはじめた。二言、三言のそっけないやりとりを除けば、自分に対してはもちろんのこと、兄姉にもまったく口をきかなくなっていたからだ。オーブリは、時がたてば二人の娘も「羞恥心を克服するにちがいない」と友人や家族、教師から聞かされてしばらくは納得していたが、心から確信していたわけではなく、専門家の診断を仰ぐ必要性を感じていた。しかもオーブリにとって、家族の生活にふりかかる別の心配事もあった。チベナー基地が西ウェールズのハヴァフォドウェストに移転することになったのだ。多くの基地要員が子どもの学校について心配していたので、ハヴァフォドウェストの教師と教育学者の代表がブローントンにやって来て両親に事情を説明した。その中の一人にペンブルック州の教育心理学者ティム・トーマスがいた。彼は三十四歳になったばかりで思いやりのありそうな感じのいい人物だったので、オーブリ・ギボンズは講演の後に残って双子の娘のことを相談した。普通の学校に行って離ればなれになれば、思春期までに二人の問題は氷解するだろうというのが、その時のトーマスの判断だった。オーブリは安心し、ハヴァフォドウェストの新しい学校では二人の娘に必要な対策が立てられるものと信じた。

ギボンズ一家は少しずつウェールズでの生活に慣れていった。そのころ伍長［最下位の下士官］に昇進したオーブリはブローディにある空軍基地へ毎日通い、航空統制官助手として働いていた。十七歳のグレタはよく頑張って二教科にOレベルをとり、ハヴァフォドウェスト専門学校の秘書コースに進学した。デイヴィッドと双子の娘は、五、六十人にものぼる「ブローディの人達」――英国空軍基地とその近くのアメリカ合衆国海軍基地に勤務する人の子ども達はこう呼ばれていた――といっしょにハヴァフォドウェスト州立中学校に、またロージーは近くの小学校に通った。

しかし家庭の中では緊張が高まっていた。一家がデヴォンにいたころ、ちょうど双子が八歳の時にはグロリアが面と向かって問いかけると、時々ではあっても二人は簡単に答えていた。「今日学校で何をしたの」との問には、「何も……」とどちらかが呟き、クックと笑いながら走り去ったものだ。しかしハヴァフォドウェストに移ってからは沈黙の幕が重く下がり、二人が交わすごくわずかな会話でさえも饒舌に感じられるような事態を迎えた。二人はにぎやかなギボンズ家の食卓を、沈黙と静粛の修道院の食堂にかえた。食事中に話しかけられても、無言で頷く以外にはなんの返事もしない。家族が何を喋っていても二人は決してその輪に入らず、頭を垂れ、皿を見つめて顔から一切の表情を消し、周りの全世界とかかわりを持つまいとした。オーブリにも兄姉にも一言も話しかけず、ただ一番小さいロージーとだけ言葉を交わしたり、遊んでやったりした。

オーブリは二人の娘にドラフト［縦横八つのマス目があるチェッカーボードに並べたコマを動かして相手の駒を取るか動けない状態にするゲーム］を教えようとしたことがあった。彼はペンブルック州のドラフト・チャンピオンだったのである。二人ともゲームは好きだったようで、誰かが失敗すると声を上げて笑いもしたが、やはり言葉は発しなかった。オーブリは徐々にこの二人の態度に我慢ができなくなってきた。というのも二人は家族中で異分子であり、オーブリの父としての威厳を傷つけたからである。しかしオーブリはこの怒りを家族にぶつけず、家族を二分する無言の対立から遠ざかるために家に寄りつかなくなった。

学校でも二人が話さないことはすぐ関心を呼んだ。ベテラン女性教師ベリル・デイヴィスは子どもの頑なな心を開いてその言葉に耳をかたむける自信があったので、二人を校長室に呼んで教務上必要な名前、年齢などを尋ねた。「あの子達は前後に並んで二人きりの列をつくっていました」とデイヴィスは振り返る。「二人ともちょうど私の胸のあたりに視線を据えて、その先を見透かすようにしながら黙っていました。なんとも居心地が悪いことでした。しばらくしてジューンはくぐもった小さな声で答えました。もう少し時間が経てば緊張もほぐれるだろうと思ったことです」しかし双子の娘達は凍りついたままであった。それ以来、二人が話すのを聞いた人は、先生にも生徒にも誰一人いない。学校ではトイレにも行かず何も口にせず、ただいつも二人一緒だった。

二人にはまったく友人ができなかった。それは二人がほかの生徒とちがった行動をとったためであり、またこの学校に二人を除いて黒人生徒がいなかったことにも原因があったのかもしれない。「あの二人は小柄でかわいらしかった」と教師の一人、マイケル・ジョーンは述べている。「髪はきちんと三つ編みにして、黒い肌は磨いたように輝いていました。グレーのプリーツ・スカート、ワイシャツ、濃紺のネクタイという制服を着けると、二人は全く瓜二つでした。一人に名前を尋ねてその子が黙っていると、男の子が言ったものです。この子はバカだよ、喋れないんだってね」こういう行動をとっていて、先生や生徒に好かれるわけがない。二人は教師達には「口を閉ざした礼儀知らず」と咎められ、生徒達にはいじめられた。

このいじめを避けるために二人は五分早く下校してもよいことになった。「あの日、私は部屋にいて、窓から運動場を見ていました」と校長のシリル・デイヴィスは述懐している。「するとあの双子があひるのような妙な歩きかたで、十ヤードほど離れて、まるで行進するようにゆっくりと歩いているのが見えました。いつもあんな歩きかたをしているのかと秘書に尋ねると、秘書はそうだと答えました。私は信じられなかったので、車を運転して、どこまでそうやって歩いていくのかをつきとめようと思って二人の後を追いました。町を通り抜けても、二人はこの奇妙な行進をずっと続けていたのです」

二人にはたった一人の友人ができたが、そのダイアン・ウィリアムズという子は喘息もちの少女で、熱心なペンテコステ派のクリスチャン家庭に育つ八人兄弟の末っ子だった。土曜日になると三人はつれだって買い物や散歩に出かけ、たまにはベアリング・グールド通りのウィリアムズ家に招かれることもあった。「いつもこざっぱりしてきちんとした身なりだったわ」とウィリアムズ夫人は言う。「それにとてもいい子達だった。だけど私が部屋に入ってゆくといつだってだんまり。もちろん私は話をしたこともない。人の気配がするとすぐにいなくなってしまう」ただ二人はダイアンとはお喋りをしていた様子である。「あの人達、ごく普通だった。ただあの二人が自分達の両親と話しているところは見たことがない。話し方はちょっと早口で少し変わっていたかしら。私とはすぐに親しくなって、三人でよくお喋りしました。幸福そうには見えなかったので、同情していました」ダイアンは二人のことをこんなふうに思い出している。

当然のことではあるが、全然話さなかったのだから、二人の学校の成績は当初よくなかった。最初は補習クラスに入れられていた二人だが、一九七六年にジューンはよく頑張ってBクラスに移り、そこで国語は十三番、歴史は七十四人中三番、地理は七十二人中十四番という良い成績をとった。ただ数学はまったく出来なかった。ジェニファーの成績は一向に良くならず、補習クラスに籍をおいたままで、しかもビリに近いところにいた。この学校では子ども達の社交性を評価にとり入れ、各教員が個々の生徒の能力を評価していた。二人のうちジューンの方が成績が良かっただけでなく、感情面も比較的バランスがとれた円満な性格と評価されたが、「自信・社交性の決定的欠如」が目立っていた。ジェニファーの方は協調性が特に低かったが、一点驚くべき資質に秀でていることが全教員によって特記された。それは指導性である。

双子のとる不可解な行動、加えて絶対に話そうとしない態度、いかなる教育的配慮にも反応しない毎日に教師達は絶望的になった。二人はいじめられそうになると、向きあって互いに相手の肩をかかえ、まりのようにぎゅっとちぢこまって敵に向かう態勢をつくった。「二人とも渦巻きの中できりきりまいする藁束（わらたば）とでも言うのでしょうか。人生の表の流れから放り出されて、陽のあたらない片隅で肩を寄せあっている感じでした」とマイケル・ジョーンは述べている。「誰からも離れて人目につかないようにしている。ところが、それが逆に皆の目を惹くのです。三十年間で六千人の子ども達が私のもとから巣立ちましたが、なかでたった四人、『悪魔』がおりました。親友の娘を暴行した奴、小さい子どもを射殺したの、それに婦女暴行罪でつかまった三人目。四人目がジェニファーです。ジューンがこのジェニファーと一緒に過ごさないでほしい、ジェニファーの影響を受けないでほしいと思ったほどでした。もしもジェニファーがジューンを意のままに操れなかったならば、ジェニファーだって悪魔にはならなかったでしょうし、ジューンも普通の子どもとして成長したのではないかとさえ思ってしまうのです」

　個々の教師にどんな考えがあったにせよ、腑（ふ）に落ちないのは学校当局が双子のために何ら特別の対策を講じなかったことである。シリル・デイヴィスによれば「二人は道にはずれたことをしたわけでなく、規則を破ったのでもない。懲罰問題にできるようなことがなかった」ということになる。オーブリがブローントンで相談をもちかけた教育心理学者ティム・トーマスが二人についての報告書を出しても、学校は何ら態度を変えなかった。二年余り人間らしい応答を全然しない双子に対しては、教員としても打つ手がなかったし、校長は両親から事情を聴取したと釈明している。しかしグロリアは「少し恥ずかしがり屋なものですから」という言葉でいつも通り双子をかばった。この言葉を聞いて、よもや双子が家でも話していないとは思いもよらず、家庭ではごく自然にふるまっているとばかり思っていた、とも校長は弁明する。「学校で双子が口を開こうとしない理由を両親に説明させることは無理でした。まあまあ何とか勉強しているのなら問題はないだろう——そんな態度がこの両親からは感じられました」

実際、学校にツベルクリン接種の巡回医としてやって来たジョン・リーズ医師が二人の状態を鋭く観察していなかったら、この件はそのまま放置されていた恐れも充分ある。ジューンとジェニファーは絶対に目立たないように気をつけながら、接種の列の中をゆっくり前に進んでいた。

「何百人もの子どもが、まるで家畜市場のようにそろそろ前に進む。不安そうに『先生、痛くない?』なんて尋ねたり、けらけら笑う子もいる。そうそう、初めてギボンズ姉妹に会った時のことをよく覚えていますよ」とリーズ医師は述懐している。「ずっと白い腕が続いていたところに、黒い腕がにょきっとつき出された。珍しいのです、黒人が少ない地域ですから。さあ僕はいつもの通り注射器を右手に、怖がることはないよってその黒い手をきゅっとひき寄せました。一言何か声をかけてからやるんですよね、ブスって。その子の顔に目をやりましたらね。じーっと何か目を凝らして見ていました。僕のいつもの一言が出なかった」接種を済ませてもこの子は全く無反応だった。「戦場で死人もたくさん見ましたが、そんな感じでもない。今までに経験したことのない不気味さで、『ゾンビ』っていう言葉を思い出しましたよ。現在でもそうです。その小さい黒い女の子は、凍りつくような無感動な目で私のことを見つめていました」その二、三人後ろに彼は別の黒い腕を目にした。彼が顔を上げると、この子もさっきの子と同じ目つきで、無表情に突っ立っていた。バイタリティに富む医者が太刀打ちできないような雰囲気を、この二人は醸(かも)しだしていたのだ。

双子が差し出した腕の「死」の感触がどうしても気になったリーズ医師は校長に面会を求めた。「当時児童数千五百名もいたので、あの校長は双子について特別詳しく知っているようには見えなかった。少なくとも僕が知りたかった点についてはね。その時の校長の言葉を借りるとこうだ、『変わった双子』でほとんどコミュニケーションをとろうとしないし、教員に話しかけない。だけど特に問題を起こしたわけではなく、ただ自分達の殻に閉じこもっているだけなので、生徒指導部にも報告はなかった様子だ。学業も何とかうまくやってると校長は言ったように覚えている。僕はそれでも両親に会いたかったので面会の許可を校長から得て、両親と連絡を取った」

リーズ医師はファージー・パークまで出かけて双子の家族に面会して、驚きもしたが同時にほっとした。両親は教養があるし、彼の質問にも積極的に答えた。どちらもほぼ同じ割合で話に加わった。二人が家庭でもめったに話さないことや、学校から帰るとまっすぐに自分達の部屋へ入り、「ペチャクチャお喋り」する声は聞こえるが、その言葉は母親にすらよく分からないこともこの時はっきりした。彼にとっての驚きは、こうした思慮深い両親が、どうして娘達の行動をもう少し深刻に受けとめなかったのかということに尽きた。後になってリーズ医師は、西インド諸島出身の家庭では双子に不思議な躾をするものだと耳にしたので、両親の不可解な態度は文化の違いから来るものと理解した。そしてその後、彼は両親の許可を得て、この双子のことをエヴァン・デイヴィーズ博士に相談することにした。「この件を全面的に博士に委託したのです」とリーズは語る。彼はデイヴィーズ博士に宛てて次のような手紙を出した。

双子は食事時間を除いてほとんど家族と過ごしておらず、自分達の部屋に閉じこもることを好み、そこで読書をしたり遊んだりしています。これが現在の双子と家族の生活状況です。たまに友人宅を訪れますが、パーティーには出かけず、二人の家を時たま訪れるのは同年齢の女の子一人だけです。二人が話しているのを聞いても両親にはほんのわずかな言葉しか理解できず、会話全体の意味はほとんど分からないのです。学校から帰宅しても自発的に話すことはなく、ただ質問すればおおむね明瞭に答えるようです。

双子がどれほど話をしないかを、グロリアがリーズ医師に説明できなかったのは明らかである。しかし、ホームドクターのジェイムズ・ボーエン医師に双子を診察してもらった時、舌小帯（ぜつしょうたい）短縮症の可能性があるとの所見を述べたことをグロリアはすでに聞いて、受け入れていたのだ。舌小帯短縮症は舌を口の根本に繋ぐ組織が「肥大する」先天的な疾患で、舌の動きを困難にし、したがって物が言いにくくなる。だが比較的簡単な手術で肥大した組織を切除すれば舌の動きを正常に戻すことができる。確かに双子は唇から外に舌をつき出すことが出来なかったから、舌小帯短縮症も少しはあったのかもしれない。ボーエン医師は、双子がリーズ医師と出会う六ヵ月前の一九七六年五月にすでにハヴァフォドウェストのウィジィブッシュ病院外科外来を紹介しているが、それ以来何も手が打たれなかったのは明らかである。

双子の異常行動の原因が機能的欠陥によるとの見方は、二人がただ喋らないと決めたと見る仮説に比べて、グロリアとオーブリをほっとさせた。しかしこの時リーズ医師は次のように記している。

「双子は全く問題なく母乳で育った。一般的に母乳で育てると舌小帯短縮症は起こりにくいものだが」

先に述べたように、リーズ医師は自分の所見をダフェド〔ペンブルックシャーとほぼ重なる地域の歴史的名称〕地域の児童精神分析医であるエヴァン・デイヴィーズ博士に送り、その結果デイヴィーズ博士はハヴァフォドウェストの州保健医療センターに母親と双子を招いた。彼は口数の少ないウェールズ人で、大変注意深く有能な医者だった。一九三三年生まれで、カーディフのウェールズ国立医科大学を卒業してから徴兵されて、除隊後に精神医学の勉強を始めている。六六年にはハヴァフォドウェストの子ども約五万六千人を対象とする児童精神分析医に就任した。

博士はおよそ二年に一例ほど、場面緘黙（かんもく）症〔特定の場面や状況においてのみ話すことができなくなる症状〕の児童を扱った経験があるので、当初は双子の件に特別注目しなかった。この症例は機能的には全く問題がないのに本人が話そうとしないことによって起きる稀な事例である。通常は過保護な母親のもとでのみ起こり［機能的な問題がない場合の緘黙の原因を、主として乳幼児期の母親の態度など環境的要因に求める見解は、現在では否定されている］、あるいはなにかのトラウマが原因であることもあるが、ほとんどの場合ごく短期間で治る。双子は一般的に話し始めるのが遅いが、しかしこの症状を示す双子の子どもの記録は非常に少ない。

母親がジューンとジェニファーとともに分厚いコートに身をつつんで州保健センターの診療室にやって来たのは、七六年十一月も末のことだった。その日二人は博士と顔を合わせているあいだずっと無言の謎かけゲームを演じた。双子は時間をかけてコートを脱いで落ちつくと、博士が見ていない時や部屋を出た時に限って少し動くように見えた。この間早口の話し声が聞こえることもあったが、博士が振り返るとすぐに口を閉じ、無表情に目を伏せた二人の姿だけがある。この妙なやり口にのせられてしまわないように、博士は双子から目をそらすまいとした。そして生い立ちの過程をふまえて適切な質問をするよう心がけた。双子はまったく無表情で、その顔には何の共感の印も窺えない。心を交わすどころではなかった。

グロリアは子ども達が黙っていることに心を痛め、二人をかばおうとして博士の質問に大声で答えた。ところがグロリアの熱心さに圧倒されて、博士の方は双子から何も引き出すことができなかった。誰も聞いていないところなら二人は流暢に話せるとグロリアは言い張った。デイヴィーズはこの時の診察の様子に関してリーズに次のような手紙を出した。

――私の質問に二人はどうしても声を出して答えず、時々わずかに頷いたに過ぎません。あれこれ励ますとようやく二人は絵を描きました。ジェニファーの方がアートの才能があるように見えます。背はジューンの方が幾分小さいですが、どちらかというと指導的で、この子が二人のイニシアチブを握っているように見えます。

この点についてデイヴィーズ博士は誤った見方をしていたようで、大抵の観察者はむしろジェニファーがリーダー格と見ていた。現在デイヴィーズ博士は「どちらがジェニファーでどちらがジューンか見分けがつかなかったことが失敗の原因でした」と認めている。「今までにお目にかかったことのないタイプの子どもでしたから、困った、お手あげだっていう感じでした。どうしたらよいか分からなくて……。文化の違いに対する認識不足が失敗の原因だと感じています」

ギボンズ姉妹には機能的な疾患はないと博士は確信した。ただ二人が抱える何らかの問題から、すらすら喋ることが難しいために沈黙しているのだと。双子の場合は、二人が相互に作用して悪影響を与えあっているために治療は難しいとも感じた。「このような状況のもとで治療するのは大変な仕事で、率直に言って私は気が進みません」デイヴィーズ博士はリーズ医師にこのように書き送る一方で、同僚の言語治療主任ミス・アン・トレハーンにこの件を照会している。

この時点では、双子の言語機能に障害があるのか、それともリーズ医師やデイヴィーズ博士の見方のように（多少の障害は認められても）機能にはほとんど問題がなく、何らかの心理的原因で話すまいとしているのか、はっきり断言できる人はいなかった。学齢に達する以前に少し話していたことは誰もが認めている。しかし父親や兄には話しかけたことがなく、また学校で二人が話しているのを聞いた人は誰もいない。グロリアは、自分が独りきりの時には双子が話しかけてきたこと、また赤ちゃんのロージーには心を許していたと言い張ったが、彼女の弁は、二人をかばおうとするあまり客観性に欠けているので真に受けることはできない。今や言語治療の専門家の力に頼らなければならない段階であった。

ウィジィブッシュ病院に所属するアン・トレハーンは場面緘黙症の専門家で、双子のケースを扱う以前に六、七人の子ども達――そのほとんど全てがハヴァフォドウェスト在住だった――のこうした症例を治療したことがあった。またインドやカナダでも同様の症例を一、二扱ったことがあり、そのうちの一人の年少男子の治療に際して、彼女はテープレコーダーを使ったコミュニケーション療法を開発していた。

一九七七年の二月にジューンとジェニファーの治療は始められた。二人からは何も聴取できないから心の奥に潜む言語発達上の問題を探りあてることは難しい。そこでアン・トレハーンは以前の「テープレコーダーと会話する」手法を採用することにして、テープレコーダーのある部屋に双子を二人きりにしてみた。不思議なことに、双子はテープで録音されることを「立ち聞き」されるほどには嫌がらなかった。もちろんこの方法でも自分から進んで口を開こうとはしなかったが、簡単な短い問い、例えば「お父さんは何をしているの？」とか「どこに住んでいるの？」等には一言、二言答えた。さらに驚くべきことには詩や本を朗読させると、時には非常に積極的になるのだった。「二人が読む速さは大変なものでした。ただ普通『口蓋摩擦(こうがい)』と呼ばれるのですが、『ス』の音を『シュ』と発音するため全体にかすれた不明瞭な印象を与えました」と彼女は説明している。また「しかし、あまりにも速すぎたり『イントネーションの逆転』が起こることを除けば、どこといって特に悪いところはありませんでした。吃音(きつおん)もありません。何を話しているのか分かりにくいのは、二人に西インドのアクセントがあるからでした」とも述べている。

しかし二人とも、面と向かってはアン・トレハーンに話をしなかった。「ジューンはかろうじて

『はい』『いいえ』『ありがとう』と言いましたが、ジェニファーからは何も。ゲームをしているみたいでした。ジューンが話したくてたまらない様子を見せると、必ず横槍が入る。ジェニファーがやめさせてしまうのです。身体を動かすわけではないのです。でも注意深く見ているとかすかに眼を動かすんです。ほとんど分からないくらいですけれど。そうやってジューンの行動を規制しました。本当に奇妙でした。超感覚作用っていうのかしら。無表情に一点を見つめて座っているあの子から力が伝わって来るのです。決定権はいつでもジェニファーにありました。ジューンは双子の妹にしっかりととらえられている、明らかにそんなふうに思えました」

治療を始めて数週間が過ぎた一九七七年三月、二人はウィジィブッシュ病院に呼び出されて舌小帯短縮症の手術を受けるように言われた。リーズ医師もアン・トレハーンもその必要性を感じていなかったが、外科医のピーター・ウィルソンは、手術によって状況が多少改善すると確信していた。アン・トレハーンは述懐する。「手術後、双子を家に見舞うと、二人はぎゅっとくっついて座っていて、見るもあわれな様子でした。どんな手術をするのか、口の中を傷つける危険があることなど誰も説明してやらなかったのでしょう。発声は改善しましたが、それもほんの少しです。手術に憤慨しているのがよく分りました」

この頃までに、腰の重かった教育当局の官僚達もようやく動きはじめた。リーズ医師は学校の対応のまずさを以前から批判していた。その効果もあって当局も考えを改めざるをえなくなったのだ。デイヴィーズ博士が自ら子ども達を見始めた。教育心理学者ティム・トーマスは、二人を普通校に行かせておけばいいと以前は思っていたが、いまや考えを改めた。その結果八マイル離れたペンブルック州のイーストゲート特別教育センターに二人を転校させることが決定され、担当教諭のキャシー・アーサーがギボンズ家へ出向いて説明した。オーブリは娘達がようやく専門的な教育を受けられることに喜びを隠さず、グロリアも幾分の疑いを持ちながらも、二人が新しい学校へ入学できることに満足した。

双子は事前に学校を下見に出かけた。その時二人が長椅子に並んで腰をかけ、お茶を飲んでいた様子をエヴァン・デイヴィーズはいまでも覚えている。同じ格好に足を組んだ二人は、完全に動作を揃えて同時にお茶のカップを口元に近づけた。「あの様子が鮮明で忘れられないんですよ。あんなふうに同じタイミングで全く同じ動作をするなんてことはよくよくのことです。特別な直感回路のようなものが二人をつないでいるのかもしれないと思いました。それに二人ともとてもゆっくりやるのです。もしもう少し動きを速くすれば、揃えるのは難しかったでしょうね。どちらも自分の方が先に次の動作に移るのは嫌だと思っていたようで、それであんなふうにゆっくり行動していたのだと思います」

双子の誕生で幸せそうなギボンズ一家。左からデイヴィッド、ジェニファーを抱くオーブリ、ジューンを抱くグロリア、グレタ。1963年、アデンにて。

2歳の双子。「まだ赤ちゃんだった頃、両親は私達の無邪気な顔に見入ったことだろう。その時、私達の表情に悪魔のような邪悪さと破壊願望が潜んでいるのが見えただろうか？」（282ページ）。

6歳のジューンとジェニファー。妹のロージーと一緒に。

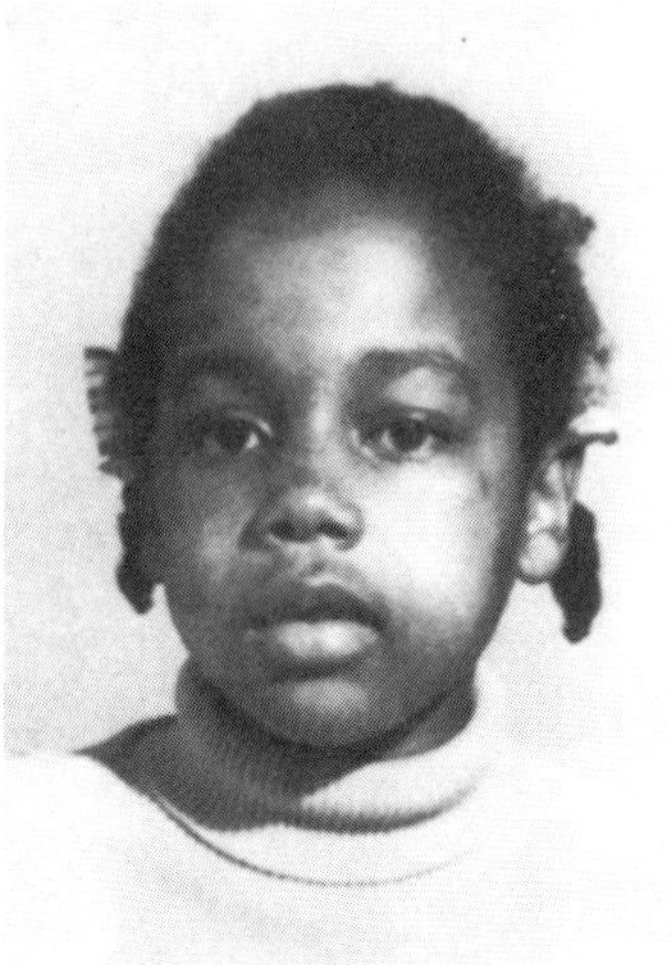

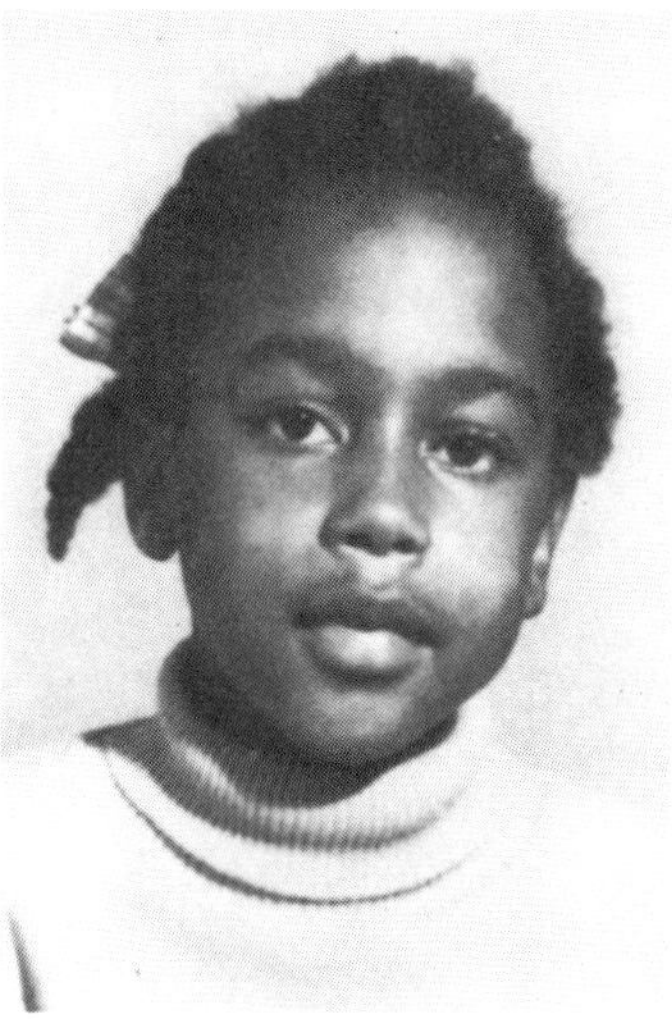

左　10歳のジューンとジェニファー（デヴォン州ブローントンの小学生）。
右　二人が描いたたくさんの双子のスケッチの一枚。

第二章　マネシツグミ

ただ頷くだけの方がずっと気が楽だった。言葉はあまりにも多くを語りすぎたから。もし私達が突然話し出したら、みんなびっくり仰天したことだろう。

ジューン・ギボンズ

二人の十四回目の誕生日から八日経った一九七七年四月十九日、新しい学校に入学するために二人はペンブルックに着いた。イーストゲート・センターはヴィクトリア期のゴシック式教会を学校に転用したものである。建物はすすけた石造りで、町の東部への分岐点になる大きなラウンド・アバウト〔信号機のない環状交差点〕のすぐそばにあるために、ペンブルック・ドックへと向かう大型トラックの振動が伝わってきた。学校の裏手には古い市壁に続く石壁に囲まれた運動場があり、そのはずれの急斜面の先には、格好の遊び場の緑の凹地があった。この学校は一九七二年に、普通の教育施設では受け入れられない子ども達を収容する特別教育センターに生まれ変わった。主要な建物の内部はそれまでとは一変し、開放的で居心地がよくなっている。隣りあった二つの教室と、少し離れたところに図書館として使われる別棟もあり、十人余りの児童のための施設としてはかなりお金がかかっている。

双子が在学中に責任者をつとめたのはジョーン・ハリー、以前は美術工作担当の教師でサービス精神の旺盛な三十代半ばの好人物である。双子担当の教師のキャスリーン・アーサーは当時二十代後半で、ハリーとはまったく違っていた。同僚教師の弁によれば「真っ黒な髪と生き生きした目をした、炎のような女性」で教育熱心な熱血教師だった。この地方の裕福な農業経営者の娘で、ドルゲッサイ［北西ウェールズの都市］にあったウィリアム博士記念校で教育を受けた。この学校はその後閉鎖されたが、ウェールズ人子女のためのパブリック・スクールとしてかつて名が知られていた。そこで彼女は優秀な成績を修め首席で卒業している。その後ロンドンにある弁論・演劇中央学校に進み、現在の夫ティム・アーサーと知り合った。プリムローズ・ヒル［ロンドンのリージェント・パークの北にある公園］で行なわれたドルイド教［ウェールズなどケルト文化に古代から伝わる宗教・文化］の色彩豊かな結婚式の様子は『サンデー・ピープル』紙に詳しく報じられた。ティム・アーサーはエクセター［イングランド南西部の都市］に職を得、妻のキャシーも同じくエクセターのイクスヴェイル病院ドライデン小児治療部で教えていた。これは精神障害のある思春期の子どものための治療施設で、クリストファー・ウォーデル博士が運営していた。ここでの体験をもとにキャシーは障がい者教育に一生を捧げることを決意した。一九七二年にアーサー夫妻はハヴァフォドウェスト近くの古い農家を購入して大改造した。ちょうどその頃にイーストゲート・センターが設立され、エクセターの経験から多くを学んだキャシーは、そこの三人の教師の一人として採用されたのである。

イーストゲート・センターの教育スタッフは教育行政当局やソーシャルワーカー等と密接に連絡を取って、教育効果を上げるために全精力を集中している。症例検討会には各チームが参加し、個々の子どもの回復度について議論して次の治療法を決定する。双子がイーストゲート・センターに入所してから、キャシーに加えて児童精神分析医エヴァン・デイヴィーズ博士と教育心理学者ティム・トーマスを含めたチームが作られ、双子の回復過程をチェックする作業を始めた。

キャシー・アーサーはこの二人の問題点をすぐに察知した。最初の一週間、二人はまったく誰とも、たとえ同じグループの子ども達とも一切口をきかなかった。また食事時の二人の動作は異常なほどゆっくりしていた。食物の受け渡し台に向かってまるでかたつむりのように歩き、また食卓では食べようともせず、ただじっと料理を見つめたままいつまでも座っていた。「あの二人の動作が異常にのろいことでほかの子ども達は頭にきていたみたい。話さないということよりもね」とキャシー・アーサーは思い返している。

双子を喋らせるために、キャシーは質問をテープに吹き込んでそれを返答用のテープレコーダーと共に二人のところに置いてみた。こうするとこの頑固な王女様達は時々重い口を開いて下さるというわけだ。キャシーの友人である西インド諸島出身の先生に頼んで、二人に対する簡単な質問を録音してそれを聞かせた時が第一歩だった。その人はこんな具合に尋ねている。「ぼくには奥さんがいると思う？　子どもは？　さあ答えて！」それから声の調子を少し改める。「ぼくに何でも聞いてごらん」キャシーとその友人がテープを巻き戻してみると最初は何も録音されていないようだった。だがテープが終わる寸前に、まず忍び笑いが、次いではっきりした声が聴こえてきた。「何か喋らせようってわけ？」その後に長い沈黙をはさんで「秘密、秘密！」という声。それ以来「秘密、秘密」はイーストゲート・センターのキャッチ・フレーズになってしまった。

もの言わぬ双子もその気になりさえすれば話すことができること、言語障害はまったく軽度であること、キャシー・アーサーはこのことを証明した。その後数ヵ月間、キャシーは二人に話しかけ、褒めたり激励したりして心の壁を破るべく努力を重ねた。ジューンの反応はそれほどではなかったが、ジェニファーは進歩をみせた。五月にキャシーはファージー・パークのグロリア・ギボンズを訪れている。「母親は双子の態度にはっきり変化を認めていました。イーストゲート・センターから楽しそうに笑いながら帰宅して、学校でその日何を作ったか母親に話して聞かせたそうです」
双子はキャシーの手助けを得て、ドロシーとディメルザという二つの縫いぐるみを作り、赤と白の人形用のドレスを縫い、黒髪のお下げで白い顔の回りを飾った。「双子は縫い物があまり上手じゃなかったけれど、私と一緒に何か作るのは大好きだった」とキャシーは述べる。彼女は出来るだけいろいろな角度から双子を観察しようとしたのだ。

毎朝八時四十五分にキャシーは白のローバーミニで、双子の家から半マイル離れたバス停に二人を迎えにやって来た。双子は他人と接近するのを避けて屋根のあるバス待合所には決して入らず、たとえ雨が降っても外で待っていた。時間には正確だったが、キャシーが車を止めても二人とも自分から先に乗ろうとはせず、歩道にしゃちこばって立っている。そこでキャシーが車から降りて、どちらかの肩をつかまえて後ろから膝を折らせ、車に押し込んでやらなければならなかった。そうするともう一人の方は、キャシーが運転席に戻るまでに乗り込む。ようやく二人が後部座席に座っても、今度はどちらもドアを閉めない。「ドアがあと二つあればよかったのかもしれないわね」とキャシーは説明する。「いつも思っていたんだけれど、家から丘を下りて来る道で起こったことによって、その日の二人の様子が違ったみたい。二人のあいだの雲行きがあやしい時はドアを閉めようとしなかった」そこでキャシーがもう一度車から降りてドアを閉めなければならないこともままあった。だからバス停で迎えてからイーストゲート・センターめざして出発するまでにゆうに二～三十分かかったのだ。

ハヴァフォドウェストからペンブルックへ向かう道中は、楽しいドライブとは程遠いものだった。双子はまるで霊柩車に乗ってでもいるかのように無反応に後部座席に座っているが、キャシーは重苦しい雰囲気を何とかしようと喋りづめだ。「あの馬を見て」とキャシーが大声で呼びかけても二人には何の反応もない。数分かかってようやく、どんな風に反応するかについての無言の協定に達するらしい。二つの黒い顔が同時に振り返って、キャシーが指差した方向を見るのがルームミラーに映る。しかし時すでに遅し、一マイル以上も遠ざかっているのだ。

　学校でも同じだった。いつでもお互いの様子を窺っているからこそ、二人の動きが「ピタッと揃う」ということに気づいたキャシーは、この相互の監視をやめさせるために軽い運動をさせることにした。キャシーが述懐する。「爪先に届くほど深く前屈させました。頭を深く下げるからお互いに見えないでしょう。勝手に動くだろうと考えてのことだったのですが、どっこいそうは問屋がおろさない。全然動かないこともありましたし、ものすごくゆっくり動いて、その途中でピタリと止まることもありました。そのたびに私がまっすぐにしてやらなければならなかったのです」

　ただ乗馬だけは例外で、双子は鞍（くら）のうえで身を起こしたり倒したり、小枝を避けたり、自然な機敏さで動くことが出来た。しかし指導する側には難しい問題もあり、キャシーがちょっとでも注意すると二人とも手綱を離して手を引っ込めてしまうのだ。そして一人が降りると、もう一人もただちにそれに倣った。

　そこで、キャシー・アーサーは体操以外の活動を見つけ出そうとした。双子がアメリカに関することなら何にでも興味を持つことが分かったので、アメリカ人の生徒に頼んでスライドを映しながら話をしてもらったこともある。しかし二人はそのあいだ中、椅子ごと身体を動かして顔を見合わせ、スクリーンの方へはちらっとも目をやらなかった。

　次にキャシーは演劇に興味を持たそうとして、「白雪姫」とパントマイムの「ハンプティ・ダンプティ」を観にミルフォード・ヘヴン［ハヴァフォドウエスト近くの都市］に連れて行った。二人にプログラムを買い与えて準備万端整えたにもかかわらず、彼女の努力はすべて水の泡だった。というのは、ジューンもジェニファーもプログラムに目を通さないばかりでなく、舞台を全然見ていないように思われたのだ。俳優が舞台から降りて観客席に入って来ると子ども達はワーワーと大騒ぎになったが、双子だけは、じっと前を見つめてダッフルコートのフードをかぶったままだった。まるで場所を間違えてまぎれこんだクー・クラックス・クランのように。

一九七七年の春から夏にかけて、キャシー・アーサーとティム・トーマスは協力して双子の心理テストを何通りかやってみたが、まちまちな結果しか得られなかった。キャシーは最初に、ベネ＝アンソニー家族関係テスト［十四歳以上の青少年の家族に関する感情を調べるテスト］を双子のそれぞれに別々に行なった。テーブルの上にいくつかの箱が並べてあり、家族構成員の姿を型どった厚紙が張り付けてある。子どもと先生は向かい合わせに座り、先生がカードを一枚ずつ読んでは子どもに手渡す。カードには色々な質問が印刷してある。たとえば「あなたが病気になった時、看病してくれる人は誰?」「あなたを抱きしめたいと思っている人は誰?」「秘密がある時誰に言う?」などなど。被験者はこうしたカードを該当する箱に入れる。問いに答えられない場合、もしくは誰でもないと答える場合には、「ミスターX」と書かれた特別の箱に入れる。そしてそれぞれの箱に入ったカードの数を数えて、家族関係の輪郭を描き出そうというものだ。ジューンはかなり努力して適切な箱を選んだが、八十五枚のうち三十八枚が「ミスターX」のボックスに入った。これはかなりの否定感情を示していると読み取れた。またジェニファーは注意深く質問を読み、よく考えたうえで五十二枚を「ミスターX」のボックスに入れた。つまりジューンよりもさらに家族関係への否定的な感情が強いことが示されたのである。

児童向けウェクスラー式知能検査［五歳〜十六歳までの子どもの知的能力検査］ではジューンの方がジェニファーより少し上回ったが、二人とも平均よりはるかに低い点しかとれなかった。共通して理解度は高いのだが語彙に乏しく、また計算力テストはやってみようとさえしなかった。しかし各種性格テストの結果は非常に矛盾していた。というのは、社会的適応や積極性の欠如、引っ込み思案などが示唆される一方で、他のテストでは「他人の助けや忠告を必要としない自立性」やバランスのとれた性格の持ち主であるかのような結果が出たのである。推理力テストでは与えられた絵をみてストーリーを組み立てなければならないのだが、結果はいつも「状況認識の不足、性格判断の不明確さ」を示した。闘争や怒り、露骨に性を表わすもの、競争めいたものなどが絵のなかにちらっとでも表現されていると、二人ともまったくそれを無視した。二人は「登場人物の間に葛藤のない安易なエンディングの、うすっぺらな冒険物語」を書いた、というのがキャシーの下した結論である。このような二人がわずか二年後には、性や深刻な対立、感情的なもつれに満ちあふれた小説やお噺を書いて、主役の一人か二人が最後には殺されたり自殺したりするエンディングをしばしば用いるようになるのだ。

ティム・トーマスは、双子の心理療法を週一回受け持っていたが、二人が治療のためではなく自分を困らせるためにその時間に臨んでいるように思えた。トーマスは当時三十二歳、身長六フィート、顔色は青白く髪は茶色、ケルト系特有の赤い顎ひげ、誰からも好かれる人物である。どんなに困った時でも、ひと息ついてさあやるぞと思えば乗り切ることができる。「オー、いいねぇ!」が口癖で、強いウェールズなまりで軽快に喋る話の切れ目に何度もこれを挟む。すると聞く者は、実際にはそうでなくともすべて順調にいっているような気がしてくる。彼はモンゴメリ州ニュータウン［ウェールズ北西部の町］生まれでウェールズ語の家庭で育ち、父はナショナル・プロヴィンシャル銀行に勤務していた。ティム・トーマスはブリストル大学で心理学を学び、大学院で五年間訓練を受けた後、ペンブルック州の教育心理学者として赴任した。その後ハヴァフォドウェストの中心部近くにある、幾度も建て増しをした中世の商人の家に、イングランド人で国語の教師をしている妻と、ウェールズ語でいつもお喋りしている三人の明るい子ども、それに忠実な二頭の犬と暮らしている。

双子と自分との闘いで、双子が勝利を収めつつあることはトーマスにもはっきり分かっていた。週に一度の治療の場で、当初トーマスは双子には何も要求せずに信頼を得るよう努め、会話をしようとする意欲がいかに重要かを忍耐強く説明した。しかし二人は彼をじっと見つめるだけで、どんな動きもいかなる反応も見せずに座ったままだった。そのうちにトーマスにも分かってきた。このやっかいな双子に話しかけることは、沈黙の壁に言葉を打ちつけるのと同じで、いずれ自分の方が我慢できずヒステリックになってしまうことが。

そこでトーマスは戦術を変えて二人と同じ土俵で勝負することにし、治療の場でも自分からは何もせずにただ座って二人の出方を待った。双子も落ち着き払って黙って座っている。沈黙がトーマスの耳をつんざくほどに感じられるようになり、苛々して何でもよいから口に出したくなる。「あの二人の楽勝だった」と彼は後に治療チームの面々に語っている。「二人が口を開くのを待ったのだけれど、むこうの方が一枚上手だった。僕はとても付き合いきれない。二人が頷いたり、脚を組んだりほどいたりするのをただ見ていただけで、到底我慢できなくなった。その動作が実に微妙なタイミングで揃っているものだから、二人芝居の異様な出し物を見ているような気分がしたものだ」

この娘達が普通の子どもらしさを発揮することがあろうとは考えられなかった。しかし、二人とも妹のロージーとは何時間も遊んでいるとグロリアが語っていたことを、キャシー・アーサーは思い出した。もしも二人が誰も見ていない所で、二人だけで、あるいは小さい子どもを交えて遊ぶところが観察できれば、二人の行動を解明する手掛かりが摑めるかもしれない。キャシーはイーストゲート・センターの心理分析室を手配した。この部屋には外から中が見える鏡と二台のビデオカメラがあるので、二人が遊んでいるところを記録できるのである。目をむくような結果が得られた。

まずキャシーが色々な打楽器を鳴らすように二人を促して(うなが)いるところが映る。「あの二人が大きな音を出せるかどうかを見たかった。いつでもビクついていたから」とキャシーは述べる。この時間は彼女の予想した通りになった。ドラムの叩き方を色々なリズムで粘り強く教えても、双子は全然やってみようとしなかった。そこでキャシーは部屋を出て、かわりに双子が可愛がっていた元気なアリソンという小さな子をこの部屋に入れた。アリソンはすぐにドラムスティックをひったくり、ゲラゲラ笑いながら叩き始めた。カメラは、ジューンの顔の緊張が解けてお茶目で愛らしい笑みが仮面の下から覗くのをしっかり捉えた。ジェニファーのこわばった表情も少しずつ緩みはじめた。鏡の背後のカメラに気づいているかのように、キャシーの方にちらちら目をやりながら、ジューンはスティックをシンバルに降り下ろした。部屋中に響きわたるシンバルの音に二人が思わずどきっとした途端、アリソンのうれしそうな叫び声が上がり、それに双子の楽しげな笑い声が重なったのである。

　この時大人が部屋に入ったら状況がどう変わるかが知りたくて、キャシーが部屋に戻った。予想通り、鉄製のアイシェードが降りたように二人の目から輝きが消えた。腕がこわばってまるでおもちゃの兵隊のように棒立ちになり、キャシーが部屋から出て、アリソンがもう一度ぜんまいを巻いてくれるのを待っているようだった。

　キャシーは、誰かに聞かれることを意識していない時の双子の会話をテープに録(と)ってもみた。というのは多くの双生児に認められるように、この二人が自分達だけに通じる秘密の言葉を話しているかどうかを確かめたかったからだ。そうやって録音されたジューンとジェニファーの会話は、人間の子どもの声というより小鳥のさえずりに似ていた。グロリアでさえ、いくつかの言葉以外は聞き取れなかった。速いスピードで話していることは明らかだったので、回転数を落として再生してみると、思った通りサンディエゴの双子と同じように、この二人の言葉は少しアクセントの位置を変えた普通の英語であることが分った。

キャシー・アーサーはこの双子の問題の手掛かりを摑みかけていたが、他のイーストゲートのスタッフの間には双子に対する怒りが広がっていった。つまり、この二羽の「マネシツグミ」は自分達を笑い者にしている上に、何か不思議な力を使ってスタッフをコントロールしているのではないかというのである。確かに双子の行動は治療チームの結束を弱め、相互の対立と軋轢を生んでいたし、双子にはほとんど進歩がみられなかった。この点はキャシー・アーサーとティム・トーマスも認めざるを得なかった。二人は次のように考察した。つまり、双子はお互いから力を引き出している。そしてジェニファーが優位にあってジューンを目の動きだけでロボットのように支配している。二人が一緒にいる限りこの関係を遮断できない。したがって唯一の方策は、双子に関する教科書が教えるように、二人を切り離すことである。

キャシーは離ればなれになることについて作文を書かせて、二人の意見を探ってみることにした。するとと驚いたことに、二人とも離れた方が良いと思っているようだった。一九七七年十月六日にジューンは書いている。「悪いのはあなた達だ、生活を一新しなさい、と言われ続けてきましたが、私達二人とも相手が先に行動を起こすのを待っていました。離ればなれになるとどちらが先に変わったか知りようがないでしょう……。もし、たった今二人が別れればきっと良い方に向かうと思います」ジェニファーの意見も同じだった。「二人とも離れるのがいちばん良いと思っています。今はどちらも、相手が先に話して生活を変えるのを待っています。離れればどちらが先に実行したか分かりません。良くなろうと二人とも懸命なのです。二人とも自分自身の人生を送りたいと願っているのに、一緒にいるといつまでもお互いを頼ってしまうのです」

二人を分離するとの考えをティム・トーマスが同僚にもらすと、皆は大反対だった。反対意見の真意を探るために、ティム・トーマスとキャシー・アーサーは一九七七年十二月五日に症例検討会を開催した。エヴァン・デイヴィーズ博士が司会し、イーストゲート・センターの全スタッフに加えて、二名のソーシャルワーカー、カマーザン〔ウェールズの南西、ペンブルック州の東隣の州、またその州都〕青少年治療所から二人、さらに州の特別教育に関する副責任者ブライアン・ウィルコックスが出席した。

　双子のどちらか一人を、エヴァン・デイヴィーズが管理するカマーザン青少年治療所へ入れることが提案された。彼自身はあまり賛成でなかったが、キャシー・アーサーとティム・トーマスは積極的だった。まず、青少年治療所のスタッフのために、双子の様子を写したビデオが上映され、次に分離を求める双子の作文を回覧する一方で、これはあくまでも試みであって双子のためを思った「第一段階」に過ぎないことを強調して反対をかわそうとした。「二人が分離を望んでいるのですから、それを実現してやらなければなりません」とティム・トーマスは雄弁をふるった。「二人はいわば互いに首を締めあって死にかけているのです。たとえどちらか一人を犠牲にしてでも、一人だけでも助けてやらなければなりません」

「私は賛成できません。そんなこと非人間的だし、残酷すぎます」と述べたのはメアリー・ギャレットで、彼女自身、双子の姉妹の一人を誕生直後に亡くしている。この時、論争の本当の意味合いが明らかになった。それはウェールズの地方都市を舞台にして野心と理想を燃料にして燃えあがった闘争だった。地方に埋もれた専門家の欲求不満と野望が二人の少女の処遇を巡ってぶつかりあった。カマーザンのスタッフは二人の分離を好ましくないと考え、二人一緒ならばよいが、どちらか一方だけを受け入れることはできないと言明した。しかしペンブルックにおける特別教育の事実上の責任者であるブライアン・ウィルコックスが反論し、二人ともイーストゲートを出てしまえば、もしも再度ここに戻らなければならなくなった場合に、たとえ一人でもその可能性は保障できないと述べた。デイヴィーズらカマーザンのスタッフは分が悪くなった。そこでキャシー・アーサーが優位に立って、二人を分離する提案を行った。つまり双子のうち一人はイーストゲートに留めて、もう一人は試し期間だけカマーザン青少年治療所へ送るというのである。この提案にエヴァン・デイヴィーズは賛成し、次週の月曜日、一九七七年十二月十二日に双子のうち一人をカマーザンで受け入れることになった。

しかしキャシーらの勝利は長続きしなかった。カマーザンに戻ってからエヴァン・デイヴィーズはスタッフともう一度議論したが、驚くべきことに彼らの猛反対にあったのである。恐らく双子を離ればなれにするとどちらか一方がダメになるというデイヴィーズ自身の危惧が、皆に感じとられたためであろう。デイヴィーズは民主的に決めるために多数決を採用すると、デイヴィーズがすでに決定したことに皆が反対するという、今まで一度もなかったことが起こってしまった。金曜の午後遅く、デイヴィーズはハヴァフォドウェストに向かって車を走らせ、帰宅直前のメアリー・ギャレットをつかまえて、双子の分離が中止になったことを告げた。

しかしキャシー・アーサーもティム・トーマスも諦めなかった。その後二ヵ月間、分離がなぜ必要なのかを説いて回った。またエヴァン・デイヴィーズにスタッフの決心を変えさせるよう説得した。それと同時に、キャシーは主として「テープレコーダーに向かって喋る」方法で双子との信頼関係を築く努力を続けていた。質問とメッセージを録音して、そのテープレコーダーを双子のもとに置いておく。そして、録音された双子の断片的で分かりにくい言葉を手がかりに、少しずつ双子の心のヒダを読み取ってゆくのである。キャシーのエネルギーとバイタリティーは二人にも強い印象を与え、やがて双子はキャシーの注目を惹くために夢中になって競いあうようになった。褒めると反応が良いと見てとったキャシーは、二人がご褒美に値することを行なうたびに星を与えることにした。ニッコリ笑うとか「お早う」が言えるなどの小さなことから、「課題が与えられた時に相手を待たないで先に動くこと」や「机の前に座った時に手で顔を隠さないこと」など、少しでも進歩が認められると星がもらえる。また「どんなことでも話すと得点になる」など。こうしてキャシーの影響を受けている間は、離ればなれになることを二人とも抵抗なく受け入れ、テープを通して彼女と語り合うほどになったのである。

しかし双子が理解していたのは分離という言葉に過ぎなかった。現実に分離が近づくと二人は恐怖し、いよいよ後戻りできそうにないことが分かると色々な手を使って抵抗し始めた。新しい武器は電話だった。ある夜、トーマスは自宅の書斎に散乱した書類の山のなかから手紙を探していた。妻のスーは娘のためにピアノを弾いていた。ちょうどその時、電話が鳴った。ティムが受話器を取ると、公衆電話特有のピッピッという音のあとカチッと鳴ってから、西インド諸島訛り（なま）りのある早口の聞き慣れない声が聞こえてくる。「トーマスさん、今晩は。こちらは双子です。今日の昼間は申し訳ありませんでした。もし私達を、は、は、離ればなれにしなければ、来週から、は、は、話し、は、は、始めることをお知らせしたいと思います」

本当に双子だろうか？　そうだとすれば双子のどちらが？　トーマスの番号は電話帳には載っていないのにどうやって知ったのだろう？　トーマスはすぐキャシーに電話をかけたが話し中だった。翌日その理由が分かった。キャシーにも他のスタッフの家にも同じような電話があったのだ。双子は分離を阻むための取引にその後電話をかけまくるが、これがその最初だった。もちろん二人とも電話で話した約束を守れなかったから、どんな取引も成立しなかったのだが。

一九七八年三月始め、キャシーの作戦がついに功を奏した。エヴァン・デイヴィーズが双子のうち一人をカマーザン青少年治療所で引き受けてもよいと電話で連絡してきたのだ。ティム・トーマスがこれを双子に伝える役になったが、どんな風に言うべきかずいぶん迷った末にずばりと切り出した。「はっきり言いますが、ここでは君達はあまり進歩していないから、二人を離すことに決めました。一人はカマーザンにあるデイヴィーズ博士の全寮制治療所に入ります。もう一人はここに残ります。どちらを選ぶか二人で決めなさい」

初め二人の少女は身動きもしない。それからそろそろと動き始めた。ジェニファーは脅かすような目でジューンを見つめ、手に力を入れた。二人とも背を丸めて身構え、相手を睨みつけた。その敵意に満ちた様子は、攻撃に移る前の猫のようだ。突然金切り声が上がって訳の分からぬことを怒鳴りながらジェニファーが突進し、ジューンの頬、目のすぐ下に長い爪を突き立てた。血がにじみ出た。ジューンも相手の髪を力一杯引っ張って応酬したため、硬い黒髪がひと房床に落ちた。ティム・トーマスが行動に移る前に、二人は追いかけあって部屋を飛び出す。叫び声はますます高まり苦悶に満ちている。ティム・トーマスが駆けつけて二人を無理やり引き離そうとするが、彼が全力を上げなければならないほど二人の力は強い。しかし一旦離されるとその力はすっと消えて、まるで命のない人形のように力なくティムに抱きとめられたままになった。

分離が決定されたことを知って、二人の電話攻勢は新段階に入った。イーストゲートのスタッフに何度も何度も吃音気味の悲痛な声で電話がかかった。「もしイーストゲートに、ふ、二人とも、い、いられるなら、話すことを、や、や、約束します」(この吃音の始まりについてはおもしろい話がある。アン・トレハーンがこの二人を治療し始めた時、吃音は認められなかった。トレハーンの考えでは、二人は言語治療のためにクリニックの待合室にいる時に他の子どもの真似をして吃音を身につけ、電話作戦に効果をもたせるために使い始めたらしい)。

一九七八年三月十三日に分離計画は実行された。ティム・トーマスがイーストゲートへ連れて行くためにジェニファーを自宅に迎えに行き、少し遅れてキャシー・アーサーがジューンをカマーザンの聖デイヴィッド青少年治療所へ連れて行った。キャシーの日記には、ジューンが「怖がって泣いていた」と記されている。

分離の時期としてこれ以上悪い時はなかっただろう。なぜならジューンが入所を許された四日後にはイースター休暇が始まり、帰宅許可が出たからである。休みの間中、双子はイーストゲートのスタッフに電話をかけ続け、分離を中止するよう脅したりすかしたりした。しかし誰もその手に乗らなかったため、二人の誕生日の前日、四月十日に再び二人は離ればなれにされた。ジューンは悲しみに打ちひしがれ、治療所の誰一人として彼女を元気づけることは出来なかった。「みんなあの子に暖かく接して理解しようとしましたが、まるで悲劇のヒロインのように孤立して、自分の殻に閉じこもっていました」と担任の教師ヴィヴィアン・ヒューズは述べる。ジューンの十五回目の誕生日は生涯最悪の日となった。彼女はカードやプレゼントに見向きもせず、恐怖に身を固くした小動物のように身じろぎもしないでじっとしていた。午前中にエヴァン・デイヴィーズが寄宿舎に顔を出した時には、ジューンはまだベッドに横になっていた。「ジューンの気持ちを引き立てようと思って、僕が一人で起こしてやろうと言ってみました。だけど冗談じゃなかった。二人がかりでようやくジューンを起こしてみたものの、板のように壁に立てかけるのが精一杯だったんですよ」

「私は二人の女の子と相部屋だった」とジューンは数年後に書いた日記で当時を回顧している。

本当に独りぼっち。だって誰とも一言も口をきかないのだから。心の友なんか一人もいない……。空腹、苦痛、怒り。Jはイーストゲートにいる。あの子は楽しく毎日を送っているにちがいない。家に帰って自分のベッドで休み、家族と顔をあわせる喜び。好きなものを食べることだって。私は聞いたこともない話を聞き、食べたことのないものを食べる苦痛を味わっていたのに。

―食べるのは大の苦手。だってたくさんの人と一緒のテーブルにつくなんてことはなかったから。

ジューンは障害をもつ青少年のための特別教室へ通った。教室は主病棟入口の傍らにあるぼろぼろの古い建物である。ジューンは毎朝寄宿舎からこの教室まで歩いていったが、その入口で立ち止まっていることが多かったため、ヴィヴィアン・ヒューズか、ジューンに同情する少年が腕を取って教室の中に運ばなければならなかった。皆でコートを脱がすと、ジューンはじっと前を見つめながら長い時間かかって椅子に腰を下ろし、その後は午前中の授業が終わるまで身じろぎもしない。この施設で誰をも困らせたことは、ジューンが声もたてずに涙して頬を濡らすことだった。自分では流れる涙を拭(ぬぐ)おうともせず、先生や生徒がティッシュペーパーを箱ごと持ってきて頬や鼻を拭ってやっても、ジューンは気にもしていないように見えた。

ジューンが生命の輝きをみせるのは、キャシー・アーサーの許しを得てジェニファーが電話してくる昼食時だけだった。ジューンは早口で話すあいだ中、ニコニコして時には忍び笑いもした。そして電話が終わると命が失われたような元の状態に戻った。「私が一番ショックを受けたのは、ジューンが口を閉じているその意志の強さでした」と、障がい児教育に経験豊富なヴィヴィアン・ヒューズは述べる。「ジューンはジェニファーに首根っ子を摑まれているように見えました。二人の関係には、まるで黒魔術のような神秘的なものがありました。もしジェニファーの呪縛から解き放たれていれば、ジューンはごく普通のどこにでもいる女の子になったように感じます」

その後の数週間、ジューンの悲しみは一向に軽くならず、次第に食べることを拒否しはじめた。そして五週間目の週末に帰宅したのち、ジューンは再び戻って来なかった。同じ日にジェニファーもイーストゲートに登校していない。かくして一九七八年五月八日月曜日をもって二人の分離は正式に中止され、エヴァン・デイヴィーズは大いに胸を撫で下ろした。というのも、自分が手を下すか他人に任せるかは別として、ジューンに無理やり食事を摂らせることまではしたくなかったからである。ジューンはもう一度イーストゲートに戻り、その学期の終わりまで在籍した。

その頃、二人の身体は、憂鬱（ゆううつ）な内面が映しだされたとしか言いようのない、憔悴した状態になった。同じ洋服を着て元気そうに太っていたかつての面影は消え去り、顔は土気色に引きつり、突き出した肩甲骨に色褪せたカーキ色のぶかぶかセーターを引っ掛けるようにして着ている様は、まるで釘に引っ掛かったボロ布のようだった。グロリアは毎朝三十分かけてお下げを編むのをやめてしまったので、二人の髪はヘアーカーラーや紙バサミなど何でも手もとにあるもので無造作に束ねられているに過ぎなかった。下着にいたっては雑貨屋の店先に金物、ロープ、針金などと一緒に釣り下げられたボロのような有様だった。

夏の間、キャシー・アーサーはイーストゲートを休んで、スウォンジー［ウェールズ南部、カーディフに次ぐ第二の都市］のユニバーシティ・カレッジ特別教育コースで学士号をとるために過ごした。彼女は双子の研究を課題にした。ジェニファーを被験者にして二十四週の行動修正計画を立て、双子の片方が他と離れた状態で、社会的に健全な行動を学べるか否かを見ようというのだ。毎月第二金曜にキャシーはジェニファーと丸一日過ごして田園地方を長時間歩き、時には図書館や商店街にも足を延ばした。ジェニファーはキャシーの歩く速さや車や歩行者の流れにおかまいなく、いつでも彼女ときっかり二十フィートの距離をおいて歩いた。ついてきていることを確かめるためにキャシーが後を振り向くと、ジェニファーは現代のエウリュディケー［ギリシャ神話に登場する木の精霊］のように凍りつき、キャシーが元通り前を向くと安心して歩き始める。スーパーマーケットの中では困ったことになって、レジの前で凍りついたジェニファーの後に、怒りの行列がどんどんたまってしまう。「城やドックやその他どんなに面白そうな所へ行っても何も成果はなかった。なぜかというと、あの子はたとえ興味があっても絶対に見ようとしなかったこと、もう一つ、異常にゆっくり歩くものだから、二人とも疲れ果てたからだ」とキャシー・アーサーは記録している。

ジェニファーは簡単な家事にも拒否反応を示した。キャシーは二人のための簡単な食事の用意が出来るように訓練しようとしたが、ジェニファーにまかせきりにすると二人はいつまでたっても食事ができなかった。ジャガ芋とナイフをジェニファーの手に握らせても床に落としてしまう。トフィーとポップコーンを作らせようとした時などはひどいことになった。こうした計画のうちで唯一成功したのは、本を借りて読むことであった。また写真を見せてそれをもとにしたお噺を書かせることもジェニファーに勧めた。次に掲げる短い寓話的な作品は、二羽のオウムの写真を見てジェニファーが書いたものである。

昔、二羽のオウムが動物園にいました。毎日たくさんの人が動物園にやって来てはこのオウムを見ていました。オウムは時にはお喋りする人間の真似をすることもあり、また時には人間の言葉を使って二羽で会話してみせることもありました。

見物人はほとんど一日中鳥籠の前に立って、二羽のオウムのお喋りを聞いていました。オウムが人間と同じように上手に話すのは少しおかしいと思っていたのです。

「ポリー」と「バーキン」という名のこのオウムは、自分達の故郷にどんなに帰りたいかよく口にしました。時には籠の戸をあけて外へ出してほしいと、見物人に頼むこともありました。見物人はオウムがふざけているのだと思ってドッと笑っただけでした。このオウムを家に連れて帰りたいとお父さんやお母さんにねだる子どももいました。そういう時には、両親が答える前に、どちらかのオウムが「私達、売り物じゃないんです」と親切に言うのです。すると、もう一羽のオウムもすぐに同じことを言いました。

「この段階では、双子に秘められた書く能力にそれほど注目していませんでしたが、唯一のコミュニケーションの手段として是非とも培ってやろうと思いました。書くことと読むことに対する興味を育ててやれば内面的な蓄積が増して、孤立状態から救う手段になり得ると考えたからです」とキャシーは述べる。

キャシー・アーサーは、自分の実践が教育的効果を上げているかどうかを知る術すらなかったのに、被験者のジェニファーはキャシーを確実に打ちのめし、キャシーは自分の苦闘が「逆効果」でしかなかったことを認めざるを得なかった。二十四週目の終わりに行なったテストの結果は、実に驚くべき悲惨なものだった。家族関係テストで二人は八十五パーセントのカードを「ミスターX」のボックスに入れたのだ。これは前回のほぼ倍で、家族との結びつきが大幅に衰えていることを示していた。また、この二十四週間二人は異なる環境に置かれていたにもかかわらず、性格的な共通性は増していた。「学業の面でも治療の効果はまったくなかった」とキャシーは結論づけた。「たぶん治療計画が有効じゃなかったということでしょう」

それ以後、キャシー・アーサーはこの双子から離れ、学位のための研究を終えると専任教員をやめて家庭に戻った。双子の将来の見通しが暗いことをキャシーは知っていたから、手を引いたことに罪の意識を感じながら。イーストゲートにおける双子の指導はアン・ブラウンにまかされた。彼女は三十代初めの快活な女性だが、特別教育のための訓練は受けたことがなかった。双子はスタッフに対してあからさまに反抗的な態度をとるようになり、ますます話さなくなる。この頃に録音された二人の言葉は簡潔で何の感情もこもっていないが、実際にはそれと程遠い心理状態にあったことが、書いたものの攻撃的な調子から判断できた。ジューンは次のように書いている。

最初に一つはっきりさせておきます。それは、私達のことを誰も本当には分かっていないということです。先生達が私達について言うこと全部が何から何まで間違いです。私達二人の間で何が起こっているか、誰も本当のところは知りません。二人とも別々の人間だということはよく分かっています。どちらも相手を縛り付けておこうとしているわけではありません。また相手に依存もしていません。だから皆が私達二人について言っていることは全部、ほんとは胸のうちにしまっておくべきことです。先生方が考えていることを私達に言うべきではありません。

自分のことは私達が一番よく知っています。私達は双子ですが、普通の双子ではありません。私達がすることは何もかもそっくり同じです。なのにその内の一人がトラブルメーカーで、ボスだと言う人がいます。とんでもない！　どちらもボスでもリーダーでもありません。先生方は、私達二人が違うと考えているかもしれないけれど、それでも私達の考えは全く同じで、二人とも私がここに書いたことに同意しています。

しかしこれこそがまさに双子の問題そのものだった。イーストゲートでの学期が残り少なくなった頃、二人の葛藤は新しい段階に達したが、それに対するジェニファーの解決法は、目に見える違いを全てなくして事実上一人の人間になってしまうことだった。あたかも母親の子宮の中でジューンとジェニファーの細胞が分化する前の状態に戻りたがっているかのように。ジェニファーはいつでも自分

の方が劣っていると思っていた。つまり十分だけ遅く生まれ、両親からも先生からも愛されず、万人に認められる才能がほとんどないと。だからジューンが目立たない時だけ二人は対等になれて、ジェニファーは安心できた。

これとは違い、ジューンは別々であることを望み、よりかわいく、より賢く、皆に愛され褒められる双子の一人でありたかった。二人のこの違いを後押しするために、もう一度分離計画が決定された。この脅威を前にして、双子の王国はますます堅固に防衛されなければならない。善意の教師や心理学者が侵略しようとしているのを感じて、ジェニファーは、今がジューンをつなぎとめる最後のチャンスであることを知った。「おまえはジェニファーよ。おまえは私なの」とジェニファーは繰り返し繰り返し呪文のように唱えた。ジューンは苦しんだ。しかしジューンが一人で生き延びるためには、愛するジェニファーのアイデンティティーを抹殺しなければならないのだ。ジェニファーがジューンを支配しようとするたびに、ジューンがあげた悲痛な叫びをティム・トーマスは今でも覚えている。

「私はジューンよ！　私はジューンなのよ！」

二人のこの強烈な闘争にイーストゲートのスタッフは怖気（おじけ）づき、二人の分離が沙汰止み（さたや）になっただけでなく、将来の計画についても一切触れられなくなった。そのためイーストゲートでの最後の学期の残された期間、双子は誰にも干渉されずに好きなことをしていた。もはや誰も二人を煩わせなかった、ただ一人の少年を除いては。今後二年間、二人はこの少年の虜（とりこ）になり、それが原因で破滅の道をたどることになる。

十六歳のアメリカ人ランス・ケネディは、イーストゲートでは最年長で、長身、ブロンドの髪などアメリカ人らしい魅力にあふれていた。この少年は過去に重ねた悪事を鼻にかけ、どんな事をして今までの学校から放校されたか、ヤクでフラフラの時にどうやって捕まり、学校の一室に閉じこめられたか、どうやって警官の裏をかいたかをしょっちゅう吹聴していた。双子はこの少年を見つめ、その話しに耳をかたむけた。

数人の乱暴な少年が双子をいじめていたので、ランスは二人をかわいそうだと感じた。他人の攻撃を受けている間、二人の少女は傷ついた二羽の小鳥のように頭をお互いの腕に埋めていた。二人がケンカする時には向きあって立ち、相手の顔を摑んでは交互に殴っていた。ランスはこういう変なやり方を今まで見たことがなかった。そして徐々に二人の少女を守ってやるようになった。「あの娘達を喋らすために、顔に平手打ちを食らわせてやろうと思ったこともあったよ。あのちっぽけな、ホラー映画みたいな町で、あいつらも俺と同じよそ者だったんだ。もしあいつらがちょっとでも俺に話しかけてきたら、友達になったと思うよ」

しかし話しかけられないことこそ、二人の一番の問題だった。ある日、ランスの持っていたタバコの一本一本に愛のメッセージが書きつけてあるのを見つけて、彼は大いに得意になった。その後、どこへ行っても同じようなメモが彼を待ち受けていた。この熱烈なファンが誰なのか彼には見当もつかなかった。しかし後にその謎が解けると、彼は双子のことを親しみを込めて「痩せっぽちの黒ウサ子ちゃん」と呼ぶようになった。

イーストゲート特別教育センターでのジューンとジェニファー（1977年）。

第三章　人形の家

十六歳の時、私はまだ性の経験がなく、人形遊びをしていた。一人の友達もなく、私とジェニファーは人形の幸福だけを願って生きていた。

ジューン・ギボンズ

ハヴァフォドウェスト最古の聖メアリー教会は、ハイ・ストリートの端にある三角形の土地のちょうど頂点に位置している。ジューンとジェニファーがこの教会へ向かって歩いていると、雲の切れ目から太陽の光が一筋さっと差し込んだ。星占いや迷信を信じ込んでいた双子にとって、太陽の陽射しは縁起のよい印だ。星占いによれば牡牛座の二人にとって、その日はものごとすべて順調に進むはずの日だった。

道を歩く人がいないかどうか確かめるのはジューンの役目だ。見ず知らずの通行人でも、他人は誰もかも恐怖だった。もの珍しげに見つめられていないことがはっきりするまで、二人は身動きひとつしなかった。ジェニファーは教会の墓地の門の前で尻込みをしていたが、目には見えない信号が変わったかのようにジューンの後に従って道路を横切った。青字で「雇用省失業手当事務所」の表示がある建物の中を窺って、長い列がないかどうか、誰か二人を探ったりジロジロ見たりしていないか、確かめるのはジェニファーの役だ。しかしその日は星占いどおりの幸運日だった。二人でカウンターへ近づくとジューンが事務員の前に立つ。「国民保険番号とお名前、住所をここにどうぞ」書類の点線部分を指差しながら、事務員は型通りに告げた。ジューンの自尊心は傷つかずに済んだ。いつも忙しいお役人との間では、話をしなくても済むのだ。

一九七九年の夏学期の終わりに双子はイーストゲート・センターを卒業したが、卒業後の二人に対する計画はなに一つないままだった。イーストゲートでの教育はことごとく失敗に終わり、二人に関わる事態は悪化する一方で、しかも学校内の内部闘争に利用されたこともあり、これ以上特別教育を受けても効果は薄いと判断されたのである。責任者のジョーン・ハリーから両親のもとに失業手当の受け方を示す短い手紙が送られ、何らかの援助が必要になれば、青少年治療所のデイヴィーズ博士と連絡をとるようにと付け加えたうえで、「現在の困難な状況が一日も早く解決されるように願っています」と結んであった。

学校を卒業しても就職できない学生があふれている町で、二人ともCSE資格を一科目しか取っていない上に、話すこともできない双子が仕事を見つけることなど出来ようはずもなかった。両親はやむを得ず二人が家庭にとどまることを受け入れたものの、これからのことを思うと途方にくれた。一体どうして話さないのか、奇妙な振る舞いをするのか、両親には皆目理解できなかった。いつか「殻を破る日」が来ると相変わらず信じてはいたが、双子の娘が高い壁を作って自分達との交流を断つことに傷つけられ、耐え難くなっていた。

イーストゲートを卒業するとジューンもジェニファーもロージー以外とは誰とも話さなくなった。以前には実際的な事柄については口をきいていた母親さえ、沈黙対象者リストに入れられてしまった。二人はほとんど引きこもり状態になり、火曜日に失業手当をもらいに出かけることを除いては、人の気配がする時に部屋の外に現れることはほとんどなくなり、ロージーと母親を使い走りにして、切手、封筒、便箋など細々した日用品を手に入れた。階段の踊り場に、ぞんざいになぐり書きされた母親あての注文書を置いておく。たとえば「母さん。罫紙、ノートをお願いします。**今日中に**。ジェニー」とか、「四時までは昼ごはんを持ってこないで下さい。忙しいから。よろしく。ジューン」という具合に。

こうした娘達の態度に母親は傷つき、何よりも家族に生じた亀裂を苦々しく感じていた。しかしグロリアは二人の行動を咎めることも、部屋で何をしているのか尋ねることもできなかった。また誰もが不思議に思うことだが、どうして二人の言いなりになって食事を部屋の前まで運び、また空の食器を持ち返ったりしたのだろう。グロリアは何事も時が解決すると信じる女性だった。夫や子どもの希望を常に優先するように育てられたので、娘達がこうした困難な時期をいつか抜け出すだろうと信じて、辛抱づよく待ち続けた。

少し前から、双子は家族の誰とも席を同じくしないと決めていた。テレビが観たければ「今夜七時、歌番組が観たいです。居間の戸を開けておいて下さい」というメモを送ってきた。そしてその時間はぎゅっと身を寄せあって階段に座り、開いているドア越しに居間のテレビの画面を見ている。トイレや台所へ行くために誰か部屋から出てこようものならすぐさま隠れる。そして誰もいなくなるまで決して戻ってこないのだった。

姉のグレタが新婚の夫とやって来たり、たまに誰かお客さんがあると、二人は降りてきてドアの外から聞き耳を立てて、じーっと皆の様子を見守って、家族の状態の一部始終を観察した。スーパーマーケットに出かけること、新しいヤカンを買うこと、グレタの新婚家庭の新しいカーテンのこと、兄のデイヴィッドの仕事のことなど、みんな聞いていた。階段に座ったり二階の窓から覗いたりして、車の出入りもよく知っていた。二人には何も内緒にできなかった。ウォルター・デ・ラ・メア〔イギリスの小説（特に怪奇小説）の書き手、詩人、児童文学作家〕の『耳を傾ける人々』〔一九一二年に発表された代表作〕という詩のように、二人は耳をそばだて凝視しながら、受け答えだけは一切しない。二人はこの家でまるで透明人間のように目には見えないが、沈黙と断片的な命令で平凡なこの家庭を脅かし、家族達を意のままに操っているかのようだった。

家族のお祝いごとに双子が加わることは極力避けられた。というのは前年のグレタの結婚式が不機嫌な双子のために台無しにされたからだ。二人は四時間もの間床を見つめて、両腕を身体の前に奇妙な形に下げて立ち尽くし、新郎新婦も招待客も完全に無視した。それ以降、二人は家族行事から一切締め出されたのである。

双子の好き放題でわがままな生活は、他の家族にとって次第に耐えがたいものになっていった。両親はミルフォード・ヘヴンのグレタの新居で過ごすことが多くなり、ジューンとジェニファーは二人きりにされたので、余計に孤独で自分本位になった。「下で俺達と一緒に食べるか、でなきゃ食べるなって言いたかったよ」と語るのは、理解不能の妹達にまったくお手上げだった兄のデイヴィッドである。彼はできるだけ早くこの家を出ると固く心に決めていた。グレタも頭にきていた。「一度なんか二人が二階の踊り場で言い争いをしていたので、頭をおもいきりごっつんこさせて、片割れを階段から突き落としてやったわ」と自慢げに回想する。他ならぬグロリアだけが、二人の世話を焼くことを自分の務めと考えていた。今まで夫の言いなりになってベッドの脇やテレビの前へ食事を運んでいたので、文句を言わずに言うことを聞くのが一番だと思い込んでいた。変り者の娘達を守るために、グロリアは明るくにこやかに振る舞ったが、娘達の心の中で何が起っているのかさっぱり分からなかった。「双子だからねえ」二階から漏れる奇妙な音や、窓に顔を押しつける二つの影を不審に思う客に対して、グロリアはいつもこんなふうに弁解したものだ。「恥ずかしがり屋なの」
双子が家族を拒絶したのは決して悪意があってのことではない。この双子の悲劇は、ギボンズ家のどの子どもよりも二人が母親や兄姉を愛し、幸福で理想的な家族のイメージに固執していたことであった。にもかかわらず双子はこうした感情を決して表に出しはしなかった。あたかも二人が演じるゲームの規則に反すると信じていたかのように。学校を卒業した後、双子が黙して語ろうとしないために生じた家族との亀裂を、どちらの側も乗り越えられなかったのは実に悲しむべきことである。双子が家族を拒否していると皆が思い込んでいた時、二人が人一倍家庭や家族のことを気遣っていたのはなんと皮肉なことだろう。特にジューンはどんなに家族が大事かを本当は伝えたかった。

私には何かが不足しているが、それは愛じゃない。ロージーもグレタもデイヴィッドもフィル［グレタの夫］も、もちろんママもパパも愛している。ママのことは特に心配だ。ここのところずっとママは哀しい目をしている。若くはないが、ロマンチックで心の中は子どもみたいだ。両親より先に死ぬわけにはいかない。でも両親のお墓に静かに歩み寄り、お花をそえて茫然とするなんていうのも耐えられない。もし私が母親になればって想像してみる。三人の娘と一人の息子を残してガンで死ぬような気がする。子ども達のことを思って泣くでしょうね。ある日突然迷いこんだ不幸を告げる電報で、幸福な子ども時代がぶったぎられてしまうのですもの。「どうして私達が、一体どうして私の身に。他の家族はこんな目に遭っていないのに」って子ども達は泣き叫ぶでしょう。

しかし現実のジューンとジェニファーにはここに書かれたような幸福な子ども時代はなかった。ギボンズ一家は家族の体をなしていなかったと言えるかもしれない。故郷を離れ、親類もない新しい土地でオーブリとグロリアには孤独と不安が常につきまとった。自分達独自の文化や暮らし方から切り離された空隙は、英国空軍基地の宿舎では埋められなかった。そしてヴィクトリア朝の家父長制そのままにオーブリが家族の長におさまり、グロリアはそれに仕えなければならなかった。老人や叔父叔母のいるカリブの大家族制のもとでならそれもうまくいったかもしれない。しかし彼らが住んだ陰鬱な居住地には友人も親しい親類もなかった(一番近い親類はコベントリーに住むグロリアの兄、ロンドン在住のオーブリの妹だった)ので、ギボンズの子ども達は社会的、情緒的に真空状態で育ったようなものだった。グロリアが免許を取った時やオーブリが車を買った時でさえも、子ども達の誰も、両親に連れられて外出したことを覚えていない。ごく稀にお客が来た時にも、オーブリは皆を車に乗せるだけで、グロリアに海岸まで運転させたほどだ。

チベナーからハヴァフォドウェストへ引っ越した夜、グロリアはどうしても料理ができなかったので、オーブリが運転して空軍基地の食堂として知られる「パッチ」に出かけたことがあるが、それも一度きりだった。その時を除いては、オーブリという人間はただ毎日の仕事を終えて帰宅し、制服の青いセーターを脱ぎ、テレビのスイッチを入れ、グロリアか子ども達がお盆にのせた食事を運んで来るのを待つのが日課だった。デイヴィッドによれば、オーブリは子どもの成績には何ら関心がなく、学校のコンサートを聴きに出かけることも、スポーツの試合の観戦をしたこともなかった。子どもが嫌いというわけでなく、逆にとても愛していたのだが、ただ育児とか子どもの世話は女の仕事で、男がかかわるものではないという信念の持ち主だった。家で夕食をしない時には、同僚で隣人のピーター・マーティンとドラフト・ゲームに興じたり政治論議をしたり、あるいは共に「野郎ども」との付き合いに合流したりした。

グロリアは家事全般と五人の子どもの世話に明け暮れた。時々勇気を奮い起こして、夫に向かって少し家族に関心を持つように頼んでみたが、自分自身は日常の主婦業に追いまくられ、オーブリが仕事で不在の時に催す、それほど好きでもないタッパーウェア・パーティー［タッパーウェアの売り子が家庭で様々なタッパーウェア商品のデモを行うこと。主婦層の近所づきあいの機会にもなった］で満足するほかなかった。美術館に出かけるわけでもなく、子ども達の誕生パーティーも週末や休暇中のピクニックもない。週一度のお出かけは木曜夜のスーパーマーケット「テスコ」への買物だけだった。日曜日でさえ家族揃って教会へ行くでもなく、オーブリがラジオで教会ミサに聴き入るだけだった。

そうやって十六歳になった双子は、同じ寝室を使って話も交わしていた妹のロージーとたくさんの人形を加えて、自分達だけの「幸福な家族」を創り出し、自分達にはまったく馴染みのない暖かさやおもしろい事、パーティー、お出かけ、友情を惜しみなく人形に与えた。二人は、この想像上の子ども達に対して厳しい両親であり、「教育を受けていない」双子の生活には全く欠落していた教育水準や躾に、人形達に対しては非常に厳格だった。

ジューンの人形はいつも牧師を演じた。ジェニファーとロージーはスタックハウス家、ウィンター家、ミラー家の係で、それぞれにたくさんの子どもがいて、そのほとんどが双子だった。それぞれの家族で子ども達一人一人にきちんとした身なりをさせて、牧師の果てしないお説教に耳を傾けさせなければならない。「さて皆さん、共に主を讃（たた）えましょう」と牧師は鼻にかかった変な声で繰り返した。ジューンの二段ベッドの傍らの床が教会で、ドアは半開きの聖書、幅の狭い本が教会座席、グロリアの洋服から切りとった赤い布が祭壇である。オルガン音楽は、ベッドの下に隠してジューンが操作するカセットテープから流れてくる。人形の家族構成は何世代にも及んだが、数人の赤ん坊以外の全員が、まるで中世写本のような美しいイラストの入った賛美歌や祈りの本を持っていた。

クローディア・ノーマとロバート・サミュエル・スタックハウスは合唱隊を指揮していた。二人はそれぞれ三十四歳と二十六歳で、背の高さは十二インチ［約三十センチ］、双子のジョニー・ジョシュア・キングストンとアンネマリー・エスター・キングストン、それに孤児のテルマ・クラージーを含む六人の十歳になる子ども達の両親、もしくは養父母だった。家族の交換や養子縁組が頻繁に行なわれ、親類間での結婚もあった。ナンシー・エセル・ウィンターズ夫人（二十七歳、旧姓クアウン）と夫のスタンウィッチ・ウェイター・ウィルキンズ（三十歳）は三ヵ月の赤ん坊をスタックハウス家から養子にして、キャロット・キャベジ・ウィンターズという変わった名前を付けた。トレッシー・サンディ・ミラー夫人とグラニー・ウィンターズ（二人はミラー氏を忘れたか、抹殺したようだ）は十二歳の双子であるアルマとビリー・ホー・ベインズを育てていた。ミラー家、スタックハウス家、ウィンターズ家、キングストン家、そしてもちろんギボンズ家にも恐ろしい出来事がたくさん起こり、そのたびに牧師の活躍が必要とされた。

誕生・死・結婚の登記官としてロージーは自分のノートにその記録をとっていた。それは何の変哲もない普通のノートのようで、実は身の毛のよだつ中身だった。人形の家族を治療する時、少女達は色々な役割を交替で演じ、人形の家も混雑した第三世界の病院へ様変りした。そこに勤めるのはギボンズ医師（ジューン）と看護師のニーナ・タイワンとルース・カレスキ（ジェニファーとロージー）だ。外科チームとしての腕は、その不幸な結果からみても決して良いものとは言えなかった。

サマンサ・ミラー　六歳、顔面手術、失敗。

アン・ミラー　六歳、両眼手術、失敗。眼鏡使用。

タバサ・テイラーとシャーロット・ミラーは二人とも一ヵ月の新生児で、目の手術を受けたが不成功に終わっている。ギボンズ「医師」は親類の不運な子ども達の手術を、切り裂きジャックさながらの技術で行なった。

ジューン・ギボンズ　九歳、足のケガにより死亡。
ジョージ・ギボンズ　四歳、湿疹が原因で死亡。
ブルーイ・ギボンズ　二歳半、虫垂炎により死亡。
ジョージ・ギボンズ　背中にひどい傷を受け重体に陥る。
ピーター・ギボンズ　五歳、養子、絶望状態。
ジュリー・ギボンズ　二歳半、胃潰瘍により死亡。
ポリー・モーガン＝ギボンズ　四歳、顔に裂傷、死亡。スージー・ポープ＝ギボンズも同時期に頭蓋骨骨折のため死亡。

記録はどんどん悪化していく。小さい人形のウェズリー・ミラーは打撲傷が原因で死亡、ランディとレベッカ（前の名はそれぞれルイーズとジョディ・ミラーといった）という十歳になる双子は死亡して「火葬により埋葬」された。

双子は人形の家族に多くの時間を費やした。ロージーが学校へ行くと、双子は人形達を起こして洗面をさせ衣服を着せて勉強させた。中でも作文のクラスには熱が入った。二人は人形の洋服も作らなければならなかったので、ロージーに安売りの生地を買ってこさせ、ジューンがそれを縫った。このごっこ遊びの世界は、二人がうぬぼれ屋のランス・ケネディを知ったイーストゲート時代に遡(さかのぼ)ることができるのだが、いずれにしても中部アメリカを舞台にしている点が興味深い。人形の家族達は典型的なアメリカの郊外居住者で、名前までそれらしくつけられ、高校生の年頃の子どもはディスコやドライブイン・シアターへ繰り出し、グレイハウンド・バスに乗り、アイススケートやローラースケートの大会に参加した。中産階級の裕福な両親と、反抗的なティーンエイジャーからなる世界だった。双子は何でもアメリカに関するものに並々ならぬ興味を持っていた。「トーキング・アメリカン」のリンガフォンのコース案内を取り寄せ、人形達にはドラマ「ダラス」［テキサス州ダラスの大富豪ユーイング家を舞台に、一九七八年から十年以上放送された人気ドラマ］の登場人物のような葛藤と興奮に満ちみちた生活をさせていたが、それは哀しいかな、現実の自分達のさえない環境の中では決して実現できないことであった。

　またこの人形達を通してのみ二人は話すことができたわけで、まるで腹話術師のように人形に喋らせた。ジューンが全ての台本を書き、言葉を刈り込んでジェニファーとロージーに各々のセリフを渡した。それらはセンチメンタルな小作品であったが、なかなかうまくまとまっていて、幾つかの人形が主人公になっていた。またこの頃二人が創作し始めた短篇のヒーローやヒロインも人形達だったし、いたずら描きや漫画、絵本などの主人公でもあった。しかし、二階の一室に閉じ込められた十九世紀の子どもが子守から聞かされたお話のように、「ホワイトリボン協会」［もとは十九世紀後半に結成された「ブリティッシュ・ウィメンズ禁欲協会」で、女性の飲酒、喫煙、ドラッグ、ギャンブルなどを固く禁ずる運動を主導した］によく似た道徳的な教訓で一杯だった。

―　このお話はウェズリー・ギャビン・ミラーという名前の男の子の哀しくも淋しい物語です。ウエズリーはミラー夫妻の息子としてアメリカのフィラデルフィアに生まれたのですが、両親は後に離婚してウェズリーは養子に出されてしまいました。ダニー・ミラーとトレッシーという新しい両親に巡りあう日までのウェズリーには、どんなに同情しても足りないくらいです。なおその上にフィラデルフィアを後にしてはるばるやって来た小さなウェズリーを悲劇が襲い、彼は短い人生を恐怖のうちに過ごすことになったのです。

いったい神はどうしてかくもか弱く純粋な少年を苛酷に打ちのめし、地獄のような人生を送るように定められたのでしょう。いったい何故？　一九七五年の六月の暑い日、トレッシーとダニー夫妻はアメリカ式の住宅の外で、ワシントン在住のソーシャルワーカー、マッケイ夫人が飛行機で連れて来る新しい子どもを待っていました。車が着いて二分ばかり経った頃、若い母親が外に出て、三フィート［九十センチ余り］にも満たない小さな男の子を引きずりだしました。濃いふさふさした毛髪、鼻とほっぺはそばかすだらけ、でもとっても幸福そうでした。

「ウェズリー、こんにちは、新しい両親よ」

「よく来たね」と少年を見ながらトレッシーは話しかけました。この時ミラーさんは何も言わなかったけれど、ウェズリーを嫌っていることはすぐに分かりました。

こうした話は常にジューンが書き、「ラジオ・ギボンズ」のプログラムに織り込まれた。この放送には時事問題から音楽番組、独自のニュース放送、天気予報そして論説に至るまで、あらゆる番組がぎっしり詰め込まれていた。またその日のレシピや家事のヒント、離婚からペットの飼い方にいたるまで、あらゆる事柄に関するアドバイスも盛り込まれていた。中でも「生活何でもドキュメント」はジューンもジェニファーもお気にいりの時間帯で、どうやって若く健康を保つか、困ったことをする

子をどう扱うか、どうしたらダイエットを続けられるかなどについて、二人で話し合った。いつもは「口を開かない」双子が、交代でニュース解説者や困り果てた叔母、コメンテーターの役などを演じた。経験豊富なディスクジョッキーでさえ羨むほどの早口喋りは、二人にとってはお手のものだった。

二段ベッドの下の「人形の家」にいない時や、庭の物置につくった「学校」へ人形を連れて行った時を除いて、ジューンとジェニファーは記念祭や祝賀会をしょっちゅう計画していた。二人は家に引きこもっていたから、こうしたことが特別に重要だったのだ。ハロウィンの準備には何週間もかけ、通信販売で半ダースもの恐ろしい仮面や二つの長い髪のカツラ、懐中電灯などを注文し、何日も費やして恐ろしい話を作ってテープに吹き込み、苦心してなぞなぞやおどろおどろしいメッセージを書き上げた。

ある日のこと、下に誰もいない時に二人はこっそり外出し、なぞかけとメモを近くのアメリカ海軍要員家族居住区の家の郵便受けに入れた。偶然にでもランス・ケネディが見てくれるのではないかと願ってのことだった。この時、ハロウィンのための他のプランはうまく進んでいなかった。懐中電灯やカツラは届いたが、長くて黒いのを注文したはずなのに、手もとに届いたのは短い茶色のカツラだった。楽観的なジェニファーはそれでも「注文とは違っているがまあよい」と書いている。この頃ロージーには喘息発作が出ていた。双子の計画では、シーツで作った衣裳に仮面とカツラを着けて近所を「トリック・オア・トリート」で回るのだが、実際に言うのはロージーに任せるつもりだった。急いで二人は計画を変更し、「トリック・オア・トリート」をテープに吹き込んだ。衣裳の下にそれを隠し持って再生しようというのだ。これはうまくいった。夕方までに、翌日に計画した人形のパーティー用として充分なお菓子とクッキーを集めることができた。

ロージーは双子に言われて二ダースの風船とキャンドル一箱を買いに行った。風船を脹らまし、ハロウィンで集めたお菓子やチョコレートを皿一杯に盛って、床の上に丸く並べたろうそくに火をつけた。仮面をかぶった三人。おもちゃのギターにあわせて気味の悪い音楽を奏でておぞましい物語を語りあう。階下で夕食の支度をしていたグロリアは、二階の真っ暗な部屋から聞こえてくるギャーギャーいう声を不審に思い、また同時に最近無くなった二枚のシーツのことを考えたが、所詮この種の不思議は双子と暮らす中でついて回ることだったので、あまり深くは考えなかった。

この頃のジューンとジェニファーは肉体的な成長に関心がなく、大人になりたいと願っていなかった。膨らんできた胸のまわりにしっかり包帯を巻きつけ、ペチャンコにみせかけようとした。ちょうど二人がしていた「ピーターパン」ごっこでは、スカートをはかないことが一つのルールだった。話すことと同様にスカートも、お互いから自由になり、束縛された幼年時代から解放されるシンボルとなった。閉じこもる蛹(さなぎ)からどちらかが先に成熟した蝶になることはありえない。とにもかくにも、二人とも女性になることを全然望んでいなかった。というのは、母親が父親の命令に服従するのに同情していたためであり、また自分達が男であれば良かったという父親の考えに感づいていたからでもある。ジューンは次のように書いている。

私は学校時代を通じてよく自分が男の子だと考えもし、告白もした。女の身体を持ちながら、自分は男の子だという奇妙な感覚を持っていた。もともと男として生まれたような感じだった。普通のマスターベーションとは違って、洋服を着たまま始めたりした。だけど秘密にしなければならなかった。椅子の上でもできる。上体を起こしたままで。べたっと横にならなくても、やはり腕を枕にして床に寝た方がいい。時には想像力をかき立てるために下品な本を使った。ママの取り寄せたカタログでもいいから、婦人欄を見て下着姿の女達を探した。自分でも何がよかった

のかよく分からない。それは愛でも欲求でもなかった。ヌードの女を見た男が興奮して感じる鬱憤でありジェラシーだった。私自身もこのモデルには常に強い憎しみを感じていた。無神経で、女を売り物にする無防備な奴ら。性を卑しめている連中だ。私の心が女であることも嫌だった。そこで私は女の子の肉体を持ちながらも、少年の心に潜む下品なセックス狂いを持っていると考えるようになった。女として受けなければならない辱め(はずかしめ)、屈辱。これもあのイブと禁断の実のせいなのだ。女性は人生の中で常に堕落させられるのだ……。

それは本来妄想と呼ばれるようなものではなかったはずだ。ベッドに入るまでは考えないようにした。すごいエロ映画を観ると私はふらふらとベッドに向かいながら、頭の中に特定のイメージを保つようにする。それは女とか少女とか、少女をおいかけるメチャクチャなセックス狂いとか。ベッドに入ると勝手な物語を作り上げ、そのイメージを念頭に置く。私自身はその中に登場しないが、一つのシーンを想定する。そうすると素晴らしい気分になり、汗ばみ息が弾んでとてもいい感じだ。セックスそのものを感じる。でもセックスが意味する本当のところはよく分からない。「セックス」と大声で叫ぶ気持ちなどさらさらない。そんなことありえない。どんなものか本当には分からないんだもの。だから混乱してしまう。心配だ。治療してもらうべきかとも考える。だけど熱い性生活を治療してもらおうと思う人なんて誰もいないんじゃないかしら。

かわいそうなジューンとジェニファーは、両親にも同年齢の子ども達にも理解してもらえないままに、自分達の十代の感情の動きそのものが罪深く、アブノーマルだという怖れに徐々に囚(とら)われ始めた。そして毎日の聖書の勉強中に自分達の「罪」を償い、品行方正な物語を書いたり、人形を使って完璧な中産階級の家族を作り出していた。

この「人形で構成される黄金世界」の根底には少々不吉な何かが潜んでいた。というのは、人形遊びを通じてジューンとジェニファーは永遠の子ども時代を生き直しただけでなく、先祖伝来の不思議な虚構を繰り返し再現してもいたのである。オーブリ家の先祖が属する西アフリカのヨルバ族［ナイジェリア南西部に居住する、西アフリカ最大の民族集団の一つ］の間には、双子が誕生すると、男であれ女であれその象徴としておよそ七インチ［約一八センチ］の小さな木像を彫る慣わしが伝わっている。アムラム・シャインフェルト教授著『双子と超双子』［リッピンコット・ウィリアムズ・アンド・ウィルキンズ社、一九六七年］によれば、双子の一人が死ぬと生き残ったもう一人がこの像に食事を与え、服を着替えさせるなど、生きているかのように面倒をみる。もし二人とも亡くなると、慰めのためにその双子の人形が母親に与えられ、家庭の祭壇に何世代もの間保存される。

二人の日記を通してみると、ジューンとジェニファーはお互いにどちらかの死を悲劇ともまた安堵とも考えていたようである。死こそ二人の葛藤を解決する唯一の手立てだと。双子が手足をもぎ取りながらも可愛がっていた人形達は、「亡き双子」の役割を演じていたとは言えまいか。二人はお互いには決して示したことのないやさしさや細々とした心配りを、惜しみなく人形達に向けていたが、それでも二人の遊びにはぞっとするような要素が含まれていた。人形達の身体を洗ったり服を着せたり教育したりする間に、人形達のからだの部分を「交換」したり、手足をばらばらにしたり頭をちぎり取るなど、恐ろしい暗黒の瞬間もあったのである。人形の子ども達もまた常にお互いに言い争いをしたり闘ったり殴り合ったりした。ジューンはこうしたことを次のように書いている。

――お人形遊びをしていてもいつだってピリピリした緊張感が漂っていた。ジェニファーの人形の方が私の人形より人気者だった。私とチビ人形は離れて暮らしている。それがかわいそうだ。あの子はいつでも私と同じで、二人とも置いてきぼりで淋しさに震えていた。ロージーとジェニファーは私をのけ者にしたので、怪獣になったような気持ちだった。素っ裸にされてこづきまわされているような気がした。二人を見ていると、私は醜い年寄りで、あの子達に嫌われているバカ姉のように感じた。だからそんな時にはいつもバスルームに逃げ込んだ。

「ジューン、ジューン」とグロリアはバスルームのドアをノックしていた。「二時間もそこで何しているの。もう出て来て、お茶でも飲んだら？」

まず神の前で泣いた。それから小さな青いペンナイフで心臓を一突きにしようとし、バスルームの戸（内側から鍵をかけていた）を叩く人達がどんなに悲しむかを想像し続けた。返事がないので皆が下を見ると、戸の下から血が滲み出しているのが見える。ジェニファーやロージーや両親の顔に浮かぶ悲しみの表情を見続ける私。

「さあ、グレタが来たわ。パパにでも知られたら大変だよ……」グロリアの心配は増すばかりだった。

今になって時々思うのだが、私の心の痛みを皆は知っていたのかもしれない。けれどももしもその夜、私が死んでしまったら、そんなことはどうでもよくなっただろう。心配なのは、私がいなくなって皆ほっとしているかもしれないこと。幽霊になって戻って来たら、（私がいなくても）皆が楽しんでいるのを見てしまうこと。皆の悲しみはきっと長続きしない。私のことなんてすぐ忘れられてしまう。

ゆっくりとバスルームのドアが開いた。ジューンが現われたが、その目は床に釘付けで、腕は背中の方に回して、ペーパーナイフで切った手首の小さな傷跡を隠そうとしていた。シンクには血の跡がついている。グロリアはそれ以上悪いことが起こらなかったことでほっとして、あわれな娘の背中に腕を回してかき抱いた。ジューンが母親のなすがままになり、やさしく涙を拭いてもらったのは、この一度だけだ。その後には、階段から聞こえる囁(ささや)きとくすくす笑いとの小競り合いが始まった。ロージーとジェニファーはジューンをあざ笑った。同情のかけらもなかった。いったい何故か？　ジューンの書いた文章を威圧的な態度で二人に読ませるのに飽きあきし、ジューンの物語やその押し付けに嫌気が差していたのだ。ジェニファーはそこに座って、ジューンのお気に入りだが、ジェニファーとロージーには嫌われっ子のお人形の腕をくるくると回していたが、その眼に敵意が潜んでいることをジューンは見てとった。「その夜を境に、私はジェニファーへの復讐を開始した。今までにやったこともない狡猾な沈黙の復讐だった。あの時あの子をやっつけるべきだったが、怒りと恨みを溜め込んでしまった。それが私の弱いところだった」

一九七九年の秋を通じて二人のファンタジー世界は続いていたが、双子は自己啓発を志すことにした。しかし誰も教育してくれないので、自分達でやるしかなかった。二人は自分達の才能を発掘する方法、特に作家になるための方法を見つけるために通信教育を利用した。「創作教室」の広告が見つかった。それはクリエイティブ・ライティングの通信講座で、単に書く技術を教えるだけでなく、完成した物語を出版してくれるというのだ。返事が届くのに数週間かかった。時雨(しぐれ)模様の十一月の日々、日記には「創作教室返事なし」の記述が続いている。しばらくして二人は返答を得るのだが、今や心配は授業料の八十九ポンドだった。交渉の結果、二人で一コースを受けることにして三十三％の割引に成功している。

この返答を待つ間、二人は自分達の人形についての物語をまた書き始めた。ジューンは「リサ・フォードの日記」と題して書き出したが、それは当時ベストセラーとなったティーンエイジャーの少年の陽気な日記と同じテーマだった。残念ながらこれは完結されず、わずかに書きなぐった数ページしか残っていない。

作家として成功する準備をしていたこの期間、二人はファージー・パーク一階の住人と接触する機会をさらに減らしていった。かさばった奇妙な小包をグロリアは二階に運んでやり、郵便小為替や切手、ジフィー・バッグなどの要求がますます増えた。また二人はブッククラブ〔読書愛好家を対象とした団体で、会員になると毎月その団体が推薦する本を割安で買うことができる〕に属し、ジェーン・オースティンやエミリー・ブロンテ等の古典文学を読み始めた。オーブリもグロリアも、二人が物語を創作し、テープレコーダーに吹き込んでいること、人形の家族の平和を保つために頭を悩ましていることなどまったく関知していなかったし、ましてや、双子が作家になろうという大望をいだいているとは知る由もなく、想像もしていなかった。両親からみれば、双子の娘達は自分達とは別の世界に消えてしまったようにしか思えなかった。しかもポルターガイスト〔人間が触れないのに物体がひとりでに動いたりする現象〕とは違って、普通の人間が望むようなことをやってはくれないのだ。

一九七九年の十二月七日、オーブリとグロリアの結婚記念日の朝、二人は三十五番地の入口に近い小さなベッドルームでまだ横になっていた。その日の朝のオーブリは遅出だったからだ。トントンとノックする音がして、両親があっけにとられる中、双子の娘達がお盆を持って部屋に入ってきた。ちょっとこげたオムレツと二つのティーカップをのせたお盆の端には、赤い一輪挿しのバラの花と華麗な模様のお祝いカードが添えられていた。双子は笑いもせず話しもせず、その捧げものを化粧台に置くと部屋を出ていった。

十二月の残りの日々を双子はクリスマスの準備に費やした。何時間も考えあぐね、通販カタログに夢中になり、家族に何をプレゼントするかを決めた。贈り物にはうんと張り込んだ。グレタ夫妻には小さな電気掃除機を、兄には電気ドリルをといったふうに。贈り物の仕方はまったく普通だった。ただ双子が絶対に誰とも話さないことを除けば。

もう一つの世界のお祝い会の準備にも二人は多忙をきわめた。人形の世界のアメリカ人の「子ども達」のためにTシャツやジーンズを縫い、ほとんどが衣服のプレゼントを包装して名札をつける。また、ヴィクトリア時代風に美しく飾った「マッチ箱型」ミニチュア本を書き、中にはきらきら光るクリスマス用タグを結びつけた。共通のタイトルは、連続ものにはなりそうにない『小さな天使達のための小さな本』で、どの本にも「プリンテッド・イン・USA」と書かれており、価格は三十五セント前後だった。作家名は様々だが全部双子のペンネームである。タイトルの中には、ルース・コリンズとポール・スミス作『私は小さな仔羊ちゃん』や、モニカ・ゴールドバーグ作『天使は本当にいる』などがあったが、後者は次のように始まる。

十年前のクリスマスイヴのこと、空は暗く、星が輝いていた。四人の小さな子ども達はパーティーからの帰りで、両親は車の前の座席に座って笑ったり話したりしていた。運転していた父親は気もそぞろで、前方に充分注意を払っていたとは言えなかった……。

衝突した相手のピックアップトラックを運転していたのは、スキンヘッドの口ヒゲのある大男だった。後部座席の子ども達は全員即死で、両親は助かり、悲劇と悲しみの中で生きていかねばならなかった。ことに父親は自分の不注意でブロンドの髪とはしばみ色の眼のかわいい四人の天使のような子ども達を死なせてしまったのだから、その心中はいかばかりであったか。両親は毎年クリスマスイヴに、亡くなった四人の子ども達のためにベッドの端にプレゼント用の靴下をぶら下げている。翌日の朝、子どもの名前が金色の文字で書かれたプレゼントが手つかずのまま残るだけなのに……。

その本は「亡き子ども達の両親」に捧げられている。

執筆や包装、縫いものなど、あらゆる準備はクリスマスイヴにクライマックスに達する。その日は人形達のパーティーが開かれるのだ。夜になると全員が新しい衣装に身をつつんで集まる。ジューンとジェニファーとロージーがロウソクを並べて火をつけ、大勢の人の中を忙しそうに動きまわる。手づくりの焦げたミンスパイが全員に配られるといよいよクライマックスだ。小さなクリスマスツリーの周りに集まって皆でクリスマス・キャロルを歌う。もちろん実際に歌うのではなくテープに録音した歌だが、ちょっと調子は外れていてもとても感動的だ。学校時代の十年を通して決して口を開かず、思う存分歌ったこともない双子の顔がろうそくの灯に映えて輝いていた。

ジューンとジェニファーは、クリスマスには本当の家族にも尽そう、年長の家族とは同席しないとの取り決めを特別に中止しようと決意していた。その日の早朝に階下へ降りてきた双子は、自分達へのプレゼントの箱を開いた。ズボンやセーター、スリッパがあり、グレタから双子の天使を型どった石鹸（グレタにもなかなかユーモアがあったようだ）、グロリアからは赤い革表紙の五年間日記がそれぞれに一冊ずつ。やがて小さな居間はプレゼントの包み紙が散らばってまばゆいほどになった。ロージーと双子はその真ん中で床に座り込んでいた。箱を触ってみて、中身はなんだろうかと考え、ゆっくりその包み紙をほどいて、秘密が解かれるたびにわっと歓声をあげたり、くっくっと笑ったりした。

三人がクリスマスツリーの周りにプレゼントを並べていた時にグロリアが現れた。「みんな、ハッピー・クリスマス！　どうかいいことがありますように！　ロージー……それに双子ちゃん」ロージーはパッと駆け出し母親をハグした。「クリスマスおめでとう！　母ちゃん、ありがとう。ちょうど欲しかったものなの」双子はツリーに背を向けて並んで、本当に喜んでいた。ほんのわずかだが口元に笑いが同時に浮かんだ。二人はグロリアにもプレゼントを渡した。「ありがとう、お二人さん」と言いながら、グロリアは二人からのプレゼントを注意深く同時に受け取った。これが突破口になってくれないだろうか？　家族に心を開いて溶け込み、普通の生活をしてくれないだろうか？　その時二階でドアの閉まる音が聞こえた。オーブリだ。「早く！　子ども達、この包み紙を片付けて！」

父親が部屋に入ってきた時、皆は中腰で片付けの最中で、慌てて立ち上がった時にはまだ包装紙を手にしていた。「クリスマスおめでとう！　女性軍！」オーブリはそう言うとさっさとテレビのスイッチを入れた。

このオーブリのテレビ好きと双子の沈黙が、何事につけ家族の団欒（だんらん）に水を差した。兄のデイヴィッドが入って来ても、その場の気まずい雰囲気のために彼も凍りついたように沈黙を守った。家族全員が集まって昼食の席につき、クラッカーを鳴らして愉快な帽子をかぶり、七面鳥とクリスマスプディングを食べてビールを飲む。クリスマスお決まりの儀式が進んでいく。「ラッシー」［「ラッシーを見たことがある？」というタイトルのフォークソング］と「トップ・オブ・ザ・ポップス」［BBCのポップミュージック番組］のおかげで、痛ましい時間は辛うじて過ぎていった。双子はソファーに隣りあわせて座り、その日のための意に添わない取り決めを、それでもなんとか守り通した。

二人にとってはクリスマスの日は成功だった。ギボンズ家は揃って翌朝グレタの家を訪問する予定だったので、同行しない双子はこれ以上家族と交わらなくてもよかったのだ。ジェニファーは日記に次のように書いた。「とうとう二年ぶりに居間に座ってみた。これが最大限だ。クリスマスの日を無事に生き延びたのは奇跡だ。何もかもとてもうまくいった」

しかしこの時が双子と家族の交わる最後の機会となった。この試練に耐えた二人は、もう一つの家族のところへさっさと戻ってしまった。二階の人形の家では、前夜のどんちゃん騒ぎの疲れから、人形達は眠りこけてご主人の帰りを待っていた。

姉グレタの結婚式（1978年４月）。「私達のために結婚式は台無しになった」（ジューン、69ページ）。

第四章　ガラスの町

あのころは青春時代で一番不安定な時期だった。Jと私はいつも口げんかし、退屈してやる気をなくし、欲求不満になり、頭に血が昇った。二人ともこんな風にして青春が過ぎていくのかと思っていた。

ジェニファー・ギボンズ

クリスマスにもらった鍵のかかる赤い表紙の日記に双子は熱中するようになった。二人は日々の出来事を何でもこと細かに記録した。日が経つごとに秘密や望みを詳しく告白したので、この留め金付きの日記が二人の友人または聴聞僧としての役割を果たすまでになった。それにつれて人形の世界へののめり込みは薄らいだ。同時に、二人の興味を人形から逸らす事が他にも起こった。何週間も待っていた創作教室からの返事がクリスマス前に遂に届いたのだ。二人一緒に学生番号八二〇一番の生徒になった。早速二人は最初の課題に取り掛かった。ジェニファーの日記はこの前後の事情を語っている。

――一九八〇年一月二日、目が覚めると太陽は明るく輝いていた。ワクワクしながら創作教室の課題を読み始めた。立派な作家になりたいな。

一九八〇年一月六日、充実した日。創作教室の最初の課題に取り組む。一生懸命やった。私達二人ともロージーとうまくいかない。デイヴィッドの部屋へ戻りたがる。あの子ももうすぐ十二歳だなんて、あっという間に大きくなったものだ。

一九八〇年一月七日、最悪の一日。晴れ、霜。目覚めたのは午後一時四十五分。どうして起きなければならないんだろう。ロージーはまた学校へ。三人とも人形遊びをほとんどやらなくなった。

三人は人形で遊ばなくなったが、人形を使って創り出した世界は新しい様相を呈した。人形達はいろいろな芝居、漫画、短編小説の主人公になり、このヒーローやヒロインは一筋縄ではいかない人格を備え、自らの希望をもち、我儘いっぱいに行動して双子を振り回した。ちょうど何ダースものピノキオが生命を得て、その創造主が瞬時も目を離すことができなくなったようなものだった。

ファージー・パーク二階の双子のベッドルームが豊かで生命力に溢れたファンタジーの源になったのとは裏腹に、そこに住む二人は、錆(さび)ついた窓から洗濯物や雨に濡れたわびしい草むらを見て日々を過ごしていた。彼らが住むこの地はさながら二人を閉じこめる墓地のようで、どうしてもそこから脱出しなければならなかった。そのために二人は想像の王国を築き上げたのだ。ちょうど、ブロンテ姉妹［ビクトリア時代を代表する作家でシャーロット、エミリー、アンの三姉妹］が力を合わせてハワース牧師館［ウェストヨークシャーのハワースにあった牧師館はブロンテ一家の住居でもあった］の墓石と父親の奇行に反逆したように。

ブロンテ姉妹の書いたものも人形にまつわる妄想から生まれている。シャーロット・ブロンテは日記に次のように書いている。「私達のお遊びはどれもこれも変なものばかり。『ヤング・メン』ごっこ（一八二六年六月）は、ブランウェル［ブロンテ家の唯一の男の子でシャーロットの弟、エミリー、アンの兄］が持っていた木の兵隊から生まれた……」ブロンテ姉妹はおもちゃの兵隊のために雑誌をつくったが、大人には読めないように細かい筆記体で書いた上に、おもちゃの世界の住人向けの大きさにした。このミニチュア本のシリーズは「ガラスの町連邦」、つまりアフリカのどこかにある想像上の居住区で、ブランウェル、シャーロット、エミリー、アンという四人の守護神に守られている物語へと発展していった。

双子もブロンテ姉妹と同じように周りの世界から切り離されており、若者らしい希望や平凡な日常から脱け出したいという願いに燃えていた。双子の空想の舞台はナポレオン戦争時代の活劇ではなく、かといって「ガラスの町」のような植民地主義の匂いのするものでもなかった。それはまさしく『時計じかけのオレンジ』［イギリス人作家アンソニー・バージェスによるディストピア小説］のように、暴力の横行するアメリカの郊外社会であった。二人の夢の都市はマリブ［ロサンゼルス西部の都市］で、そこでは若者がクスリとアルコール漬けになり、両親は離婚と再婚を永遠に繰り返している。「人形達」はギャング抗争の要員になり、グレイハウンド・バスに乗っていてハイジャックされたり、暗殺計画の主役のテロリストになり、店を襲撃し、両親を殺した。未熟で不作法で、時に滑稽な二十世紀におけるティーンエイジャーのヒーロー、ヒロイン像そのものだった。

ジューンとジェニファーはプロをめざして技術を磨いた。真剣そのものだった。何百もの「長い単語」とその意味を書き出し、韻を踏んだ言葉、同意語、反意語、直喩や隠喩などのリストを作った。たくさんの物語を書き、何度も手を入れて登場人物を磨き上げ、話の筋を改善した。

ジェニファーの生活は創作コース中心に回っていた。問題に取り組み、課題文を書き、名も知らぬ先生が赤字のなぐり書きで添削して送り返してくれるのをやきもきしながら待っていた。ジューンはそれほど熱心ではなかったが、二人とも、主人公のキャラクターと筋の構成の方法、あるいは登場人物間の葛藤の組み合わせ方や二つぐらいの山場を配置する手法、主人公の動機をどのようにするかなど、学ぶところが多かった。二人は文法や句読法を勉強し、『コンサイス・オックスフォード辞典』や『ロジェイ類語辞典』［P・M・ロジェイ著の類語辞典は一八〇五年公刊以来イギリスで広く使われ、何度も版を改めている］など通信販売で手に入れたものを長い時間かけて熟読した。またブッククラブで借りた古典の筋を分析し、手当たり次第に言葉を集めて意味を調べた。

二人がこの猛烈な独学をはじめた頃に、以前の教師キャシー・アーサーが二人の卒業後初めてこの家を訪れ、国語のCSE証明書（ジューンは二級、ジェニファーは四級）を持って来た。文筆家の経歴として誇れるほどのものではないが、十一年間の学校生活で二人が手にした唯一の学業成果ではあった。

また二人はグレタから古いタイプライターを借りたので、それ以後新しい騒音が家中に響くようになった。その頃双子は、階下に少しでも人の気配がある時には決して姿を見せなくなった。どんな客も、近しい親類も二人を見かけることはなかった。デイヴィッドはフィアンセのヴィヴィアンを何度も連れてきて、何時間も、時には何日もこの家で過ごしたが、彼女は一度たりとも双子を見かけたことがなく、今に至っても双子と出会っていない。

家に誰もいない時だけ二人は忍び降りてきてサンドイッチをつくり、魔法瓶にコーヒーを入れて自室へ運んだ。デイヴィッドとヴィヴィアンが結婚式の計画を練っている時、またグロリアがタッパーウェア・パーティーを開いている時、二人は二階でまるで幽霊のようにカチカチとキーを叩く。タイプの音は小さな家中に響いた。時に双子は明け方まで仕事をして昼食頃まで眠り、それからその日の仕事をまた始めることもあった。二人はろうそくの光で徹夜するのが好きだった。ロマンチックな気分になれたからだ。

テルマ・クラ＝ジーはジェニファーの初期の作品のアンチ・ヒロインだが、もともと人形遊びの時の主人公だった。彼女は、ニュージャージー［アメリカ東部、ニューヨークに接する州］にあるセント・マイケルズ高等学校の生徒で、変わり者の十三歳という設定だったが、ジェニファーはこの子のためにクリケット・ハーヴェイ＝ホワイトという崇拝者を創った。「あの娘は僕の最高の友人にして、心の友、正直で機知に富んだパートナーだ」作品の書き出しはこんな風だ。「僕の愛しい、正直な友人が間違いなくその名に恥じない暮らしをしていたその日まで、僕はそう信じていた。テルマの両親は親切とか素敵とか言えるタイプとはちょっと違う」テルマの父のクラ＝ジー氏は外交官でポーランドからの亡命者で、家柄を鼻にかける妻ともども、ティーンエイジャーの娘にかまう時間はほとんどない。クリケットはおこがましくも、テルマを救えるのは自分しかいないと感じている。

結婚について言えば、僕は年齢の割りにはスタイル抜群だと思う。十三歳で、牛乳をたくさん飲み、身長五フィート二インチ［約一五九センチ］、体重百六十ポンド［約七二・六キロ］だ。野球とバスケットボールをしている。乙女座なので食べものにはちょっとうるさい。一番好きな食べものはラザーニア。テルマも同じものを好む。十三歳で僕と同じように牛乳をたくさん飲み、すごい空想力をもち、読書家で、兄弟も姉妹もいない。

双子のほとんどの小説はアメリカが舞台で、細かい事柄や会話をそれらしくするために長い時間を費やしていた。たとえば二人は同じ団地のアメリカ人の子どもの話を聞いたり、テレビや通信販売で購入したリンガフォンを使ったりした。また、二人だけの英米語句の用語集を作っていた。前の年に熱中していた人形遊びや放送ごっこのおかげで、細部の本物らしさには磨きがかかった。創作教室の課題に精出したのはジェニファーの方で、毎週熱心に教材を読み、宿題を仕上げた。教師も生徒番号八二〇一‐Aの進歩を喜んだが、初めてのエッセイや小説に目を通して、なぜアメリカ風の舞台設定と会話にこれほどまでにこだわるのかと尋ねてきた。ジェニファーはそれに対して丁寧に返答している。

拝啓
　私はこのコースが大変気に入っています。宿題をするのも好きですし、何もかもうまく行っています。アメリカを舞台にすることですか？　そうですね。私の近くに二、三人のアメリカ人が住んでいますが、それは私がアメリカ風の話を書くことと全然関係ありません。今書いている語調はごく自然だと思っています。ただしイギリスを舞台にした小説でも書こうと思えば書けるんですけれど。
　もしも英国風の語調の方がお好きで、その方がよく売れるとお考えでしたら、どうぞお知らせ下さい。よろしくお願いします。

敬具
ジェニファー・ギボンズ

そうはいうもののジェニファーはアメリカ風ユートピアを決して捨て去りはしなかった。双子のどちらも見事なまでの独立心を持っていたので、『第五教材・フィクションの基本』に記された、ベストセラーを生み出す方法に耳を貸そうとしなかった。

タブーとなる題材

ある種の編集者は、アル中、精神疾患、クスリ常習者、売春婦、さらに作家を好まない。主要な登場人物が身体的に不自由だったり、あるいは喫煙や飲酒常習の好ましからぬ子どもや若者も同様である……。また精神科病院やサナトリウムを好まない編集者もいるし、性病や不治の病、葬式もタブーである。悲惨な出来事は仄(ほの)めかすだけにとどめるべきで、直接描写してはいけない。また人間関係がもつれた時の解決法として離婚や自殺に訴えるのも好まれない……。さらに読者の同情を惹くような、やむにやまれぬ犯罪も同様である。

一九八〇年一月十二日にジューンは最初の小説『ペプシコーラ中毒』を書き始めたが、これは第五教材のあらゆる規則を破っていた。ヒーローのプレストン・ワイルディ＝キングは十四歳のアメリカ人で、夫を亡くした母と妹と一緒にマリブのアパートで暮らしている。

彼の住むアパートは暑すぎたり寒すぎたりした。日中の熱がこもって室内はいつでも窒息しそうに暑かった。それなのにプレストンはいつも冷たく感じていた。いらいらして、頭がくらくらした。まるで氷のようだ。もしアリゾナやハワイに住んでも平気だろうと思った。彼の家族は清涼飲料で生きていて、皆それで満足していた。プレストンは自分の部屋のクッションに座って毎日三百缶のペプシコーラを飲んだ。ものを考えると喉が乾いた。いつも喉がカラカラだった。そこでペプシを飲み、座る場所をかえると、目の前がぐるぐる回り出した。

プレストンの寝室は微妙な色あいだった。黄色のタンスの横には漆黒のレンガがあり、側の壁はくすんだ赤に塗ってあった。それぞれの色は重なり合い、混ざってぶつかり合ったので、部屋中が荒唐無稽なポップ・シンガーの世界そのままだった。こういう雰囲気の中でプレストンは激情にかられて、新しく塗り直した白いドアに「ペギー」という名前をピンク色で落書きしたが、それは十倍も輝いて見えた。

プレストンはペギーに恋しているが、ペギーは彼に無関心である。またプレストン自身はライアンという友人につきまとわれていて、この友人はホモセクシュアルであることが分かる。友人から言い寄られ、ペギーに振られてすっかり動揺したプレストンは、混乱した心の内を学校の受け持ちの先生につけ込まれてしまう。この誘惑場面の会話をジューンは自信に満ちてズバリと書いている。

彼はローゼンバーグ先生がしばらく自分を見つめているのを感じたが、すぐに彼女は静かに立ち上がり、開いていたドアから出て、そのドアを後手にしっかり閉めた。部屋は日陰になっていたが、プレストンは眠たくなってきた。彼は計算問題を解きながら、無意識に上着を脱いだ。部屋の中の何もかもが眠たげだった。

ローゼンバーグ先生が戻ってきた時、部屋中がピリッと目覚めたようだった。プレストンは顔を上げた。先生はジーンズと透けた白いTシャツを身につけて、髪をふわっと肩にかけていた。彼女は元気を取り戻したような様子で、プレストンの向かいに座った。プレストンは非常に強く惹きつけられるあまりに、彼女から目を逸らすことができなかった。頭に血が昇った。

「読書好きなのね、プレストン君」しばらくして先生は口を開いた。

頭がぐらぐらする。プレストンは鉛筆を口にくわえて強く噛んだ。「そんなに沢山読んでるわけではありません」

「ただね……最近の君の文章はとても冴えてるから」先生はしきりにジェスチャーを交えて言った。「特に言葉の選び方がうまいわね。乗りに乗って書いてるみたい」

プレストンは微笑んだ。「さあ、そんなことよく分かりません。思うままに書いているだけです」彼はそう言いながら先生の胸のふくらみへ視線をずらした。欲情が走りぬけるのを感じた。

「プレストン君、君が本当にしたいことは何?」

彼はびくっとした。「えーっと、学校の教科ですか？　それとも、えーっと学校以外で一番興味あることですか？」

ローゼンバーグ先生はつやのある髪を耳の上にかき上げた。「特別にやりたいことよ」彫りの深い顔から先生は眼鏡を外して少しの間ぶら下げた。

誰だってティーンエイジャーの男の子が興味を持っていることは分かるはずだ。「音楽を聞くのも浜辺を歩くのも好きですけど……」

「私も音楽は好きよ、プレストン君。新しい感じのはあまりぞっとしないけど。クラシックがいいわね」

プレストンは、フレームに収まるローゼンバーグ先生の夫の写真をじっと見つめた。この人はしかつめらしい顔と広い肩幅の持ち主で、プレストン自身の父親に似ている。

「ほかに先生が興味をお持ちなのは何ですか？」

ローゼンバーグ先生は勢いこんで答えた。「絵が大好きなの。人生のすばらしい一コマを描き出すのはすごい技術だと思う」先生は結婚指輪を見ながらいじくりまわしていた。「……そうね……ワインを作るのも楽しいわ」

ぎこちない沈黙の瞬間が訪れた。プレストンは唇をかんだ。「先生は数学が好きですか？」

先生はケラケラと笑い声をたてた。凍りついていた空気が解けた。「数学が好きかって？」彼女は手で胸を押えた。プレストンは目が離せなかった。

「正直に言うとね、プレストン君、大嫌いよ。本当に頭痛の種だわ」彼女はもう一度笑って勢いよく髪を後ろにかき上げた。

プレストンは彼女を仔細に観察した。「ローゼンバーグ先生、先生は眼鏡をかけない方が素敵ですよ」

プレストンは今では毎日のように先生の家を訪ねるようになった。

ローゼンバーグ先生は玄関のドアを開けた。プレストンを招き入れる時、彼女の目は輝いていた。プレストンは上着を脱ぎながら、背中の開いたクリーム色のドレスを興味津々で見つめた。

「ピニャ・コラーダ〔ラムにパイナップルジュースとココナツミルクを加えたカクテル〕があるのよ。好きだと思うわ」

先生のぶしつけなまなざしが自分に注がれているのをプレストンは感じた。カクテルを一口啜って目を上げると、太陽は沈みかけているが空気は恐ろしく熱いままだった。

彼女は音楽をかけて、二人はダンスをする。

「これ脱いで……。こんなもの脱いでよ」彼女はプレストンのTシャツを肩までたくし上げた。

——胸がむき出しになってプレストンは寒気を感じた。彼女の両手がゆるゆると下りて、彼のリーヴァイスのベルトのところまで来た。

ジューンは自分の努力に興奮して、この本を書き進めるとともに自信を増した。「一九八〇年一月十九日。記念すべき日。無我夢中で小説を書く。中身もすごく良くなってきている」その後数日間というもの、ほとんど眠らず、服も着替えずに彼女は書きに書いた。

——一月二十四日、愉快な日。慎重に書き進む。
二月二日、完成予定日。今日は私の小説の欠点をいくつか直す。劇的になったと思う。
二月十四日、聖バレンタインの日。疲れた一日。ついに小説を書き終えた。なかなかうまくいった。

ジューンの描くアンチ・ヒーローはマリブを放浪し、様々な人生航路の末に不良仲間に加わり、スーパーマーケットに押し入る。仲間が金庫を開けている間、プレストンはペプシコーラのケースの側に立っていて、警官が来た時にもたった一人で缶からペプシを飲んでいる。彼は投獄され、気のおかしい囚人に刑務所の洗濯場であやうく殺されかけ、そしてローゼンバーグ先生が面会に訪れ、夫とヨーロッパで暮らすことになったと聞かされる。彼の母もペギーも面会に来る。ジューンは刑務所の場面、そして囚人と看守と面会者の関係を確かな筆致で描いている。ここでプレストンは看守の一人からホモセクシュアルの誘いを受ける。

ある朝彼は顔を洗っていた。蛇口の水は氷のように冷たい。ペーパータオルを引っぱっている時、一人の看守が彼をじっと見ていることに気づいた。彼が蛇口を閉めるとその看守が後ろに近づいて来た。「君、具合はどうかね？」彼の声は柔らかかった。「どうだい、淋しくはないかね？」

プレストンは振り返って彼を見た。彼はイギリス風の髪型で、あまり大きくない鼻の下にはブロンドの口ヒゲがきれいに整えられていた。

「変わりないです」

「それは結構」彼は安心したように見えた。「いつだって俺は君のそばだぜ……。もしも話し相手が必要なら……俺は……君ならいつでもいいんだよ」

プレストンは突然気まずく感じて、視線を落とした。彼は看守の手を払いのけるような仕草をした。

「君の友人が出ていったって聞いたぜ。そいつのこと好きだったのかい？」

ジェファーソンの面影がプレストンの心に浮かんだ。彼は目を上げた。「ええ、あいつはいい奴でした」

その看守は鋭い視線をプレストンに向けたまま言った。「そうかい。俺もあいつが好きだった。あいつもな……」

プレストンは突然上半身裸であることに気づき、近くの椅子にかけたTシャツに目をやった。男はプレストンの視線に気づいて振り返り、Tシャツを差し出した。

「君、ここでもっとメシを食わなきゃダメだよ」そういって男は手をつき出した。「肋骨が見えるぞ。一本ずつ触れるほどハッキリな」プレストンはその声に怒りの調子が含まれているのが分かった。プレストンは沈黙が洗面所を満たすのを感じた。それでギクッとしてTシャツを着た。

この男はギラギラ光る目でプレストンを見つめた。「どうしてもっと食わないんだ？　あー？」彼は前へぐっと進み出た。「聞け、俺は骨と皮の男の子は嫌いだ。肉づきのよくない男の子は好きじゃない。俺が好きなのは……」

壁に押し付けられてプレストンは動けなかった。その男がのばす腕に無言で目をとめた。太い腕には長い引っ掻き傷がたくさんついていた。

「怖がらなくても……いい。内緒話がしたいだけだよ」彼の顔には玉のような汗が光っていた。

「えっ？　何がしたいんですって？」プレストンはすばやくシャワールームの入口を見た。

「いや……君は暗闇が怖いかい？」

「変なことをいう人だなあ。もちろん怖くないですよ」

「怖いって言えよ。眠る前にキスして抱いてほしいって言ってみろよ」

プレストンは頭を振ったが、混乱して動悸が激しくなった。その男の強いアフターシェーブローションの匂いを吸い込んでしまう。

「俺の部屋で寝たくないか？　俺も淋しいんだぜ」

「勘弁して下さいよ」プレストンは身動きしようとしたが、男の手が胸を押すのを感じた。

「すげないこと言うなよ。どこにも行かせないぜ」男は薄い唇をゆがめて笑った。「お前とやるまではな」

プレストンは刑期を終えると、ペギーを探しに出かける。偶然にペギーの妹のリサと出逢い、二人の家族がマリブを去ろうとしていることを知って困惑する。

そのアパートは静まりかえった墓場のように淋しげだった。冷蔵庫を開けてペプシコーラの缶を取る。ブーンという低い音が深い悲しみの声のようだ。気がつくと彼は食器棚の中を引っ掻き回していたが、その手はまるで他人の手のように感じられた。食べ物の入ったビンや薬や粉ミルクの間をくまなく探した。母がどうしてこんなにたくさんのピルを持っているのか不思議だった。そしてようやく精神安定剤のビンを見つけた……。

電話が鳴った。ペギーのことが心配で心臓が早鐘のように打ったが、プレストンは廊下に立ち尽くすばかりだった。彼女とは何千マイルも離れているのだ。電話は鳴り続けた。

プレストンの眼差しは不安になり、妄想の中で望遠鏡をのぞくと、壁が迫って来て、ポップスターが彼を見おろした。ベッドに転がる死体。電話は鳴り止まず、ついには悲鳴を上げた。プレストンは麻痺した頭を持ち上げて背筋を伸ばしたが、両足は鉛のように重く、まるで空中を歩いているようだった。床は合成スポンジで、彼の足はもつれた。どうにもしようがなく電話に出なければならなかった。

ふらふらしながら廊下に立って、よたよたと電話のところまで行った。じっとり汗ばむ手で受話器をとり上げた。

「どなたですか?」

「プレストンなの?」ペギーの声が耳に響いた。プレストンはかすれた声で答えた。「ペギーか?」

「ねえ聞いて。大事なことがあるの、プレストン……。私達マリブにいることになったの……。聞いてる? 愛してるわ。サンフランシスコへは行けないわ」

鋭いナイフがプレストンの心をズタズタに切り刻んだ。苦痛で耳が聞こえなくなる。床にしゃがみ込むと受話器が傍らに落ちた……。やがてプレストンは自由という魔法のブランコに乗っていた。より高く、もっと高く、もっとどんどん速く、速く、速くなり、ついにぐるぐる回って未知の世界に入っていった。まっ暗な空っぽのトンネルを真っ逆さまに落ちた。それはまるで宇宙で故障したロケットのようだった。ペプシコーラの缶が回りながら彼の方へ向かってきて……ぶつかった。プレストンは眠った。

戸外の階段の下では、この時三人の男の子が空のペプシコーラで缶けり遊びをしていた。残っていた液体がゆっくり流れ出て道に広がった。端まで来て流れは止まる。照りつける太陽のもとであっという間に蒸発して、ペプシコーラは影も形もなくなった。

ジューンは原稿を仕上げ、苦労してタイプした。そしてニュー・ホライズン社という、サセックス［イングランド南東部、イギリス海峡に面した州］のボグナー・リージス［サセックスの海岸にある保養地］に本拠を置くかなり体裁のよい出版社の広告を見つけた。ジョージ・ケイという男とその妻が経営するこの会社は、若い書き手に原稿を送るよう呼びかけていた。よい作品ならば自費出版の便宜を計ろうというのだ。

ジューンは出版については何一つ知らずに、ただ、ニュー・ホライズン社が成功と名声を手にする手っとり早い方法だと思って原稿を送った。するとこの出版社は、ジューンの原稿を引き受けるから表紙用の写真が欲しいと返事を寄こしたので、彼女の喜びようはただごとではなかった。しかし一つ問題が残っていた。

一九八〇年五月十六日

ニュー・ホライズン社御中

貴社が私の本を引き受けて下さってとても喜んでおります。しかし残念ながら私は負債を抱えていて、払えるお金はまったくありません。貴社が提示して下さった契約を結びたいのはやまやまです。しかしその前に、貴社とちょっとした取り引きがしたいのです。九百八十ポンドというお金は現在の私にはとても払えません。恐らくこの前払金が払えるようになるまでに一～二年かかると思います。そこでニュー・ホライズン社の規則というか、やり方をちょっと変えていただきたいのです。最初の千部程度が売れた時に私が受けとるはずの印税のなかから、貴社がこの九百八十ポンドを取っていただくわけにはいきませんか。こうすれば、私もお金がなくなる心配をしないですみ、また貴社にとっても手っとり早いと思います。正直に申して、一晩で百万長者になろうとは思いません。今ひたすら望んでいることは自分の本がなるべく早く本屋に並ぶことです……。

敬具

J・ギボンズ

この手紙の最初の下書きには、次のような追伸があった。

もしも売り上げが少なくて、貴社が立て替えた前払金に満たない場合には、どうぞ警察に通報して下さい。喜んで逮捕されます。

交渉の末、月八十ポンドずつ払うというジューンの提案をニュー・ホライズン社は受け入れた。ジューンはジェニファーを説得して彼女の失業手当を出させて、六月十一日に四十ポンドの郵便為替を二枚買い、契約書と一緒にニュー・ホライズン社へ送った。後に二人は自分達の宝石類さえ売ろうとするが、何の価値もないと言われてしまう。

ニュー・ホライズン社がジューンの写真を要求したために、二人は写真に異様な執念を燃やし始めた。グロリアとロージーはフィルムを買ったり、ネガを受け取ったりするために何度も何度も使い走りに行かされた。ジューンとジェニファーは違うポーズをしたり、カツラをつけたり、少年のような服装をしたり、ロージーの制服を着たりして、何時間もかけてお互いの写真を撮った。「著者近影」とジューン自身がキャプションをつけた写真は、ペンを持って気取っているが、わざとらしいよそゆきの笑顔以外は、露出不足のためにぼんやりしている。何枚撮っても完全に満足な写真は一枚もなかった。ジューンは成功した若い作家として恥ずかしくないように、容貌を気にし始めた。頬を引っ込めて頬骨を高くし、オードリー・ヘプバーンのように見せようと努力したのだ。また痩せるためにダイエットも始めた。さらに「ハーレー・ストリート〔ロンドン中心部、メリルボーンにあるこの通りには昔から開業医や病院が多い〕の医者」なる者の推薦つきの広告を見て、髪の毛を直毛にする薬剤、「少女用ピル」、（多分肌の色を薄くするための）「日焼けどめクリーム」を買った。効き目があるはずはない。写真はいつまで経っても気に入らず、また最終的に世に出た『ペプシコーラ中毒』に掲載された作者の顔写真は、ジューンが意図したものとは似ても似つかぬものだった。

ジューンの小説の出版が決まったことにジェニファーは刺激を受け、それまで創作教室の課題をコツコツやっていた彼女は、初めての小説にとりかかった。すでに論説や手紙のほかに毎週一、二篇の短篇小説を書き、日記をつけ、読書していた。ジェーン・オースティン『高慢と偏見』を読んで「とても中身の濃い本。会話文がとりわけ優れている」と書き、D・H・ロレンスを愛読した。ジェニファーは書き溜めた短篇小説の一つを中篇小説に改作し始めた。

ジェニファーの小説は、ブードゥー教〔主に西アフリカやカリブ諸国で信仰されている民間信仰〕と超自然現象の恐ろしげなニュアンスに満ちた異常な世界だった。ジョーン・デルロイ・パレンバークは外科医で、その妻ミシェルはすでに二人の赤ん坊を先天性心臓疾患で失くしている。最近生まれた子供ランス・ジェーンも同じ症状と診断され、あと数週間の命しかない。そこでパレンバークは異様な方法で子どもの命を救うことを決心する。

「ミシェル」と彼は目を微(かす)かに光らせて静かに妻の名を呼んだ。「この子が元気でいてほしいだろ?」

ミシェルは頷いた。「その通りよ、ジョーン」

「ボビーが必ず力になってくれるさ。そうじゃないとこの子は死んでしまう」ミシェルはしばらくボビー（飼い犬の名前）を見下ろしていたが、ボビーはソファーの傍らにうずくまって茶色の大きな耳をピクピク動かしているので、まるで何か分かってでもいるような様子だった。「ボビーがこの子の助けになるってことがどうして分かるの?」と彼女は尋ねた。

パレンバーク医師は、まるで知らない人を見るような目で妻を見つめた。その部屋は気詰まりな沈黙に包まれ、謎めいた秘密の囁きが飛び交っているようだった。博士は軽い笑みを浮かべて、彼女の手をひきよせた。

彼は時間をかけて妻を説得し、計画を受け入れさせた。台所を臨時の手術室にして、ジョーン・パレンバークと助手のミシェルはボビーの心臓を摘出し、息子のランスに移植する。ジェニファーははっきり叙述していないが、手術全体は黒魔術のオーラにとりつかれている。

両親はこの秘密を固く守る。ランスはすばらしい子どもになり、年の割りに成長が早い。しかし困った兆候が現れる。七ヵ月の時、ランスがハッキリと「ボビー、ボビーが欲ちい」と言うのを聞いて、ミシェルはショックを受ける。九ヵ月になると、時折犬の吠え声のようにキャンキャン鳴き、ベビーフードを食べようとしない。

ランスは成長し、ボクサーになろうと決意する。そしてついには世界チャンピオンになるが、その頃には心臓の具合が悪くなり始める。医者は止めるが世界タイトルのために闘うと言い張り、「ザ・パジリスト」というリングネームで見事に勝利を収める。ジェニファーはこの小説が順調に進んで満足だった。「一九八〇年六月二日。昨夜リー坊やの夢を見た。あの子は本当に喋っていた。ハーレー・ストリートから少女用ピルについての返事が来る。あれはやめて私達二人とも少女用クリームを買う。私が書いているパジリストの話はどんどん長くなる。ランスはもう試合に勝った。今は六十三ページ目だ。部屋を掃除する」

しかしチャンピオン・ベルトを勝ちとった後でランスはひどい心臓発作に襲われ、病院に担ぎ込まれる。そこで彼の心臓の秘密が分かってしまう。ランスは父親を呪い、妊娠しているガールフレンドと病床で結婚し、その後死亡する。結婚式に呼ばれなかったパレンバーク医師はあわてて病院にかけつける。

パレンバーク医師は病院の廊下を息せき切って走った。集中治療室に着いた時、ドアがゆっくり開いた。ホランド医師が深い謝罪と悔恨の表情を浮かべ、仔犬のように細かく頭を振りながら出てきた。「パレンバークさん……息子さんは亡くなりました」

それはあまりにも突然のことだったので、パレンバーク医師は息の根を止められたような気がした。瞬時にして彼は時の人となった。群衆が迫ってきた。カメラのフラッシュがたかれた。「すみません、パレンバークさん。こっちを向いて下さいませんか？」彼の目がフラッシュに光った。カシャッ、カシャッ。「ありがとうございます」「外科医の身で、こういう犯罪についてコメントする気分はいかがですか？」「あなたの息子さんが亡くなったことについてどう思われますか？」「動機は何ですか？」ＡＢＣ放送のマイクが彼に向かって突き出された。「裁判に勝てると思いますか」

「パレンバーク医師、あなたは殺人者だと非難されていますが、犬の心臓を息子さんに移植して殺そうとしたのですか？」

「こういう手術を他にも行なったというのは事実ですか？　ロシアから犬を盗んで運んできたというのは本当ですか？」パレンバーク医師は顔を真っ赤にしてマイクを鼻先から押しやった。次々に突き出されるマイクをかきわけながら前に進んだ。

道に出ると黒の乗用車が近づいて来て、一人の若者が飛び降りた。「パレンバークさん、サインをいただけますか？」その若者はポケットから何かひっぱり出した。ナイフが突き刺さる。パレンバーク医師は鋭い痛みを感じて息をのんだ。彼がよろめくと若者は乗用車に飛び乗り、加速して遠ざかった。パレンバーク医師は地面に倒れた。駆け寄る足音が聞こえる。腹から血がにじみ出て、押さえた手からあふれて歩道へと広がっていった。

ボクサーになった犬のボビーがランスにとりついて、人間に復讐するという話は非常によくできていたが、その時点でのジェニファーの書く力はまだ未熟で、その文章の中には滑稽な言葉の誤用がたくさんあった。

六月七日までに幾晩も徹夜した挙句に『パジリスト』は完成し、ジェニファーは自信満々でフォンタナ社［英語圏の五大出版社の一つ、ハーパー・コリンズの前身］に出版を依頼する手紙を書いた。そしてその翌晩には早くも次の作品にとりかかった。確かに文学の世界が彼女を惹きつけたのだろう。「一九八〇年六月八日、すばらしい作品『ディスコ狂』を今日書き始めた。昨夜は一晩かかって話の筋を十四も考えた。大当りまちがいなし」

双子は驚くべきエネルギーを発揮した。小説を書きながら創作教室の課題をこなし、沢山のコンクールに応募し、詩のコンクールでは二人揃って準優勝になっている。また日記もつけていたが、まず下書きをして、それを時には二つに分けて長いものに書き直していた。もちろん貪欲に読書し、長時間の勉強、タイプ、執筆の合間に、通信販売を通じてのみ外界との接触を続けた。このように精力的に活動した結果、当然のことながら睡眠時間は切り詰められた。

二作目の小説にとりかかって二日目に、『パジリスト』の出版を引き受けない旨、フォンタナ社から返事が届いた。これを最初として、その後次々と出版社に断られることになる。ジェニファーは憤慨した。「まだ読みもしないで！」ジェニファーは叫んだ。しかしこの挫折も彼女の意気をくじきはしなかった。「アメリカの出版社に手紙を書くつもりだ」と六月十三日付の日記に書いている。「昨夜一晩中、すばらしい新作『ディスコ狂』をタイプした。書き出しは最高だ。シーズンは死んで、その友人のドールトンはホモセクシュアルだ。ディスコの場面が良い」

『ディスコ狂』では、『パジリスト』の重要なテーマである夫と妻、両親と子ども、大人と若者など密接な二者の断絶が、引き継がれて膨らまされている。

この本の舞台は、今日の退廃をさらに進めた三年先の病める社会だ。非常に道徳臭の強い物語で、登場する若者達に両親の影はまったく見られず、学校では暴力と殺人が頻発し、ディスコのビートが、ハーメルンの笛吹きのように若者達を魅了し破滅させる。

暑い日だった。自動販売機に十セントコインを入れようとした時、ディスコは人で埋まっていた。セスはこの群集の中のどこかで孔雀(くじゃく)のように精力的に踊っている。彼が疲れたところを今までに見たことがない。私はソーダを一口飲んだ。大きなドラムのビートが響いて、音楽と赤や青に点滅するライトをいやが上にも盛り上げる。後ろの方のどこかで、ヴェロニカとロッキーが青春の命を燃やしていた。私も燃えていたが、一緒に踊るはずのセスが見当たらないので、しばらく独りで踊った。

シーズンと黒人の少年とが楽しそうに踊っている。二人は人目を気にせずに音楽にのって、シーズンは楽しそうに笑っていた。彼女に笑いかけると、魅力的な大きな目を輝かせて私に手を振った。その後、黒人の少年が彼女にキスをしてどこかへ連れて行った。音楽は耳をつんざくばかりだったが、私が歌いはじめるとセスが戻ってきた。「あなたが欲しい……あなたが欲しい……オゥオゥオゥ……あなたが欲しい……」セスは私を腕の中に引き寄せて、しばらく私達は狂ったように踊った。音楽が変わると、誰もがヒステリーのようになった。あたり一面でティーンエイジャー達が他人の上に飛び乗り、誰かれとなく淫(みだ)らに引き倒した。音楽に合わせて叫びながら刃物をとりだし、友達同士殺しあいを始めた……。

セスと私が入口にたどり着いた時、パトカーと救急車の甲高い悲鳴のようなサイレンが耳を聾(ろう)するばかりに響いていた。呆然としながらも唯一気にかかったのは、ヴェロニカとロッキー、ドールトン、シーズンのことだった。皆どこにいるのかしら？　無事に逃げ出したかしら？「待って、セス！」と私は叫んだ。「みんなはどうしたかしら？　外に出たのを見た？」

私達が歩道にたどり着いて腰をおろした時、救急車がタイヤをきしませて角を曲がってやって来た。キラキラ光る赤色灯が目に飛び込んで、ドールトンとヴェロニカ、ロッキーが建物から出て来るのが見えた。

「急げ！　シーズンはどこだ？」ロッキーが叫んだ。「ここから逃げなきゃ！　サツに取り囲まれてるからな」

「ちくしょう！　あの子はどこだ？」セスが叫んだ。「俺達と一緒だと思っていたのに」私達は建物に向って半分程引き返したが、二人の警官が駆けて来たのを見てあわてて立ち止まり、救急車やパトカーで大混乱の中を散り散りに逃げた。

ところがあわてていたので方向を間違えて、叫び声に満ちたもとの建物に戻ってしまった。シーズンの姿がちらっと見えたような気がした。そうだ、彼女を探さなきゃ。建物から群れをなして逃げ出す子ども達にぶつかりながら、入口の外に安置された犠牲者のところへ向かった。シーズンはどこにもいなかった。建物の中に入ると、ストレッチャーに寝かされたシーズンが見えた。幻影を見ているのだろうか？　私は彼女の名前を狂ったように叫びながらその傍に走り寄った。ブロンドの髪は血ぬられて乱れ、大ケガをした顔の上にかかっていた。

「シーズン！」と私は呼びかけた。「聞こえる？」しかし目は固く閉じられたままで意識のないことが分かった。でも目を開けて何か言って欲しかった。救急隊の一人が掛け布を引き上げて彼女の顔を覆った。その男は私を見つめると首を振って言った。「君、気の毒だったね。この子は死んでるよ」

全篇を通じて、ロックのビートが若者を捉えて心の中に浸み通り、彼らを野獣に変えている。クスリよりもっと強烈で中毒性があり、アフリカのジャングルに響くリズムやブードゥー教の太鼓や唱詠のように、ロックは単純で強力だ。しかしジェニファーはクスリにも関心があり、なおかつ強固な道徳観に縛られている。作品の中でオリビアをはじめグループの全員にマリファナをすすめたのはロッキーだが、今度は皆をLSDに誘った。全員が強烈な幻覚に襲われて、盗んだ車で高速道路を走り、そこで正面衝突の事故を起こす。しかし皆大したケガはしない。全員刑務所入りとなり、オリビアの母親が面会に訪れる。二人の会話はまったくのすれ違いである。

「元気？　母さん」とガラス窓を隔てて私は言った。「オスカーはどんな風？　大丈夫？」

母はゆっくり振り向いて私を見た。「一体どうしたっていうの、オリビア？　今まではこんなことなかったのに。言葉がないよ。お前を見てると……十五歳でこんな所に入ってしまうなんて。兄さんのオスカーだって入ったことはないのに、どうしてお前が？」

私は肩をすぼめた。「たまたまよ。悪いことしたわけじゃないわ。ちょっと楽しみたかっただけよ」

「ここから出たら、しばらくは叔母さんの家から一歩も出られないと思いなさい。いいこと。もうお前にも、無謀でだらしないお前の友達にも、母さんはこれ以上我慢できない。ほかのことはともかく、クスリに引っぱり込むなんて！　最初はディスコだけど、今はこの有り様だわ。オリビア、お前は叔母さんの家へ連れて行かれる。もう逃げ道はないのよ」

私は辺りを見回して、何とかとりなそうとした。「母さん、あの子達は親友なのよ。それから学校はどうなるの？　九月の試験を受けなくちゃならないわ」

このティーンエイジャー達は釈放されると「ずらかる」ことに決めた。

私達は肩を組んでその小路をゆっくり歩いていった。その夜は私の生涯最良の、忘れ難い一刻だった。この道は自由へと通じていた。長い間待ちわびた道。ついにその時は来た。私達は全員一緒で、これからも離れない。セス、ヴェロニカ、ドールティボーイ、ロッキーといつまでも。たくさんの星が別れの挨拶を光りにのせて届けてくれた。月も月光にのせて、幸運を祈ってくれた。そして漆黒の夜空は平和と幸福とあふれんばかりの友情を降り注いでくれた。小路から大通りに出た時私は微笑んだ。他の人も同じだ。だって私達みんな自由で幸せだったから。

このようにして、無軌道なティーンエイジャーと無力な大人、野獣のような警官と精神の不安定な若者などから成る世界での荒唐無稽な冒険が展開する。主人公の死で終わる暴力と革命の背景として、人々の交流と悲劇がくり広げられる。

彼は死の床にいるように見えた。蒼白でやつれきった顔、弱々しく閉じられた瞼。唇は青ざめ、苦しい息をもらしている。セスは彼のベッド脇に進んで腰を下ろした。私も椅子を引いて座った。ヴェロニカとロッキーは立っていたが、二人の表情には私達ほどの悲しみはなかった。ドールティボーイは目を開けなかった。セスは掛け布の上のむき出しの腕にそっと触った。すると弱々しく彼の目が開いた。小さな囁きが部屋全体に広がった。「やあ……みんな」セスと私は同時に話しかけた。「どう?」

「いつ……ここから……抜け出せるんだい？」

「大丈夫だよ。相棒！　ここに一緒にいてやるよ」セスは彼の手を取るとしっかり握った。ドールティボーイは短く微笑み返した。

「おい、ドールティボーイ」と呼びかけるロッキーの声はしわがれていた。「この情景そのままの変な夢を昨夜見たぜ」

ドールティボーイは再び笑った。「俺はいつも……お前の……夢を見てるぜ……」突然彼は喘ぎ、激しく咳き込んだ。セスは彼の手をもっと強く握った。ドールティボーイの咳は治まった。

「夢を見ると……いつでも幸せに……なれる……」

ドールティボーイは枕元の友人に見守られて数時間後に死んだ。

私はゆっくりと注意深く彼の顔をなでてやった。ドールティボーイはとても若く見えた。安らかな表情で、まるで眠っている赤ん坊のようだった。セスはまったく無表情のままだった。しっかり握られたドールティボーイの手をセスはゆっくり広げて、絶望的な死の束縛から自由にしてやった。ドアが開いた。看護師も無言で医者と一緒に入ってきた。二人とも何も言わなかった。私達と同じように全く口を開かなかった。セスはドールティボーイの手をお腹の上に戻した。掛け布の上に。以前と同じように。「若死にしやがって、きれいなままでいろよ」と彼は囁いた。

『ディスコ狂』を手書きで書き終えてから、タイプで打ち直すうんざりする仕事にジェニファーは取り掛かった。また自身で作った宣伝（「世界的ベストセラー、読者がいますぐ手に取るべき本——

オーストラリアン・プレス。すべてのティーンエイジャーが拍手で迎える本――ニューヨーク・タイムズ」）と「ティーンエイジャーが書いたティーンエイジャーのための作品」という紹介をつけ加えて、フォンタナ社に送りつけた。「一九八〇年八月十九日、私の幸運は逃げて行った。午後送り返されたのは『ディスコ狂』の原稿だった。フォンタナ社は引き受けてくれなかった。まあよい。別の出版社を当たってみよう」

『ディスコ狂』のなかで大人の世界からティーンエイジャーをひき離していた空間は、ファージー・パーク三十五番地の階下と二階との区別そのままだった。家族の誰も、双子が二階の自室に閉じこもって何をしているのか、まったく気づきもしなかった。ただグロリアだけが、失業手当のほとんど全部を二人が『ペプシコーラ中毒』の印刷のために使ったことを偶然知ったにすぎない。ある時、オーブリが部屋に入ってきて手書き原稿を一枚取り上げたので、二人は心底びっくりしたが、そこに書かれた文章があまりにも長く高尚だったので、難しい本から書き写しているとオーブリは思いこんでしまった。グロリアはエネルギーの全てを長女グレタに注ぎこみ、家族の生活は彼女の家を訪問することと、週一度のテスコへの買い物を中心に回っていた。

「何の音？」自宅で開いたタッパーウェア・パーティーで、グロリアとグレタがいろいろな種類の赤いふた付きプラスチック容器を見せていた時、めったに顔を見せない客の一人がグロリアに尋ねた。タイプライターの音に続いてドスンドスンという衝撃音がして、居間の天井がビリビリ震えたのだ。グロリアは気がつかないふりをした。グレタは「ちょっと上へ行って来るわ」と席を立った。当惑した表情で首を振るグロリア。海軍住宅から来た客に別のボウルを見せようとしたちょうどその時、かん高い野蛮な叫び声があがり、すさまじい衝突音が続いた。コーヒーを飲んでお喋りしていた四、五人の婦人のカップが震えるほどだった。お客は不安げに互いの顔を見合わせた。それでもグロリアは知らんふりを続けた。

「双子なんですよ」と皆を安心させようとしてグロリアは言った。そして自慢げに続けた。「本を書いているものですから」

小説を一心に書いているあいだは、ロージーでさえ話ができなかった。暴君の姉二人は、お使いから早く戻らないといってロージーを責め、模擬裁判を開いて、最低三日間の絶交と二人の部屋への無期限立ち入り禁止という刑をロージーに言いわたした。ロージーは泣き喚(わめ)いたがジューンもジェニファーも気にしなかった。それ以降、ロージーは無給の使い走りがばからしくなり、同じ年頃の女の子と遊ぶことで二人から離れていった。

ジューンとジェニファーにも一つの転機が訪れた。その理由の一つは、出版社から断わられる失望感があまりにもたび重なったことの反動にあるようだ。何十もの出版社が二人の原稿をボツにして希望が打ち砕かれた。しかしまたその転機は、二人の成長の結果であったのかもしれない。子どもから手が離れた中年の夫婦のように、二人はお互いに不満を感じ始めた。それまで無意識のうちになんとか暮らしてきたのだが、今や彼らは相棒に欠けているものを、自分自身の中に見出すことを望んだ。しかしいつでも互いの足を引っ張り合っていた。ファージー・パークの部屋は息詰るほど狭く、二人が内気な女生徒からスターへと変身するには十分でなかった。どちらかが自分自身の顔と身体を実感し、自分の個性を手にしかけても、必ずそこに相棒の影を見出してしまったことだろう。

その時双子は十八歳まであと半年ほどで、もはや胸をぺちゃんこにするためにきつく縛るようなことはやめていた。ついに女性ホルモンが勝利したのだろう。二人は健康と美容に関する本を買い、スタイルを良くするために運動し、人目を惹きたくてハヴァフォドウェストの通りを歩き回ったりした。潮の香りを運ぶ秋風が吹く中を、フード付きコートの襟を立てて双子が通りをうろつくのはとても奇妙な光景だった。ちょうどこの頃、二人は十五ポンド投資して双眼鏡を購入し、どこへ行くにも持ち歩いた。ボーイハントの仕方が分からないので、この新兵器を使おうとしたのだ。人に見られていないことを確かめると、どちらかがコートの下から双眼鏡を取り出してどこかの家の窓に焦点を当てる。このあたりの少年の中にはとりたてていうほどの子はいなかったが、ただ一人もじゃもじゃのブロンド髪のダレンという十五歳の男の子だけが、二人の新しい「武器」のかすんだレンズに輝いて見えた。別の出版社から断わりの手紙とともに原稿が送り返されてきたある寒い日の午後、ボーイハント用の服に身をつつんだ二人は、ダレンとその友人の後をつけて町中歩き回ったりした。夜の間にこの子の家の外に隠れ、明りのついた窓にじっと目をこらし、呼び鈴を鳴らして逃げたことも幾度かあった。

ダレン様
　私どもはあなたをお慕いし、愛しております。いつの日か必ずあなたを手に入れるつもりです。
　　　　　　　　　　　　　　　　　　　　あなたを陰から慕う者

　こういう匿名の手紙が、家のドアの下や電話ボックスの中に何通も置かれた。しかしこんなやり方では成功するはずがなかった。双子はどんな時にも（電話でも）名前を明かさず、顔を合わせそうになるといつも走って逃げたからだ。

　執筆業の方も同じように成功の見通しは暗かった。フォンタナ社に二度断わられた後、ジェニファーは別の出版社を探し始め、たまたま目にした出版社宛に片っぱしから手紙を出した。その返事はどれも芳(かんば)しくなかった。返事を返した出版社には、ガイドブックとか地方史や科学物専門のところも、またフィクションは全然扱わないというところもあった。それ以外は、双子が書いたものに単に興味を示さないだけだ。初めてジェニファーの自信は揺らいだ。「がっかりした日」と彼女は日記にその不安感を記している。「私の小説のことが心配になってきた。大変な仕事だけど、これからも頑張らなくちゃならない。何か足りないらしいから」

　幻滅があまりにも次から次へと続くので、双子は現実からますます切り離されてしまった。二人が拒否するこの世界で生きていくには、漂う海から陸上に這い上がらなければならないが、誰も手を引き上げてはくれないのだ。本と人形で埋めつくされた二階の例の部屋で、二人はまったく孤独だった。十七歳の少女が助けを求めて叫んでいたのだが、その声は誰にも聞こえなかった。二人だけの取り決めを破棄するにはすでに遅すぎたのだ。そのためにこの年代につきものの悩みは何倍にも加重され、夢の中に姿を現わすまでになった。実際に二人の夢はハッキリとして詳細を極めていて、まるで中世の写本からの断片のようだった。二人は夢に魅せられ、夢解釈の手引き書を郵便で取り寄せ、自分達で作った「夢の本」に記録し、内容を分析して幾つかの類型に分類した。たとえば、考えさせられる夢、胸がドキドキする夢、深遠な夢、陽気な夢、絵のようで上等のスリラーみたいなぞっとする夢。

私はポテトチップスを食べながらテレビを見ている。三人の少年が馬に乗っている。頭をゆらゆらゆすりながら舌を突き出す。相手を求める同性愛者。その男は持っているマッチを全部燃やしてしまう。一人の少年が馬の背から落ちる。彼の手首から出血する。一人の女がその血をすする。食べること—愛や好意の欠如。私が現実では否定している愛。少年達—潜在意識も私自身も意識している。殺人—困難な状況からの解放。火—背水（はいすい）の陣を敷くこと。テレビ—逃亡の欲求。火—逃亡への欲求。

夜毎に同じようなテーマが現われて、そのいくつかは二人の将来を予言するかのようだった。痙攣する子ども、窓（現実生活からの隔絶）、人形（不安定と孤独）、殺人と特に火（二つとも耐え難い状況からの脱出の象徴）。

一九八〇年十一月十九日、晴れた冬らしい日だった。ジューンとジェニファーは午前中ずっとベッドの中にいて、それからこっそり階下で朝食を作ったが、いつも通りパンを焦がし、台所を荒らしたままだった。グロリアはグレタと外出している。二人はレースのカーテン越しに向かいの家の窓を覗いて数時間過ごした。郵便配達人がその日二度目の配達にやって来るのが見えた。呼び鈴が鳴る。二人は一瞬怖気づいたものの、すぐにドアへと突進した。誰も見ないように、また誰にも見られないように、ジェニファーは少しだけドアを開けて手を差し出した。しかしその小包は重すぎた。彼女はドアを開け放って郵便配達人から巨大な小包を手渡してもらわなければならなかった。

「こんにちは、お嬢さん！　君達お待ちかねの小包だよ」

ジェニファーは答えるそぶりも見せずに小包をひったくると、大急ぎで二階に上り、二人で包みを開けて満足げに眺めた。『テレカルト超能力』、『即席マインド・パワー』、『自己催眠術』等々。双子は、超能力と魔法に関する完璧なコレクションができるほどに、手当り次第に買い漁っていた。

次の日の晩、二人は実験を始めた。まず部屋中に積み上げられたタイプ用紙の山を片すみに寄せた。ジューンは戸棚の奥の古いブーツの後ろから牧師の人形とシャーロット、サマンサの双子の人形をひっぱり出し、ジェニファーはロウソクを円形に並べた。「ロウソクを使う魔法でダレンをこの家におびき寄せようとしました」とジューンが述べる。「マリリン・モンローと話すよう努めました。今はブロンドの髪の少年と心を通わすよう努めています」

魔法をかける方法は分かりやすく書いてあったが、西ウェールズではなかなか入手し難いものばかりだった。処方箋によれば、「七枚のアスペンの葉」の付いたオーク材を見つけ、それに「一ドラム〔約三・六CC〕の龍血（やし科のカラムス・ドラコの樹液）と酸味のかった強い赤ワインを四分の一カップ」加えるのである。ポプラの葉は気まぐれな男の本性を表わし、血は厳格な支配者を、強いワインは粗野な性質を表わすと考えられた。

二人の少女は龍血がどこで手に入れられるのか、ポプラと他の葉がどう違うのか、全然分からなかった。この地方の木や葉の種類はそれほど多くないからである。ともかく庭の小屋から数枚の枯葉を見つけて、気付け用に買っておいたトニック・ワインと、自分達の腕から取った数滴の血で間に合わせた。ジェニファーはベッドに置いたロウソクに向かって跪き、次の言葉を繰り返した。「夜毎さまよう男心よ。汝の忠実な恋人の許に来たれ」それから（説明書を読みながら）ろうそくを半分に折り、上半分を床の上にころがしてベッド掛けの端に火を燃え移らせ、この火をトニック・ワインですぐに消した。この手の込んだ儀式が、コーダー通りから三軒目の家からダレンをおびき寄せるためのものだった。

ジューンの儀式はこれほど奇妙なものではなかった。彼女は妹が魔女であるか否かを本気で突き止めようとしたほどだ。その本には次のように説明してあった。

魔女を見つける方法は沢山あるが、本人が必死になって隠そうとしても、魔女が持つ恐るべき力を探す手だては必ず見つけることができる……。魔女の身体のどこかにはイボがある。「ヴィヴァット・ルシファー」と叫ぶと、一瞬のうちにそのイボは紫色に変色する。

ジューンは期待に胸をふるわせながら、しょっちゅう「ヴィヴァット・ルシファー」と囁き、ジェニファーの肌に何か変わりがないかをこっそり調べた。しかし何の変化もなかった。だけど、もしかしたら黒人の魔女にこのテストは効かないのかな？

二人はもっと上級の実験もやってみた。人形の胸にピンを差しながら、水と振り子を使ってダレンを誘い出そうというのである。

しばらくの間この秘密の儀式で二人の気はまぎれていた。しかし霊界の精霊を生身の少年に置き換えることはできない。問題はコミュニケーションだった。二人が喋らない限りどんな少年とも交際することはできない。しかし困ったことにはそれができなかったのだ。このジレンマに二人は苛々し、不安になった。まさにこうした気分の時に、ほとんど事故のような最初の犯罪を二人は犯してしまったのである。

一九八〇年十二月八日、クリスマスの直前、ジューンとジェニファーは近くの雑貨店でプレゼントを探していた。「ついてない日だった」とジェニファーは日記に書いている。「神様お許しを。テディ・ベアを二つ、意図しないで盗んでしまった。行く時にはプレゼントを買おうと思っていたのに、店を出た時にはお金も払わずに持って来ていた。閉店間際で混乱していたから誰も気づかなかった。計画してやったことではない」

グレタと生まれて間もない赤ん坊につらく当たったのも、二人が男の子との交際や出版で失敗したことが原因だったのかもしれない。クリスマスのあいだ、デイヴィッド、ヴィヴィアン夫妻とリー坊や、それにグレタ、フィル夫妻と生まれたばかりのヘレン＝マリーとが滞在していた。

「双子達はどこ？」とグレタが尋ねた。

「上よ」とグロリア。「二人ともこの頃とても忙しいのよ。二人にもらったランプは気に入った？

気の利いたプレゼントだったでしょう」

「とてもよかったですよ」とフィルが口を挟んだ。「今、台所で二人に挨拶したところです。ちょっと急いでたみたいだけど」

「いつだってそうよ。グレタ、二階に行って赤ちゃんを見せてらっしゃいな。大喜びで抱いてくれるわよ」と応じるグロリア。

そこでグレタはヘレン＝マリーをショールでくるんで二階へ上り、双子の部屋をノックした。何の返事もない。グレタがドアを開けると、ジューンは机に向かって日記を書いており、ジェニファーはD・H・ロレンスの『書簡集』に夢中だった。グレタが黙って入って来たので頭にきた双子は同時に立ち上り、グレタの前に立ちはだかって、二人の聖域に一歩も入れまいとした。

「赤ちゃんを見たいんじゃないかと思って。よかったら抱っこしてもいいわよ」とグレタはどぎまぎして言った。

その時、目には見えないサインが双子の間で交わされた。ショールに覆われた小さな赤ん坊が差し出された瞬間、二人は同時にくるっと背を向けたのだ。グレタは我が子をぎゅっと抱きしめて、敵意に満ちた二人の背中を憎々しげに見つめた。これから先、妹達の領域を金輪際犯すまいとこの時グレタは誓った。これまでもこの二人はずっとグレタの生活に覆いかかった影だった。夫やその両親がいるのに、二人のせいで気まずく家へ帰らなければならないことも何度かあった。これからはこの嫌な臭いのする部屋で、紙屑の山と食べ残しに囲まれてダメになればよい。もう二度と二人のことなど考えてやるものか。グレタは目に涙をためて階下へ走り去った。

グレタが出てゆくと、ジューンとジェニファーは自責の念に悩まされた。そして自分から家族を奪ったといって、ジューンはジェニファーをいつものように責めた。二人とも本当はヘレン＝マリーを抱いてみたかったのだ。過去数週間というもの、ジューンは赤ん坊のことばかり考えていた。二人がテディ・ベアを選んだ（買ったのではないが）のもヘレン＝マリーのためだった。二人ともこの赤ん坊に何をプレゼントしようかと長い間考えていた。この自然な感情を素直に表わすことができさえしたら、どんなによかったことだろう。

クリスマス後の数ヵ月、前年の夏のような活発な執筆のリズムをとり戻そうと二人は努めた。ジェニファーはさらに二本の小説を書き上げ、ジューンは『郵便配達人と郵便配達嬢』という妙な題の劇の筋を書いてBBCに送ったが、一週間後に予想した通りの断り状が返ってきた。「BBCは私の名前なんか知らないと言っている」とジューンは日記に書いている。執筆を急がなければならない理由は何一つなくなった。男の子と交際することの方がはるかに重要になった。

顔を合わせる普通の交際は無理でも、別の可能性があった。つまり二人とも書くのは何の不自由もないのだから、手紙のやりとりで男の子とコミュニケーションすればよいのだ。顔を合わせた時の息詰まるようなとまどいがなくなりさえすれば、誰とでも交際できるはずではないか？　こうして、手紙で恋人や友人を探す「ペン・パル作戦」が、ほかの計画と同じように猛烈な熱意と意気込みで実行された。

淋しい若者が心の友を探すこの世界は、社交的な人には馴染みがないが、非常に根強いサブカルチャーである。ペン・パル雑誌のページというページは、内気なために友人ができない様々な国の多くの若者達の写真と通信で溢れかえっている。双子は、たとえば『リサの郵便受け』『マッチ・メーカー』などのペン・パル雑誌を買って、好みの子を見つけるために長時間かけて写真を検討し、通信を読んだ。通信販売で品物が買え、創作教室の勉強もできたのだから、人間も同じ方法で手に入ればこれほどよいことはないわけだ。世界中の誰とでも、特に二人が執着したアメリカの少年とでも、変人であることを悟られずに恋することができるかもしれない。さらに二人はこういう雑誌に自己宣伝も載せた。

ジェニファー・ギボンズ。ウェールズ・ダフェド州、ハヴァフォドウェスト、デイル・ロード団地、ファージー・パーク三十五番地。十七歳の学生。身長五フィート四インチ〔約一六三センチ〕。趣味は音楽、読書、詩、ダンス。十五〜二十一歳の内気な男性求む。感受性豊かで鋭い感覚をもち、やさしくロマンチックで頼りがいがあり、男らしくまじめで正直な方。国籍不問。星座は牡牛座。

ジューンは最初の襲撃目標として二人の十四歳の少年、アイルランド在住のウィンストンと北部イングランドのスティーヴンを選んだが、数日後にはもっと遠くの戦場、モーリシャスのマリオとマルタのアブラハムに狙いをつけていた。しかしペン・パルからの手紙はたまにしか来ない上にまったく無教養なことが多いため、二人は全然満足できなかった。「一九八一年三月十九日、退屈な一日。もっと活気に満ちた生活を夢見る。何だか面白くない。心が死んでいる。若さを浪費しているのが分かる（退屈だから無茶食いしている）」

双子はここから脱出しなければならなかった。二人の書いたものには、鋭い感覚はあってもリアリティに欠けていた。体験が必要だった。ジューンはそのものズバリ『脱出』というタイトルの小説を書いた後、日記に告白している。「夏になったらここから出て行くつもりだ」

「作家と会って」：ジューン（1980年３月）。

女優の笑顔を練習中のジューン。

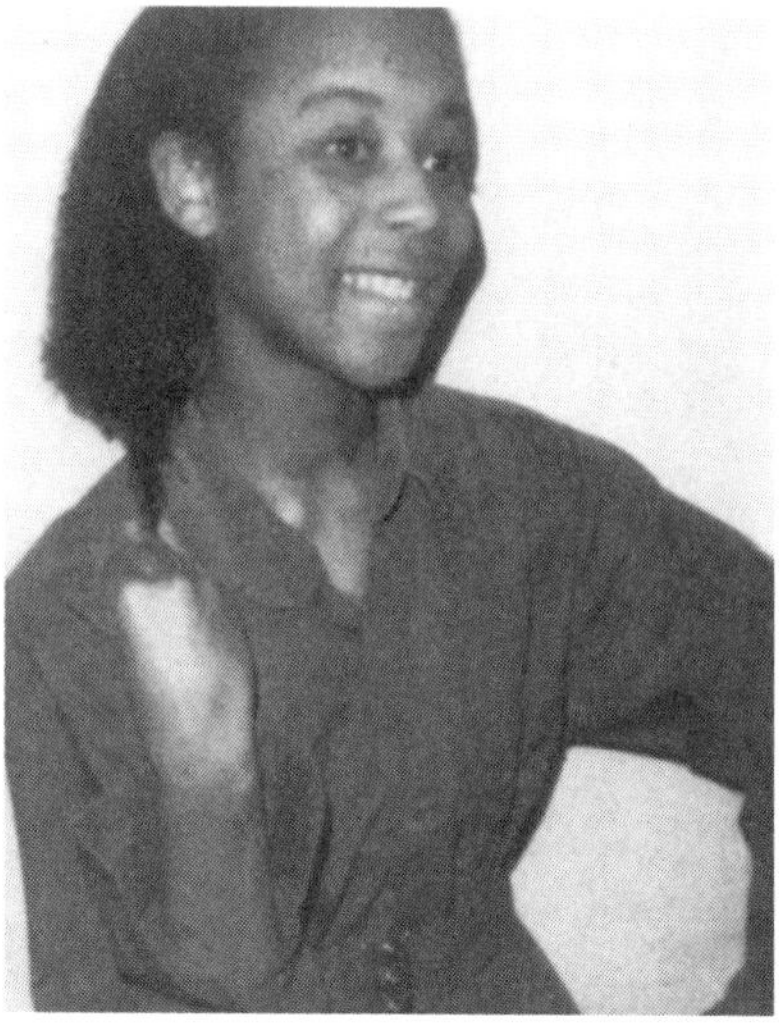

珍しく上機嫌のジェニファー。

純文学作家気取りのジェニファー。

ジューン「少年達—潜在意識も私自身も意識している」(118ページ)。

デイル・ロード英国空軍基地勤務者団地。「木々も花もわずかしかない」（10ページ）。

ブランコに乗るジューン。

ポーズをとるジェニファー。

第五章　アメリカの夢

今思いかえせば、その年の夏に一番強烈に残ってるのは、愛と情熱と性の秘密を何もかも知ってしまったことだ。それはまるでキラキラした黄金の一筋の糸のように、私の心に留まっている。自分の人生というものについてどうすべきかを考える機会が与えられたのだ。小さな子どもがキャンディをもぎとるように、私はそれに飛びついた。

ジェニファー・ギボンズ

黒いタクシーがペンブルック州の海岸線に沿った、波打つ岬の田舎道をゆっくり走っていた。生垣の低木は春の新芽の息吹でちらちら輝いている。だらだらと畔道が続くなかに、ところどころ明るい緑色の畑がくっきりと見えていた。この地方のタクシー会社がロンドンから運んできた特有の黒色タクシーは、辺鄙（へんぴ）なウェールズの小道にはいかにも不似合いだった。しかも道を知らない様子で、カチカチとメーターが上っていくのに、そのあたりには僅かしかない農家で道を尋ねたり、方向転換したりしていた。運転手のレンはその日とてもリラックスしていた。四月のはじめ、イースターに入る一週間前で、春の兆しの感じられる日だった。彼はハヴァフォドウェストの急勾配のアスファルト道を外れることができてほっとしていた。タバコに火をつけ、窓を開け、バックミラー越しに今日のお客の様子を窺う。貧相な顔、くしゃくしゃの黒髪に真っ赤なスカーフをかぶった瓜二つの黒人の双子が並んで座っている。何だか奇妙な感じがした。まるで着飾って仮装パーティーかなにかへ向かう子どものようだ。しかしまだ朝の十時である。タバコを吸っているが、ぶつぶつ言ったりげらげら笑ったり、初めてタバコを手にした様子だ。とその時、運転手はとんとんと肩を叩かれた。後ろを振り返ると、茶系統の奇妙な色のマニキュアをした長い爪、ほっそりした黒い手が目にとまった。指先は丘の上の白い田舎家の方向を指している。

「あれは連れ込み宿だ。おまえさん達のような普通の子が行くところじゃないよ」お客からは返事がなかった。かりかり、次は首のところを爪で軽くこすられたような気がした。指先はもう一度そのモーテルを示した。仕方あるまい。それにこのお客とこれ以上つきあうのはあまり愉快ではない。そもそもアメリカ・アクセントの強いフォードと名のる婦人から電話が入り、海軍団地を出たところへ九時に迎えに来て欲しいと言われたのがことの始まりだった。行き先は言わなかったが、アメリカ軍団地に立ち寄って用をすませ、それからフィシュガード近くのどこかへまわりたいという。

ここまではよくあることだ。アメリカ人の軍人や家族を基地周辺へ送ったり迎えたりするのには慣れていた。ただ今朝団地の入口に車をつけると、そこにはどうみても十二、三歳の女の子が二人立っていた。二人は物も言わずにタクシーに乗り込むと、持っていたステレオカセットの音量を上げた。その後は音楽にあわせて首をふるばかり。

「おい、もうちょっと音を下げてくれよ」メーターが九ポンド近くを示していたので、運転手は心配になった。「払えないなんてことないだろうな」二人は運転手の心配などどこ吹く風で、ただポップスのボリュームを上げてにこにこしていた。そしてまたとんとんとん、肩を叩かれた。今度はしつこかった。一体どこへ行きたいというのだ。まだモーテルまで一マイル半はあるのに。あたりには家一軒なかった。運転手はブレーキをかけた。十ポンド紙幣が手渡される。二人の少女が一挙一動同じ、ゆっくりしたテンポで車のドアを開け、両側に降り立つのを運転手は待った。彼は信じられない思いでこの奇妙な儀式をみつめて、肩をすくめた。それから車を発進させ、もと来た道の方へ数百ヤードをバックした。途中で振り返ると、正体不明の二人の乗客は降りたその場にまだ突っ立っていた。手を振ったが気づいた様子もみせない。しばらくして車の速度をおとし、この車で帰りたいのではないか、尋ねてみようと運転手は思った。けれどあの長い爪と、何を尋ねても笑ってばかりいたあの顔を思い出して肩をすくめると、ハヴァフォドウェストに向けて車のスピードを上げた。

ジューンとジェニファーは、その日二人だけで十八歳の誕生日のお祝いをしていた。二人は原稿を処分してしまい、有名な作家になろうという希望も捨てる決心をした。そしてイーストゲートで二人を守ってくれたランス・ケネディに人生の的を絞った。ケネディに接近するために、いつもの執念でブローディのアメリカ軍基地に電話をかけ続け、とうとう間抜けな交換手に自分達がケネディの古くからの友人であると信じ込ませた。それでも住所までは教えてもらえなかったが。

それからだった、ケネディ家の電話が鳴りやまなくなったのは。受話器を取ると、時にはこそこそという音や押し殺した忍び笑いが聞こえてすぐガチャンと切れる。ある時は、ハワイでお知りあいになったリサ・フォードですわ、という若い陽気なアメリカ人の女の声でかかってきた。ジョージ・ケネディはウェールズ基地に二交替勤務で配属されていたが、問題のリサなる人物が四人の息子、殊にランスについてかなり詳しく知っていたので、ランスのガールフレンドの一人だと思っていた。ランスは双子と同じころイーストゲートを離れて、アメリカ海軍に入隊するためフィラデルフィアへ戻っていた。長男ジェリーはこの地方の大学で学士コースに入り、夜は評判の芳しくないベルヴューにあるパブの料理人のアルバイトをしていた。その店は双子の住んでいる家から百ヤード離れた、軍人家族用団地への入口あたりにあった。四人の中で一番かっこいいウェインは栗色の髪と魅力的な笑顔の持ち主で、失業中なのに学業を続ける気もなく、近所の女の子と遊びあるき、相手はどんな容姿でもよかった。ハヴァフォド・ハイ・ストリートのコンチネンタル・カフェで買うマリファナに夢中だったが、父親の酒棚から引っぱり出すお酒を慰めにしてもいた。のんびりして愛想がよく、楽しい男だった。自分達に興味を持って電話をかけてくる女の子がどこの誰か、特に気にもかけなかった。「ああ、そうだよ」この少年ならばにやにや笑いながら答えただろう。「そんなに兄貴が好きかい。それより俺はどうだい。会ってみないかい？」

ランスとウェインは年子で双子のように育ち、仲もよかった。話はなんでも通じた。ガールフレンドも取り替えたりした。しかしリサという女についていては何も聞いたことがない。しかもその女の子のアクセントは少し妙で、アメリカ人のようでもあるが、まったくそうだとも言えないし、何かのテキストから学んだような話し方だった。リサがランスにぞっこんであることはまちがいなく、彼のことなら何でも知っていて、イーストゲートの特別学校にいる友人の名前も言えるほどだ。ある時、リサが異様に住所を知りたがったので、ウェインは根負けしてつい口を滑らせてしまった。「モーテルのすぐ近くだよ」と心にもなくウェインは続けた。「一度来いよ。一杯飲もうぜ」これを聞くと突然リサ・フォードは黙り込み、電話を切ってしまった。

タクシーが走り去ると、ジェニファーはジューンに動くよう合図をし、モーテルに向けて二人は並んで丘を登りだした。丘の上のそのモーテルは、低い白い建物だった。大きな駐車場があり、それを境に両側にアメリカン・スタイルのコンパクトな部屋が並ぶ部分とバーやレストランのある部分とに別れていた。そのあたりはフィシュガードに突き出た岬に続く丘陵地帯で、なかなか美しいところである。しかし双子が偵察にやって来たこの時には、近くの暴走族の少年グループや麻薬密売者がたむろして、荒廃しきっていた。警察もそのことはキャッチしてたびたび手入れを行っていたが、なかなか一掃できないでいた。

ジューンとジェニファーが駐車場に着くと、そこには二、三台のバイクが置かれ、バーの戸口の外にあるゴミ入れには空きビンやビールの缶、がらくたがちらばっていた。二人はぞくぞくした。まさに二人の抱く「アメリカの夢」にふさわしい状況ではないか。ごみだらけの駐車場から見えるモーテルの部屋は、ありとあらゆるエロティックな行為が行われ、逆上した人間による偶発的な殺人さえ起こりかねないように見える。

レザーファッションに身をかためた若者が受付から出てきた。そして、こそこそゴミ箱の紙きれを読む双子に不信の目を向けた。この変てこな二人はどうも気に入らない。警察からの回し者ではないか。「誰か探してるのか?」と男に怒鳴られると、ウェインの手がかりを探していたジューンとジェニファーはびっくりして野良猫のように逃げ去った。

午後も遅くなると春の空はどんよりした曇り空になり、嵐を前にした黒雲が立ち込め、ぽつぽつと大粒の雨が降り始めた。顔色をよく見せるために塗りこんできた茶色のファンデーションが雨で流れ落ちてしまいそうだ。それでも双子はケネディ家を探し出すのに懸命だった。ようやくだだっ広い農場の中に数軒の家を見つけだした。しかしそれは自分達が描いていたものとは似ても似つかない。もっとアメリカ風の家で、戸口に少なくとも一台はステーションワゴンが停まっていなくては。

二人ともすっかり疲れ果て、空腹だった。いつも用意してもらっている誕生日のケーキが目に浮かんだ。ロウソクがまるで敵兵同士のように二列に向かいあって並んでいるあのケーキ。自分達の本も人形も、何もかも今日は家に置いてきている。ジューンはその日の朝、母親からプレゼントとして贈られたセイコーの腕時計をみた。ジェニファーもそっくりのものを持っていた。五時だ。二人が帰らないのを母さんがそろそろ心配し始めるのではないかと気にかかった。ジェニファーはそんなことを考えまいとした。十八歳になったのだ。もう冒険してもよい年頃だ。

フィシュガードは、どんより曇りがちの、丘の上の小さな街である。アイリッシュ海から絶えまなく吹く風に住民も慣れていて、雨まじりの強風に備えるように腰をかがめて歩いている。この街の中央に小さい広場があって、その隅々で風が舞っていた。ジューンとジェニファーはまず角のタバコ屋に向かい、電話代を除いた残りのお金でチョコバーを買った。それから電話ボックスへ行き、ジェニファーがウェインに電話をかけた。誰も出ない。仕方なくもと来た道を市営公園まで戻った。間もなく七時で辺りは暗くなりかけ、人通りもなかった。暗闇の中にぼんやりと見えるブランコに飛び乗った二人は、どちらが高く空へ舞い上がるかを競いあった。それはずいぶん奇妙なパーティーだった。家から十マイルも離れた人気（ひとけ）のない公園で、道に迷った少女が二人きりで十八歳の誕生日を祝ったのだ。ブランコに乗り、雨の降る中でチョコバーをかじりながら。

そのあともあまり愉しくはならなかった。タクシー代とフィシュガードへのバス代で有り金全部使ってしまったから、ハヴァフォドウェストに帰るお金が無くなってしまった。しばらくの間ヒッチハイクをしようとしたが、誰も止まってくれない。歩いて帰る他なかった。明け方近くにもう一度ウェインに電話をかけてみた。今度は通じたものの、それ以上コインが入らない。クタクタに疲れ果てて寒さに震える二人は、冷たいコンクリートの上に倒れ込み、お互いの肩に頭を乗せて眠ってしまった。

翌朝、シュロの聖日「イースター直前の日曜日」、二人に幸運がめぐって来た。道端で倒れ込んでしまう散々な目に合ったが、ウェインと電話で話すことに成功したのだ。ウェインが受話器を取り、コンチネンタル・カフェで「謎めいたアメリカ人少女」との出会いを約束してくれたが、彼は遂にその場に姿を見せなかった。

イースターの一週間、何としても自分達と付き合ってくれる男の子が欲しくて、双子は大忙しの日々を送った。二人はミルフォード・ヘヴンの波止場へ大胆なボーイハントに出かけた。モジャモジャのアフロ・スタイルのカツラをかぶって出歩いたり、チェックのシャツと帽子を身にまとってアメリカ人の男の子を装ったりした。ボーイフレンド探しに今や新しい衣裳や小物が必要になったが、Tシャツがほしければスーパーのウルワースで買い物袋に滑り込ませるだけでよかった。素早くやれば何でもタダで調達できた。暴走族の少年達につきまとい、街の中心にあるレクリエーション・クラブに入り浸るようにもなる。そこでは電話のある無人の事務所へ忍び込み、電話帳に載っているありとあらゆる人——高級リヨン・ホテルの受付から慈善事業のサマリタン協会まで——に電話をかけまくって、二人にとって最も快適な時間を過ごすのだった。キャシー・アーサーにも電話をして、自分達の書いた本は面白いから是非と勧めたりした。ところがその頃、キャシー・アーサーは六ヵ月間の病気の後に難産で子どもを生むなど辛い日々を過ごしていたので、二人の話しに興味を覚える余裕はとてもなかった。

こうして二人が自分達の部屋を抜け出して方々に出かける機会が増えるに従いスリルも増した。警察がクラブに出入りする二人に目をつけていると信じ込んで喜んだものだ。またこの電話作戦の末に、ケネディ家の住所をつきとめる大成果を挙げた。

一九八一年四月二十一日、バンク・ホリデー［イギリスで年間何日かある祝日］の翌日、あるタクシー会社の運転手がミス・フォードという人から電話を受けた。ハヴァフォドウェストの北十マイル見当の村まで妹と二人で行きたいというのだ。ウェルシュ・フックというところは相当小さいので、詳しいオードナンス・サーヴェイ［政府所有のオードナンス社が発行する詳細な地図］にしか載っていない。一本の田舎道が、庭つきの田舎家が散らばる丘を曲がりくねりながら下っている。この道はハヴァフォドウェストからフィシュガードへの幹線の高架下を抜け、クレッド川にかかる石橋へと下っていたが、この橋の少し左手前に、一軒のモダンな家へ通じる小道があった。

タクシーはこの家の車寄せの前で止まった。二人の黒人の少女は、一週間前にフィシュガードへ出かけた時ほど着飾ってはいなかったが、ジーンズと緑色のアノラック姿で、赤い頬の少女達や健康的な農民が住むウェールズの地とは不釣り合いだった。二人にとって、タクシーから降りるところを誰にも見られなかったのは幸いだった。代金を払い、何ごとかを運転手に呟くと、二人は車寄せに大胆に入っていった。

クリードー・コテージという名は、借家としてアメリカ人が選んだ家の名としてはふさわしくなかった。全然コテージらしくなかったし、ペンブルックの荒地よりアメリカの郊外にあるほうがずっと似あった二階建ての家で、双子が作品の中でよく描いていたような外観だ。二人はベルを鳴らさずに裏口へまわると、窓から中を覗き込んだ。誰もいない。玄関は開いていた。ドアを押して中に入った。

特に変りばえしない家だったが、二人にとってはまさに天国そのものだった。ハワイの写真が居間の暖炉の上に掛けてあり、玄関口にはボンバー・ジャケットが吊るしてあって、酒棚は広く開いたままだった。彼女達は二匹の悪ネズミさながら、くすくす笑い、キーキー喚きながら家中を引っ掻き回した。台所に入り、ピーナッツバター・サンドイッチを作ったり、オレンジジュースを飲んだり、ばたばたと外に飛び出してまた家の中に駆け込んだり、玄関にあった自転車に順に乗ってみたり、好き放題をした。家の前でお互いに写真を撮り合ってフィルム一巻をあっという間に使うと、二階へ上がり、二人にとっての英雄の部屋を荒らしにかかった。

二階にはせせこましいベッドルームが三部屋あった。一番大きい部屋は踊り場の正面で、子ども達はその両側の小さい二部屋を使っているらしい。そのうち一つの部屋のドアには鍵がかかっているようだった。二人は懸命に押してみた。ジューンは主寝室から椅子を持ってきてドアにブチ当て、その勢いでドアのペンキは剝げて椅子の足は壊れた。だがそんなことは気にもかけなかった。こうして二人はいよいよ聖域にたどり着いたのだ。ランスかウェインの部屋に違いない。何としても中をじっくり見てまわらねば気が済まない。するとドアが開いた。鍵はかかっておらず、ただつっかえていただけだった。いったん中に入ると、二人は手紙、写真、本など手に触れるありとあらゆるものを引っ掻き回した。ジェニファーはランスの写真を見つけてポケットに入れる。また洋服を引っ張り出して、Tシャツやジャケットを着てみたり、そのうちの一枚を買物袋に忍ばせたりした。それからまた居間に戻ると足を投げ出してテレビを観た。他人の家で好き勝手できる満足感で一杯だった。その時、玄関先で車の音がした。オレンジジュースをこぼし、サンドイッチのパン屑を撒き散らしながら、二人は裏の窓によじ登って何とか逃げ出そうとした。しかし時すでに遅し、ジョージ・ケネディと新妻のダイアンは、窓から半身をのりだして逃げようとする双子の足を目にした。門に向って急いで走ってゆく黒人の双子を見た時の夫妻の驚きようはなかった。双子は捕まえられ、中に入るように言われた。「さて、事の次第を聞こうじゃないか。君達が毎晩のように家に電話をしてくる御婦人かい？　我々の生活をめちゃくちゃにするつもりなんだな？」何も答えはなかった。「一体お前さん達はどこから来てるんだ？　基地周辺じゃ見かけたことがないな」

少女達は殴られでもしないかと恐怖に怯えていたが、ケネディ夫妻はむしろ二人を憐れんでコーヒーを御馳走し、喋らせようと心を砕いた。

ジョージ・デュエイン・ケネディがウェールズの西海岸に配属されたのは、これで二度目だった。最初は一九七四年で、ブローディ基地が造られた折にこの土地に着任している。アメリカ海軍はこの人里離れた基地を西海岸の主要拠点としていた。それは人気のない海岸付近がアイリッシュ海の深海に近く、ロシアの潜水艦を追跡するのにうってつけの場所だったからだ。ジョージ・ケネディは海軍兵曹長で、二度目の妻ダイアンは基地の事務官だった。二十代半ばの彼女は日本人の母親に似て、小柄で東洋的な顔立ちをしている。ハンサムな水兵と恋に落ちた代償として支払わなければならなかったのは、自分と少ししか年の違わない、四人の遊び好きの息子の義理の母親になることだった。

ジェリー、ランス、ウェイン、カールは年子の四人兄弟だった。四人の母親はチェロキー族の血筋で、一九七〇年代にはブローディで暮らしていたが、その後、三人の息子の目の前でピストル自殺をした。そうしたショッキングな出来事は子ども達に深い影響を与えた。少年達は成長するにつれて横暴で他人の感情に関心を示さず、何事にも自己中心的に振る舞うようになった。ジョージは新しい妻に夢中で、四人の息子には必要な躾をしないまま放置した。分別のない若者が家に出入りしても、ジョージとダイアンは一向に驚かなくなっていた。ダイアン・ケネディは次のように述べている。「うちのように四人もいたら、何を飲んでいるのか、他人にどれほど痛めつけられたかなんて分かるはずないのよ」息子のうち常に一人か二人がちょっとした違法行為でお世話になっていたから、両親はこの地方の警察にも顔なじみだった。

ケネディ夫妻は、自分達の家に侵入した泥棒が一言も口をきかないことが分かり、我慢できなくなってタクシーで二人を家に帰らせることにした。双子には、長男のジェリーを残して家族でカナリア諸島に二週間のバカンスに出かけるから、この家にやって来ても留守だと話して聞かせた。これでケネディ夫妻がこの奇妙な二人を見ることは二度とないだろうと考えたのだ。

しかしジューンとジェニファーは、一旦思い込んだことは決して諦めなかった。翌日同じタクシーに乗って二人はまたウェルシュ・フックにやって来た。クリードー・コテージの玄関のドアは夫妻の言葉通り施錠されていたが、裏口に小さな窓を見つけて、そこから家の中に入った。すぐウェインの寝室に向かうと日記を見つけ、ジューンは、ウェインの詩が書いてある日記に自作の詩を書き残した。

サリンジャーのペーパーバック『ライ麦畑でつかまえて』をこっそり借りたのもこの時だった。

　二日後、二人はまたこの家を訪れた。ひどい雨降りの日で、途中でフィッシュ&チップスを買って雨宿りをした。雨に濡れて汚れ果てた二人は、ケネディ家から少し離れた湿地帯に迷い込んでしまい、ようやくそこから抜け出して丘を登った。二人がてっぺんにさしかかった時、十二世紀に建てられた教会が目に入った。道ばたにひっそり佇(たたず)み、小さな人影のない墓地もあり、野生のあやめが群生して古くからの家族墓地を区切っていた。双子は屋根付き門を通りぬけ、教会堂のドアを開けた。両側に十列ほどの小さな座席が並んでいる。色あせたステンドグラスの下には素朴な聖体拝領台があり、聖歌隊のための内陣の仕切り席と石造りの説教壇があった。身体の芯まで凍えるほど寒かった。それでも双子は壁面にあるスイッチを見つけて暖房を入れた。スチームパイプに足をくっつけて暖めながら礼拝用クッションに座り、持ってきたフィッシュ&チップスを食べた。

　教会を出て雨の中をケネディ家へ向かった二人は、今度こそ絶対に中に入ろうと決めていた。そこでレンガを投げつけて貯蔵室の小窓を割って入りこみ、電気を点けてすっかりくつろいだ。そして勝手にシェリー酒とコーヒーを飲み、ウェインの手紙を読み、探偵気分でウェイン、ランス兄弟の生活調査をした。たくさんの女の子からのラブレターや写真、日記を見つけて、ためらわずに読んだ。それから何件も電話をかけたが、その中にはイーストゲートの心理学者ティム・トーマスも含まれていた。この電話を受けた時、彼は久しぶりにかつての双子の支離滅裂なメッセージを想い出している。

　毎日毎日、双子はタクシーでウェルシュ・フックへ出かけ、家の周りをうろついて、一人残ったジェリーの様子を窺った。ある時ジェリーは双子に気づき、窓ガラスが壊れていた事を問いつめたが、二人は教会へ逃げ込んでしまった。

　すべてがこんなふうだったから、二人が家族と過ごす時間はどんどん減っていった。失業手当の大部分は自宅とウェルシュ・フックを往復するタクシー代に消えた。それ以外の時間は街をうろつき、不良グループに目をつけながらも、決して仲間に加わったりはしなかった。ケネディ家の少年達を一目見たくて、街角やハイ・ストリートの突き当りにあるマーリンズ橋のたもとで何時間も待ち続けていることもあった。双子がウェインの姿に気づいて手を振ったこともあったが、彼は知らんぷりして通り過ぎてしまった。ひょっとすると、ケネディ家に黙って押し入り、勝手にいろいろなものを引っ掻き回したのが私達だと気づいているのではないかと、二人は不安を感じた。けれどどうしても、少年達の持ちもの、本とか写真とかを手にしたかったのだ。ただただ二人の夢に現実性を持たせるために。二人は絶望し、日記にも自殺願望を仄めかした言葉が記されている。ただこれまで通り実行に移さなかったのは幸運だった。というのは、翌日二人の祈りが叶えられたのだから。一九八一年五月三十日、ジューンの日記。「やった！　まだ生きているわ。ゾクゾクしてる。ウェインとジェリーがとうとう家に来てくれた。電話をして夕方七時三十分までに来てくれるように言ったら、十時三十分にやって来た。ノックの大きな音がした時、私はなんとパジャマに着がえているところだった」

少年達を迎える身仕度をするのにしばらくかかってから、二人はおもむろにドアを開けた。家族は皆ミルフォード・ヘヴンのグレタを訪れて留守だった。ジェリーが何か飲みたいと口を開くまで、ジューンはどぎまぎして廊下に突っ立っていたが、彼を台所へ連れて行って水を一杯飲ませた。ままごと遊びのような出会いだった。双子はほとんど口を開かず、四人の若者はただただ居間に座ってテレビで西部劇を見ていた。それでもこの夜のありとあらゆる出来事はすべて双子の少女の心に深く刻み込まれた。少年達のなんでもない動きや言葉の全てが二人にとっては愛しい宝となって記憶された。ジューンは、ウェインとたまたま身体が触れあった。「またもう一度、必ずあんなことが起こるに違いない。彼のことが忘れられない」と彼女は書いた。だが、両親が戻った車の音でこの夜のロマンスはあっというまに終りを告げた。

翌日ハヴァフォドウェストのショッピングセンターで二人は少年達に出会った。彼らはマリファナを売る約束をして、その日の午後にまたウェルシュ・フックで会おうと言った。冒険は続いていた。タクシーからケネディ家の前に降り立ったのは、異様な見かけの二人だった。まっ赤に塗りたくった口紅にくわえタバコ、ウォッカの瓶をしっかり手にして、ジェニファーはステレオカセットも持っていた。Tシャツの上にジャケットを何枚もはおり、ジーンズのすそをブーツに入れていた。「持ってる洋服を全部着てきたようだった」とダイアン・ケネディは思い出している。

ウェインが準備する少しの間、二人は家の中で待っていた。それから三人で橋のところまで歩いていくと、そこには近所の少女が二人待っていた。「変な子達」その少女達の眼はそう言っていた。二人ともウェインに憧れていたし、新しい女の子なんて連れて来て欲しくはなかったのだ。気まずい沈黙がしばらく続いたところに、ジェリーがシンナーの入ったビンとティッシュペーパーを持って現れた。

「おい、俺に寄越せよ」ウェインはそう言うと、弟と共に皆を引き連れて橋の反対側に駐車してあった古いオレンジ色の車へ向かった。そこで双子はシンナー遊びの手ほどきをうけた。うまくいった。シンナーを染み込ませたティッシュペーパーを嗅いで、ジューンとジェニファーは不思議な解放感に浸った。なんと二人はケラケラ笑いながら重い口を開いたのだ。ジェニファーは日記に次のように書いた。


――

一九八一年六月二日、信じられないことかもしれないけれど、ウェインが私にキスした。すごいやつを（私はその日香水をつけていた）。荒々しくキスしたから、私も熱いのを返した。その間ずっと彼の手は私の身体のあちこちをまさぐっていた。素敵。これまでの人生で最良の時だった（彼がキスした本当の理由は、タバコが欲しかったからだ）。

毎日午後になるとこの小さな村にタクシーで双子がやって来て、夜十時三十分きっかりに戻るのが日課になった。二人は時には歓迎されることもあったが、大抵は橋のところか、ケネディ家の向いにある家具置き場の小屋へ行って待てと言われた。ウェインは二人と深い仲にならないように注意していた。「黒人と白人はあの面でうまくいかないものだ」そう考えてウェインは双子を交えたシンナー遊びから少しずつ抜けはじめた。しかしカールには黒人に対する差別感はなく、むしろ何のためらいもなかった。

カールは十四歳、双子はこの時十八歳だった。この歳にしてカールの性体験はかなりのものだった。兄弟の中では一番おとなしく、父親に甘やかされ、新しい母親には構われず、兄弟の嫌われもので、「エッチな小猿」と呼ばれている。「どこでも誰とでもやるんだ」まっすぐなブロンドの髪でいつも無表情なカールは、双子同様に自分の空想の世界に生きていた。だから双子とうまくゆくと思ったし、それは事実だった。彼はジェニファーに惹かれた。ジューンはあまりにもおとなしくて、ふざけあったりするのは苦手だった。ジェニファーならカールが平手打ちやげんこつをみまっても、ベッドに押し倒してころげ回しても平気だった。

それから数日は興奮に次ぐ興奮の日々となった。ウォッカと接着剤のチューブ、また兄弟から四十ポンドで買ったマリファナを持って、二人は毎日のようにタクシーでウェルシュ・フックへやって来た。双子はひっきりなしにハイな気分になり、生涯ではじめて幸福を感じた。男の子と話ができることも分かり、カールは双子の話す魔術や星占いに興味を持ってくれた。彼はジェニファーにキスをするかと思えば蹴ったりしたが、そんなことは一向に構わなかった。気まぐれに恋に落ちた相手は、二人が憧れた本物のアメリカ人の男の子だったのだ。

双子はいまやセックスの妄想にとりつかれていた。ある夜、いつも通りウォッカ、マリファナ、シンナーの乱痴気騒ぎで恍惚状態になった二人は、ジプシー・レーンまでタクシーを頼み、人気の少ないこの小路に向かった。ジェニファーは助手席に飛び乗って運転手のズボンをまさぐり、ジューンは後ろから運転手の肩を激しく愛撫した。ジェニファーは日記に「人生は無上の喜びに満ちていると思う」と書いたが、タクシーの運転手が同様に感じたかどうかは誰にも分からない。

六月七日の日曜日はグレタの赤ん坊へレン＝マリーの洗礼式だった。双子は招待されなかったので、ウェルシュ・フックまでタクシーを飛ばした。しかしその日は最初からつまづいた。ジョージ・ケネディが玄関に現れたのだ。

「いいか、二人とももう来るな。このあたりを二度とうろつくんじゃない。自分の家があるだろう。さっさと帰れ！」

二人はジョージをじっと見すえたが、彼はドアを閉じてしまった。そのままドアの前に立ち尽くす二人。

二時間が過ぎても二人はそこから動かなかった。ジョージは基地へ行こうとして双子に気づき、なんだか憐れになった。「しょうがない、中に入れ。カールは夕食中だ。だがこれが最後だぞ。いいな？」

中に入るとカールが居間でハムサンドイッチを食べていた。じっと待つ二人もお腹が空いていたが、食べたいとは言えず、また勧められもしない。二人はカバンからブランデーを出すとぐいぐいと飲んだ。会話がないまま時間が過ぎ、タクシーが来た。するとカールはブランデーを引っ摑んで、「タクシーの運転手野郎を帰らせろ。どんちゃん騒ぎだ」と叫んだ。「天国まで連れてってやるぜ」

カールの後を追って二人はケネディ家の庭の端を流れる細いクレッド川を渡った。もう日も暮れていたし雨も降っていた。じめじめした湿地を越えて丘を登ると教会がある。ジューンとジェニファーはつまずきながら藪を歩いて足もとが濡れ、比較的新しい大理石の石畳で滑って墓標を幾つも蹴飛ばしてしまった。カールが樫の木のドアを開けて三人は中に入る。小さなオルガンの横に仄かなランプの灯が見える。三人とも初めは黙って携帯ラジオから流れるクラシックのピアノ曲に耳を傾けていたが、それから長椅子に座ってクックと笑いながらブランデーを回し飲みした。カールはシガレットペーパーでマリファナを巻き、三人で交互に吸った。そしてカールは祭壇のろうそくに火をつけた。

「我ら罪深きものよ、共に祈りましょう。主の恵みと御慈悲がありますように。ハレルヤ」もったいぶった言いまわしで祭壇に立つカールは、興奮する少女達を見下ろした。「汝、主なるイエス・キリストを愛しますか？　主の御許(みもと)に召されるまで従うことを誓いますか？」声がさらに大きくなった。

「それでは前に出て洋服を脱ぎなさい」

カールが約束した通り、少女達は天国に連れていかれたのだ。小さな田舎の教会、祭壇に燃えるロウソク、洗礼盤のまわりに散ったバラの花びら、ステンドグラスに打ちつける雨の音。二人は永い間縛りつけられていた魔術から、今ようやく解き放たれた感じがしていた。ラジオからはピアノ曲が流れている。二人はカールの言うがままになって、初めての体験に臨もうとしていた。

まるで絵のように二人の影がおごそかに歩みより、カールのジャケット、シャツ、ジーンズを脱がせ、ジェニファーとジューンもそれに続いた。カールが見つめる前で、ほとんど全裸で立つ二人。二人は痩せこけて、その姿は痛ましいこと限りなかったが、文字通り愛の祭壇でその身を無垢な花嫁としてカールに捧げようとしていた。赤いカーペットを敷いた内陣の段に、カールはジェニファーを連れていった。
妹を我がものにするカールの様子をジューンはじっと見つめる。うまくいかない。すると次にカールはジューンを押し倒すが、これもだめだ。そこでカールはジェニファーの背後に回ってようやくうまくいった。ジェニファーは気を失ったように内陣の床に身を横たえていた。ブランデーとマリファナで頭はくらくらしていた。引き裂かれ、傷ついていたが、平安があった。

――――

日記さん、わが人生最良の一日。カール・ケネディとセックス。とうとう。痛かったが、やっと……。出血した。教会でやった。神様ごめんなさい。あなたの友、ジェニーより。

――――

しかしジューンにとってはまるで地獄だった。ジェニファーの勝利はジューンを完全に打ちのめした。ジェニファーは十分遅れて生まれた引け目を、より先に愛されたという事実で完全に埋め合わせたのだ。男に愛されて一人前の女になった。ジューンは遅れを取ったために、羨みながらも軽蔑していた妹から逃れることができなくなってしまった。ジューンは何よりも妊娠を夢み、赤ん坊を欲しがり、娘や息子や孫と一緒の将来を考えていたのに。こうした想像力をもとにジューンは人形の家族に肉体と血を与えたのだ。しかし、実際に聖堂の床に流れたのはジェニファーの血液だったし、妊娠が可能になったのもジェニファーだった。教会での一件の夜、ジェニファーは次のような夢をみた。

――――

一列に並んだお人形、ブードゥー教のまじないの蠟人形。中に一人黒人がいる。次に見えるのは石板に刻まれた私の名前。それから少年院につれていかれる。「酒場へ」と書いてある。庭は暗い。人形―不安定と寂しさ、少年院―些細な心配、逃れたい欲望。切り離されたいという感情または制限。石板――障害もしくは恐怖。

教会での出来事の二日後のことだった。二人はファージー・パークの二段ベッドに横たわっていた。いつも通りラジオがかかっている。ローリング・ストーンズだ。ジューンはスイッチを切りたかった。この曲を聞くと、カールが自分を選ばなかったという決定的なことを思い出すからだ。そこでラジオのスイッチに手を伸ばすと、ガタンと音がしてジェニファーが飛び起き、コードをもぎ取ってあっというまにジューンの首に巻きつけた。ジューンは相手の眼に浮かんだ怒りの表情から、これはいつもの喧嘩とは違うと感じた。危い、やられる。ジューンがギャーッと叫び声を上げると、ジェニファーはコードから手を離した。そして二人とも涙にくれた。

やがてジェニファーはベッドの下に隠していたブランデーを飲み始めた。二人は連れ立ってジプシー・レーンまで歩いた。二人が性の悦びを知ろうとしてタクシー運転手をしつこく誘惑した場所だ。ナトリウム灯が赤い光を放ち、ジプシーの野営地へと続く通りを照らしていた。錆びた廃車、古い乳母車、古着の切れ端のようなものがあたりに散乱していた。なんとも気の滅入る場所だったが、二人の気分にはぴったりだった。ジューンの記述。

魔術のようなものがこのあたりに漂っている。ジェニファーが私のことを見つめているように、私もジェニファーを初めてじっと見ている。のろのろした冷たい奴。私のことを尊敬しないで喋りすぎる。きっとジェニファーも私のことを同じだと思っている。お互いに牽制(けんせい)しあっている。私が羨やんだり、妬んだり、恐れたりするのを嫌がってる。二人が対等でありたいと思っている。あの目の光りを見れば分かる。殺そうとしている。神さま、あの子が恐い。普通じゃない。神経

――がやられている。あの子を狂わせた人間がいる。それは私。

二人の少女は口もきかないで、ジプシー・レーンと川の間に広がった野原をさまよい歩いていた。川といってもそのあたりになると、ゴミが浮いている小さな流れでしかなかったが、二日も雨が降った後だったので水嵩が増え、流れも早かった。二人は川から数フィート上の橋へ向かって土手を登った。車が何台か通り過ぎた。ジューンは堤防を危なっかしく降りて、突き刺さっていた棒切れを拾った。そして怒りと幻滅からジェニファーに挑みかかり、棒切れをその眼につき差そうとした。悪魔の眼に向かって。

「殺せるものなら殺してごらん。あんたの夫や赤ん坊を呪ってやるからね」ジェニファーは淡々と言い放った。ジューンは妹の腕力より呪いのほうを恐れていたので、棒切れを捨てるとジェニファーに飛びかかり、橋から流れの中に突き落として、後を追って飛び込んだ。必死で抵抗する妹を押えつけて水中に沈める。果てしない時間に思えた。橋の上を通る車のヘッドライトが暗い水面でもつれあう二人の姿を照らし出す。ハッと驚いたジューンは押えつけていた手を緩め、脅し文句をまくしたてる妹を土手へと引きずり上げた。

「愛してるのよ」とジューンは喘ぎながら言った。「私だって愛してる」とジェニファー。水をしこたま飲んだ胸はゼーゼー音がした。

「神よ、許し給え。私達に御慈悲を」涙と共に祈りながら、溺れかけた二人はしっかり抱きあってキスをした。二人の記憶では初めてのことだった。

――神様、助けて下さい。私は不安でたまらなく怖い。独りぼっちです。手を差し伸べて下さい。

無事に十代を終えるよう御導き下さい。あなたの胸に私を抱き、生命の糧としてその血をお与え下さい。またジェニファーもお助け下さい。あの子に真の平安をお与え下さい。心の平安が得られれば、私と明るく過ごせるでしょう。男の子達にやさしく接することができ、自分自身に誇りが持て、一体自分とは何かを考える力を与えてやって下さい。どうか私のことを軽んじないようにさせて下さい。男の子達のことも同じです。カールやウェインやペン・パルのピーターだって。もし神様が私をお助け下さるなら、ジェニファーも助けて下さい。困難な道を覚悟して進みますが、あなたの助けが必要です。御心のままに私を導きたまえ。私の哀しみや恥、罪、劣等感をどうか帳消しにして下さい。私には他に誰もいないのです。双子の妹すら今や完全に私から離れてしまいました。あの子は驕り高ぶって私をバカにするのです。もしあの傲慢さをなくして下されば、あの子が私の心と身体を傷つけたことを許します。名誉も勇気もものすごく傷つけられたけれど、まだ私には人を許す力が残っています。あの子を憎むことは出来ません。もし憎めば、それは神様、あなたを憎むことになるでしょう。それに何としてもジェニファーが好きなのです。どうか我らをお許し下さい。あなたの娘達に御慈悲を。これまでの十八年よりもう少し幸福な十八年間でありますように。主よ、私をお導き下さい。そしていつも私とともにいて下さい。

翌日、ジューンは鼻風邪を引きこんだので、音楽を聴きながらベッドに寝ていた。一方ジェニファーはジューンへの優越感に浸って自立の第一日目を祝っていた。

ジェニファーが文通を続けていたピーターは、以前からデートを申し込んでいた。しかし、もし会えば肌の色や容姿はもちろん、喋らないことをピーターは不審に思うにちがいない。手紙では十代の健康ではちきれんばかりのエネルギーを感じさせたのに、面と向かえば何もかもおじゃんかもしれない。しかし今では勇気もわいてきたので、バスに乗ってセント・デイヴィッズ［ハヴァフォドウェストから西へ十キロほど離れた町］まで一人で出かけた。そこの短期滞在用アパートにピーターが住んでいることは分かっていた。着いた時は雨が激しく降り、アパートがどこか分からなかった。

それでもようやく裏通りの薄汚れた部屋を探しあてた。会ってみるとピーターは写真とは違ってハンサムとは程遠く、あろうことか母親と一緒だった。ピーターは、手紙を読んで結婚の対象とさえ感じていたこの女の子のことをよく知りたい思いで、待ちこがれていたのだ。そこへジェニファーの訪問である。最初からうまくいくはずがなかった。ピーターの母親は上等な茶器を用意して、娘になるかもしれない人に銀の腕輪をプレゼントするつもりだった。ピーターも彫刻を施した木の箱を用意していた。それなのに二時間も遅れてやって来たみすぼらしい女の子を目にして、二人はびっくりしてしまった。失礼なことに遅れたお詫びすら言わない。それも一言もだ。三人は席に着いたものの、お茶はすっかり冷えていた。ジェニファーは矢つぎばやに家族のこと、学校のことを尋ねられたが、ただ目を伏せてもごもご口ごもって頷くことしかできない。舌が麻痺してしまったのだ。親子はすっかり呆れてしまい、ジェニファーはプレゼントをもらうとすぐに暇乞（いとまご）いするはめになった。その夜おそくジェニファーはバスでハヴァフォドウェストへ戻った。ジューンは帰りを待っていた。

双子は今でもなお教会での一件にしばられて、それ以来抱き続けた希望にがんじがらめにされていた。それまで二人はずっと夢の詳しい記録を書き続けているが、このころ二人の見る夢の中身が初めて一致した。一九八一年六月十一日のジェニファーの日記。「粗末な小屋の中で出産。激痛」同じ夜のジューンの記録。「ジェニファーが口や肩から出産するのを助ける。赤ん坊は白人で、泣き声を上げない。星座は双子座」その日は二人とも高熱の出る風邪をひいていたが、それでもウェルシュ・フックへ出かけた。ただ鼻は詰まるわ、ヤクも酒もないわで、少年達との出会いも気まずくなる一方だった。カールは教会での乱暴な一件を気にして、口数も少なくおとなしかった。三人は黙ったままで、寝室に座っていた。

「おい、やろうぜ。もう一度」とは言うもののもう一つ熱が入らない。双子は首を振った。「それなら出て行け。帰れ」と怒鳴られた二人は通りに走り出ると、十マイルの道を歩いて帰った。

ところが翌日も二人はやって来た。カールは怒った。「いったい何だと思ってる。とっとと消えうせろって言っただろ」ジョージとダイアン・ケネディ夫妻もうんざりして二人を怒鳴りつけて追い出した。ジューンはこう書いた。「人には言えないけど、あの人達皆すごくおかしい。ウェインもカールも信じられないし、突拍子もない。お父さんにもダイアンにも誠意が感じられない。家族全体が胡散臭い」

一週間後、世の中は少女達にとって再び輝いて見えた。村の少女達に飽きたウェインとカールは街で双子に出会うと、もう一度家に来いと誘ったのだ。しかし少年達の夕食中、二人は納屋で待たされた。建物に閉じこめられた一羽の小鳥が、破れた窓ガラスに羽を打ち付けている。いつも持ち歩いているステレオカセットからは、最新のヒット曲がガンガン鳴り響いている。ウォッカとブランデーをガブ飲みしながら、二人はスタイリスティクスの音楽に合わせて狂ったように踊りまくった。そのうち、ジューンはあっという間にシャツやジーンズを脱ぐと、カールが摑んで押し倒した。納屋の床やカンナ屑が今度はジューンの血で染まった。「あなたの赤ちゃんが欲しいの。愛しているわ」ジューンは痛みに耐えながらそう叫んだ。

今度はジェニファーが見つめる番だった。「気を揉んだが今は全て済んだ。ジューンも輝かしい初体験（私より一週間遅い。でもほとんど同じように）。かなりきつい日々だったけれど」ジェニファーはこの場に限り、まじめな見物人を演じなくてはならなかったが、少しも心配していなかった。

セックスの相手を共有するのは平気だった。それに、カールを自分の魔術でしっかりとらえている自信もあった。酔ってふらふらのジューンが納屋の外をうろついていた時、ジェニファーとカールは庭が見おろせる納屋の塀に並んで腰をかけていた。ジェニファーが巻き返すチャンスだ。月は夜の闇に隠れた。二人はタバコを吸いながら、興奮して喋りまくった。ゲラゲラ笑い、話し、見上げた夜の空。「あんなにロマンチックなことはなかった」とジェニファーは書いている。「カールと私はフィーリングが合った。私が吸ったタバコの煙は高く高く闇の中へ昇っていった」

「モクをやるのははじめてだろ。なんてひどい顔だ」とカールは怒鳴った。

それから何週間にもわたって、双子はロマンスを引きのばすのに役立つと思うことなら何でもした。男の子との話題を豊富にするために昔読んだ本を思い出し、ポップソングの歌詞を書き留め、若者向け雑誌を読みあさった。特にどうしたら美しくなれるかという記事には二人とも夢中になった。ダイエットを始め、顔のマッサージをして頬が瘦せこけて見えるようにした。恋人に気に入られそうなことは何でもやってみるつもりだった。しかしカールはそんな二人が嫌になり始めていた。十四歳の男の子が年上の二人の女の子を愛するのは不可能だったのだ。

六月のある夜遅く、双子とカールは揃ってテレビを観ていた。両親は出かけている。いきなりカールはジェニファーを引っ摑んで殴り、まっ暗な戸外へ引きずり出した。ジューンに聞こえたのは殴る音と悲鳴。恐くなったジューンは家に電話をかけようとしたが、声も出ない。そこへカールが戻って受話器をひったくった。「畜生。お前らいい加減にしないか。いつまで俺の邪魔をするんだ。出ていけ！」

ウェインがやって来たので、この争いはようやく収まった。彼は双子には目もとめずにテレビをつけ、レスリングの試合を皆で揃っておとなしく見た。カールはコーヒーを淹れる。ウェインにコーヒーを出して自分にも一杯。双子がこんなふうに無視されるのはいつものことだった。タクシーが来ると、ウェインはテレビの画面から目をそらしもせず、「あばよ」と呟くのだった。カールは振り返りさえしなかった。

双子はそれまで他人に優しくされたり注目されたことがなかったので、無視されたり、いきなり暴力をふるわれても不審には思わず、むしろこれが愛なのだと思いこんでいた。帰りのタクシーの中で、ジューンは美しく輝く満月を見上げた。「あの夜の気分とぴったりだった。熱く燃え、勝利に酔っているような月だった」

カールの虜になった二人は、また翌日もやって来た。カールに殴られたあとが醜く腫れているので、ジェニファーは顔を手で隠しながら。ジェニファーの日記。

今、私の心はとても平静だ。私のカール。どんなに優しくしてくれているか、自分でも分かってないのだ。私を愛撫する腕、はげしいキスを求める唇、燃えるような眼が身体を求めているのを感じる。その瞬間私は美しい。私の顔や神秘的なスタイルにカールは夢中。

「汚ねえカツラなんかつけやがって。ばけもんじゃねえか」数日後、橋のたもとに腰をかけていた時、カールが大声を張り上げた。ジェニファーからカツラをもぎ取ると川へ投げ込む。手元が狂って川には落ちなかったが、畑の牛の糞の上に落ちる。カールはすぐに走り寄り、ボンバー・ジャケットのポケットから数本のマッチをとり出した。ジェニファーが釘付けになって見守る中、カールは次々マッチを擦り、カツラの毛先に火をつけた。まるで魔女の儀式そのままに。カツラがくすぶり、燃え始め

ると、臭いもひどくなり、カールは興奮して燃えたマッチをジューンとジェニファーに向かって投げつけたりした。

「あのカツラで、かなりかわいくなったのに。カールはあんなのない方がよく見えると言う。お世辞を言ってくれてるんだわ」とジェニファーは書いている。

炎があがるとカールはますます熱狂して道の反対側の納屋に走り、干し草を引っ張り出して火にくべた。これを見守る双子の顔は炎で輝いていた。興にのって三人は喋り続けた。強盗、ひったくり、犯罪、セックスのこと。キスをしあい、ごく普通に話すことができた。「これまでの人生、お喋りはみんなカールのためにとっておいたのだ」ジェニファーはそう思った。炎を見たり、カールに痛めつけられたりすることに興奮して、まさに勝利に酔っていた。「死ぬほど素敵、最高！　カールと私は一つ。ジューンは別。独りぼっち。暗闇が迫り、初めて経験した不思議な夜だった……。すべてのものが純粋無垢だった。ロマンス、というより友情。まさに私の愛の初体験だった」

ケネディ兄弟と付き合ったこの夏の最後の数週間は、狂乱の毎日だった。張り倒されたり、時には所構わず求められたりした。哀しいかなジェニファーは今や現実が見えなくなっていた。これまでの寂しい年月が本物のアメリカ風メロドラマに変わったからだ。一方ジューンもその只中にいたが、どうして自分だけが独りきりで置いておかれるのか不思議でならなかった。しかしそれは自分の方がまともであるからだと考え、また、ウェインが実は妹より自分を愛していると思い込むことで納得しようとしていた。ジェニファーとカールが納屋やベッドで酔っぱらって倒れていると、パッと光ったものが見えたことがある。慌てて振り返ると、そこにはジューンがうずくまってインスタントカメラを構えている。少年達にとって幸いだったのは、双子に写真の才能がなかったことだ。

しかしやがてこの愛情ごっこも終わりを迎える。七月六日、二人は派手なバンダナを巻いて失業手当を受け取りに行き、少し節約してヒッチハイクでウェルシュ・フックに向かうことにした。街はずれの大通りをフィッシュガードへ向かって歩いていると、トラックが止まってくれた。助手席に座ったジューンは運転手がストッキングと女物の靴を履いているのを見てしまった。この運転手はガーターをちらつかせて二人に取り入ろうとしたが、結局二人はウェルシュ・フックから数マイル離れた所で車から降ろされてしまった。

そこから歩いた双子は、引越用のトラックがケネディ家の前に停まっているのを目にした。ジョージ・ケネディはヴァージニア州へ再配属されることが決まり、家族も同行することになったのだ。別れを告げなくてはならない。しかし双子は家へ入れてもらえず、橋のたもとで待っていた。

数時間後ジェリーが現れ、カールもやって来た。荒れ模様のカールは乱暴にジェニファーのサイフを摑むと「貸してた六ポンドもらっとくぜ」と言う。ジェニファーにその覚えはなかった。ジェリーは弟に返してやれよと迫ったので喧嘩になった。そこへウェインがやって来て、三人はお互いの首根っこを摑みながら円陣を組む格好になり、双子がそこにいるのも忘れて家へ入ってしまった。残された二人はしばらくの間家の周りをうろつき、窓から中を覗き込んだり戸口で待ったりしたが、やがてウェインとジェリーが出て来ると、さっきのお金を返してくれた。二人が言うには、カールは十五ポンドをトイレに投げ捨てたらしい。双子が、カールの着ていた上着か洋服をもらえないかと頼むと、ウェインは古い制服のブレザーを持って来てくれた。双子はそれでももっと欲しいとねだった。

この二人のことが哀れに思えてきたウェインは、自分達が食事をする間、二人を家に入れてやった。最後の晩餐らしからぬ食事だった。若い盛りの三人はステーキやチップスをガツガツと飲みこむように食べ、双子はその様子を見つめていた。いかにも食べたそうな双子の様子を見てウェインがチップスを投げ、二人は飢えた小鳥のように口を開けて待った。夜も更けて十時三十分になり、タクシーが迎えに来る時間が来たが、その頃まで二人はほとんど飲まず食わずで過ごしていた。ただし、お腹が減れば減るほど別れが神秘的になった。二人は初体験の思い出に耽り、心にケネディ家の兄弟全員の顔つき、言葉、動作を焼きつけることに没頭した。ジューンは十八歳の誕生日にもらったセイコーの金の時計をウェインに渡した。「私の愛する誰かさんの腕に永遠に」と日記に書く。ウェインはこれを敷居に置くと、自分のブルーのアノラックを代わりに提供したが、その時こうつけ加えることを忘れなかった。

「おい、それはただじゃないぜ。さっき返した金でどうだい」

ジューンは五ポンドを渡して、この大切なジャケットを身につけた。得をしたと思っていた。ジェリーは古いパスポート写真を見つけて、はんぱな靴下と一緒にくれた。二ヵ月前に二人が初めてここにやって来た時に家の前で写した写真をウェインは渡した。双子は自分達の縮れ毛をプレゼントした。カールはTシャツをくれたが、カールの汗が染み込んでいるから絶対洗濯なんかしないとジューンは心に誓う。決して自分の方を向いてくれなかったアイドルに触れてみたくてたまらずに、ジューンは立ちあがると、まだステーキを口に含んだままのウェインに近づいた。ウェインのキスは甘くて優しかった。

「さよならお別れね、ウェイン」とジューンは呟いた。「でも一生ってわけじゃない。私の素敵なウェインちゃん。いつの日か二人は結ばれる運命にある。まだ行ってしまわないで。お願いだから。あなたのふんわりした美しい髪に触れてみたい。いたずらっぽいえくぼのある笑顔を見ていたい。あなたの子どもにもきっとあのえくぼができるにちがいない……」

「欲しけりゃ、皿でも持ってけ」ステーキをガツガツ食べながらウェインはこう言った。

その後ジューンは不機嫌なカールに近づいてキスをした。日記にはこう書いた。

あなたと離れるのは哀しみと恐れで身ぶるいするほど嫌です。たとえ敵同士でも、あなたこそヴァージンを奪った人ですもの。カール・クリストファー・ケネディ。私がペニスにキスをしたら、あなたは入ってきました。あの時の痛みは嬉しいものでした。もう一度あなたのものになれるなら幸福でしょうに。いくつもの夏が来て、七月六日が過ぎても、あなたは私の心にいつまでも残るでしょう。八一年の夏は素晴らしいたくさんの出来事があったので、決して忘れられないでしょう。今までの無為な年月を一気に取り戻した勝利の夏。

タクシー運転手はいらいらしてクラクションを鳴らし続けていた。十分以上待っているし、メーターもカチカチと上がっている。もうすぐ両親が帰って来るはずなので、少年達も苛ついていた。そういう時に双子は心中をしようともちかけたりした。男の子には不愉快なだけだ。

「おまえ達、そろそろ帰る時間じゃねえのか？」ウェインがしびれを切らして「カール、おまえの友だちを見送ってこいよ」と叫んだ。

カールはふと顔をあげると、「足があるんだろ。え？」

双子は言われるままに外に出て叫んだ。「さようなら、あんた達、暖かいヴァージニアで元気でやってね」

「わかったよ、あばよ」とウェイン。

双子はタクシーに乗りこみ、台所の光に照らされた庭を名残り惜しそうに眺めていた。タクシーは闇に沈んだあの教会の側を通った。二人は愛について思い起こした。失ったものが大きいために、一層美しさを増す愛。ジェニファーの日記。

ここ数ヵ月を振り返ると、素晴らしいの一語に尽きる。人生の分岐点だ。この夏起きたことは魔法だった。私の中に新たな目覚めが起こった。神さまのようにチャンスを与えてくれた。自分が本当は一体何ものなのかということを証明できるチャンスを。胸に染み込んだ美しい数々の思い。決して消えることのない思い出の日々。何度もご馳走のように味わえるのだ。これからはもぬけの殻だ。

ケネディ一家が住んでいたウェルシュフックの「クリードー・コテージ」。

1981年夏、ケネディ一家の自宅で。ウォッカと接着剤でラリっているジェニファー（上右）。ウェイン・ケネディ（上左）。ウェインの寝室に入り込んだジューンとジェニファー（下左）。恋するジューン（下右）。

第六章　嵐のあと

Jと私は今孤独だ。広々として誰もいない、何もない場所に行きたい。自分では気づかぬうちに恋とセックスをひたすら求めたが、それはどこにもなかった。嵐が過ぎて元に戻り、今は新しい段階だ。私達はまた二人きりになった。休息が必要だった。

ジューン・ギボンズ

ブロード・ヘヴン湾［ペンブルック州西の入り江］の海は荒れ、波が岩や砂丘に激しく打ちつけていた。小雨模様の浜は荒涼としている。入江を見渡すホテルの泊まり客は、夕食前の一杯のためにバーへと向かい始めた。夏の太陽も傾きかけたこの時、下着姿の二つの黒い影が砕け散る白い波頭めがけて走っていくのが見えた。濡れた砂の上には洋服が二組脱ぎ捨てられ、その傍らには海草が絡みついた黒と茶の二つのカツラが置いてあった。ジェニファーは心の中で呟く。「素敵だわ。波で身体をばらばらにされたい。傷だらけになるまで打ちつけられたい。身体をメチャメチャにされると生き返ったような気になる」双子は一度も泳ぎを習ったことがなかったので、実際には波しぶきだけで我慢しなければならなかったのだが。

ケネディ家の人々と別れてから、二人の少女は誰もいない広い場所を求めて浜辺や丘へたびたび出かけるようになった。一九八一年七月九日、二人は聖書と日記とわずかな衣類をカバンに詰めて、ジェニファーの表現を借りると「冒険旅行」に出発した。しかし遠くへは行かずに、ファージー・パークからわずか数百ヤードしか離れていないバイパスのラウンド・アバウトの傍らに一日中立ち尽くしていた。またある時はジプシー・レーンまで歩いていったが、その近くの川と橋の近くは、二人がいつぞやの夜、危うく溺れ死にそうになった所である。その頃、ジェリーやウェインやカールがいなくなってぽっかりあいた心の空洞を埋めてくれる男友達を求めて、二人が団地の中をうろうろする姿がよく見られた。二人は、このアメリカ海軍基地団地の家の前に止めてある自転車を「借りて」乗り回すことも始めた。七月十六日（「生きてるかぎり忘れられない日」）の夕方、いつものように無断で自転車を乗り回していてどんなにひどい目にあったか、ジェニファーが書いている。

「あんなに静かな夜に、あんなことを考えつかなければよかったんだ。あれほど恐ろしい試練が、まるでアメリカ蔦（つた）が伸びるように静かに私達の方へ迫っていたなんて、夢にも思わなかった」

「ちょっと、そこの子、こっちへおいで！」一台の車がジェニファーの横で急ブレーキをかけ、濃いサングラスをかけたブロンドのアメリカ人少女がドアを勢いよく開けた。ジェニファーは無視して歩き続ける。ジューンは少し前方を新品の自転車に乗って走っていた。車の少女は叫び続ける。しばらくして白いバンがジューンの自転車に並び、前に回り込んでスリップして急停車した。長身で肉づきのよい眼鏡の少年が飛び下りて自転車を摑むと丹念に調べ、バンの運転席の友達の方を振り返ってから、自転車を取り返そうとしてバタバタ暴れているジェニファーを見つめた。「お前の自転車か？　えっ？」

この口調には有無を言わせぬ響きがあった。

「お前達二人ともさっさと俺達の家に入ってろ。逃げられないぞ。俺の方が相当足が速いからな」そう言って運転席の友人を見て「あいつもそうだけどな」とつけ加えた。少年達が車道へ行く前に、最初に声をかけたブロンドの少女と母親、そして少女の弟らしい少年がやって来て双子をとり囲み、質問攻めにした。

「みんな心配しないで。おまわりさんもすぐ来るわ。この子は男の子？」年嵩の夫人が、帽子をかぶったジェニファーの顔を見ながら娘に尋ねた。

「私が男ですって？」とジェニファーは考えた。「猿とかうさぎとか言われたって気にしなかっただろう。だって私は怯え切っていて、空一杯の星が同情して見ているのが分かったほどだったから。ジューンだけ女なのよね。私だって黒いカツラを着けて、赤と青のボンバー・ジャケットを着ていたのに。私は、そうねえ、男前のインド人の少年のように見られたのだと思う」

ブロンドの少女はジャケットに書いてある名前を見つけて「ランスっていうんだわ」と告げた。

バンを運転していた少年は、二人を家の中に連れこんだ。「この子からはすごい偏見が感じられた」とジェニファーは観察している。二人は台所の低い電燈の下に座らされた。母親は長い茶色の髪の太った女で、「家でジャム・パイを作ったり、アンティークのアクセサリーを集めたりするタイプ」だったが、二人にコカコーラを勧めた。「きっとこの人は気が狂っているんだと思った。自分の家で容疑者に飲み物を勧めるほどウブになれるものかしら？」ジェニファーはぞっとして「そんなものには手もつけなかった」

警官がやって来るまでちょっと時間がかかった。ブロンドの少女は退屈して寝室へ去り、母親もその後に続いた。盗まれた自転車の持ち主である年下の少年も姿を消し、軽蔑を露わにした年上の少年だけがその場に残った。「お前達、インドかパキ［インド人以外のアジア人、とりわけパキスタン人に対する蔑称］あたりだろ？　二度と盗みができないように腕を折ってやろうか？」

「彼は外国人が嫌いなんだと思う」とジェニファーは書いている。

一時間後に巡査が到着した。若い男でつるっとした顔に口髭を生やしていた。「名前は？」彼は何度も何度も尋ねた。戻ってきた母親は、一人はランスだと告げた。「そうかい、ランスかい」と若い警官は繰り返す。「全部吐くんだ。もう一人の名前は？」結局二人は名前を書いた。「ランス・スミスとラナ・スミス」

パトカーの後部座席に乗せられた二人は、若い警官が無線で報告するのを聞いていた。「自転車を盗んだ容疑です。モノは持ち主に返っています。二人とも一言も喋りません」

「そいつはギボンズ家の双子だ」と無線の相手は言った。「女の子だ。男じゃない。ファージー・パーク三十五番地。家へ連れて行け」その夜当直の警部は、喋らない双子を尋問する気など全然なかったのだ。「やれやれ」とジェニファーはその夜書いている。「やっと終わった。おとなしくしていたことだけは神様に許してもらえるかもしれない。法に触れるようなことをすると、誰の心にも大変な傷が残るものだ。私の場合も同じ。だけどこの経験も、犯罪だらけの世の中を生きぬく知恵を身につける機会なんだ」

しかしこの心の傷はそれほど深くはなかった。翌日ジェニファーは次のように記している。「昨日の不幸な出来事のために自転車がない。かといって人生の喜びが全然なくなったわけではない。ほとんど一日中、新しいスケートボードの練習をしていた」しかし大した満足感はなかった。ジューンはスケートボードには何の興味も示さず、依然としてあのケネディ家の人達に執着していた。ジェニファーの浮かれた様子には目をふさぎ、満たされない思いを、食べることによって慰めようとしていた。「バカみたいに食べ始めた。救いようのない鬱状態の兆候。私の人生はどうなるのだろう」とジューンは書いている。

その時から二人のバカ食いが始まった。辺りの店をハシゴし、もはやケネディ家へ通うタクシー代に使う必要のなくなった失業手当を注ぎ込んで、ミートパイやチップス、チョコレート、ビスケット、ケーキ、コーラなどを買い込んだ。店の人に疑われないように、一軒の店であまり沢山は買わなかった。ゆっくりぎこちなく歩く二人。ジューンはカール・ケネディのブレザーを、ジェニファーはウェインのボンバー・ジャケットを着ていたが、どちらも痩せた二人には大きすぎ、買物袋の重みで足はもつれた。何を持っているのかと訝る通行人の視線を避け、路面を見つめて歩いた。さびれた競馬場か、市中の聖メアリー教会の裏手の墓地など人気のない場所にやましい気持ちで入りこむ。低い壁の陰で人目を遮り、墓石にもたれかかって買物袋をつぎつぎに空にし、吐き気がするまで食べに食べた。「お腹にものを詰め込むには最上の場所じゃない。むしろ死者を悼むべきところだ」とジェニファーは日記に書いている。

　二人は喪に服していたのだ。この年の夏の経験を経た二人は、解放感を味わうと共に、以前より一層がんじがらめになっていた。ジェニファーは先にカールに選ばれたこと、双子星のなかで自分だけが輝いていることが今でも大得意だった。逆にジューンはしょげかえっていた。自分だけの思い出が、ジェニファーよりもロマンティックでないことをいつも気にしていた。いずれにせよ二人ともあの興奮の日々に代わるものを見つけ出さなければならなかった。こうして双子は近所の少年達を追いかけ始めたのだ。畑の麦わらを集めて公園の端に隠れ家を作り、売春婦気取りでブロンドの髪の若者をおびき寄せることを夢見た。ただし、もし実際に誰かがこの無言の誘いに気づいてやって来たら、二人はショックを受けたことだろう。

　自転車事件のすぐ後、二人は中学校時代のクラスメートに出会った。二人ともその子に挨拶はしなかったが、その子がついて来ることを期待してゆっくり歩き、公園へ導いて行った。「私が見たのは」とジェニファーは書いている。

休憩所の傍らに立つ彼。赤いセーターは薄暗くなっても目立った。まるで消火器みたいに休憩所の建物に寄り掛かっていた。もう一度見た。やった！　彼はこちらへやって来たのだ。私の磁力が働いているのだとその時思った。人を惹きつけるための秘密の信号こそ、この夏身につけた最大の財産だ。まるで呪文をかけたみたい。そうとも知らずに彼は私達の所へやって来た。

しかしいつもと同じように、人と向かいあうと何事もうまくいかなくなる。その子が話しかけようとしているのに、双子は面白くもなさそうに黙って座っていた。

彼の目を見つめることができなかった。例の問題だ。どんなに努力しても相手の目を真っすぐに見られない。ジューンは大丈夫。そう思える。二人は全然別の人間なんだ。私には私のやり方がある。あの子も同じ。他人は敵だ。だって、みんなどんな時でも私を冷たく見つめて無視するんだから。そうされると私は気が変になりそう。誰からも愛されたことのない変な女の子になってしまう。暖かさっていうのかしら、そんなものが私には欠けている。いつもいつも自分の冷たさを人にさらけ出しているわけじゃない。知らず知らずに出てしまうのだ。誰かが通りを歩いていて、偶然私に笑いかけたとしたら？　笑い返す？　もちろん。だけど顔には現われない。笑っていることが自分で分かるだけ。本当は笑っていない。なぜって男の子でも女の子でも、私がわざとじゃないけど無視したと思ったとたんに、親しそうな笑顔を消してしまうから。

双子は黙っていたのにその少年は立ち去らず、二人のためにタバコに火をつけてくれた。けれどそ

の少年が身体に触りそうになったため、二人はその場から立ち去った。ジェニファーの日記。「私が近寄っただけであの子の前はびしょ濡れ。私のジッパーを降ろそうとしないので、やる気がなくなった」しかし帰宅してからは、その子といちゃついたことを思い出して楽しんだ。「ジューンより私の方が磁力が強い。ジョンは私に惹かれている。私の吸引力は健在だ。愛されたことが分かって満足。だってあの子はもとジューンのクラスだったんだもの」

次に隠れ家へ誘い込まれたのは、最近この団地へやって来たアメリカ人の黒人少年とその友人のダミアンだった。双子は接着剤とブランデーを買いに町へ繰りだした時に彼らと出会った。双子は酔っ払っていたので、ついて来るように大声で叫んだ。隠れ家の中ではテープレコーダーの音量を一杯に上げて音楽をかけた。もう一人の少年ガースも一緒だった。ジェニファーの異様な様子に、三人の少年が怖気づくのではないかとジューンは考えた。「俺独りここに置き去りにしないでくれよ」とガースがダミアンに言うのをジューンは聞いたのだ。「あの子は私達と一緒にいたくないみたいよ」とジェニファーに耳うちしている。

深夜になると少年達は大胆になった。ダミアンはコートを下に敷いてまずジェニファーを、次にジューンを誘った。ジューンは次のように書いている。

カールと同じくらい素敵。天秤座の人は上品で思いやりがある。中途までしか入らなかったが、私の中にいることは分かった。あの子のペニスはとても長い。すばらしいフレンチ・キス。帰宅したのは夜の一時十分過ぎだったから見たい番組を見逃したが、それだけの値打ちはあった。

双子の行動は、他のティーンエイジャーから白い目で見られるほどになった。どこへ行っても嫌がられ、利用され、捨てられた。その理由が分かりかけていたのに、どこを直せばよいのか二人には見当もつかず、自分達の姿がどれほどおかしいか理解しようともしなかった。アフロ・スタイルのカツラを着けて隠れ家からのぞいている黒い顔。歩くたびにビンが触れ合う音がする大きなナイロン袋を持ち、ほとんど腰を折るようにして町から丘を登っていく異様な姿。無言電話や、呼び鈴を鳴らして逃げる犯人が自分達であることに、団地の人は気づいていないと二人は思い込んでいた。

こんな出来事が積み重なった結果、近所の若者達は二人に追い回されるのにすっかり嫌気が差し、誰も隠れ家に近づかなくなった。いつ行っても、ガースは留守だと母親が言うようになった。二人が待ち伏せするとガースは逃げ回って別の家に隠れた。「もうあの子とは友達じゃない」とジューンは書く。「ガースは私達を無視している。他の人も全員そうだ。私達のどこが悪いの？　どうして誰も彼も逃げて行くの？」二人はダミアンの家へも行った。初めはここでも留守だと言われて、二人はドアの前で待った。すると彼が姿を現した。ジューンとジェニファーはそれでも黙って立っていたが、直前まで耽っていた接着剤のためになかばラリった状態だった。ダミアンは目の前でドアをバタンと閉めた。

翌日になっても状況は悪いままだった。ガース、ダミアンを含めたアメリカ海軍基地の少年達の一団が公園近くの畑に座っていたが、仲間に入りたくて近づいた双子はまったく無視された。

ジューンは回想している。「酔っていたのに、現実が私の心の中にどんどん入り込んだ。目は覚めて感覚もあるが、妄想に取りつかれている。一言も言葉が出なかった」少年グループは辺りをぶらつき始めて、立ち尽くす二人を置き去りにしてどこかへ行ってしまった。「いまどきのティーンエイジャーって何を考えてるのかしら。とくにアメリカ人のティーンエイジャーときたら！」

チャールズ皇太子がダイアナ妃に誓いの言葉を述べる瞬間、セント・ポール大聖堂の鐘が鳴り響き、デイル・ロード団地［英国空軍基地勤務者用住宅］にある全てのテレビはボリュームを一杯に上げていた。ジューンとジェニファーもファージー・パーク三十五番地の階段に座ってしばらくテレビを見ていたが、二人だけでこの特別の日を祝うことに決めた。

まずウォッカを探してきて飲めるだけ飲んだ。それから新しい自転車を探しに出かけた。ただし今回は買うために。店のショーウィンドウの片隅に貼ってある広告の中に良い自転車を見つけたので、失業手当から五十ポンドを掻き集め、広告に書いてあった住所を訪れた。自転車は三段ギアの青と白の大きなレーサーで、ひょろひょろの十三歳の少年のものだった。その子は、同い年かちょっと上くらいのもう少しがっしりした友達と一緒だった。母親は挨拶して自転車を見せてくれた。「少し一九五〇年代風で女性用じゃなかったけれど、私にはぴったりだ」とジューンは書いている。取引は素早く無言のうちに終わり、母親は五十ポンドを手にして家に入ってしまったので、二人の少年は双子のもとに残された。双子はドアの前でうろうろしていたが、やがてこの少年達を追い回し、捕まえてはキスし始めたので、何人かの子どもが面白いもの見たさでやって来た。

二人の少年は通りの向かい側に立つ二軒の小屋を指差した。小屋の中は暗くてカビ臭い。そこは近くのフラットの住人が物置として使っていたので、ハシゴや箱で一杯だった。年上のスタンという少年がジューンを一つの小屋へ導き、十三歳のスティーヴはジェニファーともう一つの小屋へ入って戸を閉めた。スタンとジューンは、パラフィンの缶をどけて棺（ひつぎ）ほどの大きさの隙間を作った。ぎこちなくお互いの着ているものをはぎ取り、狭い床にジューンは身を横たえた。仰向けで上着を投げ捨て、ジーンズのジッパーは開きかけて皮膚を噛んだ。鉄屑やカンナ屑が肩に当たった。ジューンは、弱い太陽光線を受けてボーと光る天井の明かり取りを見つめていた。少年の重みで固い床に押しつけられ、あちこち痛んだが穏やかな気分だった。今こそ少年を独り占めにしているのだ。いつも監視して口出しするジェニファーはいない。「将来、国王と女王になる特別な人の結婚式の日に、私達は愛を交わした。私のための日でもあった。私だけのお祝い」

しかしその日の後半は思うように運ばなかった。スタンは隣りの小屋の友人を急かして、お茶の時間に間に合うように帰ってしまった。もっと強い刺激を求めていた二人は、先程の体験で気分が高揚していたために、公園にいる子ども達を冷やかし、帽子を奪って自転車にこすりつけたり、車輪を叩いたりした。壊れてしまった自転車を打ち捨てて走って逃げようとした時、この子らの仲間らしい年上の二人が畑を横切ってやって来るのが見えた。夕闇の弱い光の中で、その一人が握るナイフがキラッと光った。

二人の少女も喧嘩がしたい気分だったから、その場は険悪な雰囲気になった。年嵩の少年が、ナイフをジューンの首めがけて突き出すように構えた。その時、車のドアがバタンと閉まる音が聞こえて、一人の男が駆け寄ってきた。ナイフを持つ少年の父親だった。彼は双方を別けると、息子を叱るかわりに双子に暴言を浴びせ、警察を呼ぶと言って脅した。二人は小声で詫びた。「いまさら遅すぎるさ」と父親は答えたが、この酔った二人を警察に突き出さずに家へ帰した。

その夜一晩中ジューンは吐き続け、あまりの苦しさに声をあげて泣いた。接着剤とウォッカを飲んだ報いだった。ジェニファーもさんざんだった。しかし翌日の午後にはまたもや畑に戻り、誰かに声をかけられるのを待っていた。今度はスタンがジェニファーと抱き合い、十三歳のスティーヴがジューンの上に乗った。

あの子は私以上にセックスのことを知らない。私とカリフォルニアで結婚したがっている。だってそこでは十四歳で結婚できるから。あの子はやけくそなんだ。小さな指が私の首を撫ぜると

母親になったような気がする。私の唇、顔に何度も何度もキスする。私はコールガールだから、最後までいったら五ポンド、ペッティングだけなら二ポンド、もし妊娠したら二十ポンド請求するって言ってやった。

「もう行かなきゃ」とスティーヴはジッパーを上げながら言った。「夕食の時間なんだ」

ジューンは草の上に一人で横たわる。「セックスの後で言うのはおかしいけれど、あれをするとお腹が減るって聞いたことがあるわ……。あの子って単純」

しかし双子もその子より大人びていたわけではない。頭の中はほとんど本から得た知識ばかりで、話を聞いてくれる人がいなかったから、愛と性に関する二人の考えはウブで間違いだらけだった。男の子に認められたかったのに、小屋の中や公園の物陰でせわしげに挑みかかったところで、心から求めている友情は一度も得られなかった。「私のどこが悪いんだろ?」ジューンは考えている。

セックスなんか好きじゃない。ぞっとするし時間の無駄だ。汚らわしい。みじめ。どこがいいのか全然分からない。ただ仰向けに寝て、終わるのを待つだけ。ロマンスや愛情が伴わなければダメだ。だけど男の子が欲しがるものを与えたい。もう少しで満足するのに、拒否して気分を損ねたくない。私をつかまえ、私を使って満足すればいい。男の子は私の身体を使うだけ。友達になりたいわけじゃない。誰も私と仲良くならない。肌の色のせいなの? ついてないの? それともただ雄が雌を見るように私を見てるだけ?

ジェニファーも、道路や畑をうろつく毎日が嫌になってきた。しかしほかに何があろう。二人はもとの通り作家としての情熱を取り戻すべく努めてみた。事実ジェニファーには、四百八十ポンドで新しい中篇小説『タクシー運転手の息子』を出版してもよいとニュー・ホライズン社が申し出ていたし、短篇もいくつか書き始めていた。一方ジューンの『ペプシコーラ中毒』も、少々削られたがゲラ刷りが出版社から送られるまでになっていたのに、ジューンの情熱は二度とかきたてられなかった。執筆に集中できないのだ。二人とも、心はいつも過去のロマンスの思い出をさまよっていた。だが、どうやってケネディ家と連絡を取ったらよいか、まったく分からなかった。ジェニファーはウェイン・ケネディから教わった住所へ手紙を出してみたが、数ヵ月後に「この住所に該当人なし。発信人へ返送すべし」というスタンプが押されて戻ってきた。

おそらくなんらかの職に就こうとしたのだろう、双子は地方新聞の広告欄から自分達に向いた仕事を探し始めた。最初に成功したのはジューンである。ちょうどタッパーウェアとかエイボン化粧品のように、主婦が主催する家庭のパーティーを通じて子供服、婦人服を売る会社の販売主任と電話で話をした。うまくわたりをつけたとジューンは思った。次の火曜日に細かい条件を詰めるために面接を受けることになったが、その時パニックが起こった。「この仕事をせっかく見つけたけど、どうしても断らなきゃ（きっと決まると思うけれど）。電話をして断らなくちゃ。負担が重過ぎる。全然自信がない」ジェニファーもリトルウッド百貨店のクーポン券を集める仕事を求めたが、これもうまくいかなかった。

次に二人は、ペンブルック・ドックから数マイル向こうにある農場で仕事があると耳にした。身仕度を整えて、黒いロンドン・タクシーに乗り込んで出かけたが、料金が払えるかどうか心配でしょっちゅうメーターをチェックしていなければならなかった。何度か道に迷いながらついにその農場に着いた。「ジェニーと私はドアをノックした」とジューンは思い返している。それから家の中を覗き込むと「そこではエヴァンズ氏が食事をしていた。奥さんは私達が来たのに気づいてロッキング・チェアから立ち上がった。この男はオリヴァー・リード〔一九六〇年代から八〇年代にかけて活躍したイギリス人俳優〕よりもっと女性差別主義者のように見える。ジェニーは女だからすぐには雇えない、ほかに男の子が何人も面接して欲しがっている、と言うのだ」エヴァンズ夫人はデイヴィッドの妻の父親を知っていたので、しばらくしてからこの双子のことを突然思い出した。それからはたちまち打ち解けた雰囲気になり、エヴァンズ夫人がリー坊やのことを尋ねたりした。仕事の可能性が出てきた。「すべて順調にゆきそうだ」とジューンは日記に自信の程を披瀝している。

> 給料は週五十ポンドぐらい、通うのはちょっと厄介みたいだけれど。農場で働く心の準備もできた。屋外で独りぼっちで働くのも悪くない気がする。ウェリントン・ブーツと部厚い冬用のジャケットが好きだもの。きつい肉体労働がしたい。決まり切った退屈な事務とは違う仕事をすると思っただけで楽しくなる。

エヴァンズは面接の結果を次の木曜日に電話すると言った。しかし何の連絡もなかった。

今では双子の行動は噂の的になりつつあった。二人が呼び鈴を鳴らしたり手紙を投げ込んだりすることをこの団地の住民は疎ましく思うようになった。異様ないでたちの黒人の少女。テープのボリュームを最大にして誰の迷惑もかえりみない双子。しかも時にはべろべろに酔っ払っている。誰かが警察に苦情を言ったために、二人は公園の近くの畑で保護された。「二人の警部に接着剤を吸っているかと詰問され、酒瓶が見つかった。実際に聴取のために警察署へも行った」とジェニファーの日記。また隣家の住人は、双子が連れて来る評判のよくない若者連中のバカ騒ぎについて、グロリアに文句を言った。その若者の一人が「おめえ、いくらでやらせる?」と叫んでいたのも聞かれている。

グロリアもオーブリも、どんな苦情にも大して耳を傾けなかったようだし、またどこにも危険信号を認めなかった。グロリアは、赤子をかかえたグレタの手助けをするためにペンブルックの家へしょっちゅう出かけていたので、昼間ファージー・パークで何が起っているか知る由もなかった。グロリアとオーブリが家にいる夜には、大体そんなに遅くない時間に双子も戻っていた。それで、こうした苦情は肌の色の違いへの偏見だとグロリアは思っていた。両親にとって双子は依然として二階の隠遁者で、誰とも話をせず、時間を惜しんで毎日タイプライターに向かう娘達のままだった。グロリアは双子同士の異様なまでの親密さと依存を気に掛けていたから、二人が以前より頻繁に外出して人と会っている様子をむしろ喜んでいたほどだ。

しかし双子の友達づきあいはうまくいっていなかった。今だに匿名の「愛の脅迫状」をダレンや他の男の子に出しながら、この悪戯の犯人が誰にも分かっていないと無邪気に思い込んでいた。不良グループのリーダーの一人、スニッグに向けては、新聞から「身の毛のよだつ言葉」を切り抜き、苦労して脅迫状を作ったし、他の子どもも同じような葉書を受け取っている。「かなり効いているはず」とジューンは自慢しているが、少年達は頭にきていた。スニッグとその仲間は、もしもう一度手紙を寄越したら殺すと双子を脅し、ジェイクは街角でジェニファーに会った時、小突き回して唾をかけた。「ロマンスって高くつくのね」と、ジェニファーは悪びれずにコメントしている。

双子はもっと別の方法も使って男の子の注目を惹こうとした。美しくなることに病的なまでに関心を寄せたのである。新しい洋服を通信販売で注文し、本物のカウボーイ・ブーツを売ってくれる人を何週間もかかって探し出して手に入れた。また西インド諸島までわざわざ「ゴールディーズ・クリーム」や「ティージャ」へアケアを発注した。スタイルをよくするためなら魔法の本も使ってみた。

「私は今高揚した心霊の流れを導いて、私の守護神が皮膚に働きかけ、治癒力を高めるよう命じ、鼻梁の傷をなくすように念じました」とジェニファーは祈った。「刻一刻よくなるように祈っています。よくなる兆候が出てきて、私の欠点に気づかなくなりますように」これに対してジューンは「ビタミンCが効く」と思い込んでいた。

双子はちょっとした非行で男の子達と張り合いもした。ラリるのに一番よい接着剤の銘柄をある少年から聞いて、それを買った時のことをジューンは記している。「あんまりよくない。においがひどい。だけど五パックくらい買って、ゴム溶解液を七、八本ちょろまかした。酔っ払っただろうって？その通り。でもありがたい。コークで割ったウォッカはすごくうまくいった」

しかし接着剤やお酒の魅力も徐々に失せ始めた。ジューンは書いている。

なんだか全然駄目。ウォッカとブランデーをたらふく飲んでも頭が冴えて酔えない。いつまでも心配で落ち着かない。たぶん寒い気候のせいだと思うわ。骨に沁みるように寒い時に酔っ払ったことはないから。だけど何とかした方がいい。一日中霧の中を歩き回りたいような気分だ。それともラリるか、酔うのでもいい。だけど本当にアルコールが欲しいのか、ちょっと疑問になってきた。どうなの？　心から欲しいんじゃなくて、社交的になるために使っているだけだ。

この日記の直後、一九八一年九月十二日土曜日、双子は非行の段階をさらにエスカレートさせた。選ばれたのはポートフィールド［ハヴァフォドウェストを構成する区の一つ］成人訓練学校だった。ジェニファーは書いている。「窓ガラスを割って、あまり大きくない穴から何とか中に入り、非常用ドアを内側から開けた」ジューンはこの冒険にあまり乗り気ではなかった。

ひどい一日。ポートフィールド特別学校に侵入。中にはすばらしいテレビがあった。ジョン・ウェインの映画の最初だけようやく見られた。雑誌もくすねる。素敵。どうしてこんなことしたのかしら。ほかにすることがなかったから。友達もないし、寒い一日を満足して過ごせることは何もない。冬になったから鳥も南へ帰るだろう。私も一緒に飛んでゆきたい。

この学校に侵入した翌日、少年達の一人ガース・ジョーンズがバイクの事故で亡くなった。ジューンは事故を報じる地方紙の記事を切り抜いて、日記に書いた。

日曜日の夜、十時五分ちょうどだった。ダイ・ジョーンズが運転してガースが後ろに乗ったバイクが自動車と衝突した。思い出すのは七月のある晩、ガース、ダミアン、ジェニーそれに私が公園で座って、死について話したことだ。その時は誰が私達の人生を見届けるのか知らず、九月十三日に一人の人生が終わってしまうなどとは知りようがなかった。ガース・ジョーンズの人生が。ガールフレンドはどんなに嘆いていることか。心から同情する。あの子はまるで夢を見ているような感じで、これから先、たとえ結婚しても、バイクが大好きな息子を育てても、その夢から決して覚めないだろう。私も同じだ。

ガースが青い顔をして病院のベッドに寝かされていた時、どんな様子だったか、どうしても想像できない。衝突の衝撃を感じた時に、最後に何を考えたのだろう。悲惨な叫び声をあげたのか。また救急隊員は、若い肉体をストレッチャーに乗せた時、何を考えたのか。

ガース・ジョーンズは自分だけの世界に生きていた。そこは現実よりはるかに平和だった。生粋の魚座で、いつも夢見ていた。今はスニッグや仲間から遠く離れたところに行ってしまったが、彼の目はもっともっと遠くを見ていたのだ。私はかわいそうなガースのために心から悲しみ、ジョーンズ夫妻に哀悼の意を表する。

ガースの喪に服しながらも、双子はポートフィールド学校への侵入をもう一度決行した。一九八一年十月三日金曜日のことである。ジューンの日記。「どうにも抑えられずに、また罪を犯した。私は札付きの泥棒だ。だけど昔からずっとそうだったわけじゃないでしょ？　Jと私はポートフィールド成人障がい者訓練センターに忍び込んだ。窓ガラスはなかなか割れなくて、ちょっとだけ穴をあけるために何度も石を投げなければならなかった。見回る人もなく、どんな物音もしない。戦利品全部――ラジオ、ウェリントン・ブーツ、人形の洋服、雑誌――を藪の中に隠した。ここでコーヒーまで飲んだ。ラッキーじゃない？」しかしこれで終わったわけではない。翌日、またポートフィールドにやって来て、デイヴ・カッシディ［アメリカ人俳優、歌手、ソングライター］の本とパーティー用品をいくつか、それに数本のチョークを盗んだ。「押し込み強盗が性に合っている」とジェニファーは認めている。「歌手のポスターやセロテープやおもちゃの笛を失敬した。至る所に指紋を残してきた。ありとあらゆる新聞に載るだろう。もちろん罪の意識はあるが、完全な泥棒になるためには仕方がない。今の希望は泥棒になること、それも本当の泥棒にだ」

双子の押し込み強盗の最初の標的になぜポートフィールド校が選ばれたのか、はっきりしない。もちろん家から数百ヤードしか離れていなかったから便利だったこともあるが、そこが障がい者用の訓練校だったということも双子が惹かれる原因であった。ちょうど他の子ども達が、一言も喋らないこの風変りな二人を「鈍くさい奴！」と囃し立てるのに似ていた。

こうして始まった二人の非行は、この施設へ侵入することだけにはとどまらず、その他にも愚かなことを重ねた。それは、仲間に加えてほしいと思っていたグループの真似だったが、時にはそれを凌ぐこともあった。一九八一年十月五日のこと、タスカー・ミルウォード学校の壁に、**スニッグはゲイだ。レン・オーウェンは大バカ**だなどの落書きをした。それから電話ボックスを荒らしたが、はさみで電話を切ったり料金箱を開けたりはできなかった。次に一台の自転車に目をつけ、バリー・シーン［イギリスのバイクレーサー］気取りでしばらくまたがった後、蹴飛ばして爪きりはさみでタイヤを切ろうとしたが、結局未遂に終わった。最後に左側のドアがロックされていない自動車を見つけて、上着と古いブレザーを失敬した。それでも満足できずに、今度はとあるクラブに侵入し、ジャケットのポケットを探ったが、お金は入っていなかった。こんなことを重ねながらジューンは自分で確信している。

「今週末には捕まるわ。きっとよ！」

犯罪はどうしようもない倦怠感に対する二人の回答だった。自分達が悪党の一味であることを証明するチャンスを与えてもくれる。もし作家として抜きん出ることができなくても、少なくとも有名な犯罪者になる可能性はあった。しかもこういう行為は、死ぬほど退屈なハヴァフォドウェストの毎日に興奮をもたらしてくれたのだ。

電話ボックスをメチャメチャにするのに失敗した夜、ジューンはちょっとした気まぐれで警察に電話をかけることにした。九九九をダイヤルして警察につながると話し始めた。「自供します」

「どうぞ」

「ポートフィールド特別学校に押し入りました」

「ええ？　いつのことだね？」

「金曜の夜です。でも絶対に捕まりません」

「捕まらないんだって？　えっ？」

「そう。こんどはレコードプレーヤーも狙っています」

「どこのレコードプレーヤーだね。どんな種類の？」

突然ジューンは気づいた。警察がこの電話を逆探知しているはずだ。

「うるさいよ！」と乱暴に言うと、二人は電話ボックスから逃げ出した。

数分後にパトカーが疾走して来るのを見ると、二人はいっそう興奮するのだった。もっと刺激を求めて、こんどはジェニファーが警察に電話をかけ、別のことを白状した。後にジューンは日記に書いている。「楽しかった。スリルに満ちていたもの。もうやめられない」

一九八一年十月十日土曜日のジューンの日記。


待ちに待った日。ジェイクとスニッグ、ケヴィンが本当にひっかかった。奴らが背後から近づいた時、霊の力で誰だか分かった。Jと私は走って逃げようかと思ったが、すぐにスノードロップ・レインの道端で止まった。ジェイクはチューインガムを噛みながら私に唾を吐きかけ、「俺はバカじゃないぞ」って言い続けた。まあいい。立派なおバカさんだと思うわ。主にジェイクが蹴ったり突き飛ばしたりして私をいじめた。私達はとうとう話をする間柄になったんだから。これでもう接着剤で酔っ払う必要もないだろう。ありがたいこと。脅迫状が効いたんだわ。これからも出し続けないと。

事の新しい展開に勇気百倍の双子は、ブリッジ・ストリートまで行って、牛乳ビンで八百屋の窓ガラスを破った。また翌日の夜には九九九をダイヤルしてブリッジ・ストリートの中華料理屋へ消防車を呼び、その後キャッスル・スクエアまで歩いて洋服屋のショーウインドウめがけてレンガを投げつけた。そこから数ヤードのところに二人も警官がいたのに。「もちろんうまく逃げたわ」とジューンは自慢している。

翌日の夜も同じように手当たり次第に暴れた。最初に消防署へ電話をかけて、以前自転車を売ってもらった家へ救急車が向かうよう通報している。「背骨を折った人がいます」とジューンは話した。そして救急車のサイレンにワクワクしながらバーン・ストリートへ向かい、そこで学校の窓ガラスを割り、車をひっくり返そうとしたができなかったので、「メチャメチャに壊した」その直後にパトカーがやって来たが、「おまわりの車がつけて来るような気がしたので、パッと曲り角をまがった」それから双子はパブの外に止めてあった二台の自転車を盗んで逃げた。

この後数週間続いたこういう非行は、不良グループと関係を築きたいという二人の必死の試みに他ならなかった。タスカー・ミルウォード学校の食堂にも押し入って、スイスロールやパイ、コーラ、ロールパンなどを盗んでもいる。しかし次第にこんな子ども騙しでは興奮できなくなってきた。そのためジューンはもっと大胆な計画を立てた。「火炎ビンを作ろうと思う。ビン、ガソリン、紙が必要。窓から投げ込む。スニッグ達のアイデアを拝借した。あいつらは公園を焼き払ったこともある。この辺りで最も凶悪な放火犯になってやるんだ」

店のショーウインドウを割っても全然興奮しなくなった。火炎ビンを投げるって考えもちょっと実現しそうにない感じ。いまいましいガソリンってやつはどこにあるの？　友達もいない。仲間もいない。ただ私とJがいるだけ。おまけにあの子は、またいつも通り妙にふさぎ込んで独りぼっちの状態だ。現在、何度目かの、飢え死にするほどのダイエット中。死にたい。今度は本気

だ。憂鬱なクリスマスなんか来なければいいのに。スニッグは外国へ行く。これで不良グループも解散するだろう。

いまや一番の興奮の種は警察をからかうことだった。ジェニファーは精一杯低い太い声で、特別学校へ侵入した一件について警察に電話し、その翌日、十月二十日にはジューンが電話をかけている。

男の子のふりをして、ただ喋り続けた。なんてバカなこと。まるで逮捕して欲しがっているみたい。案の定、数分後にはパトカーがバス停のそばの電話ボックスにやって来た。Jと私は現行犯で逮捕される。私はパトカーの後ろ、Jは前に乗せられる。またまたあのなつかしい警察署に連れていかれた。一人きりで置いておかれた。十時までおよそ三時間そこにいた。私にはほとんど喋らせてくれなかった。それじゃあ、何のために連れて来たっていうの？　夢がみんな窓から逃げていった。私はその時一言も喋れなくなっていたのに、バカなヤンキーみたいにお喋りだと思われたのはなぜだろう？　指紋を取られる経験もした。心の中ではずっと笑っていた。おまわりは全員おかしいんだもの。この指紋がポートフィールド校に残っている指紋と同じだということがいずれ分かるだろう。実際のところ、あの晩学校に火をつけようとしていたところに一台の車がやって来て、そこで何をしているのかと誰かが尋ねたのだ。火炎ビンを下に落として隠すのが精一杯だった。最後に母さんがやって来たので、三人で歩いて帰った。

娘達の起こした初めての不祥事に対して、内心で何を思っていたにしろ、グロリアは言葉少なに注意した後は、いつもと変わらない様子だった。

双子が押し込み強盗を始めた早い段階から、警察では子どもの犯行であることにほとんど疑いを抱いていなかった。押し入るのが真夜中ではないこと、ケーキなどの甘いものを盗んでいること、壁や黒板に落書していることなどがそれを証明していた。「犯人はやたらに証拠を残しているだけでなく、警察に電話までかけてきたので、学校の生徒ではなく『頭のいかれたバカ者』の仕業じゃないかって考えたんです」と警部補ジェームズは述べる。マイケル・ジョーンズと名乗る人間からの電話では、ポートフィールド学校の事件は自分が犯人だと言ったらしい。この電話を受けたグリン・コール巡査は、電話の向こうで女の子の含み笑いがしたのを耳にしている。話が進むうちに、この電話の主は「俺達監獄に入るのは何とも思っちゃいないんだ」とも言った。

「どういう罪で監獄に行ってもいいって言うんだい？」とコール巡査が聞いた。

「ガラスを割ったこと。それに警察が告発するもの全部さ。だけど俺達は心にやましいところはない。それにからかっているわけでもない。やましいところが少しでもあれば笑ったりしないよ。大体裁判所へ持っていくような問題は何もないのさ」

この会話が長く続けられたため、電話ボックスを探知でき、ギボンズ家の二少女は逮捕された。しかしその時、この事件を担当していた巡査部長のチャールトンは一向に興味を示さず、大好物のハト料理の夕食を中断する気はなかった。そこで巡査部長（現在は警部）のトム・ピーターズが尋問したが、名前以外は何一つ聞き出せなかった。「そこまでで精一杯。それ以上はとても無理だった」と彼は述べる。「私は四十五分間話しかけました。だけど二人はクスクス、ゲラゲラ笑うばかりで、完全に黙秘していました」思案にくれたピーターズはチャールトンに電話をして、夕食を中断して知恵を貸すように頼んだ。チャールトンの妻は中学校の時ギボンズ家の双子を教えたことがあったので、チャールトンは電話に応じた。「お手上げだな。奴らはなかなか手強いぞ」その結果二人は緊急電話をおもちゃにした罪で罰せられるにとどまったのである。

その頃ジェニファーは絵を描いて自己表現しようと決めた。もともと絵はうまかったから、ジューンと同じように自作の人形用の本に挿し絵を描いたり、コミカルな続き漫画を描いたりしていた。そしてロンドン美術大学の通信教育コースも受講していた（授業料は百三十五ポンド五十ペンスだったが、いつものようにジェニファーはそれを値切っている）。他方でジューンは暗い気分だった。「自殺したい。だけどそうしたところで何か変わるかしら？　私の顔には、双子の妹と一緒に暮らすことがどんなに憂鬱かを物語る苦痛の表情が浮かぶようになった。私にあの子が殺せるかしら」再びジェニファーが優位を占めたのである。

私は立派な悪党だ。それを認められるほど私の心は強い……。いつか天気の良い日に遠くへ行こう。そうだ、自由になるんだ。何も、誰も、私を止められない。そのうち、自分が何で遊んでいるか分からなくなる。ただ通りをぶらぶらするのではなく、もっと意味のあることをしなければならない。

しかしそれでもなお双子は放火にしつこく執着していた。「私の犯罪歴は向上してるって言えるだろうか」とジェニファーは書いている。「Jと私は高い階段状構造のテニスコート・クラブに侵入した。ひびの入ったガラスを割って簡単に中に入れた。強盗でも放火犯でもお好み次第だが、そのどちらかになったように音もなく忍び込むと辺りがよく見渡せた」主な目的はキッチンを見つけて何かおいしいものにありつくことだ。しかしがっかりだった。「大きなケーキもサンドイッチもなく、そこにあったものといえば空っぽのレンジの上の皿と平鍋、水道の水、それにグーグー鳴るお腹をかかえて突っ立っている私達二人だけ」二人はここに低温発火燃料を撒くことにした。マッチを擦って炎が上がると、静かに外へ出た。「やましい気分もするけど、それよりドキドキする」とジェニファーは書いている。

翌日、十月二十四日土曜日の晩、ジューンは犯罪行為をさらにエスカレートすることに決めた。

今週中ずっと、スノードロップ・レインのトラクター販売会社に火をつけてやりたいと思っていた。本日実行。もちろんJに手伝ってもらって。我が人生最大の日。有刺鉄線をよじ登って侵入。空が暗くなって雨も降ってきた。Jが周りの状況を見定めたうえで、機械が収納された倉庫の窓ガラスを割った。

倉庫の内部は暗かった。脱穀機やトラクターは昼間このあたりで唯一明るい色を発するものなのに、今は灰色の威圧的な塊に過ぎなかった。ジューンはマッチの火で周囲を照らしながらジェニファーの後に続いた。何台かの車が停めてあり、「高圧注意」の貼り紙も見えた。その時思わずジェニファーは息をのんで叫びそうになった。一台の車のフロントガラスをゆっくり動く二つの手! しかし恐怖に駆られながらもう一度見ると、ボンネットの上に誰かが置き忘れた手袋があっただけだった。双子は事務所へ向かった。ドアが開いているので入ってみる。いったん中に入ると気が大きくなって恐怖を忘れた。「『逮捕する』って管理人に言われるのも覚悟してたわ。だけど実際には何も起こらなかった。大胆なのがよかったんだ」とジェニファーは記している。買物袋をジューンが支え、ジェニファーが事務所の備品を入れた。計算機、ヘッドフォン、懐中電灯など。ジューンはキューキュー音をたてるゴム人形が床に落ちているのを見つけて大喜びした。最初に入った部屋の机と椅子の上に、小さな缶に入れて運んで来たガソリンを撒き、ジューンが机の上の手紙の端に火をつけた。すると絹を引き裂くような音がして炎はすぐに天井まで届いた。「すごい！　やったわ」とジェニファー。二人とも精気にあふれ、笑いながら隣りの部屋へ駆け込み、ドアにかけてあった胸当てズボンと家具に残りのガソリンをふりかけて火をつけた。

二人がずっと待ちこがれていたカタルシスの時だった。今までの苦しみを浄化し救済する機会だった。メラメラと燃え上がる炎は、もう一人の自分に繋ぎ留められた長年の欲求不満を燃やし尽くした。見かけはそっくり同じなのに、お互いを羨みながら軽蔑する気持ち以外何一つ似たところがなく、いつも嘲り、ぺしゃんこにしようと狙っているもう一人の人間の束縛を断ち切る炎。

スノードロップ・レインを歩いていた通行人が、ショーウインドウから炎が吹き出し、ガラスが砕ける音を聞きつけ、数分後には消防車が到着した。大混乱のなかでは、二人の少女が油やガソリンにまみれた靴を履き、ふくれあがった買物袋をいくつも握りしめて、何食わぬ顔をして立ち去っても誰一人気づくものはなかった。最初二人は電話ボックスの中に隠れていたが、誘惑には勝てなかった。外には警官と火と救急車。以前、消防署にニセ電話をかけた時、心に描いた「予行演習」通りのことがそのまま目の前で起こっている。防毒マスクをつけた消防士が何人も建物に突入する。どしゃぶりの雨を縫って炎がきらめき、夜空には煙が立ち込めている。二人は群衆の中に紛れこみ、自分達の作品のすばらしさに酔いしれた。消防士がホースを持ってあちらこちら走り回り、窓ガラスを割って突入しようとしている。

——その間ずっと、美しくキラキラ輝いた炎はメラメラと燃え上り、屋根を舐め尽した。夜空に立ち込める厚い煙。この情景は心に焼きついて消えないだろう。ああ、なんて罪深くよこしまで、利己的な心だ。だけど神様は許して下さると思う。辛く苦しく、長い年月だった。この苦難を語る資格が私にないって言うの？
――――

ジェニファーの方がもっと現実的だった。「ついにやったという思いを噛みしめて、ジューンと一緒にぶらぶら歩いて帰った」

二人ともその夜の成果に満足して家に帰り、ジューンはゴム人形をベッドに寝かせて頬笑んだ。

しかし隣家の人は双子が火災現場にいたのを目撃して、警察に通報した。そこで翌日の日曜の朝二人の警部がやって来て、トラクター会社とテニス・コートの火事について双子に質問した。しかし、二人とも何も言わずに首を振って否定したので警察は帰ってしまった。「まるで脱獄囚のような気持ちだ」とジェニファーの日記。「刑務所へ入りたい。もうすぐ入れそうだ。悪いことをしたいという気持ちが抑えられなくなって、私の中のもう一人の私を支配する。その瞬間、満足で一杯だ。私の人生には良いことも悪いことも両方詰まっている。神よ、私のすべてを許し給え」

次の週の地方新聞の一面にこの火事がでかでかと載ったので、二人は大喜びだった。その記事には、損害が十万ポンドに上り、二台のトラクターが使いものにならなくなったこと、また一人の消防士が窓から突入した時に負傷して病院で手当てを受けたことなどが書いてあった。またテニス・コートの付属施設の火事にも触れ、警察では単独犯の仕業と見ていると記事は結んでいた。「まあまあ、犯人は二人よ！」とジューンは日記に書く。「ここ、ファージー・パーク三十五番地にいるわ。ほんとにバカね」

次に押し入ったのはバーン・ストリートの学校で、ネットボール［イギリス連邦でのみ普及している、バスケットボールに似た競技］のゴールポストを使って窓ガラスを破った。双子が盗んだのは「銀製の優勝カップ、額に入った大小の写真。茶色の象牙の象、洋服、スカーフ、財布二つ。そのうちの一つには小さなハート型のチェーンに可愛らしい鍵がついていて、そこには『この鍵を手にするもの我が心を開かん』と書かれていた。Jと私は少し物を壊した。私はお茶とコーヒーを床にぶちまけた。今度は、ちょっとした物だけ家に持ち帰った」帰り道、フィッシュ&チップスの店を通りすぎた時、誰かに肩を摑まれ、ジューンはひどいショックを受けた。「びっくりした！　死にそうだった。だけどダレンの友達と分かって一安心」

一九八一年十一月五日、双子はまたまた一騒動を起こした。ジューンの日記。「誰もが篝火を焚く晩［ガイ・フォークス祭のこと］だが、私にとっては、そうね、窓ガラスを破った日だ。その通り、Jと私はまたやった。タスカー・ミルウォード学校に押し入ったんだけど、病みつきになりそう。鬱憤ばらしの良い方法だ。そうじゃなくて？　グリーンのシュノーケル、パーカー、トレーナー、本を盗む」

二人の乱暴狼籍が誰にも突き止められなかったこの秋に双子が見た夢は、非常にハッキリしていて意味深く、二人の内面を覗く手がかりを与えてくれる。その夢を分析すると、双子がまったく孤独で、お互い同士を除けば誰とも心を通わすことができないために、いかに追い詰められていたかが分かる。二人は不良仲間から相手にされないと感じれば感じるほど、見捨てられた責任を相手になすりつけたが、どちらも素直に謝って相手を解き放つことができなかった。破局が近づいていることが二人にも感じられた。このままの状態が続けばお互いに殺しあう以外はないことも分かっていた。ここから逃れるためにいろいろやってみたが、全部失敗に終わった。小説の執筆はちょっとやそっとでは実を結ばず、出版を断る手紙の山が残っただけだったし、職探しも一度電話をかける以上のことはできなかった。さらに、ケネディ兄弟が去った後、若い性のぶつけあいをしたところで、空虚で惨めな気持ちに落ち込むばかりであった。火は太古から浄化、犠牲、再生のシンボルである。炎をくぐり抜けることによって初めて、ジューンとジェニファーは別の人格を持った一人前の人間として生まれ変わり、誰にも受け入れられない、もの言わぬ二人が、美しい女としてもう一度立ち上がることができたのかもしれない。

ある夜ジューンは夢を見た。

誰かの寝室にいる。女の子が何人か階下にいるが、母さんがやって来ると、Jも私もその子達と絶交したとJが言う。母さんは部屋から出て行く。引き出しを探し始めて素敵な毛糸の帽子を見つける。もらっておく。次に墓地の外にいる。ある男の墓を見ているが、その男は全然お金がないので棺が買えない。カバーをめくってこの男を見る。通行人が、その男はもうちょっとましな墓を買う金がなかったんだなと言う。だけど私は新聞の懸賞で五千ポンドもらったことを覚えている。まもなくある少女がジョイスに電話をして、話しに来てくれないかと言う。その子はタバコをねだる。私達はみなタバコを持っているが、マッチはあまりない。マッチを擦ろうとするが風が吹いている。通行人に頼もうかと思うが、結局ジョイスがその子のタバコに火をつけてやる。墓場―長い間留守にしていた人から便りが来ることを予知する、死ぬほど退屈している、社会的にも精神的にも低調な時が過ぎつつある。死体―終局、失敗、脱出または許しへの期待。タバコ―混乱を意味する。火―脱出の期待、「背水の陣を敷く」。帽子―新しい帽子。場所の転換―損失、不運。寝室―性衝動または将来の旅行。お金―安全性への期待。埋葬―他人への無意識的な不満。喫煙―平和、調和、満足。

最後の犯罪を犯す前夜、ジューンは象徴的な夢を見た。それは助けを求める彼女の悲痛な叫びだったが、日記の他は誰もこの叫びに耳を傾けることはできなかった。

娘を抱いたジョーン・コリンズ［イギリスの女優、作家、コラムニスト］と一緒に、ある場面を見ている。ジョーンはベッドに座って、娘に人生のいろんな出来事を話している。女であるっていうことはどんな気持ちのするものか説明している。ジョーンの身体は少したるみだしている。彼女は横になってお腹をさする。また座り直して、さっきから泣きだした娘を抱く。あやすつもりなのか、それとも成長を見つめて困惑しているのか。泣くこと―愛や仕事に付随する悲しみ。寝室―性衝動。抱擁―誰かを助けたい気持ち。

子どもの時のモノクロ写真をたくさん見てもいる。写真―芸術的表現への希望。裸―認められたいという期待。

二人の最後の押し込みの日、一九八一年十一月八日、午後八時三十分、ジューンとジェニファーはいつものように獲物を求めてうろついていた。一人の警官がペンブルック州立テクニカル・カレッジ近くのジュリー・レインの角で行きつ戻りつしているのが見えた。これがきっかけだった。二人はほとんど警官の目と鼻の先でカレッジの裏手へ回り、ジェニファーがレンガを拾うと窓ガラスを叩き割った。

数ヤード離れた道にいたスティーヴン・グウィン・ジョーンズ巡査はこの物音を耳にした。押し込みが連続していたので、放火に対する特別警戒中で彼もその任にあたっていたのだ。当初警察では電話の声をギボンズの双子と結びつけてはいなかった。なぜならこの二人は喋らないと思われていたからだ。破壊活動全部がこんな恥ずかしがりの少女達の仕業だとはちょっと考えにくい。しかし最後の事件、すなわち押し込みを白状した電話の直後に公衆電話で二人を逮捕した時、チャールトン巡査部長は疑いを持ち始めた。彼はデイル・ロード団地の若者がよく出入りする場所に私服の部下を配置して、この双子に網を張ってみた。そんなに難しい事ではなかった。ジューンとジェニファーはその時、心から逮捕されたいと思っていたからだ。二人の夢分析ノートでは警官のイメージは保護で、危地からの脱出を手助けしてくれる人であり、監獄は確実性を意味し、安全が実感できる場所であった。

　したがってもはや逮捕は時間の問題だった。ガラスが割れる音を聞いた警官はすぐに無線で応援を求めてからカレッジの裏手へ回り込んだ。しばらくして割れた窓が見つかった。すると興奮した小動物がキーキーわめくような不思議な音が聞こえた。警官が見上げるとパッとマッチの燃える火が目に入った。続いて二本目のマッチが燃え上がり、子どもくらいの大きさのぼんやりとした人影が見えた。分厚い毛糸の手袋をはめて買物袋を摑んでいる。もう一本マッチに火がつくと、今度はもう一つの影が、物差しやノートのようなものを買物袋に放り込んでいるのが見えた。

　一台の車がカレッジの前の道に停まり、チャールトン巡査部長と応援の警官が飛び降りて割れた窓から内部を窺った。侵入者は懐中電灯を見つけて、テーブルの上へ置いていた。二つの人影が糊のようなものをデスクやカーペットの上にぶちまけているのが見えた。今だ！　チャールトンは中に飛び込み、廊下を通って事務所に駆けつけた。中に入った時、ジューンは低温発火燃料を紙に吹きつけているところだった。ジューンもジェニファーもそれぞれ警官二人がかりで捕まえられた。ジューンのソックスの折り返しからライターが、またジーンズのポケットからはマッチ箱が見つかった。チャールトンが買物袋の中身を出してみる。幾本かのカセット・テープ、わずかばかりの文房具、食べかけのポロ・ミンツの包み。哀れな盗品の数々である。

チャールトン巡査部長は放火犯を現行犯逮捕できて大喜びだった。ハヴァフォドウェストの不良達から恐れられたこの巡査部長は、興味津々で獲物に対して次の手を打った。ただし過去の経験から、ギボンズ家の双子は喋れない、もしくは喋らないことを知っていたので、後に裁判所が指摘したように「やや変則的な方法」で尋問を始めた。彼はまず質問事項を紙に書くと、鉛筆とその紙を双子に渡して部屋から出る。答えを回収すると次の問いを置く。しかし二人は、名前、年齢、住所を答えたほかは、このカレッジに押し入ったことだけしか認めなかった。

その夜遅く、すっかり当惑しているオーブリから、娘達の行状についてチャールトンはたっぷり一時間にわたって聞き取った。オーブリは警官から聞かされる事がよく飲み込めなくて、ただ笑うばかりだったろう。グロリアは、二人の以前の非常識な振舞いについて口を閉ざしていた。双子が問題を起こしただって？　ありえない。時にはちょっと迷惑をかけることもあったかもしれないが、犯罪、強盗、放火だなんて、そんな大それたことができるはずがない。この団地の他の子に比べたらよい子すぎるぐらいさ、とオーブリはいつもグロリアに話していたのだ。そこでチャールトンは捜査令状をとり、双子の寝室を見せるようにオーブリに頼んだ。二段ベッドの下から、汚れた洋服や書き損じの原稿用紙で隠されたものが次々と出てきた。何着ものジャケット、テープ、アクセサリー、鉛筆立て、事務所の備品などなど、すべて双子が車や建物から盗んだものばかりである。チャールトンは双子の原稿も少し読んでみたが、赤い革表紙の五年間日記が、前日の押し込みについて書かれたページを開けたままでベッドの傍らに置いてあるのが偶然目にとまり、小躍りした。しばらくしてもう一冊の日記と双子の書いたもの全部が見つかり、盗品と一緒に多数の黒いゴミ袋に詰め込まれて押収された。

警察が双子の寝室を捜索している間、オーブリとグロリアは階段の踊り場で眺めているしかなかった。この両親はこれまで一度でも双子の持ち物に手出ししたことがないのに、今は警官がどかどか入り込むのをただ見守るだけしかできないのだ。グロリアは抗議しようとしたが、時すでに遅かった。この光景を見ながら、こういうことが夢の中で予告されていたことに気づいた。数週間前の夢の中で、警官が四人、居間に入ってきて双子のことを尋ねたのだ。すると双子もやって来て全員で歌い始めた。しかし今回は双子もいないし、誰も歌わなかった。

翌日、この事件は『ウェスタン・テレグラフ』紙に大きく載った。オーブリは生涯で初めて、どんな形であれ目立つのを恐れた。グロリアと共に、犯罪者の娘の両親という事実に向きあわなければならないのだ。一九八一年十一月十日、保釈するとさらに犯罪を重ねる危険が予想されるので、二人の安全のために身柄を勾留することが警察によって発表された。

第七章　二人の闘争

誕生と同時に私の片割れは死ぬべきだった。カインはアベルを殺した。双子に生まれた以上それを忘れることはできない。

ジェニファー・ギボンズ

「ジューン・アリスン・ギボンズ」看守が閉じた独房のドアに向かって呼んだ。返事がない。そこでもう一度語調を強めて呼ぶ。「ジューン・ギボンズ」

するとドアが開いてジューンが独房から出てきた。返事をしないまま面会室の中央に突っ立っている。ごわごわしたネイビーブルーで縞模様の囚人服に着替えさせられて、自分の洋服は下着以外全部枕カバーに詰め込んで両腕に抱えていた。これからどんなことになるのか予想もつかない。ナチスの収容所で実際に行われたことを本で読んだことがあったが、はたして自分も髪の毛を切られ、シャワー室へ送られるのだろうか。パクルチャーチ拘置センターの女囚は、誰でも私と同じようにまっ昼間に裸になって囚人服に着替えなくてはならないのだろうか。囚人服なんて似合うわけがない。その時、ジューンは奥の独房で水の流れる音を聞いた。独房の仕切り越しに湯気が立ち昇っている。怖い。ジェニファーはいないのかしら。もしあの子がここにいれば安心できるのに、一体どこへ行ったのかしら。あの子は違う棟にやられたのかしら。助けを呼びたいのにジューンの唇は閉じたままだった。

その時ガチャガチャと鍵のふれる音がしてドアが開き、ジェニファーが入ってきた。ジーンズとTシャツを着たままだった。かわいそうに、という目つきでジューンを見る。囚人服を着るとどんなにぶかぶかな感じがするものか、それにどんなにおどおどしてしまうものか、よく分かっていたのだ。「ジューン・ギボンズ」とまた看守が呼んだ。「房へ戻っていなさい。ミセス・マッカーシーに教えてもらって風呂に入って髪を洗いなさい」けれどジューンは動こうとしない。「さあさあジューン」怖がっているのではないかと危ぶんで看守は声を柔らげ、明るい調子で話しかけた。「お風呂よ。誰でもここに来たら最初に入るのよ」

ジューンは答えもせず、ただ目を伏せてぎこちなく立ち尽くすばかりだった。女性の取調官は苛々してきた。内気な子かもしれないけれど、パクルチャーチのような拘置センターでは、ありとあらゆる種類の罪人がたくさん入って来るから、個別に細かい心理的配慮などする時間はない。我慢しきれなくなった取調官は、もう一人の係官に命じてジューンを引きずるように風呂場へつれてゆき、裸にして消毒水につけた。この時ジューンは、看守達がそれまで経験したことがないほど抵抗したが、なんとか無事に入浴を終える。次に施錠された二番めの房からジェニファーを引きずりだした。ジューンと全く同じ姿勢で枕カバーを持って突っ立っている。そこでこんどはやさしく尋ねたり甘い言葉をかけたりせず、有無を言わさずジェニファーをかかえて風呂桶に投げ込んだ。

消毒が済み清潔になると、「パクルチャーチ全身点検」で、目、歯、鼻がチェックされた。それから双子は看守の前に立たされた。ネイビーブルーの制服に身をつつんだ看守は、所持品を記録し、てきぱきと二人に枕カバーを手渡した。その中にシーツ、タオル、スリッパを詰めるように言われる。それから型通りに入所説明があった。身元をはっきりさせ、親類縁者、家族の名前と病歴を聞き出すためだ。ところが双子が一言も話さないので看守は何も聞き出せず、どの欄にも何も書き込めなかった。弁護士か警官から事情を訊かねばなるまい。やがて質問を終えると、囚人規則や権利について書かれた緑色の小冊子が手渡された。それから封筒と便箋。「ここは厳しいけど公平よ」看守は言葉を続けた。「何かあれば、そう、不満があれば、主任と面会することだってできます」

ジューンはこの間ジェニファーの方をちらっとも見ようとしなかった。ある意味でこれは二人の望み通りだった。世話をしてくれる人がいて、異常な生活から二人を守ってくれるのだから。見たところ悪い人達でもなさそうだし、とてもにこやかでやさしい表情で接してくれた。一番恐れていたのは別々の独房に入れられるかもしれないことだ。新顔の看守に連れられて、双子は廊下を急がされた。不吉な鍵の束が看守のベルトで音をたてて揺れている。双子は顔を伏せていたが、この時、他の囚人が自分達のことをじっと興味深く眺めているのに気づいた。あの人達は一体誰なんだろう。殺人犯、売春婦、ヤクの売人? マイラ・ヒンドレー［一九六〇年代半ばにマンチェスター周辺で仲間と共謀して十～十七歳の五人を殺し、イギリスで最も凶悪な女性と称された犯罪者］と会える場所なんだろうか。取調べ室と別棟を結ぶ廊下のガラス越しに植物が見える。脇見をしながら双子はガラスに映った自分達の姿を見て、ここはまるで修道院の庭だと思った。やがて看守が未決者用のA棟のドアを開けるとそこは大騒ぎだった。いたるところでギャーギャーやかましい声が響いていた。ラジオ放送のレゲエ音楽がスピーカーから流れ、何十人もの少女達が喋り、喚いている。ちょうど入浴時間で、歌うものあり、ドアを叩くものありだった。「急いでよ。変なことしてないで、早く代わって」「やかましい。このどブス。てめえのけつに指を突っ込んでひいひい言わせてやるよ」

ジューンとジェニファーは恐怖に慄いた。静かな独房で二人だけで囁きあえるのだとばかり思っていたのに、これはどうだろう。ここでは皆が大声で下品に罵り（ののし）あい、笑い、叫んでいた。自分達がこのひどいレズビアン一味の餌食にされることはないのか？　看守達は大丈夫か？　自分の腕を摑んでいた一人は、ちょっと力をいれすぎてはいなかったか？　ジューンは危うく感じた。私の細い身体にあのお尻をわざとこすりつけはしなかっただろうか。

係の一人が房のドアを開けて二人は中へ押し込まれた。「さあここよ。ベッドをきちんとして、寝巻に着替えなさい。ミセス・マッカーシーが食べ物を運んでくれるわ」二人は何年も前にハヴァフォドウェストの雑貨店主や学校長の前に立った時と同じように、ジェニファーが前、ジューンが後ろになって並んだ。「おしっこはドアのかげの尿瓶にするのよ」

ドアが閉まり、カチッと鍵のかかる音がした。二人とも身じろぎもせず、この新しい住まいを懸命に観察した。小さくて不潔なのは一見して分かったが、これまでいた警察の拘置所よりましだ。まるで子ども用かと思われる作り付けの二段ベッドは、ファージー・パークの古ベッドとほとんど同じだった。スチール枠の大きい窓があって、その一部は僅かであるが開けられるようになっていた。

窓の下にはセントラルヒーティングの太いパイプが通っていた。ベッドから二フィートほど隔てた向い側の壁にはロッカーと机、二つの小さい椅子が並んでいる。部屋の隅にはいろいろな色のプラスチックのバケツと、水入れが置いてあった。ふたつきの方が尿瓶のようだ。誰か使ったことがあるのだろうか。二人は身動きもせず、一言も話さない。ジェニファーがふと振り向いた。ドアは見かけはまったく普通だが、覗き穴があって、平らで取っ手もついていなかった。逃げるすべなしだ。二人は囚人服を着て、運命の定めを待つべくただただ立ち尽くすのだった。

「半時間以上身動きもしない。生きているようには見えない」ミセス・ジュノアは覗き穴から新入りの女の子二人を観察して、見回りに来た当直の看守と話した。「三十分前に夕食を持ってきたけど、手もつけないの。何一つ答えないし、聞こえないのか理解できないのか、どちらかだわ。あの子達のことをまだ何にも知らないのだけれど」

二人の女性看守は報告書を書くためにその場を引き上げた。ミセス・ジュノアはその日の勤務を終えると、この黒人の双子がどうしているかと思って再び様子を見に来た。覗き穴から見える二人は前後に立ち尽くしており、各々の手には枕カバーを持ったままだ。部屋に連れて来た時から身体のどこも動かしておらず、バランスを変えてもいない。それは異様な光景だった。二人はまるで眠りの森の美女のパーティーに招かれて、突然魔術にかかって立ったまま眠ってしまった客のようだった。

ミセス・ジュノアは何とかしなくてはならないと考え、その夜の当直と一緒に房に入った。「一晩中そんなことしてられないわ。どうしてベッドに入って眠らないの？」沈黙。二人がかりで枕カバーを取り上げると中からシーツを出し、ベッドに敷いた。それから硬直して突っ立っているジェニファーをかかえるようにして上の段のベッドに、ジューンを下の段に寝かせた。部屋を出る時に振り返って見ると、ベッドに横たわる二人はまるで人形のように身じろぎもせず、まったく同じように首に枕をあてがっていた。子どもを育てた経験のあるミセス・ジュノアだ。この仕事に就いてずいぶん長くなるが、囚人の中にこうした少女を見たことはなかった。小柄で華奢な上に、耳が聞こえないか喋れないように見える二人が、犯罪者とは思えない。そのままの痛々しい姿ではおいておけなかった。そこでミセス・ジュノアは上の段のベッドに上がると、頭を枕にちゃんと載せてやった。しかし、ジェニファーの目は大きく見開いてまっすぐ上を見たままだった。やさしく心をこめて目を閉じさせてやり、内心ぞっとしながら下の段を覗いた。そこでもまた同じことをしなくてはならなかった。まるで死者の埋葬準備をしているような気持ちだ。

翌朝早く、ジェニファーとジューンは、パイプをガンガン叩く大きな音で起こされた。他にも様々な音がする。ドアの鍵が開けられ、怒鳴り声やごろごろ引きずられるワゴンの音がした。隣りの部屋の少女は新入りに興味津々だ。

「名前なんてーの。パイプを通して話ができんのよ。いつだって大騒ぎよ。誰も聞いてなんかいないんだから」けれどこんな声に耳もかさず、双子はベッドに寝たままだった。ドアを開けて入って来た初めての看守が、寝巻を着たままの二人に目を止めた。ドアの裏側にまわって、尿瓶のふたを開けてみる。

「どうしたの？　空じゃないの。ベッドを汚したんじゃない。主任に言えば、報告書に書かれるわよ」しかしベッドは汚れていなかった。恐怖のあまり身体機能が凍りついたようだった。大変な意志の力だ。「まあいいわ。さあ起きなさい。バリー看守がどこで洗顔するか教えてくれます。朝食前にこの部屋を掃除して、ゴミのないようにしておきなさい」

ジューンとジェニファーは駆りたてられるようにしてバリーの後を追い、廊下の突き当りに向かった。そこは小便くさいところで、ピンクや花柄模様のナイロンパジャマを着た女の子数人がいた。細長い溝に尿瓶の中身を流しているのだ。洗面器を持って次の部屋に向かうと石鹼を渡される。

「部屋の検査があるから八時十分までに部屋に戻って」とバリー看守は指示した。

パクルチャーチはイングランド全体で四つある女性拘置センターの一つで、イングランド南西部全体とウェールズをカバーしていた。そこでは未成年を含む七十三人の女囚を全員女性の係官が面倒をみている。またここには二十一歳以下の既決の少年達も収容されている。女性側は判決前の未決囚用と、「再勾留」された者、そして二十五人の既決囚に別れていた。新しく建設された建屋は、上部に有刺鉄線が取り付けられた高い柵が周りを囲んでいた。低層階の建物は手入れの行き届いた庭と舗装された運動場の間にコンパクトに配置され、各ブロックは完全に分離されていた。

ここの生活は全く余裕のないがんじがらめのものだった。七時四十五分、一斉に房が解錠され、収容者は尿瓶をきれいにして、洗顔、ベッド直し、掃除をやり終えて、八時十分の点検に向けて用意万端整えておかねばならない。

その次が食事だった。この時間を双子達はとても嫌っていた。大きな部屋へ入れられ、お盆を持って列に並ばなければならない。ジューンはパニックに陥った。かつての中学校やイーストゲートでの呪わしい記憶が蘇った。あの時と同様に人前で食べなくてはならない。逃げたい一心でドアを見つめる。しかし若い看守が腕組みして、足をぐっと開いて立っていた。窓はしっかり閉まっている。お盆を投げてガチャンと破れば……。だって私達窓ガラスを割って侵入したからこそここにいるのよ。どうして逃げ出せないの。窓ガラスは分厚い特殊防弾ガラスだ。三人の係官が、双子がセルフ・サービスの朝食カウンターのところで石のように動かないのを見ていた。

二人の後ろに並ぶ収容者達は苛々して卑わいなことを叫びはじめる。ジェニファーは何をしているのか。どうして前に進まないのか。食べ物を取る順番なのに。スピーカーからニュースが流れていた。暖房は効き過ぎ、皆が二人をみつめている。とその時、ジューンのお盆がガシャンと落ちる。キャーキャー騒いでいた少女達が一瞬シーンと静まり返ってジューンの方を見た。窓際で待機している係官がすぐに同僚のもとに駆けつける。ジューンは頭を低くしてドアに突進した。しかし三人の看守達に簡単に取り押さえられた。

九時。寒すぎなければ運動場に出る。規則によると「再勾留者」は運動や集会への参加を拒否できるが、看守達はこの権利をいいかげんに考えていた。少なくとも三十分間歩けば適当な運動にはなる。午前中の残り時間は、「速記」や「タイピング」、「児童の発達」、「手工芸」、「国語」などのクラスも受講できた。

十一時四十五分、昼食。十二時十五分、各自部屋に戻って施錠される。人数点検後、看守の昼食時間だが、三人の看守は残って巡回する。一時三十分に看守達が昼食から戻ると鍵が開けられ、面会人のあるものは面会室へ出向く。午後のクラスは、作業室と体操場、そして中央チャペル隣りの現代的なホールを使って開講され、再度三十分の運動の後にお茶の時間になる。五時十五分から六時まで再び房に鍵がかけられる。六時からは夜の集会で、その時間帯はゴシップ話をしたり、読書やテレビ、ビデオ鑑賞が許された。八時四十五分、その日最後の健康チェックがあって、房に戻って施錠される。

パクルチャーチでの最初の数週間はジューンとジェニファーにとって地獄の苦しみだった。そこは二人が考えていたような安全な場ではなく、新しい恐怖に満ちていた。自分達の人生について反省しながら、落ちついた場で平静な心の内に過ごしたいと願っていたのに。そんな思いとは裏腹に、二人は他者との生活に巻き込まれた。人と交わることが要求されたし、嫌な天候でも運動のため歩きまわったりしなくてはならない。それになんといってもげっそりするのは、人前で食事をすることだった。

双子はいつも飢えていたから、男子棟の囚人グループが運んで来る保温箱に入った囚人食にも食欲をそそられたが、どうしても食べることができなかった。ジューンが感情を爆発させて以来、二人は静かでおとなしくなっていたが、サービス・カウンターで食事を選ぶことまではできなかった。しかも、係官が二人のために食事を運んでも無視してかかった。ここでは、食事を数日間拒否した囚人は、収容棟とは庭を隔てた二階建ての病棟に移され、そこで年輩の医者の保護観察下におかれる決まりだ。

しかし双子の場合は単なる食事拒否にとどまらなかった。お互いに飢える程に拒食をするかと思えば、その逆にがつがつ食べて嘔吐する過食症の傾向もあった。病棟で双子は新しいゲームを始めた。それは一人は全く食べないで、もう一人が二人分の食事を平らげるという奇妙なものだ。時々二人は立場を入れ換えたが、いつ交替するかについてうまく折り合いがつかないことがたびたびあったようだ。二人とも競ってスリムに見えるように努力した。今までで一番痩せて頬骨は高くなり、目だけ大きく見えた。一人が少しでも痩せて見えると、もう一人はうらやましがってすさまじい喧嘩が起こり、その後ドアの前に、全然手のつけられない食事が二つ置いたままになるのだった。下剤がわりに、またダイエットと称して二人はよく水を飲んだが、時どき飲みすぎて苦しみ、ベッドで身体を折りまげて胃痛や吐き気に耐えた。

水、食物、火は、絶望的な生を生き抜く二人のシンボルだったとも言える。二人分の食事をむさぼり食べるかと思えば、食べ物を尿瓶の中や窓の外に投げ捨てたりして双子はあがくのだった。双子も他の受刑者のように抵抗のシンボルとしてハンガーストライキを試みたが、それはすぐにお互い同士の闘争に変わった。食べ物が共通の武器と化した。ある朝など病院のスタッフが覗いてみると、二人は両手で顔を覆ったまま座り込んでいる。食べ物のことで夜に喧嘩して、血まみれになるほど引っ掻いたらしい。

スタッフの誰一人として双子の今までのことを知らなかったのに、二人の部屋を別々にすることが決められた。一九八一年のクリスマスまでにジューンは最初の房へ戻され、窓から庭の向かいにある病院の一室を見つめる。そこでは、妹が独りになって好き放題食べ、贅沢に暮らしているはずだ。いずれにせよ二人の部屋が摩擦のもとになった。一緒にすると二人分を食べるのはどちらの番だと言いあって喧嘩をし、かといって別けると二人とも片時も心が休まらなかった。お互いの約束をどちらかが破るのではないか、断食すべき時に食べてはいないか、食べるべき時に断食しているのではないか、自分には手の届かない特典や自由を相手が一人占めしているのではないか、という恐れのために。

この頃、激しい創造性が再び二人に芽ばえた。ジェニファーは作業療法室の美術クラスに入り、また二人とも夢の内容や詩を自由ノートに書き始めた。二人が激しく憎みあい、闘った後、しばらく心の安らぎを覚えることがあったが、この短い時間に人生を振り返り、未来について考えることもあった。

二つの影　壁面に
沈黙の優美な踊り
重なりあう暗い影
淡く　漂う
けれど　残影こそは　はかなき幻

姿かたち　流れ去り
残された影　静かに語る
悲劇より生まれし伝説の
物語の世界のあれこれを

占星術師が今こそ告げる
秘めごと　恐ろしいことども
時間の襞(ひだ)に包まれた
人の世の定めの数々
二つの影　声もなく
喜びの月光のもと

二つの影　声もなく
闇突き抜けて舞う　夜明けまで

ジェニファー・ギボンズ　一九八二年一月二十一日

パクルチャーチでの単調な生活に変化をもたらした数少ない出来事は、二人の裁判が何度も延期されたことと、ジューンの事務弁護士の訪問だった。マイケル・ジョーンズはハヴァフォドウェスト警察の紹介によるイートン＝エヴァンズ&モリス法律事務所の弁護士で、ジューンがここに収容される以前に一度か二度会っている。法の定めによって二人分の弁護士費用が支給されていたので、ジェニファーは別の事務弁護人、ハヴァフォドウェストのプライス&サン法律事務所に所属するアイヴァ・リーズ氏にすでに依頼していた。別々の弁護士でなければ、二人の利害が対立する可能性に対処できないからだ。ところがジューンは弁護士との面会にジェニファーも同行することを強要していたので、マイケル・ジョーンズは両方と顔見知りになり、ジェニファーの弁護も事実上引き受けることになっていた。

マイケル・ジョーンズの訪問は二人にとってちょっとした驚きでもあり、挑戦でもあった。だが主任の部屋に呼ばれた二人は、この弁護士に面と向き合って話すことはできないと決定する。そこでいつも通り口ごもり、筆談で交渉した結果、面談方法を変更して新しいやり方、つまり電話を用いることを主任に納得させた。その日当直のミス・バリーとミセス・マッカーシーは、主任の部屋にいるジューンが隣りの部屋のジョーンズ弁護士と電話で話し合うのを聞いて目を丸くした。二つの部屋は隣り合わせだから、まるで同じ部屋にいるように声が聞こえた。かつてどの看守もジューンとジェニファーがなめらかに話すのを聞いたことがなかったから、明快で切れ味のよい問答は誰にとっても大きな驚きだった。双子と看守達の記憶を総合すれば、こんなふうな会話が交わされたようである。

ジューン「どのくらい懲役をくらうと思いますか？」
ジョーンズ「さて、それをはっきり言うのは難しい。あんた達のやり方次第だよ」
ジェニファー「警察とジョーンズさんに言いたいのですが、私達には自分の持ちものを返してもらう権利があると思うのですけど。日記を返して下さいませんか」
ジョーンズ「うまくできるかどうか考えてみよう」
ジューン「睡眠薬をいただくか、催眠治療を受けられませんか」
ジョーンズ「わかった。スプライ先生に話してみよう。ところでまず聞かせてくれないか。火をつけた何か特別の理由でもあるのか？　どうしてあんなことをしたのかな？」
ジェニファー「ただやっちゃった、それだけ……。だから覚えてるっていっても……。ジューンも私もペン・パルの手紙を返してほしいの」
ジョーンズ「よし、できるものなら力になろう。他に質問は？」
ジェニファー「一体、私達の件はどうなっているの？　ここに来てもう二ヵ月になる。判事は私達の起こした事件をどんなふうに考えてるの」
ジョーンズ「君達がやったことよりも、ここに入ってからの進歩に大いに興味を持っている様子だ。この拘置センターから出たいのなら、話すことから始めなくちゃ。次回は電話でなく、ちゃんと面と向かって話したいものだな」
ジューン「助けになってくれるのなら話しをします。どうにかして病院棟の妹の所へ移れるようにしてもらえないかしら」

ジョーンズ「よく分かった。やってみよう。他に何か欲しいものはないか？」
ジューン「D・H・ロレンスの本とノートを数冊、お願いします」

主任の部屋からは、示し合わせた二人の含み笑いが聞こえた。二人の関係にもひびが入らず、交渉もかなりうまくいったので双子は上機嫌だった。他方でミス・バリーもミセス・マッカーシーも廊下を歩きながら、先ほど耳にしたことは夢ではあるまいかと茫然としていた。どう考えても二人ともさっき実際に話をしていた。一体あの二人の正体は何者なのか。どうして誰もあの子達があんなふうに話せるのだと報告しなかったのか。あの若い男と対等に渡り合っていたではないか。看守達をからかっていたのだろうか。イーストゲートの時と同じように、拘置センターの人々もなんだか騙されているような気がし始めた。

それから、数ヵ月間、双子は看守達を連日てんてこまいさせ、パニックに追い込んでゆく。それも単に規則を守らないというような生やさしいものではなく、管理体制そのものに頑固に抵抗したのだ。報告書が何回も所長のもとに提出された。二人は別々にされたり、一緒にされたりした。一人だけが病院棟に入れられることもあり、二人一緒のこともある。揃って同じ元の部屋に戻る場合、独房に一人ずつ入れられる場合、また二人がそれぞれブロックAとB1（再拘置者ブロック）に別けられるなど様々であった。しかしうまくいったためしはなかった。一緒にされると、時には部屋でお喋りしているが、いったん食堂で食べなくてはならないとか、集会室とか運動場で他の受刑者との集団行動に加わらなくてはならないはめになると、途端にふてぶてしく落ち着き払って、信じられないほどゆっくりしたテンポで歩いて抵抗した。じっと床を見つめ、片腕で頭を隠し、もう片方の腕を額のところで交差させる。この姿勢にくたびれると、腕を交互に替えたが、これらの動作を完全に同時に同じ速さで、まるで近衛兵交代劇のように行なった。

一度など集会室の壁に近いテーブルでお互い向きあって、両腕を高くあげたまま座りこんでいたこともあった。他人から妨害されない「安全テーブル」の場所が確保できない時や何か欲求のある時、つまり事がうまくゆかない時のみ、二人はこうした態度を一旦中止して看守の所へ向かうのだった。ただその場合も話しをするわけではなく、ジェスチャーやブツブツ呟くだけ。だから分かってもらうのに時間がかかった。

何人かの看守はこの双子に興味をもち、二人が隔離されていても同じ行動をとるのはお互いに何か信号を交わしているのではないかと考えて、じっくり観察した。そして分かったことは、この双子達はたとえお互いに姿が見えなくても、つまり信号やメッセージが伝えられなくても、各々違った場所にいながら同じ時間帯に同じ姿勢で同じことをするという驚くべき事実だった。もしジェニファーが病院棟で読書をしているとジューンも集会室で本を読む。ジェニファーが書いている時はジューンも書く。同じことをしているだけでなくて、二人はアフリカの手彫のブックエンドそのままに左右対称で、まるで鏡の中と外の肖像のようだった。この姉妹には何か説明のつかない驚くべき霊がついている。一人の人間の精神が、二つの肉体に別れて宿っているかのように。一つの精神は一つの肉体に留まっていた方がよかったのに。

実はその行動の一致の理由はごく簡単なことだった。双子の少女は、途方もなく多くの時間を読み書きや二人きりのゲームに費やしてきたから、知らないうちにいくつかの「基本」姿勢がとれるようになったのだ。しかし異なった場で同じことをしたり、似かよった姿勢をとったりする二人を見て看守達は想像力をたくましくし、あの二人は超能力をもっているのだと信じこむ者もいた。

二人の少女の行為の不思議さにすっかり当惑した看守達の中には、双子が相手になりきる「ゲーム」をしているのではないかと疑うものもいた。双子に一番長い時間接している当直看守でさえ、二人を見分けることは不可能だったのだ。ジューンを呼べばジェニファーが答えているような気がし、その逆の場合もあった。ジューンが過去三年間身につけていたお守りの銀の腕輪が、二人を見わける唯一の手がかりだったが、これも二人がちょくちょく取り替えっこしているのだと言いだす職員も出る始末だった。とにかく二人とも、異常なまでに優秀であり、かつどこか非常に悪質だった。だからその存在はいつも謎めいていた。古参の看守は想いだしてこう話している。「他の子みたいに私達につっかかってきたりしないんです。むしろ二人だけぽつんと遠ざかっている。お互いに相手にぶつけるために、私達に対しては極力感情を抑えていた様子です。普段はまるで無視しているのに、何かのスイッチが入って突然飛び上がって摑みかかるって感じだった。所内の図書館から本を借りて読んでいた。家族からの差し入れの本だって高尚な文学。読んでない時は日記っていうのかしら、ノートをかかえこんでたわ」

それが二人が肌身離さず持っていた、くすんだピンク色の官給品ノートで、二人はこれを日記代わりにしていた。日記の出だしの部分を、手許の紙バッグとか段ボールの端とか本のカバーなどに下書きする。そして書きだしに満足がいった時だけ、一日分約二千〜三千語にまとめて数週間後にノートに写しかえた様子である。数ヵ月間に二人が書き綴った日記は、お互いや状況に対して感じた憤りの、血を吐くような激しい証言である。

このうち数冊の日記は心ない看守の手で処分されてしまったが、大部分が双子の個人所有物として保管され、ブロードムアへ運ばれた。残っている日記の中の最初の一節は一九八二年の三月に始まっている。拘置センターで三ヵ月の日々を過ごした頃である。その後の三ヵ月の日記には、裁判さえ開かれれば名声が得られ救い出されると信じていた日々が描かれている。

看守達は次第に他の受刑囚と二人を一緒にさせようなどという考えを捨て、独房に少しでも長く閉じ込めてしまうようになった。二人にとってこれは願ってもない幸いで、ただひたすら書くことに専念した。そんなわけで、二人は意図的に看守達の気分を害するようなことをした。一日中閉じ込められるのが何よりの望みだったから。

日記は個人感情の吐露以外の何ものでもなかった。検閲がなかったので二人のありとあらゆる考えや独言が日記に告白されている。身近に起こった事件はまるで写真のような正確さで綴られ、人間の描写は内面に光を当て、まことに深くとらえられている。ただ一点、二人が誤魔化していたことがあるが、それは少女達の日記によく登場する「楽しくお喋りした」という文面である。二人は喋りかけたと日記に書いていたが、看守の誰一人として呟き以上の言葉は記憶しておらず、それも音節もろくに分からなかったというのだ。そのために話はほとんど通じていなかった。だから日記の中にも人との会話の難しさを正直に認める部分があり、自分達の話したいことが人に分かってもらいにくいことが強調されている。看守と何か交渉する時には、言葉よりも、かつて家庭で覚えた身ぶりや走り書きの方が効果的だと理解していたようだ。

ジューンとジェニファーの日記の同じ日付の文章を比べてみると、壮観でさえある。それはまるで、相手に焦点をしぼり、四六時中相手の一挙一動を記録する二台のカメラのようだ。時折一人が気分を変えて自分達のまわりの世界を見つめることもあったが、やがては元通り二人の闘いの場に戻ってしまう。今やその場も八×十フィート〔約二・四メートル×三メートル〕四方の狭さになり、二人の敵はわずか数フィートの間を置くだけでお互いに監視しあい、怒りの言葉を銃弾のようにあびせかける準備をしていた。二人とも同じ出来事や感情を驚くべき細かさで綴っているが、決してぴったりかみあわない。

どちらも相手を見る視野が歪んでいるので、シュール・リアリズムの絵画のように混乱した二重焦点の世界を生みだしている。二人の少女の鋭い直感力の間に、実は消耗しきった現実が存在するのだ。別々の部屋に別れていても、相手の疑念から逃れられない二人。一緒でも別々でも新たな孤独を感じ始めていた。二人の心理的な力関係はさらに不安定になり、それだけ一層、生活を共有する友人や相手を求めた。

ジェニファーは独りきりだった。一九八二年三月二十一日夜。騒がしい食堂の隣りの部屋に閉じ込められていた。誰にも干渉されないことに喜びを感じながら、寝巻を脱いで部屋の中をぶらぶらする。

恋人が部屋にいる感じ。彼の眼差し。私は華奢で丸っこい身体つきできれい。窓から外を眺めた。そこには病院が見え、私の目は釘付けになった。恋人が背後に近寄り、私の肩を引き寄せ、私達はしっかり抱き合った。キスをする。暖かい手がそっと私の小さな胸に触れる。ベッドに誘われる。悲しみの中で私はベッドに横たわり、自分の手で愛撫するが、まるで彼が触れているよう。訳の分からない悲しみと孤独。タバコに火もつけずにフーと息を吐く。その夜のことを忘れまい。恋人が夜の暗闇の中、淋しい部屋に私と一緒に本当にいたことを、また想像しよう……。

翌朝ジェニファーはジューンと同室にされるが、寂しさは一層募る。

急にこの世でたった一人という気がした。もう一度子どもに返れるなら、今悩んでいるような問題は感じないだろう。日記を書いたりすることで心の平安が得られればいいのに。ただ何かを書き連ねているからって満足しているわけじゃない。絵も描かなければならない。時々失敗した

と思う。何か重いものがのしかかり、頭が締め付けられるようになるけれども逃げられない。一人でいること、個人であることが必要。この世に私だけが存在するって思いたい。姉はどうしてだか私に冷たくなった。あの子はまわりの生活になじんでいるのに、私はのけもので独りぼっち。もともと私がしっかりしてあの子から離れていたら、こんなことにはならなかったと思う。

その夜はジューンが優位に立っていた。穏やかで心安らかだった。夕方の施錠時間だけ収容者に許されていたことだが、温いお湯の入ったバケツに足をつけながら窓から外を見ていた。回廊庭園に春の花が咲き乱れ、中央の苗床にはアーモンドが植わっていた。今まさに花開かんとしている。ハヴァフォドウェストで過ごした月日、双子は美しいものすべてと縁遠かった。

冷えびえとして神秘的な夕べ。あの頃が懐かしく思える。去年のあの夏の日、純粋に幸福を感じた日のことを。カールを想い出す。一緒にタバコの煙をくゆらせたこと。意識が朦朧としたままあてもなく歩いたこと。群青色の空が広がり、私の心は落ちついてすっきりしていた。もし今自由の身なら何をしているだろう。恋人の腕に抱かれるわ、きっと。小鳥達、ツグミやスズメのさえずりが聞こえる。だんだん暮れてきた。夏の日の香りが蘇る。霧がかかったような、冷水がたっぷり入ったコップのような（ちょうど、今飲んでいるところ）。

ジューンは心穏やかに過ごしていたが、ジェニファーの存在を意識する時、必ず心がかき乱されるのだった。二人は内に秘めた考えに沿って振り付けをし、想像上の音楽にあわせて共に踊った。

あの子ではない誰かが欲しい。私のこと、私の気持ち、信念、私が誠実であることを分かってくれる人が。信頼しがいのある人が欲しい。私が何のために生まれたか理解してくれる人と一緒にいたい。一体何のために生まれたのか。どう人生を歩むべきなのか。到達点へ着いた時に、振り返って人生を悔むのか。ぜーんぶをすっかり変えてしまいたいと思うのだろうか。私が年をとっていいおばあちゃんになったら、きっとこう思うわ。別の道を歩くことも、違った方向へ進むこともできたはずなのに、もう遅すぎるってね。

ジューンは神秘の腕輪に目をやり、それからジェニファーを見た。もしここにペンチがあってこの腕輪を断ち切ることができれば、ジェニファーが私の人生にかけた呪いもどこかへ吹き飛ぶかもしれない。

本当にこの腕輪が悲劇の原因かもしれない。Jと私はいつもいつも仲違いしていたんじゃないでしょ？　そうじゃなくて、腕輪のせいで私の人生には越えられない壁が築かれたのかもしれない。そのために、人生が過ぎてゆくのをただ見つめるだけで、そこに飛びこんで充分に生きたいと感じながらそれもできず、孤独感に苛（さいな）まれているのだ。Jと私が両親と話せないのもそのせいかしら？　どうしてあの人達との間を断ち切ってしまったのだろう？　建物をぶっ壊すことも、これまでのことを全部しないで済んだのに。全てがただ幻だったらいいのに。この腕輪さえはめていなかったらこんなバカげた人生にはならなかったのに。

一方ジェニファーにとって、ジューンの優位を見ているのはたまらなかった。自分自身に厳しい掟を課してほとんど断食のような減食につとめたから、ジューンよりどんどん痩せた。しかし三月二十四日の水曜日、残念なことに固い決心が崩れた。なぜだか水曜日にいつも決心が鈍るのだが、今回は少々桁が外れていた。二回分の朝食を平らげたのだ。ポリッジを二皿、トースト六枚、ソーセージ二本と紅茶。「二日間断食をした」とジェニファーはその後書いている。「三日間しようと思っていたのに。悪魔め、あいつのせいだ」悪魔は昼食時にもジェニファーを誘惑し、とうとうボローニャ風スパゲティ、にんじん、ジャガ芋（横でみていたジューンは偽善的な姉さん顔で、自分の分もわけてやった）、スポンジケーキ、カスタードケーキと紅茶も平らげさせた。しかしその直後からジェニファーは良心の責めに苦しめられた。「自制しよう。心も身体も落ち着かせよう。取り乱したら死にたくなる。お葬式で誰も泣いてはくれまい。**ダイエットと食べすぎからか？　若者突然死。**やりたいこともしないで死ぬなんて」そこでジェニファーは翌日から再び断食を決行するが、数時間でふらふらに弱り、自滅してしまう。そのころジューンは裁判の確かな日程が分からなくて苛々し、気分はジェニファーと同じく最悪だった。

ところが不意にちょっとした変化が起こった。翌朝、庭で草刈り機の音がし始めたので、どの窓からも顔が覗いた。スキンヘッドの「強そうで、ひきしまった、男性的な」男が芝を刈っていた。他に背の低い若い男と五十歳くらいの男、そして当直の看守も一人いた。女囚達はうっとりした。これこそ人生だ。隣の房のアリソンは早くも窓を開けて、猥褻な言葉を投げかけている。「どんなエッチなことを考えてんの？　キスしてよ、ねえ」

年とった方の男が顔を上げた。ジューンはすぐに幼児虐待者か暴行犯だと思った。いかにも強そうな男は、血管を浮き上がらせて電動芝刈機を押していた。殺人者？　それとも性犯罪者？　名前の知れた人かもしれないが、ジューンとジェニファーにはよく分からなかった。看守は猥褻な言葉に耳を貸さず、また芝刈機をスタートさせた。ジューンはぞっとした。「あいつらは実際ものすごく大きいはさみやら熊手を使っていた。看守を殴って暴動だって起こせた。女囚ばかりのところではいとも簡単だ。主任は何にもわかっちゃいない」

窓から見ていると、三人の中で一番年とった男が窓際に近寄り、水仙の花をジューンに二本手渡してくれた。ジューンはそれを部屋のドアに吊るした。しかし芝刈機の音も刈ったばかりの芝の香りも、新たな絶望感を生み出す引き金になってしまった。

水仙のせいだ。この花のせいで哀れみとか憂鬱を無理やり押し付けられたから。誰が一体刑務所に入ってる時に、夏の音を耳にしたいというの？　自由な時にだって聞きたくもないのに。とにかく私はいや。夏が嫌い。毎年同じようなことの繰り返し、キャンプだとか登山だとか海だとか、それに幸福そうな人達（外見はそう見えるけど本当かしら）。ずっと前から計画したバカンス（これが悲劇や残酷な結果に終わるとも知らずに）に出かけたり。アイスクリームをなめている子ども達。ぶかぶかのマタニティドレスを着た女達。汗まみれで、暑くてたまらなそう。男達は短パンでシャツ、胸をはだけて日陰に。一年中が冬か、少なくとも秋ぐらいならいいのに。夏なんて本当に必要かしら。奇妙に思えるかもしれないけど。そうです。私こと西インド諸島の少女は、夏を憎みます。海岸に群がる奴らは大嫌い。ラジオから流れるディスクジョッキーの胸の悪くなるような音楽が耳についてしまって、何年か経ってからその音楽を聴いた時、「あの年の夏どうしてた？　八二年の夏、誰と一緒だった？」なんてばかげたことを言うのだ。最悪じゃない？　だっていま全人口の半数が離婚とか死、事故、殺人に出くわすのよ。いつもいいことばっかりじゃない。母親がいなくなるってこともあるし、家族がばらばらになるかもしれない。目が見えなくなることだって。夏にどういう意味があるかって皆考えなくちゃ。九月に向かって走るばかげた死のレースよ。無傷でもって静かな涼しい九月が迎えられる？　夏の大虐殺を生きながらえて、秋になって、発熱状態の額に雨の滴を受けて、涼しく感じられるだろうか。どんな幸運な家族が夏のキャンプを終え、九月の日々に向けて車を走らせることができるのだろうか。夏のおそろしく暑い日には、人間が皆地球を見捨ててしまったのかもしれないという憂鬱な思いに駆られる。太陽が地球に落ちて、人が逃げだしてしまったようなのだ。そうなったら私は独りきりで、カラカラになって、もう一人の私と出会う。彼女もおそらく私同様、独りぼっちだろう。裸足で日陰を求めて歩き、眠りたいが寝込んでしまいたくない。眠ればひっくり返ったへアドライヤーの中に入るようなものだから。シーツも燃えるように熱くて汗にまみれた身体にベタベタくっつくから、なるべくベッドの端に涼しい場を求めて足で探る。夜になっても太陽は照りつけるのをやめない。私は騒音に悩みつづける。幸福な笑みを浮かべた痛ましい人達を見ると、私は同情心で胸が詰まる思いだ。あの人達は諦めきっているのか。無意味な仕事に精出し、芝生を刈り、雑草を抜き、ビキニやムームーを着たギャルを見つめている。みんな夏の仕業だ。からかわれ、騙され、魔法をかけられ、毒されているのだ。希望とか暖かさを象徴する夏の光線が私には頭痛の種だ。サン・ローションを塗りたくったセックス狂いは大嫌い……。

夏に対するこの強烈な非難は三月に書かれていて、少し早すぎる感があるが、これを書いてからジューンは優位を感じるようになった。この優越感が原因となって翌晩の出来事が起きたのだ。その夜二人はしぶしぶ集会に出ることにした。六時になるとすぐBブロックのドアが開けられ、少女達はざわめきながら小さいグループに別れて集会室へ向かった。「ジューン、ジェニファー！」看守が呼ん

だ。「集会の時間ですよ。今日は出るって約束したわね」二人は集会にどうしても出なくてはならない時、集会室のドアの内側の壁際にあるテーブルにつくことにしていた。しかもどちらか一人が壁に向いて座る席を取る。ここなら誰とも顔を合わさず、背中を向けて座っていられる。今回はジューンが皆の方を向いて座る番だ。

ジェニファーはさっきからジューンの歩き方がとても遅いのに気づいていた。もう少し急がなければ、皆に背を向けて座れる席が取られてしまう。案の定二人が会場に入るとその席にはすでに他の人が座り、二人はやむなく部屋を横切って別のテーブルへと歩いた。その時ジューンが新たな闘いの火ぶたを切った。ジューンはジェニファーの方をまっすぐみつめながら、慎重に自分の椅子をジェニファーの後ろに動かして、自分も壁に向かうようにした。約束違反だ。ジェニファーはカッとした。ジューンが裏切った。怒りがこみ上げて頭がくらくらし、心臓の音が聞こえるほどドキドキした。首根っこを摑まえて椅子から落としてやりたい。しかしジェニファーは前かがみになってエドナ・オブライエン［アイルランド出身の小説家、劇作家、詩人、エッセイスト］の本を読むふりをしていた。ジューンも席についてジェニファーを睨みつけ、いつ仕返しが来るかと身構えていた。しかしジェニファーは怒りのためにかえって冷静になった。そして、この際静かにして、優位を保とうと決心した。こうして常につきまとわれ、監視されているのを感じながら、ジェニファーは、ジューンが自分を怖れていることが分かったのだ。恐怖でどぎまぎしながらあの子、怖いのだ。

ジューンの恐怖光線はまるで網のように私を襲う。分かってやってるんだ。知ってるのよ。私にできるのはただそれをぶった切るだけ。すごく弱いライバルへの復讐に燃える猫みたいに、私が闘って、叫んで、悲鳴を上げてるのを誰だって知っているわ。あの子は死ぬ、そして私は自由になる。そう決める。なんでも好きなことをして、本来の自分になる。自分の敵をやっつけたことが分かれば、もう自分をコントロールできる。誰にも分かるはずのことだ。心、魂、精神がすべてなんだから。あの子は怖がっている。あの子にだって分かっているのだ。ある夜、あいつのベッドに覆いかぶさり、紐で首を締める……。とっくにやってしまえばよかったのだ。そうしておいて過去を笑いとばし、あの子の墓石を踏みつけてやる。

ところが、翌日二人はまた元通りにすごした。

日が経つにつれ、二人は反省することが多くなった。過去を振り返り、自分達が口をきかなかった家族のことを思って、申し訳ない気持で一杯だった。母親のことも心配だったし、とりわけ自分達の将来を考えると不安でたまらなかった。「輝ける青春は終わった」とジューンは書く。

若い日がゆっくり遠のいてゆく。母のように年とった人だけが、私のことをまだまだ若い、これからよと言い続ける。本当に若いのかな。十七歳の頃は十八歳になることが怖かった。おそろしく歳をとるように思ったものだ。一人前の女なのにまだセックス経験なしだった。でも今やもうそろそろ十九歳なんて、おそろしい歳まで無駄に生きてきたと感じる。二十年間近くを。もうちょっと凄いことを今までにしておくべきだった。犯罪なんかじゃない。結婚や出産、世界中を旅行することだ。一人前の女にならなくちゃ。教会で結婚、そして出産、おまけに離婚までするかもしれない。赤ん坊がいて家があって夫がいれば、愛されていることが分かって安心だ。自分のことより子どもの将来が心配だわ、きっと。年齢のことなんか気にならない。私にいてほしいってたくさんの人が願うだろう。それからもし子どもが死んだり、主人と別れたら、聖書を読み返すつもりだ。薬漬けになっているか、逆に精神科病院で手伝っているかもしれない……。

四十歳になれば、家にいて窓の外を眺めてみたり、十代になったわが子を見守るつもり。だって、責任を果たした満足感で一杯のはずですもの。そのころまでに二冊くらいベストセラーを出して、この果てしない怒りや苦しみがその時こそ報われるのだ。神様のお恵みを。三十代も後半になった時に私はどうなっているのかしら。子どもがいないかもしれないし、精神科病院に入ってるかもしれない。両親は歳をとっていて助けてはくれない。甥や姪は思春期を迎えている。妹のロージーは二十代になる。私が犯罪を犯したこともすべて忘れ去られているだろう。Jはどこにいるかしら。ちょっと信じられないけど、まだ一緒にアパートに住んでいて、現実からの隠遁者になって本を書きながら過ごしているだろうか。ありとあらゆる治療をしてもききめがないだろうか。新聞の記事はどんなふう？　誰が首相？　ダイアナ妃の子どもがそろそろ学校へいくころだわ。それにあの人は女王になっている。その時にきっと思うだろう、人生最良の日々は今生きている毎日そのものだってことを。

グロリアから毎週届いた便りの中に、ジューンは嬉しい知らせを受け取った。『ペプシコーラ中毒』がとうとう出版されたのだ。獄中にいてものを書いているということでジューンは有名になった。判事がこの点を考慮してちょっと軽い判決が出るかもしれない。しかしジェニファーにこのニュースはなんら関係なかった。どっちみち裁判はまだまだ遠いことだった。二人ともひどく孤独で、誰とも友情を結ばなかったが、少し弱いアリソンが例外だった。しかしこの娘も他へ移された。誰一人友だちも出来ないなんてと罵りあったが、二人とも他の女囚と口もきいたことがなかったのだから、驚くに

は値しない。下品な三十女のモーリーンだけが二人に目をつけていたが、彼女でさえも何をしても反応のないこの二人をからかうのに、もうそろそろ飽きが来ていた。

双子は、以前は不成功におわった魔法を久しぶりにやってみようと決心した。だが、ハヴァフォドウェストですら見つかりにくい材料が、このパクルチャーチで見つかるはずもない。二人が気に入った見かけの少女がいたので、雑誌から指輪と腕輪の写真を切りとり、本物と同じ効果を期待してその子をこちらに引き寄せようと思ったが失敗だった。そこで二人は深い瞑想に耽り、呪文を唱えて、色々な娘と友達になろうとした。一、二度、この魔法が効いたようで、一人、二人の標的が話しかけてきた。ただそれに対して双子がすっかりどぎまぎして、返事をすることもできないほどうろたえたのは悲劇的だった。

ある時には瞑想が逆の効果を及ぼすこともあった。お気に入りの黒人の女の子についてジェニファーはこう書いている。「魔法の力であの女の子を操ることが出来る」ところがうまくいかないものだ。「あの可愛い子を引き寄せて話のできる仲間にしようと思ったのに、ぎりぎりのところで駄目になった。あの子はスタイアル刑務所［イングランド北西部チェシャーにある女性犯専用の刑務所］へ送られることになってしまった」

自分達が他の女の子にとってどんなに近づきにくい存在であるか、二人はようやく気づき始めていた。なんとかそんな自分達から脱したい。「神様がお決めになった通りの自分になりたい」とジェニファーは書いた。「今の名前を捨てて新しい名前に変えたい。新しい事を始めたり、鼻を変えたり、新しいヘアスタイルにしたり、いろいろなやり方で自分を変える人がたくさんいる。新しく生き直すために生活を捨て、遥かかなたの国へ逃げてゆく人もいる」

しかしこうした夢のような想いだけでは現実を打開できなかった。ある日双子はもう一度夜の集会に出席させられたが、皆から少し離れたお気に入りの席で、本に没頭していたのに、モーリーンのいやらしい関心の的になってしまったのである。「ちょっとそこのお二人さん。一体いつ、そのご大層な本を手に入れたんだい？」モーリーンはテーブル越しにこう言ってきた。スチームの効き過ぎた室内はタバコの煙がもうもうとしており、話し声はやかましく、看守三人はドアの横のテーブルで噂話に花を咲かせていた。双子は本に覆いかぶさるように下を向いていた。まわりは笑い声や冗談があふれ、言い争いやからかいが飛び交っていた。

モーリーンが本腰を入れて双子へ向き合おうとした時、別のテーブルでわーっと騒ぎが起こった。モーリーンは慌ててそちらへ走る。二十代半ばの混血の女、インディラが自分の産んだ子の自慢をしていた。「証拠があんのかよ」とモーリーン。「どうやってできたんだよ。キスしたからかい？」インディラは状況がよく飲み込めずに怖がっている。「なら見せてみな。妊娠線のあとを」モーリーンは前に出てインディラのドレスを引っ張って言った。下品な笑い声が広がる。「何度やったんだい？」誰かが口をはさんだ。「やらなきゃかわいちゃうよ……」話の調子の変わったことに気づいて看守達が間に入り、ようやくインディラを連れ去った。

ジューンとジェニファーは何ごともなかったかのように読書を続けた。ただこの小さな出来事は二人の性体験にまつわる想い出を引き出してしまった。ジューンは、うまく入るようにカールのものにブランデーをかけたことも思い出した。あの時でも喧嘩のようなものだったが、やりがいがあった。とにかくセックスした。それが今では、不満だらけの女で一杯の部屋に閉じ込められているなんて……。大抵がレズビアンで、実際の体験はないに決まっている。そうだ、あの人達、私に比べて進んでいるわけじゃない。成熟してるわけでも世慣れているわけでもない。確かにジューンは皆と同じかそれ以上の事を経験していた。だからここにいる鼻もちならない人達に、一つでも二つでも経験したことを話してやりたかったのに、いつも通りにそれが出来ない。舌は口に重くまとわりつくだけで、喋ろうとしてもただのキーキーという音にしかならないのが分かっていた。皆は振り向いて見つめるだけだ。

「満月だよ、今夜は。狂う日だ」皆窓に駆け寄って月を見た。私も、と思ったジューンを横からジェニファーが止めた。ジェニファーはジューンが渡したD・H・ロレンスの本を読んでいる様子だった。けれど本当に読んでいるのだろうか。身動きもせず、目も上げず、俯(うつむ)いたままだ。ジューンは気もそぞろで、おちおち読書などしていられなかった。

ページを繰ろうか。待て。繰るタイミングがある。部屋はシーンとしている。皆が話し始めてからにしよう。誰も私を見ているはずがない。私は人の目には見えない存在。私の格好をした像がページを繰るのだ。誰かがお茶を淹れてくれたので、手元に引き寄せて飲む。カップを持って、本に熱中するごく普通の女の子。干しぶどうが入ったケーキをひとかじり。口許を動かすのさえきまり悪いからよく噛まないで食べる。幸せそうにクチャクチャやるのを見られることは絶対にない。水みたいにじゃまくさいっていう感じで流し込む。噛まずに飲み込むことにしている。気だるそうにごくんと飲み込む。しかめつらをしてひどい様子。私もJがどう思っているか知りたくて、いつだって様子を窺っている。今怒っていて、キーキーして爆発寸前。すごく自制して痛々しいほど。

「あれはどの位大きくなったの？　さあ言って。黒い美人さんよ、誰とやったのさ」モーリーンは、インディラをからかうのも月を見るのにも飽きて、また双子の方に寄ってきた。その時ジェニファーが読んでいた本から便箋が落ちた。ちょっと傾き加減のきれいな字で埋まっている。あいだにスナップ写真が見えたので、モーリーンは写真を引っ掴むと皆に見せてまわった。十八、九のガーナ人の青年マークは、ジェニファーがペン・パル雑誌に出した広告に最初に返事をくれた人である。七九年にイギリスに来てサリー州のオールド・ウォキングのレストランで働いていて、シェフになることを夢みている。二人は、かしこまった、ていねいな手紙を交換していて、ヴィクトリア朝のやかましい親の許可をもらってからデートしていてもおかしくないほどだった。二人は結婚の約束もしていた。ジェニファーにとって結婚こそ長年の夢だったから。しかし見たこともない人と結婚の約束をすることがこの自由な時代にあって正しいかどうか、ジェニファー自身にもよくわからなかったが、彼のことを信じていたし、夢を膨らませてもいた。彼はD・H・ロレンスの小説『大尉の人形』の主人公に似ていた。外国で育ち、謎めいて、しかも魅力的なあの男のように。

物語を読んでマークのことを考えた。本当に愛しているのかしら。会ってみたい、いつかきっと会おう。素敵なカップルになれると思うわ。獅子座だから私のことを好きにきまっている。獅子座の人は必ずアーリア人を好きになるもの。キスをして、愛しいマークって言いたい。手を握って話をしたり、笑ったり、愛しあって、セックスすることを夢みる。

「ねえ、ねえ、お兄さんだなんて言わせないよ。ちょっとひ弱な感じだね」とモーリーンは大喜び。入所以来ポーカー・フェースの二人にちょっかいを出したくてたまらなかったのだ。喋るかどうか見ものだ。だが笑いものにされたジェニファーは自分の殻に閉じこもったので、ジューンは内心喜んだ。「フィアンセ」のマークと結婚したらと妹に言いながらも、羨ましい思いで一杯だったからだ。この件については姉らしい関心を示しながら妹にアドバイスをしていた。いつか会ってみなくてはとか、刑務所や病院に長年閉じ込められてしまうようなら、この話はつぶれるかもしれないと脅かしたりしていた。

「会ったことないの？　想像の人ってことないよね。ここに来させればいいのに。ここが気に入るわ。ねえったら」いやらしいことをいくら言われようと、ゲラゲラ笑われようと、マークとの清い愛は変わらない。けれど、訪問してもらうなんて考えたこともなかった。ここで会うなんて？　そんなこともできるのなら考えてみよう。

一週間後の昼食前にジェニファーがベッドに寝転がっていると、看守が手紙を持って入ってきた。

心臓がどきどきしている。すぐにマークの字だと分かった。友情を続けたいって心を込めて言ってきた。私もぜひそうしたい。けれど心配でたまらないとも書いてあった。何ヵ月も私から手紙が届かなかったし、二人の間がおしまいかと思ったみたいだ。私の手紙を見て驚いたようだ。確かに私の字なのに切手が貼ってなくて、政府のゴム印が押してあったものだから。読んだ時とても心配になったと書いてきた。罪を犯して拘置所にいれられてるんですもの。どうか自由をと神に祈らなくてはと、彼は真剣に言っている。「求めよさらば与えられん。叩けよさらば開かれん」この文句がどこを探せば見つかるかも書いてあった。マタイ伝七章七節。感謝している。この夏マークは二十二歳になる。だけど歳のことはどうでもよい。大事なのは愛だ。私は今マークを愛していると感じるが、会えばいっそう愛するだろう。どれだけ待たねばならないだろう。何か安心できる保障がほしい。マークなら与えてくれるわ。愛するマーク、いつか結婚しましょう。立派に結婚式を挙げましょう。刑務所でも式は挙げられる。大丈夫、なんてことはない。とにか

――く妻になれるんだもの。誰かの妻に。

ジェニファーがカールとの想い出やマークとのこれからの日々を胸に描いて過ごしていた時、ジューンは自分の人生からジェニファーを抹殺しようと考えていた。何もかもあのいやな子の責任だ。こんなところに入れられたのも、家族や友達から引き離されてしまったのもあの子のせいだ。パクルチャーチでの生活を重ねるにつれて、ジェニファーの力で心も気持ちもがんじがらめにされるような気がして、その執着心の強さに恐怖さえ覚えるようになった。

双子は息のつまる小部屋に閉じ込められたために、力関係をめぐる争いはますますエスカレートした。まるで敵同士の二隻の潜水艦のように、潜望鏡をお互いに向けながら、似かよった航路を進んでいた。ただし艦長の命令は正反対だ。パクルチャーチのスタッフは双子の奇妙な行動を、一つの心が二つの肉体に別れてしまったからだと考えていた。しかし、この二人が何もかも同じように動いてしまうのは、まわりの世界を相手に二人が闘った歳月の生みだした結果に過ぎない。二人はまったく同一の人間に見えるような技術を習得したのだ。双子自身もお互いの心の中が読みとれると信じていたが、心の中を深く探れば探るほど、二人の心は別々であることが一層はっきりした。

二人の外見はそっくり同じであったにもかかわらず、二人はまったく異なった人間だった。ちょうど双子と他の人々とが違う人間であるように。二人は常に監視しあっていたが、よく相手の動きを誤解したし、相手の考えていることをいたずらに大げさな筋書に変えることがしょっちゅうだった。二人の間で闘争が今まさに始まらんとしていた。

p.6.
Jermaine: "your — your twins!?"
Elisabeth: "yes, and now you have to decided which one of us is yours."
15.
I — I just couldn't get it into my head. They were twins and now I had to choose one of them for my girlfreind.
Jermaine: "Elisabeth — Lisa, I — I don't know what to say."
Elisabeth — Lisa. "Then you shall just have to have us both Jermaine!"
I looked goggled — eyed at the pair of them.
16.
Lisa: "Your not my type."
I turned to look at Elisabeth and I knew I was home and dry.
17.
Panel. On our way home.
We stood beaneath a street lamp..
18.
Jermaine: "How will I know it's always you Elisabeth?"
Elisabeth: "That, Jermaine.. .... I'll leave up to you."
"ENDS".

「双子のうちのどっちが僕を好き？」（ジェニファー作）の最後のページ。

第八章　私の影

私のように妹にひどい目にあわされている人はいまい。夫に苦しめられる。それならありうる。妻でも同じだ。子ども、そう、それもある。だが私のこの妹ときたら、私から太陽の光を盗んだ暗い影だ。私の一つの、たった一つの厄介者だ。

ジューン・ギボンズ

一九八二年の四月初め、眠気を誘うような日曜日の午後のことだった。パクルチャーチのスタッフは長い昼休み休憩中で、A棟の収容者は、面会人がいる数人以外は自分の房にいた。珍しく静かだった。空一面にどんよりとした雲が広がり、双子の部屋の空気もよどんでいた。スタッフが足りない日は部屋に長い間閉じ込められ、囚人達の自由にできる時間が増えた。先ほどから二時間余り、双子は手許の本越しにお互いを監視しながら身動きもせず座っていた。どちらも口をきかない。ラジオから前年の夏に流行った歌が流れていた。時が二人の心に重くのしかかる。パクルチャーチに入れられてそろそろ六ヵ月になるが、前日ようやく分かったことは、裁判が少なくともさらに一ヵ月延期されたことだった。

双子の関係には今、危険信号が点灯していた。二人の動作の一つ一つが対立をエスカレートさせたから、緊張がいやが上にも高まった。その日の昼食時にジェニファーは二人分の食事を食べなければならなかったのに、約束を破って食べなかった。お腹が一杯だったのだ。二人がぶつかりあうのは避けられなかった。ところがぎりぎりのところで妥協が成立し、ジェニファーがジューンのジャガ芋を食べ、反対にジューンは相手のライス・プディングを食べた。しかしだからといって平和が長続きする保障はどこにもなかった。

今、わずか二フィートだけ離れて相対する二人も、いよいよ闘いが最終段階に入ったことを感じていた。次の手を考えながら、ジューンは日記を書いていた。ちょうど一週間すれば十九歳の誕生日だ。なんだか若さが失われる気がしてならなかった。

「ここに、もう一ヵ月、二ヵ月、六ヵ月、いえ、もう一年もいるかもしれないんだわ。それだけ日が経てば、聞きなれた声の主がいなくなるかもしれない。新しい人が来れば今までと違った雰囲気が漂うだろう。夏、冬が過ぎてまた秋が来ても私はまだここにこのまま」

毎日二人は、相手に対する感情や、ここに閉じ込められていることをめぐる思いを日記の中で分析しているが、それはいかなる精神医学報告にも勝る明快さを備えていた。一九八二年の四月と五月にかけての二人の日記は秀逸である。

ジューンは格子窓から中央花壇の小さなアーモンドの木を見ていた。

あのアーモンドの花が急に落ちてなくなる光景を思い浮べる。その木を見上げて、茶色に枯れた花が根元に落ちてしまったのを確かめる。その頃私はもうここにいないはず。いまいましいことだ。このまま目をつぶって夢を見続けよう。寝ている間に冬がやって来て、部屋の壁に冷たい太陽の光が差し込む。あのピンクの花びらがある日茶色に変色する。寒い風の吹く日、私はまだずっとここにいて、罰せられる日を待ち続けている。私の年齢、狂気、姿、怒り、その全てを裁

いてもらうのを。今はただあるがままに人生を受け入れようとしている。疲れ果て、悲嘆にくれ、極度に緊張し、寂しくて、怒りを感じながら生きていこう。自分自身と私の魂に、また日記さん、あなたにも尋ねてみたい。いったい私やJの問題に解決の道があるのか？

ラジオから聞こえる音楽にジューンはうんざりしていた。ウェルシュ・フックのあの夏の日のざわめき、思い出。ジェニファーは身動きもせず本を読んでいる。あの曲が分かれば気分が変わって、私のことや過去の日々が羨ましくなるはずだ。ジューンは局を変えたかったが、敢えて動かなかった。ジェニファーは音楽に気がついていたが、ジューンが明らかに動揺しているのを静かに眺めていた。「ラジオを消したいんだわ。たいした思い出がないから、振り返りたくないんだ」そう考えてジェニファーは本を読み続けた。それは宗教パンフレットの『毎日を大切に』で、グロリアが送ってくれたものだった。しかし実際には宗教的な考えが心の中を占めていたわけではない。「アンダー・ミルク・ウッド」のパフ氏［一九五〇年代にBBCラジオで放送されたウェールズ人ディラン・トーマス作のドラマ。パフ氏は横暴な妻の毒殺を計画するが実行できない］のように、ジェニファーも面倒な人生の相棒をどうやって消そうかと静かに案を練っていたというわけだ。

ジューンにはもはや寛大さは微塵もなかった。妹を見ていると、何かされるような気がして手足が麻痺してしまうように思えた。唇も舌も麻痺し、身体全体の感覚がなくなってしまう。唯一、直感力だけははっきりしていた。ジェニファーはありとあらゆるやっかいごとの原因だ。親や外界との間を切り裂いたのもジェニファー。法廷へ出たらどうなるだろう。ジェニファーが再び勝利して、私達は一言ものを言わず内に閉じ込もり、ゾンビのように行動するのだろうか？

ジューンは主役になりたいと思っていた。どうして一人で歩き、話し、判事と向きあえないのか。

法廷内に響き渡る自分の声を想像した。髪を上げ、眼に光りをたたえ、フレアスカートをはいてエレガントに装えば、会う人が皆、生き生きした素敵な人柄を誉めることだろう。堂々と意見を闘わせて自分の問題についても説明できるだろう。悪魔のようなもう一人の自分のために、どうしてここに閉じ込められたのかという事を。その時片割れは側にいないから私を打ち倒す心配もないし、人生に挑戦するのを妨害したり、栄光の一瞬を打ち砕くこともない。首をぐっと突き出し、猫背気味で不機嫌な眼をしたあの妹が、両親を傷つけたり、判事や弁護人、看守を怒らせたりすることもない。もちろんジューンは判事を責めるつもりはなく、何もかもあの妹がやったことだと説明するつもりだった。二人の間の対立と闘争についても話そう。きっとすっきりするだろう。この十九年間ずっと拒んできた世界、自分のことを受け入れてくれなかった世界を一気に抱きしめよう。しばらくの間ジューンは自由に酔った。

その時ふとロッカーの鏡に映った自分の顔を見てしまった。もう一度よく見ると、鏡の中の像が確かに変化したように思えた。なるほど外見は同じだが眼が違う。ぎらぎらして鋭い目付きだ。口を見る。唇の端がゆがみ嘲(あざけ)るようににやっと笑う。しかしジューンは口も動かしていないし、笑ってもいない。私の顔じゃない。ジューンは恐怖に慄いた。鏡の中の顔はにやにや笑いから歯をむき出した笑いに変り、ジューンは確かに妹がゲラゲラ笑う声を聞いた。しかしこの時ジェニファーは顔も上げず本に向かっていた。実際には読んでいなかったのかもしれないが。

ジェニファーの首の血管がどくどく脈打っているのが見えた。ジューンはぞっとして全身に鳥肌が立った。ロッカーの上を伝ってゆっくりラジオに腕をのばし、図書館の本が積みあげてある上に触れる。しばらくそこでじっとしていて、やおらラジオに手を伸ばす。ついに我慢できなくなってチューナーをぐるっと回し、他局に変えた。

ジェニファーはこれをきっかけに行動を開始した。ジューンが鏡を覗き込んでいる間に態勢を整えていたのだ。ジェニファーは椅子を少しジューンの方に近づけ、本を膝に落とすと、ジューンの椅子をぐいっと後方に引いた。怒ったジューンが振り返ったところに、椅子を引っ掴んでジューンの顔に押し付けた。

「売女(ばいた)！」ジェニファーが叫ぶ。

「悪魔！　魔女だ」とジューンも怒鳴り返した。「嫌いよ、ずっと憎んでたわ」

ジェニファーは勝ち誇っていた。ジューンの心をかき乱そうとしてからかい始めた。「魔女が売女を殺すのさ。私しゃおそろしい魔女だよ」

今やジューンが鏡の中に感じた悪魔の力が部屋中に満ちていた。ジェニファーが力を奪い返し、全てを支配したように見えた。椅子で殴ってジューンを気絶させ、枕で窒息させて独房に火をつけることだって出来る。すべてが灰と化し、ジェニファーだけが生き残るのだ。

ジューンはバケツをジェニファーにむけて投げつけた。「静かにして。聞こえるじゃない、話してるのが」とジューンが叫んだ。その時ジェニファーは、普段から気になっていた喉のつかえがすっとなくなった気がした。内から突き上げる憎しみの感情が、声を自由に出させるようだ。「いいじゃない。聞かせてやろうよ」と怒鳴り返す。その時にはもう椅子を下に落として、手でジューンの首を締め付けていた。

独房のドアが開き、ミセス・マードックと巡回看守がどっと入ってきた。取っ組み合いをしている二人、引っくり返った椅子、水びたしの床、ヘビのようにぐるぐるまきになった緑色のベッドカバーが目に入った。古参の看守がジェニファーの腕を捕まえ、部屋から引きずり出した。巡回看守の方はジューンの肩を捕まえて二段ベッドに押し倒した。

「この子を隣りの部屋に入れて」ミセス・マードックが低い声で唸った。だが、ジューンはそれで引き下がるような子ではなかった。このままニコニコしてジェニファーを新しい部屋に行かせるものか。看守の手から身を振りほどくと、またジェニファーに襲いかかった。妹の顔を引っ掻くために右手の爪をのばした時、看守が腕を後ろに捻(ね)じ上げたが、その時にはすでにジェニファーの頬は血濡れていた。

ジューンは独房に一人残された。次第に怒りが収まり、心が虚ろになっていた。ベッドに横になると空っぽの上段に目をやった。妹を許す気にはなれなかったが、夜を独りで過ごすのは嫌だった。二人ともひどく傷ついたが、誰もそれを理解できず、助けになることも出来なかった。泣きたい思いだ。たった数時間前はあれほど苛々の種だったのに、今はラジオを聴いて心が休まるのだった。レオ・セイヤー「イギリスのシンガー・ソングライター」の「恋をしたことがある？」を聞くと、ジェニファーのことが想われた。日記を書きつけるほかなかった。

Jと私はまるで恋人同士。愛憎関係。あの子は私のことを弱虫と思っている。どんなに気にかけているかなんて知りもしない。そう思うと私は余計弱くなる。強くなってあの子とちゃんと別れたい。神様助けて。本当に困っています。Jともう一度仲直りできるでしょうか？　本当に一人でいたいのです。だけど、こう言いながら不安でたまらない。私は一人でやっていけるのか、誰か話しをする人、友人が必要。Jのベッドは空っぽ……。私のところへ戻って来たいってベルを鳴らすかしら。今はもう胸がどきどきしない。Jが側にいる時はいつだってどきどきするのに。

姉の嘆きが聞こえてでもいるように、ジェニファーは向かいの六号室で満足してにこにこ笑っていた。前にこの部屋にいた囚人が、窓のところにトランジスターラジオを置き忘れている。すっかり自由になってのびのびしたジェニファーは、ラジオのチューナーを回してオペラを聴いた。風呂にも入ったし、顔も消毒してもらった。ジューンがつけた傷はまだ生々しかったが、その痛みはむしろ気持ちよかった。傷跡が残ったところで何ということはない。今までにジューンが私の心に残した傷が、目に見える証拠になったのだ。闘ったことも、その結果今独りきりというのも嬉しかった。ジューンは自分のしたことを悔やんでいるかしら。早く帰ってほしいと思っているだろうか。しかしジェニファーはすぐに姉を許す気持にはなれなかった。

いつもすぐ許してしまう。今までずっと同じことの繰り返しだった。喧嘩して、すぐまた仲直りする。私の寝室は血のしたたる部屋だった。Jと私は成長するのかしら。成長というか、おそろしい女になるというか。私のために祈って、日記さん。私が元気でいられるように。愛をこめて、ジェニー

追伸、十八歳最後の日曜日。なんと残酷きわまる世界。

翌日ジューンはジェニファーを傷つけた始末書を書くようにいわれ、二ポンドの罰金を科せられたが、午前中に二人は元通り一緒にされた。ジューンの日記。「Jも私もまた一緒になった。もう喧嘩はなし。今日は私が二食分食べた。献立はシェパード・パイとキャベツ、ライス・プディング。Jはライス・プディングだけ食べた」

誕生日休戦が開始された。二、三日はうまくいって双子は和やかに過ごしている様子だった。ジェニファーはペン・パルのマークから手紙を受け取る。そこには、バラの花のように若く美しいあなた

へと書かれていた。二人は会ったことがなく、マークから最後の手紙が届いたのはもう何ヵ月も前だった。その時ジェニファーは嬉しくてたまらず、受けとった手紙にふさわしい返事を一生懸命に書いた。しかし手紙が届いたその日、ジェニファーが見たネズミの夢の解釈は「誰かが騙している」だった。マークに限ってそんなはずはない。「今はただ用心深く進めよう。マークを信じていないからではない。うまくいけばあの人は私の夫になるだろうと思う。そうそう、個人的なことも尋ねなくてはならない。マークは性の経験がないのだろうか。こんなことを手紙でいきなり書くのはどうかしら。ここには知りたがりの看守が何人かいるもの」

いろいろ迷ったあげく、ジェニファーはマークを拘置センターへ招待することに決めた。実際に彼は来なかったが、大判で真紅の地にゴールドのバラ模様の誕生日カードを送ってくれた。

同じ日ジューンは所長に呼びだされた。所長の机には待ちに待った本『ペプシコーラ中毒』が置いてあった。光った青いカバーには、コーラを飲んでいるアンチヒーロー、プレストン・ワイルディ＝キングが描かれていた。嬉しくはあったがあまりよくないと思った。私ならもっと上手に描けるのに。見返しに載っている親指の爪くらいの自分の写真を見て、もうすこし魅力的な写真だったらいいのにとがっかりする。しかし本は確かにここにある。本物だ。作家の説明もある。もう一度じっくり読みかえしてみて、舞台をカリフォルニアにしてヤンキーを使ったのはまずかったかしらと自信が揺らいだ。アメリカ人が読めば嘘っぽく感じるし、やはりイギリスを舞台にしたイギリス人作家の本を読みたいと思うのではないだろうか。

いままでにパクルチャーチの収容者から小説家が出たことなどなかったから、『ペプシコーラ中毒』は大変な騒ぎを引き起こした。それまでの成り行きからいえばイースターの期間中ずっと停戦することも夢ではなかったのに、この本の出版で双子の間の微妙なバランスが簡単に崩れてしまった。ただジェニファーにはマークとの交際があり、二人にとっての共通の楽しみは、イースターの土曜日、ちょうど二人の誕生日の前日に両親が訪ねてくれることだけだった。

双子の家族がここパクルチャーチにやって来るのはいろいろめんどうで時間もかかったので、そうたびたび面会に来ることはできなかった。その日オーブリとグロリア、赤ん坊のヘレン＝マリーをつれたグレタ、妹のロージーは、揃って早起きをして鉄道に乗った。西ウェールズの海岸線を大きくまわって、スオンジー、カーディフ経由でブリストルへ着く。そこからはタクシーでパクルチャーチのあるエイヴォンの田舎まで約十マイルの距離だった。拘置センターに近づくとグロリアは刑務所のような高い壁や有刺鉄線のフェンスを思って気が滅入る。門のところで面会人は一度に二人、時間は十五分間、子どもの入室は禁じられている旨、看守から説明を受けた。おとなしいというか、どんな時にも苛々しないオーブリは不平も言わずこの説明を聞き入れ、グレタとロージーには赤ん坊と外で待つように言った。中へ入った二人は名前が呼ばれるのを待ち、順番が来ると十数個のテーブルがある面会室へと向かった。

しばらくして双子が腕を組んで入って来た。席に着くと下をむいて時々ブツブツ呟く。グロリアは懸命に一方的な会話を続けた。ジェニファーのほっぺたの生々しい引っ掻き傷にも気づいた。二人はよく喧嘩をしてはこうやって引っ掻き傷をつくったものだ。しかし刑務所の中で二人が喧嘩をして傷つけあうのを看守は止めないのだろうか。それでも傷については一切触れずに、母親は近所の噂話や洋服のことなど、話が切れないように喋り続けた。

オーブリの忍耐には限度があった。ぶっきらぼうに二言三言冗談まじりに話しかけたが、双子からは何の反応もない。面会は成功とはいえなかった。オーブリは、手紙で頼んできたブルーのフレアスカート、Tシャツ何枚かとスニーカーの入った茶色のカバンを所在なくいじくっていた。気分の滅入るこの訪問を活気づけたくて、洋服、グロリアが誕生祝いに買った銀の十字架、箱入りチョコレート、イースター・エッグを差し出す。それを見て二人はパッと眼を輝かした。ところがさっと駆け寄った看守がその祝宴を台無しにしてしまう。

「困ります」と看守はオーブリに説明した。「これは全部、お持ち帰りください。許可があるもの以外一切持ち込まないようにして下さい」オーブリは、仕方ないさと肩をすぼめ、カバンにすべて収め始めた。

「あなた達もあらかじめ予約しなくてはだめよ。要求書に書けば次回からはご両親に持ってきていただけますからね」

「でも明日はお誕生日でそのプレゼントなんです。どれか持たせてやって下さいません?」グロリアが頼むと看守は答えた。「じゃあ、チョコレートとイースター・エッグを。でもこれは特例で今後は一切だめですよ。申し訳ありませんが、もう時間です」控え目に別れを告げて、グロリアとオーブリは黙って立ち去り、ウェールズへ戻った。その日の訪問はいかにも悲惨なものに思えたのだが、実際にはジェニファーは日記に次のように記した。「びっくりするほど嬉しいことがあった。両親が訪ねて来てくれたのだ。こんな嬉しいことはない。十九歳になるまでに何かすごいことがあればいいなあって思い続けてきたが、その通りになった」

二人の誕生日はイースターの日曜日だった。朝、看守が家族からのカードを持ってきてくれた。両親が持ってきたお菓子がベッドの上に並べられて、誕生祝いの準備が整っていた。今日ばかりは女囚達がドアの隙間から覗き、バースデーカードやお菓子を見て羨ましそうにしているので、二人は鼻高々だった。キャシーという女の子は泣きながら入ってきて、妊娠したことと、以前両親が面会にきた時にお菓子を持って来るのを忘れたと訴えた。ジューンはこれを聞いてとてもかわいそうに思い、チョコレートをやる。その後でインディラが入って来て、金色の紙に包まれた菓子をじろじろ見ていたが、一つどうと勧められると食べる。それまでは他の女囚と同様に双子達をとても無気味だと感じていたから、部屋に入るなどとは思いもよらなかった。ただ今日はキャンディの魅力に打ち克つことができなかったのだ。

「いったいどうして私達には友達ができないのかしら。なんとか他人との柵を越えられないかしら。グループにもどうして加われないのだろう」とジューンは反省している。

自由で、幸福で、私のなりたいような十九歳にどうしてなれないのかしら。隣りのキャシーを頼って、あの子の後についているのが一番だ。話したり、笑ったりしてみよう。集会だって怖くない。テーブルについてグループに加わる。私はJと別の道を行こう。すべて私の気持と潜在意識次第だ。私自身が敵意をもって接しなければ皆も好意的になるだろう。Jがいなくて私一人なら友達ができるだろう。多分ここで、お隣りの人と。誰もが私に慣れて、友人同士として往き来できる。食堂で食事もしよう、運動も楽しんでやろう。積極的に集会にも参加しよう。人生、恐いことばかりじゃない。

しばらくすると、黙っている双子の周りには、お菓子を食べながら噂話に興じる小さいグループができた。しかし会話は続かなかった。「言葉に詰まって困ってしまった」とジェニファーは思い出している。部屋に来た女囚達は落ち着かなくなり、うろうろし始めた。ジューンとジェニファーを放っておいて、チョコをかじったり、プレゼントの新しいスニーカーを試したり、踊ったりした。二人の

休戦は続いていた。その日一日は何も怖れずに、休戦地帯で落ち合うことができた。しかしそれもすぐに終りを告げた。
「さあ出てらっしゃい。二人とも」ミセス・マードックが叫ぶ。「そんなに運動しないと便秘になるわ。消化にも悪いし、健康的じゃない。さあ歩きなさい」
双子は無理やり運動場へ出された。拘置中の囚人には運動や集会参加を拒否する権利があったが、双子は一日二回三十分の運動時間には、他の囚人に混じって参加するよう看守に強制された。外は寒くて霧が出ていた。ジューンは何とか歩き続けたが、ジェニファーはジューンと歩調を合わせることを拒否して、二、三歩後を足を引きずって歩いていた。ジューンは大変な剣幕で書いている。

あの子は私と一緒に歩こうとしない。苛々する。もう嫌だ。全然口をきかない。ロボットが二ついるみたい。あの子から逃れたい。眼の前であの子が駄目になってゆくのを見るに忍びない。気分がすぐに態度に出る。私はあんなことはない。もっと自覚している。あの子の心理状態を考えると裁判が怖い。私を必ず貶(おとし)めるに決まっている。どうせ恐ろしく不格好に被告席に着くだろう。内気で偏執的な顔つき、膝をちょっと曲げて、首を突き出し、セーターの前を引っ張りながら。私はあの癖を何年か前にやめた。やめるようにあの子を説得することも出来ないわけじゃない。マークがかわいそうだ。ジェニファーのこと、背すじをのばした、笑顔の美しい、若々しくて前むきの、お行儀のいい娘さんって信じてるに違いないから。けどここにいる本物のジェニファーときたらどうだろう。おどおどして、人の眼を気にして。

いつものことだが、双子の一人がもう一人を観察すると、嘘と偽りばかり目につくのだ。ところが鏡に映った自分の顔を見ると、相手の欠点が全てそこにもあることに気付く。そこで次は理想像を追い求め、ひたすら羨むことになる。グレタ・ガルボやオードリー・ヘップバーンのような物腰のやわらかな表情の若い乙女を夢みながら。ジューンは新たな自信を得て、これまでになく厳しくジェニファーを批判するようになり、それまで他人に向けていた沈黙という武器をジェニファーに向けようと決心した。姉妹がそこまで徹底してやりだしたのを知って、スタッフは驚きながらも訳が分からなかった。

運動時間の後、双子は部屋に戻り、一言も口をきかず、各々の日記に悪口だらけの、相手を打ち負かす文章を書き連ねた。こんな中でジューンは他の解決法はないかと考えていた。二人のうちどちらか一人がいなくなればどうなるだろう。どちらが劣っているとか支配されているとかを考えることもなくなる。二、三フィート離れたところにいるジェニファーの様子を見ながらジューンは書いている。

寒い夜。Jはあわれな売女。どうやったら殺せるか。たった今もつまらないことで口喧嘩している。本のことが羨ましいのかしら。あの子を救い出してやりたい。一人がもう一人を殺そうと企（くわだ）てている。肌寒い夜、ドサッと頭から落とす。死体を引きずってこっそり墓を掘る。ジェニファーも陰謀や悪だくみを企てているから私は危険な立場にいる。すべてはどんなふうに終わるのか。十九歳の私はあの女から独立したい。今は半ば奴隷だもの。この独房をうろつくあいつは、私の魂から離れてくれない。

二人は運命の定めた決定的な敵同士。お互いの身体から刺激的で命にかかわる放射線を発するのが分かる。それで相手の皮膚をやっつけるのだ。二人が二人とも陰謀を企てているが、いったいどちらが勝利するのか？　長すぎた闘争のクライマックスはいつになるのだろう？　今夜？

明日？　それとも日曜日？　刻一刻、運命の日が近づいている。死が切迫している。夜の闇に忍び寄る手、悪魔の企て、血、ナイフ、切り裂き魔……。どうやったら自分の影から逃れられるの、と問うてみる。できるかできないか？　影がなくなると私は死ぬの？　それとも生を得るの？　ますます状態が悪くなるのか、その逆か、どちらだろう？　悲惨、詐欺、殺人の顔をもつ私の影がいなくなれば、自由になるのかそれとも見捨てられて死んでしまう？　頼りなくて寂しい？　あるいは力が満ちて来るように感じる？

ジューンは憎しみを心の中で膨らませたが、実行する勇気はなかった。ジェニファーはジューンが何を考えていようと平気な様子だったから、ジューンの勇気は打ち砕かれた。しかしジューンは妹の心を読み違えていた。ジェニファーがひたすら穏やかに落ち着いて見えたのは、ジューンの恐ろしい挑戦に気づいていなかったことに尽きる。ジューンがためこんでいた憎しみや抑圧された苦悩を気にもとめていなかったのだ。ベッドに隣りあわせで眠る恋人同士のように、近しいがゆえに話しをしなかったために、誤解の溝が深まったといえる。しかし怒っているうちにジューンにもだんだん訳が分からなくなった。

あの子は保釈されたり、他の刑務所に移されたりする資格がない。閉じ込めておかなくてはならない。鍵をかけて、私からも他の女の子からもマークからも遠ざけて欲しい。あの激しやすい売女を誰がなだめられよう。憎しみに満ち、自分の容貌についてばかげた妄想に取り憑かれたあの子。ずっと飢えているか、食べすぎの両極端。神様、あの子をお助け下さい。いえ、そうじゃありません。私を助けて下さい。あの子は私より十倍もひどい女です。あの愛しいカールが教え込んだのです。カールはあの子が好きだったから、いつだっていやらしい呼び方をしては、あの子を好みの女に変えようとしたのです。私があの子を愛するかって？　ああ、イエス様、何とつらい質問をなさるのでしょう。「あの子を憎んでますか？」っていうのはどうですか。まだまだ足りません。チャンスさえあれば殺したいか、っていうのはどう？　ミルクにモルヒネってのは？　こん棒で頭を一撃？　心臓を一突き？　私は殺人者志望の女。しかし本当はノミ一匹殺せない。でもJならばやっつけられるかもしれない？

ジューンは行き詰りを打開するため、ジェニファーをわざと追いこんで自分に挑ませようとした。そうすれば看守達が二人を別けるだろう。ジューンはジェニファーに嫌がらせをして怒らせるのに成功した。「またあの年老いた狂暴な女が姿を現した。私はジューンの小さい頭をぐいぐい押さえつけた。するとあいつは私の手をぎゅっと摑んだが、最後には首を締めにかかった。私は大声で叫んでやった」ジェニファーは日記にこう記している。

ジェニファーは引きずり出され、別室へ移され、翌日二ポンドの罰金を払わされる。二人とも始末書を書かされた。ジューンは満足していた。ほぼ勝利と言えるが、しかし長くは続かない勝利だった。もう一度部屋に独りきりになると、ジューンは自分の運命について考えてみた。

一九八二年四月二十一日、私の胸の内に潜む問題が膨れ上がり、炎のように心の中でめらめらと燃える。打ち上げ寸前のロケットそのままに。自由になりたい。しかし、私は今自由ではない。人生の痛みを感じ、疲労を重ねて、安らぎを求め続けている。というのも逃れたいと願い続けてきたからだ。けれど、一体誰から、何から逃れるというのか？　苦痛から解き放たれ、重荷から解放されて何事もなかったような平凡な生活を求める無責任な人生。希望ってものは最後はいつだって廻り廻って自分に害を及ぼすものだ。とにかく今の生活は嫌い。今の生活を自分で操っているって言えるかしら。だって自分で操ってなんかいないもの。目に見えない糸に操られている。一体誰に？　何に？　過去の日々か。ある一つの力により？　私はただの傍観者だ。いえ、傍観者ならただ見守るだけだが、私には苦しみがつきまとっている。たまたまひどい喧嘩の場に出くわすと、面白いものが見られたと嬉しく思う。しかし一人の傍観者としてなら、どちらか一人に肩入れして心から同情すると思う。だってどちらか一人は負けるのだもの。その人を何かの物語の登場人物のように見ている。負けるために生れてきた人達。同情に値する人。ただし読者の同情なんてものは、薄く広く他の登場人物にも振り向けられるものだ。ヒロインが苦しんだなんて誰にも分からない。深い色をたたえた思慮深い眼、眉のあたりに漂う陰り、物思いに耽った表情がそのことを感じさせる。勘のいい人だけがそれに気づき、好奇心をそそられる。そして自分の哀しみと彼女の哀しみを比べて困惑する。遂には女の過去を追求しようとする。女は過去を打ち明けたがらない。怖いのだが、他方では自分の苦痛の原因を究明したい思いに駆られている。その女には殉教者のような、どこか特別な部分がある。自分のことを選ばれた者と考えている。ああ、その女はため息をつく。そして遂には深い共感を覚える。詰まるところこの世には相互理解が存在する。そこで私も彼女も泣き崩れてしまう。彼女のためだけを思って。彼女はまるで悲しい映画を観ているようだ。彼女はその映画の登場人物が自分に重なることが分かっているからこそ、その人のために泣くのだ。世の中に自分を理解してくれる人がいるのが分かって、その女は泣くのだろう。たとえばパーティーで出会った男の人のように、そして大声で自分の友達を笑いとばした時のように。だけどどうして笑っていたのだろう？　心配と哀しみの両方から。いえ、本当は笑ってなどいなかった。ただパンチ&ジュディ［パンチ氏とその妻ジュディが登場する伝統的な人形劇］のショーを見る神経症の子どものように笑ったのだ。その子どもは自分の苦難を忘れて、ほんの一瞬笑うに過ぎない。自分の中に潜んだ激しい憎しみのすべてを忘れて。夜中に灼熱の太陽がありえないのと同様、実体のないばかげた笑い……。

ジューンの空想は、自分自身の心の中の葛藤についてのイメージそのものだった。その頃までにジューンは、原始アフリカ人の信仰にあるように、自然の女神の気紛（きまぐ）れによって瓜二つの人間が創造されたと信ずるようになっていた。祖先の災いの結果として自分達姉妹があるというわけだ。二人が沈黙を守り、コミュニケーションを拒否するのは、外界、特に両親に対する怒りの表明であると考える人もいるかもしれない。しかしジューンの怒りは両親に向けられてはいなかった。彼女の考えでは、両親が犯した唯一の誤りは双子を二人とも生かし続けたことである。「かわいそうなお父さん、お母さん。何もかも自分達が悪いと思っている。でもそう思わなくていいのだ。何もかも運命だわ。宿命よ」とジューンは二人を憐れんで書いている。

ジューンとは対照的に、ジェニファーは双子であることに逃げ道を求めていた。自分の方が劣っていると感じてはいたが、ジューンが優位に立っていて、自分から独立していると素直に認めることはできなかった。

この世のどこかに私の本当の双子の片割れがいるに違いない。Jは片割れであるはずがない。本物は私と同じ時間に生れ、同じ外見、同じ顔、同じ癖、同じ夢、同じ希望を持っているはず。その子は男か女か分からないけど、私と同じ弱点や欠点があり、同じ意見の持ち主だ。それでこそ双子と言える。何一つ違わないはずだ。違うのは耐えられない。Jは私と心が同じでもなく、顔つきも体格も同じじゃない。以前母さんが背の高さをはかった時、私の方がJよりすこし高かった。あんまり嬉しくはなかった。

このように二人の考えが違えば違うほど、お互いの絆は強まって二人はますます引きつけられた。自由になるのだと一生懸命日記に書いても、二人は結局囚われの身である。相手を傷つけずには身動きもならず、息をすることも食べることも出来ないのだ。このような微妙な雰囲気の中では、子ども時代から続いた何気ない動作もお互いにとっての拷問になった。このことをジューンが述べた文章がある。

今朝ベッドに横になっていた時、私は身動きもしなかった。息もしなかった。闘争が始まったって分かったからだ。朝食のワゴンが通り過ぎる。心臓がドキドキして汗ばみ始める。あの子を呼ぼうか、どうしたものかしら。上の段でグーグーいびきをかいている。本当かしら。計画を実行しようと待ちかまえているのかもしれない。麻痺してしまう。ギロチンであの子の首をばっさりやりはしないか、一日中あの子が自分で自分に腹をたてはしないかと思うと、怖くて動けない。あの子は動こうとは思っていないはずだ。もし動いたらピンチになるって知ってる。命取りだから。だからあの子は動かずに寝てる。むこうがじっとして動くことを拒むなら、こっちも同じように麻痺したみたいに寝てやる。動けないのではなくて、あいつは動かないのだから。動く力を失ったわけでもない。直観力は鋼(はがね)みたいに鋭くてよく切れるから、私の感覚にまで切りこんでくる。お互いにぶつかって、お互いに切り込みあう。沈み込む。正体を見破る。そしてこうなった。

あの子の心を読む。気分だって分かる。一瞬のうちにあの子の直観力が響き、私は無意識から目覚める。直観力を受けて私の感覚は十倍くらい鋭くなる。私の気分、あの子の気分、衝突、血しぶきのように。私の直観力、あの子の直感力、渦巻き、ぶつかり、理解しあい、騙しあう。いつ果てるともしれない。死をもって終わるのか？　二人が別れ別れになって？　我慢できない。あの子も我慢できないだろう。霧のようにぼんやり覆いかぶさってくる。心の中に殺人鬼を、脳に激怒する気持ちを送り込む。今朝のようなこの怒りの感情を送り込む。鍵が開けられる時間だ。看守がやって来て解錠する。待つ、緊張。背をまるめて飛びかかる準備をした猫みたいに。でも実際に挑みかからない。音を立てず、シーツから身体を滑らせて大慌てで足を床に着ける。するとあの子が動き出す。怒っている。どちらが勝ったのか分かるから？　けど私が勝ったわけじゃない。魂に怒りを感じる。でもあの子が怒っていても、その理由は私には見当もつかない。だってどっちかが負けねばならないから。両方敗れることはないのだ。これは闘争だ。

喧嘩をして罰を受け、離ればなれにされることは避けられなかった。翌日、独房に独りきりになったジューンは何週間ぶりかで泣いていた。双子の妹と一緒にいる生活も耐えられないが、妹と離れているのも、とんでもなく大切なものを失ったような感情に苦しめられるのだった。どちらにしてもジューンは傷ついた。独りきりで部屋にいて、ジェニファーがドアを叩き、覗き穴からなじみ深い目で覗き込むのを待ちながら、一人でいることに耐えなければならないのだった。ジェニファーと一緒の時は事情が違った。二人で閉じ込められながら、心を交わせないことに深い淋しさがあった。

その朝ジューンは生理が始まった。その時のジューンの気分では、その責任もジェニファーにあるように思えた。「私に赤く流れる血の呪いをかけたのはJだ。血に染った私の子どもが流されてしまった」とジューンは嘆いた。ジューンもジェニファーもお互いに相手の子どもを盗もうとまで決めていた。赤ん坊を持つということは、認められたいという二人の気持を象徴する強迫観念となっていた。

「子どもなしで四十歳になりたくない。私のことを大切な想い出として覚えていてくれる人がなければ、この世とおさらば出来ない」

ジューンはジェニファーのドアをノックした。ジェニファーはノックを返したが、ジューンは複雑な感情で満たされただけだ。

あの子も私が一緒にいて欲しいのだろう。そうだ、私達はお互いにそれほど憎みあっちゃいない。もし私が死ねばあの子も倒れて死ぬ。今度会ったら顔をズタズタに引き裂いてやろうか。それとも腰を据えて、この冷たく耐え難い独房に押し込められた私の立場を受け入れるべきか。昨夜、鏡の夢を見た。鏡の中にＪがいた。まるでスパイのように鏡を覗くと、Ｊの顔が見えた。鏡は病気、損失を意味する。そうだ、Ｊは私から去ったのだ。

隣室のジェニファーもまた絶望していた。

ジューンは今何をしているかしら。どっちが狂っているのだろうか。Ｊか私か？　悪魔に心を奪われたのはＪなの？　私なの？　私を独りきりにさせない霊が存在するようだ。それは生涯を通じてずっと私とともにあった。それを獣と呼ぼう。私は今、永遠にＪから解放されたいと考えている。あの子はただの憐れな人間だ。私の信念に同調できないから仕方ない。あの子は私が超然として自分とはかけ離れてしまったと思っているけれど、実はそういう私のイメージの陰に暖

かい心が潜んでいることを認めようとしない。見放された感じがする。いつだってあの子に負けるように思える。ジューンがいつも勝つ。負けたことがわかって苦しむのはいつも私。ジューンが引きずってゆかれても、あの子が勝ったのだと私は思ってしまう。肉体的なことでなく精神的なことを言っているのだ。あの子は、自分の思想や言葉、いやらしくも、美しい言葉を使って勝利者になる。私はその言葉を忘れない。絶えず心を悩まし続けるのだもの。あの子の批判にも傷つく。あの子の過去も怖くて忘れられない。ジューンは幽霊で、私は生きる人間、だからいつの日か必ず死んでしまう。まるであの子を墓に葬ってしまった感じがする。いったん投げ込んだら二度と戻って来ないはずなのに、言葉だけがいつも帰り道を見つけて私を恐怖に陥れる。ジューンはあまりにも強大な力そのものだ……。

四月の日々がゆっくりと過ぎるにつれて双子は幾分熱がさめたけれども、喧嘩をし、隔離され、また同じ房に入れられるという状態を繰り返していた。ジューンは自分の意志をジェニファーに押しつけるのを控え、二人は裁判の日が何度も延期されることの方に関心を向けた。最初は起訴状が間に合わなかったのが原因だったが、いまでは弁護側が裁判を延期しようとしていた。

ウィン・リーズとマイケル・ジョーンズら事務弁護士は、放火の喜びを綴ったジューンの日記をはじめとした有力な証拠が検察側にあるため、有罪判決は間違いないと考えていた。しかし、この日記の内容がいかにも奇怪なので、実刑判決ではなくて精神科病院へ送致する判決が得られる可能性ならあると弁護人達は思っていた。精神科病院の方が刑務所よりはよいはずだ。マイケル・ジョーンズは少年犯罪を専門とする精神分析医ウィリアム・スプライ博士を見つけ、警察の拘置所とパクルチャーチ・センターへ二人を訪ねてもらうようにした。

「ギボンズさん、事務弁護士の方からあなたの件についてお話しするように依頼されました。私が力になれるのではないかというのがジョーンズさんの考えです」

ジューンは一人首をうなだれて座っていた。スプライ博士は五十歳になったばかりの物腰の柔らかな人物で、灰色の山羊のような顎ひげと、額にかかるくるくる巻いた茶色の前髪の持ち主だった。夜行性動物のようにゆっくり瞬(またた)きしながら喋る癖がある。博士が口を開いた途端に、どういうわけだかジューンの抵抗を引き出してしまった。

「さあ、ジューン。君の寝室からいろいろな証拠が見つかっている。今問題になっている犯罪のことを書いた日記もあった。あなたと妹さんはいつも日記をつけているのかね。所長の話によると、ここでもしょっちゅう日記を書いているんだって?」返事がなかった。「君は今少しまずいことになってるだろ。そこでだ。特別病院に入れれば、君と妹さんはもう少しよくなると思うんだが。ハミルトン先生と僕がなんとか君達に一番いい病院を探そうと努力しているんだ」

それでも返事はなかった。博士は警察が押収した日記のコピーのファイルを指さした。「えーと。以前はいつもナイフを持ってたってここに書いてあるね。さて何のためかな?」

「あの人は私がバカだと思っているのだろうか」とジューン。「もちろんナイフが男性のシンボルだって私には分かってる。私の日記で興奮してるんだわ、きっと」ジューンは口ごもりながら答えた。

「護身用」

「もし誰かが君を待伏せしていたら、自分の身を守るために使うって言うのかい?」

「他にそれでどうするっていうの?」とジューンは口には出さずに考えていた。「この先生に私とセックスさせるための脅しの道具として、ナイフを使うとは考えなかったのかな?」

「あんなものを君みたいなお嬢さんが持ち歩いてるのはちょっとおかしい」とスプライ博士は重ねて

言った。

返事は返らない。ジューンはちょっと面白くなってきた。「小さなペンナイフで、切れ味だってもう一つだった。ウェリントン・ブーツに突っ込んでただけで、使おうとしたこともなければ、使い方も知らなかったのに」

スプライ博士との面会時間が長びくにつれて、言葉にならない葛藤がジューンの心の中で膨らんだ。それにはかまわずスプライ博士は話し続けた。「レイプについて書いてるね。教えてくれないか、ジューン。君は楽しみで……」

ジューンはここで爆発した。「あの男は確かに『ファック』って言葉を使った。どうして『愛しあう』とか『セックス』とか『性交』とか言わないのだろう。しかも『ファック』でもない。『はめる』のように聞こえた。ヘドロやぐちゃぐちゃのおかゆみたいに、穴にはめるって言ってるみたいに。もちろん私は『くそ』「ファック・オフ」とは言う。けど『ファックが好きかい』なんてあまりに猥褻だ。『ファック』なんていやらしいものは一秒でおしまい。男の子は満足しても女の子は痛いだけ」

スプライ博士はそんな言葉は使ったこともないと言うが、博士がどういう言葉を口にしたか、あるいはジューンが何を聞いたかにかかわらず、ジューンはひどく不愉快になった。博士は続いて放火について尋ねた。

ジューンは内心勝ち誇っていた。「ああ、やっとその話だ。放火とセックス。放火犯が性的満足感を得ることを何より望んでるって知っているはずなのに？　そんなことは誰でも知っている」

ジューンの次はジェニファーの番だった。どうしても話そうとしない双子と三、四回面会してから、スプライ博士は双子が罪を犯した場所を訪れ、一度は両親にも会っている。しかし最終的に博士の手掛りとなったものは、ジューンが性と罪の乱痴気騒ぎを繰り広げたあの夏の五週間の日記だけだった。

この時期の文章は非常に攻撃的で荒っぽく、その前後の他の数千ページとは似ても似つかぬ調子である。スプライ博士は、イーストゲートで双子に様々な働きかけを行なった教師や心理分析家や教育心理学者その他のスタッフから報告書を要求したが、一度も彼らに会ってはいない。その結果二人の過去についてはほとんど分からなかったので、作家志望や猛烈な独学の本当の意味を汲みとることはできなかった。ケネディ家の少年達のことにもほとんど注目しなかったから、接着剤やアルコール、クスリ、セックス、さらに放火などへ双子を引き寄せた原因がどの程度彼らにあったのか、知る由もなかった。しかし二人の間にすさまじい憎悪の念があることだけは気づいた。何度目かに会った時、双子の片方が喋るともう片方がすぐに攻撃をしかけ、まるで二頭の虎のように顔を引っ掻きあって血を流したのだ。

　双子は精神的に病んでいるので治療が必要であって、懲役刑は「全く適当でない」とスプライ博士は感じた。しかしどのような病気なのか？　スプライ博士はサイコパスという診断を下した。精神病法では「サイコパス的病状」を「精神病質または無気力が持続する結果、異常に攻撃的または無責任な行動をおこす症例」と規定している。双子の犯罪行為はアメリカ人の少年達と別れた後にだけ起こっていること、その意味で持続的とは到底みなせないこと、また敵対感情が高まった時のお互い同士の喧嘩以外に、他人に危害を加えた記録はないこと、こういう点をスプライ博士は見落としていたようだ。ジューンが日記に書いていた「不良退治」という言葉から、彼は同年齢の男の子に対する暴力行為を想定したが、実際にはそのような男の子もいたいけな犠牲者というわけでは決してなかった。二人が口を開かないことも、博士によれば「攻撃的な沈黙」ということになる。しかしこのような見方は根拠薄弱で、サイコパスという診断の不充分さを示すだけだった。

　二人の事務弁護士はスプライ博士の報告書を受けとり、これをもとにして弁論を組み立てることに決めた。もしも双子がサイコパスであるという理由で監獄行きを逃れようとすれば、二人の治療を引き受けてくれる、拘禁室のある病院を探さなければならない。しかしスプライ博士はそういう病院を見つけられなかった。二つ問題があった。第一に厚生省の規則では、この双子は居住地を管轄区域とする精神科病院以外には入れないこと、第二には、口をきかないサイコパス患者の放火犯を二人も進んで収容したがる病院はないこと。

結局スプライ博士は、ブロードムア病院の顧問精神科医であるジョーン・ハミルトン博士に相談した。ブロードムアのような特別病院では全国どこの患者でも受け入れることができる。スプライ博士から相談された時、ブロードムア病院では危険な患者といえども、ただ監禁・隔離するだけではなく、有効な治療を施していることを、広く世間に知らしめたいとハミルトンは願っていた。彼はここに赴任してからの八年間で、パーソナリティ障害の若者達のための治療チームを作っていた。ハミルトン博士は双子に関するスプライ博士の説明に興味を惹かれ、二人に面会するためにパクルチャーチを訪れる段取りをつけた。ブロードムアには双子の年齢に応じた治療チームはなかったが、コミュニケーション技術のためのセラピストは勤務していたので、双子を治療できるのではないかと彼は感じた。ブロードムアは理想的とはいえないが、監獄とは違って双子の治療を行なえる唯一の場ではないか。弁護側はそのように判断し、スプライ博士かハミルトン博士が精神医学の専門家として、裁判で証言を行うことに同意した。

こうした方策が練られている間にも、双子の忍耐力は限界に近づいていた。二人は何通も手紙を書いて、事務弁護士を替えること、すぐに裁判を開始して、外界からの隔離状態に終止符を打つことを要求した。三度も四度も公判が延期されていた。双子は出廷する時スリムで魅力的な姿になるよう準備を続けていたので、延期されるたびにガッカリした。

もっと素敵な顔になりたいといつも願っている。この顔は大嫌い。目は小さい穴ぼこのようだし、笑うと顔が広がる。頬をすぼめた時だけちょっとましになる。だけどずっと頬をすぼめたままでこれからの人生を生きてゆくわけにはいかないし。このグレタ・ガルボの写真のように、頬のこけた腕白小僧みたいな魅力がほしい。

待っても待っても裁判が延期される重圧のために、二人は度々悪夢に悩まされるようになった。それは二人が「獣」と名付けた身の毛のよだつような悪夢で、二人とも同じ内容であることも多かった。うつらうつらする時も起きている時も、深く眠っていても、いつでも同じ感覚が二人を襲った。四月二十九日のこと、二人はともにそんな経験を書きとめている。夕食の直後のことだった。ジェニファーはキドニーとキャベツの炒めものと、カスタードクリームをかけたスポンジケーキを二個おいしく平らげた。ジューンも食事は全部食べたが、スポンジケーキはジェニファーに譲った。一時的ではあっても二人にとって平安の時だ。ベッドに横になると眠りに落ちた。

一時間後にジューンは目ざめた。まるで太った男が自分の上に乗っていて、その重みで窒息するような息苦しさを覚えたのだ。恐怖のあまり身体が硬直して、喉を絞めようと迫る腕に抵抗すらできない。この「獣」はかつてふざけたように胃をくすぐったこともあった。ジューンは、窒息しそうで息も絶え絶えの赤ん坊のような感じになった。二人ともに、突然死直前の赤ん坊が感じるような感覚を覚えていた。ジェニファーが上のベッドで呻くのが聞こえた。ジューンは気づかなかったが、ジェニファーも訳の分からぬ重みのために身動きできなかったのだ。「あの時必死で逃れようとしなかったら、今ごろ死んでたと思う」とジューンの日記。「あいつがまたやって来るのではないだろうか。多分眠りながら死ぬことになるだろう。真相は日記さんと私にしか分からないが、あのばけものの勝ち」

双子はこの悪夢をうまく説明できなかったが、二年前にも一度同じ夢を見たことがあった。単に目覚めている時の喧嘩の続きだったかもしれないし、幼い時の心の傷が無意識に蘇ったのかもしれない。嫉妬にかられた兄姉か誰かが、よちよち歩きの双子の顔に枕を押しつけたのか？　それともグロリアの子宮が双子の成長には狭すぎたために、この時から二人の対立が始まったのだろうか？　ジューンは普通に生まれたがジェニファーは逆子だったから、母のお腹の中でジューンがジェニファーの上に文字通り座っていたのかもしれない。生まれる前から二人は押し合いへし合いしていたのだ。そうするとこの「獣」の正体は、ジューンにとってはジェニファー、ジェニファーにとってはジューンだと言えるのかもしれない。

待つのも限界に達した頃、スプライ博士とハミルトン博士が訪れて、ブロードムアが喜んで二人を受け入れることを告げた。スプライ博士は、ブロードムアが田園に囲まれている様子や、品行がよい場合にはかなりの自由が与えられること、専門の精神科医と看護師がいること、その他美容院や庭園やスポーツ施設なども完備していると話した。それから数週間、このすばらしい病院、あらゆる問題が消え去ってのんびり暮らせるユートピアについて二人は空想を巡らした。

その日以降、所長から裁判の日取りが伝えられることを二人は毎日期待する。裁判とその後に移送されるはずの病院とが二人の希望の全てとなった。ジューンは書いている。「あの病院へ行けば、苦しまなくても済む。他の人と一緒に日向ぼっこができる。どこへも自由に行き来ができ、気さくに**お喋りできる。**たまたま黙っているとしてもその日の気分のせいだ。駄目な人間になったからではない」

五月の初めに待ちに待った呼び出しがあったので、二人は期待に胸膨らませて看守長のところへ行った。「ジューン、ジェニファー。良くない知らせです。事務弁護士の話ではスプライ博士が数週間の予定で外国へ行かなきゃならないんだって。残念だけど裁判は延期されました」

「夏中、パクルチャーチにいるなんて想像もできないわ」と絶望したジューンは思う。「Jと一緒に食事をして歳をとって、人生を無駄に送るなんて。訪れる人もなく、外界から切り離され、出廷することさえなく、ただ太り、老いぼれ、引っこみ思案になるだけだ」ジェニファーは日記に語りかけた。

あなたにだけ言っておきたいの。十九歳になったばかりだけど、私は歳をとって惨めでいつも不満をもらしていて、女の幻滅をもう感じてしまったってことをね。ねぇ、わかる？　私うんざりよ。よく考えて思い出すたびに嫌になる。この部屋の窓が私を見ている。ドアは、ああ、ドアは私を見つめるばかりで、鍵がなきゃ開いてもくれない。四方を白い壁に囲まれて私がいる。私のために祈ってよ……。名前はジェニーよ。段々自分のことが分かってきた。ジェニーのこと、絶対忘れないで。

ところが双子が暗澹たる気分に落ち込んでいたこの時に、看守が事務弁護士からの手紙を持ってきた。そこには、ブロードムア病院に二人のための部屋が確保できれば、一週間後の一九八二年五月十四日に裁判が行われると書かれていた。ジューンは興奮の絶頂に達し、ジェニファーの緊張も緩んだ。

全部神のなせる業だ。神様は私の問題を半分に断ち切って下さった。重荷が半分になった気がする。心配や苛々や不安が全部しばらくの間消えてしまう。一日一日、一時間一時間、一分一分

を指折り数えよう。木曜日を待つのよ。そうすれば金曜日の朝はすぐだわ。ただ来週まで待てばいいんだわ。

二人は容姿をよくするための計画を一緒に練った。花柄のスカートと黒のジャケットを返還してもらうよう、何通も嘆願書を提出し始めた。またジューンはきれいに見せるために、これで最後の必死のダイエットを始めた。二人とも前屈や室内のジョギングなど、新しい内容の運動も始めた。

五月十三日、出廷日の前夜になって二人は看守長に呼び出され、二通目の心理分析報告書がないので、裁判がまたまた延期になったと告げられた。房に戻ると、ジューンはドアに吊るしてあった季節はずれのニオイアラセイトウをちぎって窓から投げ捨てた。それから事務弁護士宛てに手紙を書いて、判事が人種的偏見にとらわれており、二人が「のろまな黒人」だという理由で裁判をないがしろにしていると非難した。双子は復讐にとりかかった。

月曜日の夕方六時。その日は緊張の連続だった。お互いにほとんど口をきかなかった。双子はお茶を取りに行ったついでに、バターを少しソックスの中に隠し持った。房に戻ると、ジューンはスケッチブックのカバーでドアの覗き窓をふさぎ、ジェニファーは二段ベッドを壁に固定しているネジにバターを塗って緩めた。黙りこくってベッドをはずし、寝巻や練習帳を枕カバーの中に突っ込む。ジューンは新しい緑色のベッドカバーで窓の下の方を覆った。こうして二人は、夜の当直看守が時間通りに来て房の鍵を開け、夜の集会に呼び出す時を待った。

ほどなく聞き慣れた看守の足音とジャラつく鍵の音が近づいて来た。「そこの二人！　出なさい！」ミス・ニールの声がした。それが合図だった。「そこの二人」と呼ばれるのも嫌だったし、二人とも集会に出る気などさらさらなかった。双子に言わせると、二人を無視してきた看守、裁判官、医者、さらに事務弁護士に自分達の感じている事を思い知らせようとした。今度ばかりは反感を行動に移したのだ。

鍵がガチャッと回った時、二人は上段のベッドからマットレスを引きずり降ろしてバリケードがわりにした。ジューンはマットレスを全身で押し、ジェニファーは背中をドアにくっつけると両足を机に突っ張って支えた。

「一、二、三！」とミス・ニールが声をかけ、全部で三人の看守がドアを押した。ドアはちょっと開いたが、二人はマットレスごとドアを押し戻した。応援を呼ぶためにドアは再度施錠された。庭の叫び声を聞きつけてジェニファーは大急ぎで下のベッドからマットレスを引きずり出し、それで窓をふさいだ。ジューンはドアを守っていた。

「さあさあ、お前達！」男がドアの外で怒鳴った。「こんなバカなことやめなさい。二、三分でこんなドア、ぶっ壊せるんだよ。そしたらお前達、ケガするよ」

「ただのマットレスじゃないか」と今度は別の男の声が窓の外で聞こえた。笑い声が続いた。「ほんの子どものくせに、一人前だと思ってるんだ」

しかし双子は自分達のやっていることに酔っていた。このまま持ちこたえられるとは思っていなかったが、看守の声に耳を貸す気もまったくなかった。もう一度ドアの鍵がはずされた後、今度はほうきの柄のような棒が差し込まれ、ドアをこじあけようとする。「こういう事には慣れてんだよ」と警告する男の声。「いつだったか男の子がおんなじようなことをやったが、最後にはドアとマットレスの間に頭を挟まれたっけなあ。それをどけないんなら、ジャッキをとって来るか」

そんな説得が続いているうちに男の守衛がジャッキを持って戻ってきた。ドアをがたがたゆすって蝶番が外れそうになっても、ジューンとジェニファーは不安そうに見つめるしかなかった。二人がジャケットを着て枕カバーを摑んだちょうどその時、事態をうまく収拾したことに大いに満足して勝ち誇ったミス・ニールが入ってきた。

「さてさて、おしまいよ」彼女はジューンをつかまえると房から引きずり出した。夜間当直の看守が枕カバーをとりあげたが、ジューンは抵抗する。

二人がここに収容されていた六ヵ月の間に、肉体的にいじめられたと記録しているのはこの時一回限りである。その時まで、接見棟の看守も病院の看護師も手荒な扱いをしたことがなかった。事実、とても親切だったり同情してくれる人もいたと二人は日記に書いている。もちろん感謝の気持ちを態度で表したりはしなかったが。ジューンとジェニファー二人の間での諍いにとどめている限り、罰を受けても軽いもので、五十ペンスまたは一ポンド、どんなに多くても二ポンドまでの罰金だったから、売店で求めるチョコレートバー二、三本、袋入りナッツいくつかを我慢するだけでよかった。最悪の場合には始末書を書いて房に閉じ込められたが、これとて食堂で他の受刑者と一緒に食事をするとか、一緒に運動場や集会室にいるとかいう「特権」を奪われるだけのことだった。喧嘩をして相手を傷つけると別の房に別けられたが、それは計算づくでのことだった。不満があれば看守長に面会することも許されていたし、看守長は二人の要求に耳を傾けてくれた。あるいは少なくとも聞く努力だけはしてくれた。もっとも、他の看守と同じように双子の言うことがほとんど理解できず、しょっちゅう要求をとり違えたが。

しかしバリケードを作ったとなると別問題だった。看守と拘置所の秩序に対する敵対行為だから、監獄規則第二十条にのっとって罰せられるべき重大な罪である。ジューンは手荒く背中を押されて廊下を進み、A棟の別棟にある「地下牢」へ連れて行かれた。「まるでレイプされているみたいだった」とジューンは思い出している。「さかりのついたレズビアンに、寄ってたかってレイプされたみたい」隣りの控室でジューンは着ているものを脱がされ、下着までも剝ぎ取られて、茶色の布でできた拘束服のようなものを頭からかぶせられた。ジューンは腹を立て、同時に訳が分からなかった。髪どめとゴムバンドがむしり取られた。「女同士の意地悪という感じだった。もっとも私は手荒に扱われるのが嫌じゃなかったけど。たった一人きりで身を守ったわ」看守の一人がジューンの手首を摑んで銀の腕輪を外そうとし、そのままおとなしく地下牢に入るまで放してくれなかった。

ジューンはあたりを見回した。床も壁もむき出しのコンクリート。窓はなく、不透明な明り取りが天井に一つ。床に固定した木の椅子と、その傍らの壁にネジでとめられた小テーブル以外は何もない。マットレスの形をしたコンクリート製の長方形の台が板で覆ってある。ネイビー・ブルーのキルトが二枚、「ベッド」の上にたたんである。それはまるでハヴァフォドウェストの聖メアリー教会の庭にあったウェールズ人の墓みたいで気持ちが悪い。もっともあの時には墓石をテーブルがわりにして、ジューンとジェニファーは秘密の無茶食いに耽ったのだが。

しばらくしてドアが開き、ジューンが見上げると入り口に三人の看守が立っていた。まるで危険な動物扱いだと思うと嬉しくなった。最初に入る勇気のあるのはどの看守だろう？　ミス・ニールが入ってきたので、ジューンは心の中で褒めてやった。ミス・ニールはポリエチレン製のコップに入れたお茶と、同じくポリエチレン製の皿のロック・ケーキを棚に置いた。「ジューン、あんたの夕食よ」とジューンを見ずに言う。困っているんだわとジューンは思った。

ドアに鍵がかけられ静寂が訪れた。規則に従って十五分毎に看守がドアか壁の覗き穴から中を窺う。ジューンは身じろぎもせずに台に横たわり、天窓を見つめながら微笑を浮かべている。看守には理解できなかった。この房に入れられた女の子は喚き散らすのが普通なのに。泣き叫びドアを叩き、インターホンのベルを押し続けるものだ。なのにこの黒人の双子の片割れは、何の物音もたてずにじっとしている。社会に対する反抗の手段として沈黙を選び、自分だけの世界にこもっている少女を、房に閉じ込めて鍵をかけたところで何の罰にもならない。何という皮肉。

ジューンは横になってこれまでの人生について考えていた。コンクリートの台は堅いだけでなく、表面に置かれた板にハサミムシがいるのではないかと思うと恐ろしくもあった。また辺りを見回すと、ネズミが出てきそうな穴も壁に開いていた。しかし房の中は暖房が効いていたので心が落ち着いてきた。食べものにも飲みものにも手をつけまいと心に決める。眠気のためにボーッとした時、ジェニファーの息づかいがハッキリ聞こえるような気がした。誰もいない房を見回す。こういう房は他にないので、私が眠っている間にジェニファーをここへ連れて来たんじゃないかしら。そうでないとしたらジェニファーは今どこにいるの？　ジューンは心の中で懸命に話しかけ、瞑想した。ジェニファーは病院棟にいるに違いない。もとの部屋にいて、私のようにひどい目にはあっていないと考えると心が乱れた。それともあの子も刑罰房で拘束服を無理やり着せられているかしら？　マットレスだけはもらっているかしら？　私と同じように食べものに手をつけていないかな？

この時ジェニファーもまた病院棟の外れにある静かな独房の中で、姉は自分より良い扱いを受けているのではないかという考えに苦しめられていた。ただし拘束服は嫌ではなかった。とくに素敵というわけではないが、着る物であることにはまちがいないのだから。そこには少なくともマットレスと庭の見える窓があった。部屋の中央の灰色をしたマットレスに座って覗き穴を見つめる。するとドアの下にあるはね上げ口が開く音がして、お茶とケーキが差し入れられた。そのうちに毛布にくるまって眠りに落ちた。今日はうまくいった。

「お早う、ジューン！　起きて！　起きて！」当直看守が入ってきた。ジューンは母の夢を見ていた。

朝の光が天窓から差し込んでいる。ミス・ニールの糊のきいた白いブラウスに目がくらんだ。口をつけていないロック・ケーキと空の尿瓶にミス・ニールは目をやった。それからピンク色のキルトのガウンと紫色のスリッパをジューンに手渡す。「ボタンをかけて」と注意する。「所長に全部見せられちゃ、かなわないから」

所長は拘置所の男性棟からやって来た。「こんな状態で、いんちきなずるい男に見られるなんて頭にきたわ」と後でジューンは書いている。前夜当直だった看守がバリケードの一件についての報告書を読み上げる。まるで芝居をしているような語り口だ。ジューンは誇らしく思った。その後で尋問が始まった。

「どうしてこんなことをしたんだね。君の妹の言い分じゃ、集会に行きたくなかったせいらしいね」

そんなことだけじゃない、とジューンは思った。裁判が延びたこと、欲求不満が募ってジェニファーと一緒に房にいられなくなったこと、しかし説明しても分かってもらえまい。

「ジューン、世間から逃げようとしても無駄だってことがそろそろ分からなくちゃ」と所長の説教が始まった。「たとえ抵抗してみたところで君の力など知れたものさ。最後は世間が勝つんだよ。この世で生きていこうと思えば、そのしきたりを守らなくちゃいかんぞ。A棟に戻して三日間の拘禁に処す」

ジューンは拍子抜けした。それだけなの？　一週間、いいえ三週間でもよかったのに。三日間でまたジェニファーとの生活が始まるの？　あの子はその間、自分だけの世界に閉じ込もり、飲まず食わずでわざと弱るつもりだろう。そうすれば奴らはいやでも裁判を開き、ジェニファーだけを特別病院送りにするだろう。

ジューンは拘禁されている部屋にあった新聞の星占い欄を見た。そこには友を失うだろうと書いてあった。「あなたのことでないといいのに」と日記に語りかけている。「今月は男運悪しともあったわ。『男』のかわりに事務弁護士やJを入れてみる。なぜって、私、あの人達と結婚しているようなものだから」

何度も何度も双子はこのテーマに戻っていた。二人はどうしようもなく不幸な夫婦のふりをし、ある時にはジェニファーが気まぐれで怒りっぽい夫、ジューンは犠牲に耐える妻を演じ、また別の場合には役割を入れかえた。

夫は妻のことが分かり、その欠点、思想を知れば知るほど頭がおかしくなる。妻を殺したくなる。妻も夫を知り、欠点、思想が分かれば分かるほど夫を殺したくなる。憎みあうが故に生活を共にする人間だっている。その方が刺激的な人生を送れるから。

しかし三日間の拘禁期間が終るころにはジューンは寂しくて絶望的になっていた。「主よ、一言も喋れないこの状態から助け出して下さい」と祈った。ラジオで交響曲を聞きながら、自由の身になった時のことを、また家のことを想った。

父さんはよくこんな曲をラジオで聴いていた。私はどこかに座って窓の外を見ている。風が強く、ロマンチックで素敵な一日。緑の葉が風に吹かれ、ポピーの花が揺れている。車が音もなく通り過ぎ、子ども達も声もなく遊ぶ。母さんが町から帰るのを待っている。ああ、死にたい！あの平凡な日々からすっかり遠ざかってしまった。私の心が身体から抜け出して、この深み、この寂しさからなんとかして解き放たれたい。もし今夜一晩生きてたらすぐに手紙を書くわね。あ

なたにいつも忠実な、自殺志願の友、ジューン・アリスン・Gより

それぞれが元の房に戻って二人はようやくこの状態から脱け出せた。

裁判の日が少しずつ近づいていた。開放房の少年達がラッパ水仙とニオイアラセイトウを抜いて、ゼラニウムの苗床作りをしている。事務弁護士のマイケル・ジョーンズと法廷弁護士のアンソニー・エヴァンズが面会にやって来て、裁判が行なわれる日が決まったことを告げた。二人の説明では、もし双子が罪を認めれば詳しい審理は省略され、恐らく裁判長の命令により特別病院へ送られるという。しかし話し合いは実り少なかった。「Jも私も話す力がなくなってしまった。ただ聞かれた事にこのバカな頭を縦に振ったり横に振ったり。あの二人はうんざりしていた」

双子は話に聞いた病院を夢に見た。「ジムやプールがあればいいな。ディスコもきっとある。毎晩行こう。ホテル暮らしのようだわ、きっと。家族のように小さなグループと一緒に食事するんだわ」とジェニファーは考えた。

この特別な日、五月二十七日を二人は夢にまで見た。五月になってしまったが、待望の花柄のスカートがついに履けるのだ。

パクルチャーチ拘置センターでジェニファーが描いた絵。

第九章　判決

秘密の地下社会では恐い人もいないし、隠れる必要もない。たくさんの人に囲まれた生活が始まるだろう。みんな私の友達になってくれるだろう。

ジューン・ギボンズ

「一羽なら悲しみ、二羽なら喜び」一人で房にいたジェニファーは草の上で餌をついばむ一羽のカササギを窓から見ていた。「なんてこと！　もうすぐ夏だというのに一羽しかいないなんて」前夜見た夢もまた、大事な日に悪いことが起きる前兆のように思えた。墓地と棺と、黒い手に追いかけられる夢。「これはみんな一つのことを示している」とジェニファーは考えた。「裁判が延期されるんだわ」シーツをはがし、指示通りにパジャマを着たままで椅子に腰掛けて最新の聖書読本『日毎の糧』を読んでいると朝のベルが鳴った。

午前七時半だった。八時にはここを出発するはずだ。朝食を運ぶワゴンがドアの前に止まる音がした。看守がポリッジとパンとバターを配る。「今日は何か口に入れておかなきゃ」と考える。「犠牲者はパン」ところがそれから二時間以上経ってもまだ待たされていた。今日も延期だ、とジェニファーは確信した。

その時ガチャガチャと鍵が回った。「急いで！」とミス・ハンブル。「接見室で呼んでるよ。すぐに！」ジェニファーは驚いたがほっとし、それから腹が立ってきた。接見室には裁判所へ出廷する時に着る予定の洋服がたたんで置いてあった。縞のポロ・ネックのブラウス、空色のセーター、淡い黄褐色のコーデュロイ・ズボンを不審そうに見つめる。母さんに送ってもらった花柄のスカートはどこへいったのかしら。

「遅いよ」とミス・ハンブルは大げさな身振りで叫んだ。「急がなきゃ。何があったのか知らないけど、時間がないんだよ」彼女はジェニファーの枕カバーを開け、中の練習帳と新聞の切り抜きを見た。それから手にしたリストに大急ぎで目を通して、「ゴミばっかり」と言うと、新聞の切り抜きと、メモや詩作に使っていた練習帳を何冊か取り出した。「こんなものは要らない」といってゴミ箱に捨て、怒ったジェニファーが文句を言う暇も与えずに更衣室へ連れていき、セーターとズボンを手渡した。

着替えが済んだジェニファーが出て来るとジューンもやって来た。この日まで二、三日二人は別々にされていたのだが、かといってジェニファーはジューンに対して寛大な気持にはなれなかった。いきなりはだけたガウンから見えたジューンの胸に目をやった。妹の目には不恰好にしぼんだ乳房に映った。「生理みたいに中身が全部出ちゃったんだ」とジェニファーはコメントしている。ジューンも、ジェニファーのはいているズボンを軽蔑の目で見つめたが、テーブルの上のピンクのセーターの横に全く同じようなコーデュロイのズボンが置いてあるのに気づくとびっくりした。「好きな恰好をしてさっそうとパクルチャーチから出て行けないのね。こんな大事な日にスカートもソックスもはけないなんて」とジューンは嘆いた。

二人とも更衣室のドアの鏡に映った姿を見て情けなく思った。しかしジェニファーには光の加減で自分の顔の方が痩せて見えたので、スカートがはけなかった失望感を一時的に忘れることができた。

この数日間、たぶんジェニファーの方がダイエットをする意志が強かったのだろう（もちろんその日の朝のパンは例外だ）。ジューンは意志が弱くて諦めたに違いない。鏡を見ていたジューンも、ジェニファーの方が姿がよいことを認めざるを得なかった。

ミス・ハンブルが今度はジューンの枕カバーの中身をぶちまけて、紙と練習帳を全部ゴミ箱に投げ捨てるのを二人は見ていた。何一つ思った通りに進まなかった。スウォンジーの刑事裁判所まで、マイクロバスに二人並びで腰掛けて行きたかったのに、実際にはジューンはミセス・ロバーツと一緒に後部座席へ、ジェニファーは「たぬき目」というあだ名の新入りの看守と前の座席へ座らされた。ミセス・シモンズは運転手の隣りに座った。

黙りこくった六人を乗せたマイクロバスは、セヴァーン橋［ウェールズとイングランドを隔てるセヴァーン川とワイ川に架かる橋］を渡るとウェールズに入り、スウォンジーへの自動車道路を走って、芝生の広場の傍らに到着した。ブリーフケースを抱えたたくさんの男達がこの広場を横切って裁判所へと急ぎ足で向かっている。裁判所の向かい側には公園があって、数人の母親が腰を下ろして、子ども達が遊ぶのを見守っている。太陽も顔を出して五月らしい朝になった。この歴史的な初夏の日、二人の一番大切な日に、居並ぶ警官の前を優雅に歩いて通り過ぎる想定が実現しないことにジューンは腹を立てていた。判事、両親、証人、被害者、二人が荒しまわり火を放った建物の所有者、みんながジューンを見つめる光景を想像してみる。

マイクロバスは大きな建物の裏庭に止まった。新聞記者とカメラマンの列の間を通り抜けるという夢とは大違いで、二人は裏口へ連れて行かれた。運転手が呼び鈴を鳴らすと係官がやって来て、暗い廊下を通って裁判所の地下へと二人を案内した。そして隣り合わせの房に一人ずつ入ると鍵がかけられ、案内してきた係官がそれぞれ見張りに立った。昼食時には別室に連れて行かれて、この時ばかりは二人とも自分の分を全部食べて豪華な気分を味わった。それから元の房に戻った。ここは二人が最初に捕まった時の、警察の拘置所によく似ている。家具は一切なく、格子のはまった小さな窓が壁の高いところにある。

時々隣りとの間の壁をコツコツ叩いて合図しながら双子は待った。ミセス・ロバーツがジューンにタバコをくれた。ジョーン・ハミルトン博士が入ってきて、この場の緊張が緩んだ。彼はブロードムアの顧問で、スプライ博士と一緒に拘置センターに双子を訪ねて来たことがある。三十代後半、背が低くあご髭をたくわえたジョーン・ハミルトン博士に会っても、ジューンはちっとも恐くなかった。それどころかスコットランド訛りの内気そうなこの男に親しみさえ感じた。

「その後どうかね」彼は静かに声をかけた。ジューンは頷く。

「さて、君は全部の罪を認めているってこと、分かってるね」ジューンが何も答えないので、彼はもう一度繰り返す。「まるで私が罪を認めるのをあの人は心から望んでいるかのようだった」とジューンは後に書いている。

「いいかい、大きい声を出さないと、判事は聞いてくれないよ」ジューンはマイクロホンを使うというアイデアを口にした。

「法廷にマイクロホンはないんだ。君の言うことが聞こえないと判事は苛つくかもしれん。そうなると君に有利とはいえないよ」

ジューンは含み笑いをした。しかしハミルトン博士は冷静な姿勢を崩さなかったから、ジューンにもしっかりしなければならないことが分かった。この人には分かってもらいたい。夢にまで見た特別病院へ入れてくれるのはこの人なのだ。どんな病院だろう。そこは二人が探し求めた天国なんだろうか。

まるでジューンの心を見透かしたように、ハミルトン博士はブロードムア病院について説明した。しかし特別病院についてジューンがどんな知識を持ち合わせているのか、何も分からないままに説明するのは難しい。自分の言葉を手掛りにジューンがどんなイメージを膨らませているのか、ハミルトン博士には知る由もなかった。ジューンの問題を知るのは難しく、もう少し時間がかかりそうだ。「ちょっとした町みたいなものだよ」と彼は言った。「店も教室もあるし、美容院もジムもある。話し相手になってくれる女の人もいるし、専門家集団が君の治療に当たる。きっと君の悩みが喋れるようになるよ」

ジューンにとってまるでそこは楽園のように聞こえた。寂しく自分を見つめていた年月、妹の言うがままになっていた月日が遂に終わるのだ。ただ言えばいいのだ。一言、大きく、明瞭な声で「罪を認めます」と。特別病院に教会はあるかしら。「私は祈り、歌い、ハレルヤと叫びます。私のための場所を与えてくださって、神よ、感謝します。その病院の女の子や職員と家族のように接します。もう怖がりません」

隣りの房では、事務弁護士のマイケル・ジョーンズと法廷弁護士のアンソニー・エヴァンズが来るのをジェニファーは待っていた。ちょっと気取った、よそよそしい態度のエヴァンズは、二人に特別興味を惹かれたようには見えなかった。「やあ、こんにちは」と言って、ジェニファーの背中を親しみを込めて軽く叩きながら彼は房に入ってきた。ジェニファーは腹を立てた。こんな友達風の、気取ったやり方はこの場にふさわしくないと思った。そのかわり、ジェニファーは若い事務弁護士マイケル・ジョーンズに惹きつけられる。アンソニー・エヴァンズが十六の罪状を読み上げている間、ジョーンズは忙しくそれを書き留めてジェニファーが目を通せるように渡してくれた。ジェニファーの空想。

彼は私に恋しているような素振りをしてみただけだろうか。そっと私の腕に触った。わざとやったことが分かった。まず自分の顎を触っているふりをして、そのうちに書類を見、肘を私の腕にのせた。その時電波がピリッと来たような気がした。以前にもこういうことがあった。触れられて不思議な気持がしたことだ。かつてカールが触った時もそうだった。私とカールのロマンス……。ジョーンズさんが私の足を、ジーンズの下の方、ソックス、靴をじっと見ているのが分かった。たぶんその下がどうなっているか考えていたのだろう。たぶんね。本当のところは知る由もない。

マイケル・ジョーンズはジェニファーの足には何の関心もなかったのだが。彼にとっては、双子の事件がうまくゆくことだけが重要だった。ジョーンズはその時イートン＝エヴァンズ＆モリス法律事務所の一介の助手に過ぎなかった。イングランドの小さなパブリック・スクールを卒業後、ウェールズ大学法学部を卒業し法律事務の研修も終えたが、国家試験に通っていなかったので、良い仕事ぶりを示す必要があった。この事務所の共同経営者、ウィン・リーズ氏は仕事熱心で親切な老人だったので、彼を信用してこの事件を任せたが、それは若い人に対してなら双子が口を開くと考えたからでもあった。

「さあ、もっと大きな声で話さなきゃだめだよ。法廷中に聞こえるように『罪を認めます』って言ってごらん」とアンソニー・エヴァンズがジェニファーに忠告した。ジェニファーはやってみた。しかしエヴァンズに協力したくとも、頭のなかに描くハッキリして自信に満ちた言葉とは全然違う声しか出せなかった。「お願いだよ、ジェニファー。もっと大きな声で話さなきゃ。さあ、『罪を認めます』って言ってごらん」

二時少し過ぎに、ジューンとジェニファーはミセス・ロバーツ、ミセス・シモンズ、「たぬき目」に付き添われて法廷へと向かった。三人に取り囲まれた双子は、頭を垂れて背中を丸め、いかにも貧相で弱々しい存在に見えた。自分自身についての二人のイメージと実際の姿とは痛ましいまでに正反対だったのである。「私は誇りに満ちて立っていた」とジェニファーは回想している。「みんなが注目しているのが分かった」そこは双子が昔行ったことのあるハヴァフォドウェストの劇場以上に堂々とした所だった。天井からはシャンデリアが下がり、王座のような所には赤いガウンと白いカツラを着けた男が座っていた。また入り口には黒いガウンと帽子姿の女性が立ち、大きな青い本を支え持つガウン姿の若い男もいた。この男は、並んで立つ双子の方を見やると口を開いた。「あなたは、ウェールズ、ダフェド州、ハヴァフォドウェスト、ファージー・パーク三十五番地在住のジェニファー・ロレーヌ・ギボンズですか？」

ジェニファーはいきなり尋ねられたので面喰らってしまった。姉のジューンが先だと思っていたのだ。顔が赤らむのを感じて下を向いたが、頷いて肯定の言葉を小さく口にした。

「次に、あなたは同所に在住するジューン・アリスン・ギボンズですか？」ジューンも頷く。法廷の書記は、続いて二人の告訴事由を読み上げた。「……両名が一九八一年十月二日より五日までの間に、ダフェド州ハヴァフォドウェストのポートフィールド成人訓練センターの建物に不法侵入し、同センターの財産であるトランジスターラジオ一台、電気時計一個、パーティー用品一カートン、価値にして四百十ポンド五十ペンス相当を盗んだ件につき、ジェニファー・ロレーヌ・ギボンズに尋ねる。汝罪を認めるや否や？」

ジェニファーは今こそスターになるチャンスだと思った。自分では法廷中に響くつもりだったが、実際は口ごもって事実を認めた。書記は今度はジューンの方を向いた。「ジューン・アリスン・ギボンズに尋ねる。汝罪を認めるや否や?」ジューンの声はほとんど聞き取れないほどだった。

ジェニファーは非難の眼差しで姉を見た。「失敗してるわ。書記が言い終わる前に『罪を認めます』と言ったものだから、もう一度繰り返さなければならない。誰にも聞こえなかったじゃない。私の声は、ある時は低くある時は誇りに満ち、変化に富んでいたわ。それに比べてジューンはべちゃっとした単調な声だった」

押し込み、窃盗、放火など全部で十六の複合罪を書記は延々と読み続けた。「両名が一九八一年十月十五日より十八日までの間に、ダフェド州ハヴァフォドウェストのタスカー・ミルウォード校に不法侵入し、同所にて、ダフェド州議会教育局の財産である飲み物と食べ物、価値にして五ポンド二十四ペンス相当を盗んだ件につき、ジェニファー・ロレーヌ・ギボンズに尋ねる。汝罪を認めるや否や?」

またもやジェニファーがまず小声で認める旨を述べ、ジューンがそれに続いた。

書記の単調な声が途切れると、法廷内の人々は息をのんで二人の応答を待った。「……一九八一年十月十七日より二十日までの間に、ハヴァフォドウェスト所在の、ダフェド州議会所有になるポートフィールド特別学校寮に、何ら正当な理由なく、この建物を破壊する目的から、あるいはこの建物が破壊されることを何ら顧慮せず、火を放ち破壊した……。ハヴァフォドウェスト、バーン・ストリート所在の、ハヴァフォドウェスト中学校に不法侵入し、音楽テープ五本、写真の額三個、ハサミ一つ、ペーパーナイフ一本、おもちゃのバイク一個、多数の鍵を盗む」

ウェリントンブーツに差し込んで持ち歩いていたペーパーナイフのことを耳にしたとたんに、ジューンはスプライ博士のことを想いだした。あの人はどこかしら。どうして姿を見せないのだろう。まだ外国にいるのか。近ごろ二人の所へ尋ねてさえ来なくなった。遅刻に違いない。

ついに書記は十六番目、最後の罪状に辿り着いた。「一九八一年十一月九日ハヴァフォドウェスト、ジュリー・レーン所在のペンブルック州立テクニカル・カレッジに侵入し、ハサミ一つ、カセットテープ四本、接着剤一袋、録音機用クリーニング・ヘッド三つ、封筒多数、菓子類、買物袋を盗む」五週間にわたるバカ騒ぎが詳細に述べられたが、それはごくつまらない犯行なのに、まるで英雄的な犯罪であるかのようだった。「鼻が高い」とジェニファーは威張っている。「本当のこと言ってちょっと楽しいくらい。年老いても記憶に残る日となるだろう。若い日の私の素敵な思い出」

全員が着席すると、法廷弁護士のジョン・ディールが論告のための証拠の提示を始めた。彼が、警察に押収されたジューンの日記を抜粋して読み始めた時、ジューンは飛び上がるほど嬉しかった。「判事閣下、ここには大変個人的な事柄が述べられております」とディールは一言断っている。「たとえこうしたことが本当にあったことでも、あるいは想像上のことでも、とにかく奇妙な記録ではあります」そうして彼はレオナルド判事に、犯罪の日々を綴ったメモ帳を手渡した。「ジューンは特に犯罪行為を好み、放火して建物が燃え上がるのを見た時に感じる喜びを日記に綴っています」彼は続けた。「またそうした事件が新聞で報道されたのを見た時の喜びも書かれています」その後彼は日記のコピーを読み上げた。「昨日、タスカー・ミルウォード学校の食堂に押し入った。スイスロールやパイなど食べ物を盗んだ」その後ジューンは悪ぶって「この辺りで最も狂悪な放火犯になってやるんだ」と書いている。

ディールは双子の犯罪についての自分のシナリオを完成するために、日記からたびたび引用しながら話を進めた。しかし双子の過去の善行に触れたり、盗品はほとんど無価値である上に、全て寝室もしくは荒地の隠し場所から発見されていることも忘れずに付け加えた。声量豊かな声で二人の盗んだ品物名が読み上げられると、それは憎むべき犯罪というよりむしろ哀れな行為という印象を与えた。

灰皿、速記用口述録音再生器、玩具、変わったペン、定規、銀行のチェックブックの控え。少し金目の物といっても、アメリカ製のリムジンから盗んだラジオと工具類のセットに過ぎず、それぞれ二十五ポンドと二十ポンド程度のものでしかなかった。

法廷弁護士がウェールズ水道局本部、メイラーハウスに押し入って放火した時のことを述べると、ジューンはくすくす笑いたくなった。「中でも最も問題となりました点は、かなりの記録書類が破壊されたために、それを元通りにするのに、一人の労働に換算すると四百七十週もかかった事であります」ディールは更に続けた。二人は水道局に人気がないことを知っていた。二人が好んで押し入ったのは学校とか大学のようにありきたりのレンガの建物で、ここ十年の間にハヴァフォドウェストで急速に増えた味もそっけもない公共機関の建物ばかりだった。そうした官僚制の権化のような建物に、一切の感情をまじえずに火を放っており、二人に罪の意識は全くなかったように見える。

ペンブルック州立テクニカル・カレッジで現行犯で捕えられた折りに、ジューンが靴下にライターを隠していたことが述べられると、ミセス・ロバーツは驚いたようにジューンを見た。「そうよ、大切なものは靴下に入れるのよ」ジューンがそう思っていたのは確かだった。

これ以上この法廷で読み上げるには不適当な箇所があって、引用もままならない旨ディールが説明した時、法廷内はしんと静まり返った。「あまりのことにぼおっとしてしまった」ジューンは思い出して書いている。「勝利、恥、当惑、ああ、ここに座ってこんなに苦しめられるなんて誰が思っただろう」

二人とも一番前にいたので、ほぼ空っぽの法廷の様子を見ることは出来なかった。二人にとっては大切な日であっても傍聴人はわずかだった。オーブリ、グロリアとティム・トーマスだけが後から二列目に座っている。母親が咳き込むのが聞こえてジューンは心配になった。病気かしら。大好きな母さんが聞くに耐えないことを我慢しなくてはならないのが辛く、激しい後悔の念で一杯だった。

グロリアとオーブリは動転していた。全てがあまりにも信じ難いことであったし、これで裁判の結果はどう出るだろうと懸念した。刑務所送り？　どのくらい？　あんなにいい子だったのに。保護観察になる可能性はないだろうか。弁護士からもスプライ博士からも投獄なんてことは聞いてなかったのに。

ついにディールは弁論を終えた。次に、カツラとガウン姿だといつもとすっかり様子の違うジョーンズ弁護士が立ち上がるのをジューンは見た。「判事閣下、もしお許し願えれば、ハミルトン博士を尋問したいのですが」

ジューンの注意は法廷のハミルトン氏に惹きつけられた。「あの人は証言台では殊の外に小さく見えた。眼鏡をかけてスーツに身をかためてとても真面目そう。格好いいわ」と書いている。ハミルトン博士は判事の質問に答えた。「博士は立ち上がり、私の幸福と勝利のために闘ってくれた。心配をかけた人。よく吃る。言語治療があの人にも必要だわ、きっと」

やがて最大の山場を迎えた。法廷に緊張が漲る。「被告ジューン・アリスン・ギボンズについてですが」と法廷弁護士がハミルトン博士に尋ねた。「精神疾患、サイコパス症状、深刻な知的障害のいずれかとは言えませんか。その治療のために病院で隔離する正当な理由が成り立つと考えられますか？」

ハミルトン博士は答えた。「そう思います」

エヴァンズ「時間的にはどのくらい治療に必要でしょうか？」

ハミルトン博士「今ここで先のことを予測するのは無理があります。数年は必要と考えられます。少なくともそれより短いということはありえません。スプライ博士も私も同じ結論に至っております。

特別な条件のもとで隔離することが、最も適当な方法かと思われます。二十八日以内にブロードムア病院へ入所できるとの内諾も得ております」

法廷内を身震いが走った。オーブリはブロードムアという名を聞くと息をのんだ。判事の声が響く。「ブロードムアには被告のような若い人達のための施設もありますか？」

ハミルトン博士は確約した。「ブロードムアに若い人が収容されるのは稀ですが、それでも相当数はおります。信頼に足る医者も揃っています。被告の場合、言語が基本的問題で、非常に稀な言語障害があります。熟練した会話治療士もおります」

ジューンは判事が自分のことを若いと言ってくれて嬉しかった。「鼻が高いけれど、何だか頼りない気もする。Jも私もこの法廷内で一番若い。私達のことをすごく同情して言うから、悲しくなる。惨めだ。両親もかわいそう。非情で残忍な犯罪者に同情なんて何よ！　泣きたかった」

ハミルトン博士はまた二人の間の喧嘩について触れ、ジューンが何度か自殺しそうになったことを付け加えた。「しっかりした病院で十分な期間、隔離体制を敷いていただきたいと思います」

エヴァンズ「それはジェニファー・ロレーヌ・ギボンズについても言えますか？」

ハミルトン「ええ、もちろんそうです」

判事「この件がまだ調査中で、問題が明確になっていなかった時の報告書も読みました」

判事は、この報告書の作成者である医療関係者のスプライ博士を出廷させるよう、弁護側に求めた。急いでエヴァンズが弁明した。「スプライ博士は残念ながら外遊中で、新たな報告書を提出することも、また本日ここに出廷することもできません」

判事は言った。「外国へ行く前に何の断りもありませんでした」弁護側はスプライ博士を今日までに連れ戻すべきだったのだ。以前にも一度スプライ博士のアメリカ滞在のために裁判は延期されていた。レオナルド判事は若者に公正で思いやりがあるという評判だったから、スプライ博士が欠席というのは解せなかった。そんな状況のもとで、今や判決を延期するか、それとも、受け入れ機関を代表するハミルトン博士――彼は双子について調査する機会がほとんどなかった――の言葉を無条件に信用するかのどちらかの選択になった。

判事は、スプライ博士と完全に一致した結論に至っているというハミルトン博士の言葉を受け入れた。見るからにほっとして、エヴァンズはこう言った。「ハミルトン博士によって提案された指図通りにしていただけるのなら、これ以上何も言うことはございません」

座ったままでよいと言われた双子を除いて、皆立ち上がって判決を聞いた。「当法廷に提出された証拠類より、両被告はサイコパスを患っており、速やかに隔離治療の必要を認める。犯罪の性質、件数、いかなる措置が最も効果的であるかなど、あらゆる状況を考慮した結果、本件は精神病法（一九五九年）第六十条に該当するとの結論に達した。よって二十八日以内に定員に空きが出次第、ブロードムア病院に両名を隔離することを命ずる。また定員に空きが出るまでの間は、監獄に勾留することを命ずる。犯罪の性質と件数を考慮すると、両名を保釈するならば新たな犯罪を犯す危険性がある。さらに両名は自殺や互いに傷つけあう恐れがあるため、精神病法第六十五条に基づき特別監視下におき、公衆からの隔離を必要と認める。なお治癒の予測は困難であるから、この命令の効力は不定期とする」

こうして双子はヨークシャーの切り裂き魔［一九七五年〜八〇年にヨークシャーで十三人を殺害した連続殺人犯人P・W・サトクリフ］と同じように不定期刑の判決を受けたのだ。しかし判決を聞いても二人は表情ひとつ変えなかった。判事は双子にジューン、ジェニファーと名前で呼びかけ、元気でいなさいと言い添えた。

二人は判決文に潜む不思議な魔力のせいで内心得意になっていた。長年の苦しみが正確に立証されたように感じて、ちょうど病名も分からずに鬱々と過ごした病人が、きちんと病名を告げられて落ち着いた時のように安心した。ジューンの日記。

判事の言葉が私の心を行き交う、くるくる円を描きながら。病気、精神病、サイコパス。私の考えが分かる？　私がサイコパス患者だって？　ヒッチコックのなかでそんな言葉を聞いたことがあるし、新聞で読んだこともあるけど。危険で悪魔的で、情け容赦のない犯人。この私が！　私の苦痛、自意識過剰なところ、激しやすい面がとうとう明るみに出た。ラベルが貼られた！　私の運命はもう決まってしまった！　ジューン・アリスン・ギボンズ、十九歳になったばかりなのに、サイコパス患者として歴史に記録される。

ジューンは自分の子ども時代、青春の日々や知り合いの人々を思い返してみた。みんなどう思うだろう。迷惑をかけるのではないかしら……。家族には？

ああ、孫娘がサイコパスだってことを大好きなお祖母ちゃんが知らないで良かった。いや、どこかでお祖母ちゃんには分かる。お祖母ちゃんの魂はお祖父ちゃんと一緒に現にここにいるもの。こんなことって！　家族の歴史に記録するなんて、それも家系図に。私の甥や姪にどんな影響があるかしら？　気のふれた双子の叔母さんが本当にいることになるの？　なんと残酷な運命だ！

マイケル・ジョーンズはこの件がうまく収まったのではっとしながら、被告席の方へ降りる階段の一番下で双子と出会った。「これからは二人の問題だよ。さようならジューン、さようならジェニフ

ア—」

「あいつはなんだかおどおどして笑った」とジューンは書いている。けれど気圧されてしまったのか、ジョーンズに対してはぎこちなく頷くだけだった。しかも腹立たしいことに、ちょうど被告人呼び出し用ベルにぶつかって、英雄気どりの出鼻を挫かれた恰好になってしまった。ドジな振る舞いにジェニファーが気分を損ねている様子をジューンは嗅ぎ取った。

男の守衛の後を、看守二人とミセス・ロバーツに付き添われて、二人は裁判所の房へ向った。その時ミセス・ロバーツは陽気に「まあ、あんなもんでしょ。思ったほどひどくなかったわね」と話しかけた。「さあ、やらなきゃいけないことが山ほどあるわ。洋服や本を仕分けしなくては。何年かかっても読み切れないほどの練習帳もあるわ。一体あれに何を書くつもり？」無罪判決の可能性もあったので、パクルチャーチから二人の持ち物を全て持ってきていたが、有罪判決が下ったために、もう一度衣服や書籍など所持品のリストを作らねばならない。

ミセス・シモンズは二人にお茶を持ってきてくれた。みんな、双子の受けた判決があまりにも厳しいことに驚いていた。確かに双子は時に荒れることもあったが、パクルチャーチの他のスタッフ同様、二人が危険であるとか気がふれているとか考えたことはなかった。なるほど哀れで少し奇妙なところもある。特にお互いに対する態度はかなりおかしい。だが食事時間と集会にとけ込もうとしない点を除けば、二人は何一つ他人に害を及ぼすことはしていない。裁判所の房に戻ると二人はただじっと自分達の練習帳を見つめて立ち尽くした。二人の心に、いやその時のミセス・シモンズの感じでは、二つの肉体に宿る「一つの心」にどんな思いがよぎったのか、誰にも分からない。

「弁護士さんと御両親が必ず会いにみえるわよ」とミセス・シモンズはやさしい言葉をかけた。

グロリアとオーブリは娘達にどれほど会いたかったことか。廊下の端にある地下の面会室でガラス越しに二人を待っていた。

ジューンとジェニファーにとって、この時は身を切られるように辛い瞬間となった。両親は何と言うだろう。二人を育てた末に、かくも不名誉な事実に直面しなければならない両親を思うと本当に申し訳なく、その哀しみと愛をどう表したらよいか分からなかった。どうしても大好きなお母さんを抱きしめてキスしたかった。黙りこくったまま冷淡に過ごした年月を心から謝り、埋め合わせたかった。せっかくのスカートとソックスをはいていないのも悲しかった。またジェニファーは朝食のパン一切れを食べなければよかったと悔やんでいた。一日一食のダイエットを守っていれば、またジューンの食事を食べてしまわなければ、痩せて頬がキュッと落ち込み、美しくなってここにいられただろうに。

二人ともガラスの仕切りに顔をぎゅっと押しあてて、視線を落とした。あたかも両親が祝福してくれれば、罪から逃れられると思っているかのように。

「おい、ジューン。元気か、ジェニファー」いつでも自分が困った時や、家族の皆が大丈夫だと強調したい時に張り上げる懐かしい父の声だった。グロリアも同時に声をかけた。

「二人ともどうだい」とオーブリは続けた。「元気そうじゃないか。おや、ジェニファー、少し顔が丸くなったな。姉さんより少し太ったみたいだぞ」オーブリはこう話しながら、ようやくほっとした。「母さんと父さんは法廷で二人ともどれくらい太ったかなって考えてたんだ。食料事情はかなりいいんだな。ビールでも飲んでるのか?」オーブリは笑った。

それを聞いて、ジェニファーは淡い黄褐色のコーデュロイを着てきたことに腹を立てた。この色は太って見えるから嫌なのだ。それ以上にがっかりしたのは、母さんも父さんもジューンの方ばかり見ていたことだ。

「とても元気そうよ」とグロリアも口をはさんだ。「スタッフは親切にしてくれる?」

「お前さん達、だんだんきれいになるね」オーブリは自分のへまには全く気づかず、べらべらと喋り続けた。「少しはお化粧をする年頃じゃないのか。新しい病院へ行けば、母さんが何か送ってくれるぞ」

「お化粧なんて、オーブリ、いやだわ。この子達、お化粧しなくてもきれいよ。肌もすべすべしているし」

ミセス・ロバーツは双子の傍に立って、両親との間にはりつめていた緊張が解けるのを喜んで眺めていた。双子のような若い女の子が、重い判決の後に両親と面会する場に立ち合うのは、そうたびたびあることではなかった。ギボンズ家の人が哀れだった。気取らないいい人達みたいなのに。

「きっとお化粧道具も送れますよ。ブロードムアは刑務所じゃなくて病院だもの、いいとこですよ。食事もいいって聞いてますよ」とミセス・ロバーツは請負った。そして向き直るとジューンの頭を軽く叩いてこう言った。「ねえ、一年もそこにいりゃ、状況がすっかり変わるんじゃない」

グロリアとオーブリは判決を頭から閉め出そうとするかのように何事か囁くと、オーブリはしゃがんで小さいカバンから二枚の黒い厚手のジャケットを取り出してグロリアに手渡した。

「言われた通りにジャケットを買ってきたよ」グロリアはそう言って「灰色のタイツもね。あっ、言ってよこしたあのジーンズはね」と続けた。

「スカートよ」とジューンは呟いた。オーブリには娘がぼそぼそ言った単語を聞き取ることが出来なかったが、グロリアには察しがついた。

「あれでしょ、テスコにあった花模様のかわいいの。送ろうね」

ミセス・ロバーツの横に立つ男の警備員が時計に目をやり、面会時間の終わりを告げた。判決や罪について何か言わなくてはならない。「あっという間よ。若いんだし、これからよ。よくなってすぐに家に戻れるわ」グロリアはやっとそれだけ言った。

ミセス・ロバーツはジューンとジェニファーに合図した。元気づけようとする両親をしっかり見つめると、看守に連れられて二人は房に戻った。「これからの長い年月、二人の双子の娘を失うのはどんな気持だろう？」ジューンは寂しい両親の気持を推しはかった。「父さんや母さんの友達、グレタのご主人、デイヴィッドの奥さん、近所の人全部に私達のことを説明するって考えてみるだけでも大変。でも少なくとも今までみたいに、ただただ待っているだけの生活は終った。ほっとしたに違いない。心安らかに過ごしてもらいたい」

ジューン自身は、大切な日が終わってしまったと思うと、心が安まるどころではなかった。あれは一体何だったのか。両親とティム・トーマス、三、四人の書記以外は、誰一人として大切な裁判に立ち合ってくれなかった。あれでも裁判と言えるのだろうか。しみったれた時間にすぎない。証人はいないし、窮地にあった彼女の立場を十分に説明するような論議は何もなされなかった。ジューンならばことの顚末を本に書くことだってできただろう。

マイクロバスで法廷の裏庭を出た時、二人はずっと期待していたのに味わえなかったドラマの片鱗を体験する。突然、写真機を構えた男とノートをもった女が駐車中の車の背後から飛び出した。「早く！　頭を下げて」とミセス・ロバーツは叫んだ。銃だ、危ない！　弾がバスの窓を突き抜ける、と双子は一瞬思った。「**双子、暗殺される**」そんな見出しになるだろう。ミセス・シモンズがジェニファーの頭をぐっと押さえ、ミセス・ロバーツががっしりした腕でジューンの顔を蔽(おお)った。「見ないで！向こうを向いて！」カメラマンはバスの横について走ったが、最後は諦めた。バスがエンジンをふかし、スピードを上げて走り去ったからだ。

もう夕方近く、雲が五月の太陽の光をさえぎり始めた。田園風景の美しい色あいが失せ、セヴァーン橋の下をブリストル海峡へと流れる水の色さえ、物思いに耽るように憂鬱な灰色に変わった。

拘置センターへ戻ってこの日三度目の所持品チェックを受ける頃から、法廷で味わった失望がいよいよ深まった。当直の上級看守は、部屋のドアにかける既決囚用の新しい木のカードに二人の名前を書いた。看守達も今度は二人が戻るとは思っていなかったのだ。二人は別々の部屋に入れられた。午後のお茶の時間にはかなり遅れていた。ジューンは独房で一人きりになって、数少ない洋服と本をロッカーに仕舞い、その日一日を振り返った。

「とにかく待たなくては」と、汚ない部屋の落書きだらけの壁に目をやりながら考えた。「『成功』という言葉がハッキリした形をとるまで待つのだ」ジューンは想像してみた。妹と二人でタクシーに乗り、刑務所を出てブロードムアへ行く。新しい生活、あんなに望んだ生活、天国での生活。ジューンはサインして日記を結んだ。「今日から二十八日以内に希望がかなえられますように。あなたの寂しい友、窃盗犯で放火犯のJ・A・G」

パクルチャーチの所長も看守も、ブロードムア送りの判決が下ったことに大変驚いていた。そこは空き定員が少なく、よほどの犯罪を犯した者でもなかなか受け入れないことで知られていた。特に若い女性に対してそういう判決が下されることはめったになかった。一つには費用の問題（一人年間二万ポンド必要）があり、もう一つは十代の女性向けの特別施設がそこには何一つなかったからである。パクルチャーチ専属の医者、ピーター・トラフォードは六ヵ月間にわたって二人を診察していたが、出廷は求められなかった。「大抵の場合、証言を求められますが、今回は相談すら受けていません。もう少し意見を求めて下さればよかったのでは、と思っています。私に相談もなしにブロードムア送りが弁護側によって決められたのは、少し奇異な感じです」トラフォード医師は、双子が危険だとも、サイコパスと判定する基準を満たしているとも、考えてはいなかったのである。

判決を聞いた翌日、看守長はジューンとジェニファーを呼び出した。囚人に判決内容を説明するのは普通だったが、双子の場合は単なる説明では済まないと考えていた。看守長も、二人が何を考えているかよく分からないので、大きなショックを受けたのではないかと心配していたからである。「二人とも分かったと思うけど、ブロードムアに不定期に収容されるという判決がありました」看守長はジェニファーを外で待たせておいて、ジューンにそう言った。「何か聞いておきたいことはない？」ジューンは首を振った。「大丈夫？　どんな感じ？」

「大丈夫です」ジューンは呟いた。「これ以外になんて言えて！」とジューンは思う。「こんな汚らしい、臭いとこから一日も早く出て、新しい所へ行きたいです、なんて失礼なことは言えないわ」

その夜、棟内の集会のために部屋の鍵が開いていたので、ジューンがジェニファーの部屋へ音もなく入ってきた。ジェニファーは美文調の宗教読本『大切な約束』に目を通しているところだった。カバーには山や湖の絵が描いてある。ジェニファーは興奮していた。「マークから手紙が来たわ。とても心配してくれてるの」ジェニファーは小声で囁いた。

「見せてよ」とジューンは読本をもぎ取って脅すように言う。少し傾きかげんの薄い字で書かれたマークの手紙がパラッと落ちた。二人は同時に手紙を拾おうとするが、ジューンの方が一瞬早かった。「それならどうしてあの人、面会に来ないのかしら」とジューンは意地悪な声で付け加えた。「会えばきっとあんたが私だって思うわ」

ジェニファーは、マークと会う時は自分一人だと心に決めていた。マークは自分の愛する友、フィアンセだから、この嫉妬深い売女を彼と会わせる気はなかった。けれど彼との関係は心配で仕方がなかったから、誰かに相談したかった。ブロードムア行きの判決をマークに知らせるべきだろうか？もう少し痩せて、ブロードムアの美容室で髪の毛をストレートにするまで待とうか？　手紙では触れてなかったけれど、結婚の約束のことをもう一度確かめるべきかしら？

ジェニファーは心配そうに尋ねた。「ねえ、私が外に出る日までマークは待っていてくれると思う？」

「まあね」とジューンは無責任に答えた。

ブロードムアへ移送される日を待つ間、ジェニファーはマークの手紙の虜になり、すぐにマークがやって来るのではないかと恐れた。一九八二年の六月四日、ついにジェニファーは勇気を出して手紙を書き、結婚式についても触れてみた。「去年七月にお約束した通りのお気持でいらっしゃいますか？」また、面会をしばらく延期して、ブロードムアへ移ってからの方がよいとも書いた。マークはウォーキンガム〔ロンドンの西、バークシャーにある都市〕に住んでいて、そこからブロードムアまではあまり遠くないのだ。本当のところ、面会に来てくれたら戸惑ってしまうのではないかとジェニファーは心配していた。「もしうまく行かなかったら？　悪魔の翼よ、お前が急がせれば、事態は悪くなる」ジェニファーの頭には、ペン・パルのピーターと初めて出会った去年のことが浮かび、どちらも何も喋らなかった気まずさが思い出された。看守が笑いものにしたらどうしよう。そんな時、ジェニファーは医者のドアの呼び鈴を鳴らしている夢を見た。ふと見ると「予約」と書いてあるはずの掲示が「失望」に変わっている。当てが外れるという知らせかもしれない。そこでジェニファーはマークを傷つける覚悟で、面会を延期しようとした。

ジューンもまた妹のロマンスについて考え込んでいた。マークの手紙は読んだが、彼の気持は信用できない。いまではジェニファーのプロポーズを忘れてしまっている様子だ。たぶんただ口先だけで言ったのだろう。ジューンはジェニファーとカール・ケネディの事を思い浮べた。今週、六月の第一週は、二人が最初に愛しあってから一年だ。しかしその頃でさえカールの衝動の対象はジェニファーに向けられていた。ジェニファーへの愛があまりにも性急で激しかったので、カールはジェニファーを自分のものにしようとした。まるでD・H・ロレンスの『虹』［卑猥な文学として発売禁止された一九一五年発表の作品］の中のトム・ブローガンのように。カールにとって自分はまるで意味がなかったのではあるまいかと、今でもジューンは気掛かりだった。カールはジューンを奪ったが、それは教会で妹と愛を交した夜の一週間も後だった。カールがジェニファーとセックスしている間、部屋から追い出されたことも思い出した。ケネディ家の人々がカールを除いて出かけていたあの夜、ジューンは下に降りて勝手にブランデーを飲んだ。そして酔っ払い、惨めな思いで二人の様子を見にまた二階へ戻ったりしたものだ。

ジューンは身震いした。この房は淋しくて寒々としている。思い出は慰めにならなかった。これまでいつもジェニファーの勝ちだった。窓から外を見る。一ヵ月前には桜とニオイアラセイトウが美しく咲いていた小さな庭が、今はもうすっかり荒れていた。ひなぎくが茂り、花壇は夏のゼラニウムを植えるために掘り返されていた。アーモンドの細い枝が風にカチカチ音をたてて揺れていた。

木、風、太陽。かすかなそよ風。静寂。風の音から切り離されている。あらゆる音から断たれている。木、太陽、風が私を隔てる垣根でもあるかのように。ああ、囚人の孤独。裁判は終わった。戸外では美しい太陽が輝いているのに何か足りない。外の世界から見失なわれた私。

自分が両親にもたらした失望や不名誉を恥じて、ジューンの悲しみは徐々に増した。

——父さん、母さんは今までに二人の愛すべき双子の娘が誇らしくて、有頂天になることがあっただろうか？　夜、目覚めて、かくも美しい贈り物を賜ったと神に感謝をしたことがあるだろうか？　大きくなったらあの二人はどんな娘になるだろうと想像しただろうか？　あれから先、どんな生活が待ち受けていたのだろう？　両親には私達の運命が分かっていたのだろうか？　両親をも巻き添えにしてしまったこんな運命を。家族のなかで私達だけが違ってしまうと分かっていたのだろうか？　犯罪記録に書き込まれ、法律を破り、社会にきちんと向き会えないと見放され、病気扱いされたことを。まだ赤ちゃんだった頃、両親は私達の無邪気な顔に見入ったことだろう。その時、私達の表情に悪魔のような邪悪さと破壊願望が潜んでいるのが見えただろうか？　けれど両親にだって見えるはずもない。私達はそんな風に生まれついたのではあるまい。年齢を重ねる中で育ってきたのだ、自意識過剰、フラストレーション、歪められた願望が。そして、遂に破局を迎えた。

日が過ぎるにつれ、ブロードムアは二人にとっての「新しきエルサレム」になっていった。そこでは二人が外の世界から守られるだけでなく、愛情に満ちた家族の一員として受け入れられるはずだ。

暖かい陽差しの五月の一日、ブロードムアがどんなところかを胸に描く。来年は何をしているだろう。芝生に座ってレモネードを飲んでいる。白衣の看護師が周りをぶらぶら見回っている。私はぼんやりそこに腰を下ろし、縫い物をしたり編み物をしたりしている。まだ若いが、今と比べてもちょっと成熟した感じ。よく話しをして、今より素直になっている。

ジューンの幻想は、芝生に降りた二羽のカラスの耳障りな鳴き声で中断された。喧嘩を始めるこの二羽に他のカラスも加わってきた。そうだ、廊下の端の部屋でジェニファーが窓からパン屑を投げたから集まってきたのだ。ジューンの平静さがたちまち怒りに変わった。「ずるがしこい売女め!」ジューンは呟く。「今月はパンを食べる約束をしたのに」

二人はブロードムアへ行く前に写真を写すと言われたので、どちらが美しく写るかを巡って二人の間の競争は避けられないものとなる。恐ろしい表情とまではいかなくとも、凄味のある固い顔で写ろうとお互いに誓っていた。ただこの場合でも相変わらずオードリー・ヘップバーンの腕白坊主ふうチャーミングさを競い合っていた。

双子の行く先が決まったので、パクルチャーチのスタッフは二人をかなり自由にした。したがって他人と運動したり、集会に出たりすることにまつわるトラブルはなくなった。数週間、二人は再びダイエットと無茶食いの絶え間ない闘争を続けた。食事はいつも部屋に運び込まれた。淋しくて慰めが必要になると、空腹のために食事を拒否することも困難になった。あまりに長い間待ち続けたことと、オーブリが見当はずれにおどけて言った「太ったね」という言葉を思い出すたびに、食物をめぐって強迫観念に襲われるようになったのだ。これは特にジューンに目立った。「私は食物を愛しているのだろうか」で始まるジューンの日記は、七つの大罪の五番目、貪欲について述べられた優れた文章と比べても、引けをとらないほどである。

これは苦しみと悔恨に満ちた事柄である。私は、魂、顔、身体を崩壊させる食物を憎む。しかもなお、義務感と退屈が原因で私は食べ続ける。私の最大の敵の身体を嚙み砕き、嚙んでいる間に食物の方が勝利する。それは私の肉体を支配して崩壊させ、堕落させ、ただの肉の塊に貶め、心臓を肥大させ、過剰な健康と欲求不満をもたらすのである。それなのに、一九八二年六月

の今日、私は食べることにした。またもう一度、食物を愛する。朝食は平らげた。ああ、あの冷たいポリッジ。喉に詰め込み、胃に流し込んで、溺れて顔が膨れあがった人のようにぶくぶくになった。いえ、ポリッジと呼ばれる私のエネルギーを破壊せねばならないのだ。どうしてまた逆戻りしたのだろう。何故灰色の反吐（へど）みたいなものをわざわざ口にしなければならなかったのだろうか。今やあいつが私の主人だ。けれど私は屈しない。明日は私の心から奴を追い出してしまおう。そうだ、明日はパンにだけ愛を捧げよう。だけどそんなに長い間のつもりはない。あのいやらしいパンと呼ばれる罪深いものは、あっというまに境界線を越えてしまうから。今は私に歯向かっているあいつと愛に溺れるなんて私はバカだった。そのせいでニキビだらけになる。ジャガ芋は？　ああ、私ってだめ。Jがやってたことと同じ過ちを犯している。自分で抑えることが出来ない。炭水化物、炭水化物ばっかり！　この時期を脱するまで、どう見ても私は病人だ。

ジューンはだんだん自分のことを十九世紀の若いヒロイン像に見立てて考えるようになった。夢やぶれて死にかけ、食物を拒み、人と話をするにはあまりにも弱々しく、とても一人きりにはしておけない、そんなイメージを膨らませた。たそがれ時の夢幻の境地で、狭い独房の中を、格子窓に映る小鳥の影を見つめ、我が身をレディー・シャーロットだと夢み、自分から見捨てることにしたこの世の思い出の糸を織りながら、ゆっくり歩いた。

二、三ヵ月でどんな見かけになるか、頭に描いてみたりもした。――「赤ん坊のように軽く、縫いぐるみのように力なく、髪は抜け落ち、目は大きく虚ろで、眉間のあたりもシワだらけ」自分が死んでしまったらジェニファーがどうなるだろうと心配した。飢えてしまうか、心が張り裂けて死んでしまうか、どちらだろうか。悲劇的な話！

ジューンは真っ黒な洋服に身をつつむようになった。黒いセーターとコーデュロイのズボンを欲しがり、靴も黒いものを望んだ。「喪に服している。色目の物は身につけない。毎晩、バケツ一杯の熱いお湯に足をつけ、夢のように一生を過ごしてみようか。一人でいて、誰とも結婚しないでいようか？　あのエドワード朝の少女達のようだといいな。情熱的に、淫らなまでに手紙を書きなぐり、それが評価され、拍手をもって迎えられるのだもの」

ジェニファーは自分の部屋でマークの事を考えていた。返事が来ないままに日々は過ぎてゆくばかりだ。最悪の事態も考え始めた。結婚の申し込みだとか、セックスの経験があるかどうかを、あんなふうに気楽に尋ねるべきじゃなかったのだ。他方では、意志強固で堅実な自分の性格の奥に、激しさを秘めた、率直で感情の起伏の激しいもう一人の自分を見出した。

夜毎、独房に一人きりで、法廷には着ていけなかった花模様のスカートをおごそかな気分で身につけ、くるくる回って結婚式に備えた。毎日短時間だけ、愛する将来の夫と一緒の若い女性になってみたのだ。「どう？　今日の私」日記にはこんなふうに書かれている。「本物のレディー？　そうおっしゃった？」マークと結婚し、六人の子どもがいる私。マークはレゲエのレコードをかけ、自分は赤ん坊のおしめを取り替えている。

あまりにも多くを彼に望みすぎたのではないか？　前科のある女性と結婚する、サイコパスの女と一緒になると期待していいだろうか？　彼はただ風の音に耳を傾ける木のように、ジェニファーが自由になる日を四年も五年も待っていてくれるだろうか？　その間に、彼の人生の快い響きが徐々に無くなってしまうのに。

「あの人はアフリカ人かな。でも間抜けじゃないわ」ある朝、尿瓶を空にしながらジューンがジェニファーに囁いた。ジェニファーは微妙な匂いを嗅ぎ分けて、昨夜の夕食のシチューをジューンが捨てたに違いないと思った。ジューンはやはりダイエット中なのか。

「私は言ったでしょ。ブロードムアへ行くってマークに言わないほうがいいって。彼は恐ろしいのよ。犯罪を犯して牢獄入りした女は、誰だって怖がる」ジェニファーは非難されているようで嫌だったが、認めないわけにはいかなかった。

「あんたみたいな頭のおかしい犯罪者とかかわりあいになると分かったら、あの人の信望もなくなるわ」とジューンはしつこく言った。

ジェニファーは自分の独房に戻り、ジューンの言ったことを考えてみた。罪の意識で一杯だった。かわいそうなマーク。ガーナからはるばるやって来て、不良少女と親しくなってしまった。しかも私の顔を見たこともなく、声も聞いたことがない。私のビデオを撮って送るべきだったかしら。そんなことを思いながら、出窓に並べてある本の中からマークの送ってくれた『毎日の感謝』を取り出してページを繰ってみた。「世の中に不安や心配事は数多いが、将来起こるかもしれない不幸についての悩みが最も人間を苦しめる」ジェニファーはこの文のなかの「心配」という言葉に赤いボールペンで線を引いた。たぶん物事は少しずつ良いほうへ向かうのだろう。もし彼と結婚することになったとしても、愛情からではなくただ結婚してみたかったからかもしれない。そんな風に人を使うなんて良くないとジューンに注意されたこともあったが、物事には両面があるのをジューンは知らなくてはならない。ジェニファーは魔術の材料を思い出そうとした。まだ見ぬマークのイメージを心に描きながら、繰り返し繰り返し唱えた。「マーク、どうか返事をください。ジェニーはあなたを愛しています」

ジューンとジェニファーは、陰謀を企む女性が支配するこの世での男の立場にいたく同情していた。「ああ、男達の苦しみよ」『虹』を読んで刺激され、ウェイン・ケネディを思い出しながらジューンは書いている。「女であふれたこの世での男の苦しみ。女に惑わされながら、そのくせ自分達の優越感に浸っている。復讐、絶望、孤独が渦巻くこの世で、男は悲惨な蜘蛛の巣に捕われている。男は女を憎みながら、女なしには生きられない……」

ジューンはジェニファーと「結婚」することまでも考えてみた。二人が一緒に育ち、恋人同士のようにの喧嘩をし、夜通し論争し、お互いのことだけを気遣って生きてきた長い日々を思い返してみた。ジューンの鉛筆が官給品のスケッチブックを破る。パクルチャーチでの最後の段階になって、二人は絵を描くようになっていた。二人が憧れ続けた、頬骨が高く、とがった顎の寂しそうな白人の少女の顔ばかり描いた。ジェニファーの方が絵の才能に恵まれていることがジューンには分かっていたのだけれども、お互いに相手の才能を羨やんでいた。二人は相手の描いた絵をテーブルの上の壁にダイアナ妃のポスターと並べて貼っていた。ファージー・パークの寝室でも独房でも、今までずっとどこにいようと、双子は自分達が生きる醜い現実とは全く対照的なイメージを追い求めていたのだ。

六月中旬を過ぎてもまだブロードムア行きの日は決まらなかった。判事は双子の治療を二十八日以内に開始するよう判決を下していたので、パクルチャーチでの辛い日々は一九八二年の六月二十四日までに終わりを告げるはずだった。しかし、その日まで一週間もない。自分達の状況の深刻さに気づくのも、家族に与えた苦痛を思ってひどく後悔するのもちょうどこの時期であった。

特にジューンはたびたび少女時代を振り返った。中学校をサボった日のことや、父さんがベッドの下のカゴに入れていたコークを盗んだ午後のことなど、小さな「罪」を思い出した。また十六歳で失業手当をもらっていた時、母さんに頼んでトニック・ワイン二本を買ってほしいとねだったが、あの時どんなに堕落した気持がしたことか。トニック・ワインで奇跡的にもつれた舌が解け、社交的になれると信じていたから、だから頼んだの。かわいそうな母さん！　冷酷な娘のことをちっとも知らなかった母さん。犯罪を犯したことや投獄されたことはある意味で良かったのかもしれないと、ジューンは思った。両親だって自分達の心をしっかり見つめるようになったに違いない。しかもジューンとジェニファーは心を配って、家へ何度も便りを出している。書き出しては、真実らしくなるように何度も書き直してもいる。

　私はどうしてこんなにマザー・コンプレックスが強いのだろう。私は母親と分かりあえる機会に恵まれなかった。母親がいないのではない。ただ、母親と姉妹のような愛の関係にある、そういう愛情深い十代の娘になりたいだけだ。そのためには家にいて話をし、一緒に買物に行き夕食を作り、家事をしなくちゃ。また今日まで大きくしてくれた母親と尊敬を込めたやさしい会話を交わすことも必要だ。

ジューンは母親のために詩を書くことに決め、パクルチャーチから投函した最後の手紙に同封している。

ここブリストルにいて　心に想うはウェールズ
往き交う車の雑音に　私は一人田舎を夢見る
ほんの小さなものを私にください
都市のかわりに山々を
野バラのかわりに未来を
灰色のプディングのかわりに旧い田舎家を

——カラスでなくてカモメの群れを……

この世の中全てから全く隔離されたことは、二人の受けた罰なのではない。二人ともそれを心から願っていたのだ。家族から切り離されたことこそ、二人に与えられた罰だった。「家族がいなければ、私は死んだも同然だ。私がこれからどんなふうに生きるのか。誰かがやさしく見つめていてくれることが必要だ。誰でもいい、私のことを大切に覚えていてくれることを望んでいる。妻、母、友、仲間、娘として。これが心おきなく自分の墓に入るための条件だ」とジューンは書いている。

六月十八日の金曜日、ついに待ちに待った日が来た。双子は看守長の部屋に呼ばれ、次の月曜にブロードムアへ移送されると告げられる。

ジェニファーにとってその日は他にもいいニュースがあった。看守の一人が二通の封筒を渡してくれたのだ。一つは母さんの字、もう一通はマークからだった。神様が祈りを聞き届けて下さったのだ。まず母さんの手紙に目を通す。ジューンの詩が褒めてあり、二人の娘が才能に恵まれていることを喜んでいる様子だった。ジェニファーは嫉妬を感じたが、それもすぐに消えた。

ジェニファーが二つ目の封筒をゆっくり開いた時、雷が鳴って独房の壁に稲妻の光が走った。見たことのない写真が落ちた。拾い上げて、自分の将来の夫となる人を丹念に眺める。マークは白いシャツを着て、スクール・ネクタイに黒いズボン姿だった。カメラに向かって肘掛椅子に座っており、二十一歳の大人というより十五歳くらいに見えた。自分や子どもの面倒を見てくれる人と夢に描いていたマークだが、夫とか父親と呼ぶにはかけ離れた感じがした。まん丸の目、厚ぼったい唇を眺めているうちに、ジェニファーの目には失望の色が浮かんだ。色々角度を変えて写真を見ながら、少しでも違って見えるかと期待した。ジェニファーの耳には、早くもジューンの侮る声が聞こえて来るようだった。手紙は堅苦しい、かしこまった調子で書かれていたので、ジェニファーは少し戸惑ってしまった。手紙に書いてある彼の真意が読み取れなかった。このあいだ出した手紙に、彼がどんな人かを教えてほしいと書いたのに、まだ彼の人柄は曖昧だ。会えなくて残念だ、そんなに長期に閉じ込められるなんてひどい、とマークは書いていた。二人の約束については、一体どういう意味なのか分からないし、何を尋ねているのか定かでないと書いてあった。

「言ったでしょ。遠回しに書くからよ」翌日ジェニファーが部屋に来た時、ジューンは言った。ジェニファーが渡した写真をちらっと見てジューンは驚いた様子だったが、それからは浮かれた調子で「男じゃないじゃん」とクスクス笑った。ジェニファーは傷ついたが、しぶしぶ認めた。自分がバカだったと思ったが、かといって監禁されていたこの六ヵ月間自分を支えてくれた希望を捨てるには忍びなかった。もう一度写真を送るようにマークに頼むことにして、次の手紙では結婚についてハッキリ尋ねようと思った。ブロードムアに落ちついたらマークに来てもらおう。

パクルチャーチでの最後の週末を双子は興奮して過ごした。七ヵ月というもの、ジューンとジェニファーは、他の囚人との間に壁をつくって暮らした。看守達の誰も双子と他の囚人が話しているのを耳にしたことがなかった。また双子自身は話をしようと努力をしたと書いているが、二人のもごもご言う言葉は誰にも聞き取れないか、意味がうまく伝わらないかのどちらかで、言葉よりも頷くとか指差すとか、なりゆきに任せるとか、楽な方法を取るようになっていた。

ただ一人、アリソンという女だけが双子に影響を与えた。双子はアリソンからはインスピレーションと笑いが引き出せると思っていた。アリソンは三十四歳で、刑務所を出たり入ったりの人生だった。双子がA棟にいた頃、アリソンは二人をしきりにかばい、恋愛がうまくゆくよう勇気づけたり、あんた達は特別だと話しかけたりした。この女の行動が双子には奇妙に思えたが、他方ではやさしく言葉をかけられるのはいい気分だったので、アリソンがどこかへ移された時には寂しかった。ところがまた最近アリソンはパクルチャーチへ戻って来たのだ。二人がパクルチャーチを出る二、三日前には、ここで自分達のことを覚えていてくれる友人がいて欲しいと双子は思い始めた。ジェニファーはまた例の魔術を実行し、アリソンのことを心に思い描いて「ジェニファーのことをもう一度好きになる、好きになる」と繰り返した。ジェニファーは同じようなことを二十九歳の囚人、ジャネットにも試してみた。ジャネットは判決以来双子に興味をもっていたが、なんと魔術が効いたのだ。最後の週になってアリソンもジャネットも何度か二人を訪ねている。

日曜の朝、A棟にはほとんど人気がなかった。看守も囚人達も、ジムの横の小さなチャペルに礼拝に行き、看守が一人と数人の囚人だけが残っていた。女囚はジェニファーの小さな房に集まり、お菓子を交換して話を楽しんでいた。くすくす笑いながら、きわどい話に赤面する。それは、クリスピーとチョコレートを食べながら学校の寮でお祭り騒ぎをする生徒達とまったく変わらなかった。こんなふうに皆と親しく仲間意識を感じたのは双子にとって初めてで、二人は大いに楽しんだ。

「あそこに突っ込まれないように注意しな」と世慣れたジャネットが言った。「テレビを見たりして、皆に溶け込んだ方がいいよ。でなきゃ薬漬けにされるよ。いやらしいゾンビみたいにふらふら歩き回ることになるよ」

ジャネットを嫌っていたアリソンには、自分なりの考えがあった。「狂人みたいに閉じ込められちゃうよ。私はそこにいたことがあるんだもの」じっと一点を見つめたまま、心が宙をさまよっているようだ。「あんた達、行っちゃったら寂しいね。どうしてリチャード・バートン〔ウェールズ出身のシェイクスピア俳優〕と結婚しないの。奴が面倒見てくれるのにさ」ジューンはこれを聞いてジーンとした。「あの人が私との友情をあんなに大切に思ってくれているなんて知らなかった」とジューンは思った。

そこで精神分析療法を受けることをどう思うか、アリソンに尋ねてみた。

「ああ、そうだね。くそいまいましい半日をベッドでバカな医者と話しをしなくちゃいけないんだ。頭がおかしくなっていることがばれるよ。ま、何はともあれ、一つの部屋に男と一緒にいられるんだけど」そう言ってアリソンは目くばせをした。ジューンもジェニファーもすっかり戸惑ってしまった。

「ヴァージンだって思ってるけど」とアリソンは付け加えた。

ジェニファーは誇らしげに首を振った。「何度やったのさ？」ジャネットが尋ねた。ジェニファーは五本の指を出して見せた。「あれにキスするの？」ジャネットはなお続けた。「ボーイフレンドにやったことあるけど、自慰の方が楽しいね。ここじゃ皆やってるよ」

「看守も？」ジューンは驚いて囁くように尋ねた。

「あいつらのことは気にしなくていいの。慣れたもんさ。私なんか電気つけたままやるよ。そんなこと言って、あんた達二人ともレズなの？」

ジェニファーは顔がかっと火照るのを感じた。ジューンもジェニファーもその中の何人かの少女に夢中になっていたから。二人はアリソンの枕に口紅で愛のメッセージを書いたことさえあった。二人の仕業だと分かったのか？　二人が両性愛者だと皆思っているのだろうか？

「心配することはないよ」とジャネットはやさしく付け加えた。「ここにはレズがたくさんいるさ」

「お前さん達、私のかわい子ちゃんだってこと、覚えておいて」アリソンは別の世界から突然戻ったように会話に加わった。「寂しくなるわ」

ジェニファーはチューインガムの包みを二つ開いて新しく出来た友人達に手渡し、記念の包み紙を丁寧に伸ばした。この最後のひと時の何もかもが大切だった。

再び別々の房に戻って、ジューンとジェニファーはパクルチャーチでの最後の食事をした。庭のアーモンドの小さな木に別れを告げる。最初の三ヵ月の大部分の時間を過ごした向かいの病院の窓にも、自分を閉じ込めた壁にもドアにも。「さよなら！　パクルチャーチ」ジューンはライス・プディングを頬張りながらスプーンを持つ手を振った。自分を待つ輝かしい新世界を夢見る。次にこの房に入る人は、私の苦しみを感じ取ってくれるだろうか。結婚したい、赤ん坊がほしいとジェニファーと話した言葉を耳にするだろうか。二人のひどい喧嘩のことは？　ペンを取るとジューンは壁に名前を落書きした。「一九八二年六月二十一日ブロードムアへ出発」パクルチャーチでの最後の日記は次のように始まっている。

明日、雲の中から太陽が出てゆくようにここを出る……。しかし私は太陽ではなく、人の心を妙に騒がせるそよ風に過ぎない。私がいなくなればパクルチャーチの人はほっとするだろう。あの「やっかいな双子」からやっと解放されるってね。ただ私達の思い出が人々の額にシワを刻み、喜びに満ちた沈黙だけがこの房に残るだろう。

ジェニファーも房で最後のライス・プディングを食べていた。

神様！　新しい生活では、今までのように苦しませないでください。普通に堂々と話す勇気を下さい。医者や看護師を信じられるように、これ以上人を怖がらなくてすむようにして下さい。この七ヵ月間、何の希望もありませんでした。このためにまた麻痺したようになるのは御免です。せっかく持ちあわせた能力をぶちこわすのも、まるで薪（まき）が束ねられたように舌がこわばってしまうのも、もう結構です。

夜の当直パトロールがジェニファーの房の錠を開け、喉が乾いた時のための水を取りに行かせてくれた。ジェニファーはようやく友人になった人達にさよならを言おうと思ってゆっくり廊下を歩いた。アリソンの房をノックしたが返事がない。勝手に開けると、アリソンはじっとこちらを見つめて床に座っていた。手を振ってみたが、アリソンは誰だか分からないようだ。ジェニファーはやむをえずドアを閉めて隣のドアに移った。ここも返事がない。そこに入っている少女は今まで話したこともなかったが、床のマットレスに座って一心に編み物をしたまま、顔を上げようともしなかった。

廊下の突き当りにジェニファーはジャネットの房を見つけ出す。心踊らせてドアを開けると、ジャネットはベッドに横になり、顎まで布団を引っ張り上げ、目は天井を見据えたままだった。あんなに冗談を言ったり、生活の知恵を教えてくれた愉快で賢いジャネットの面影はどこにもなく、ただ寂しそうに弱々しく横たわっていた。ジェニファーはドアの下に走り書きを差し込むと急いで立ち去った。

「手紙をください。私達のことを忘れないで。JとJ」

夜明けの空は灰色で、初夏の霧雨が降っていた。ジューンの房の窓のひさしの陰で小鳥達が雨宿りしている。横になっていると、すっかり聞き慣れた配膳用ワゴンの音、解錠する音、囚人達の怒鳴り声と看守の挨拶が聞こえて来る。『テサロニケ人への聖パウロの手紙』と、詩篇五十四、五十五、五十七篇を読む。それから枕カバーに持ち物を詰め、日記とペンを取り出して書いた。

あと数時間でパクルチャーチの門から永久に出ていく。希望と栄光の土地へ行くのだ。そこでは花模様のスカートと黒いジャケットを着ていよう。本年十九歳。いつの日か、この日、六月二十一日月曜日のことを振り返ってみるだろう。その時何を考えているだろう？　目に浮かぶのは

——

私と妹のことだけ。地獄に咲く花のように傷つきやすく、つつましやかに、しかし凛として。人生の新しい段階へと飛んでゆく。

裁判所前でのオーブリとグロリア。「何もかも自分達のせいにすることはないのだ」（ジューン、239ページ）。

第十章　地獄に咲く花

貧しくとも心地よい生活を無意味に堕落させた私の、何という愚かさよ。

ジェニファー・ギボンズ

ブロードムアは、双子が夢見た「新しきエルサレム」ではなかった。もちろん一見すると、広い廊下で結ばれたヴィクトリア風のゆったりした一戸建や、暖房のよく効いた室内、田園風景が見渡せる大きな窓などは、パクルチャーチとは良い意味で全く対照的であったが。プラスチック製ではなく「銀製」の食器が与えられたこと、ライス・プディングの味が良かったこと、それに独立したテレビ室があってBBCやITVが見られることなどに二人も満足していた。また耳障りなベルのかわりにラウドスピーカーで患者が呼び出される。たとえば「女性の皆さん、食堂まで」とか「ジョーンズさん、お手紙です」とかいう風に。さらに二人にとって嬉しかったことは、鏡のついた大きな浴室があること、またかなりのプライバシーが保障されていることであった。

第一日目の夜に、ジューンとジェニファーは第二ヨーク・ハウスの、隣りあわせの部屋に別々に収容された。それぞれの部屋には鍵がかけられたが、窓越しに互いの姿を見ることはできた。翌日、病院の売店に連れて行かれた二人は、三組の新しい洋服（ワンピースでもツーピースでも）とツイードのコート、新しい下着、寝巻、三足の靴——一足は作業用で底の平らなもの、一足は棟内で履くもの、もう一足は社交用のお洒落な靴——を選ぶように言われた。ジューンは付き合いが広がることを想像して、エレガントなタイつきの青いワンピースを選び、ジェニファーは赤いのに決めた。その後、ブロードムアで診断用に利用されているビデオ教室に参加し、「演技」を楽しんだ。またその夜は看護師とスクラブル［単語を作って得点を競うボードゲーム］遊びをした。サンドイッチとビスケットの夜食の前にはタバコまで渡された。「今日一日よい子でいたご褒美ですよ」と看護師が言い添えた。「進歩に次ぐ進歩」とジェニファーは記している。「小説を読む。星印が増えるたびにやる気が出る。窓越しにJとお喋り。毎日」

しかしジェニファーの楽観的な見方は裏切られた。三日目には早くもジューンと仲違いしたのだ。ジェニファーは新しい豪勢な生活を楽しむことに全精力を傾けていたのに、ジューンは内にこもり始めたのである。食堂で大勢の知らない人の前で食事をすると、ジューンはかつての麻痺状態が忍び寄って来るように感じた。またもやゆっくり歩き始め、風呂やラウンジに行く場合も、看護師が部屋から無理やり引きずり出さなければならなくなった。頭を垂れていつも俯き、スタッフがどんなに話しかけても、陰鬱な沈黙しか返さなくなった。

看護師は私達を見ている。私もジューンを監視している。あの子は私にケチをつけて、私の人生を台無しにしようとしてる。二人とも普通に振舞い、話し、すばやく動き、笑い、そして生きる、そういう日が来なくちゃいけない。私の人生、私の心、私自身を自分で規制しなければ。ジューンはわざと看護師を無視してる。あの子は欠点だらけだってことが、今、誰の目にも際立っ

て見えている。

「答える時には顔を上げなさい」と第二ヨーク・ハウス担当の陽気なスペイン系のシスター・ベヴァンがジューンに注意した。それを見ていたジェニファーは怒りで歯をくいしばる。もしジューンがこういうことを続けると、誰も二人を普通の十九歳の人間として扱ってくれず、いつまで経ってもブロードムアから出られないだろう。

ブロードムアへ来てから一週間も経たないうちに、ジューンはもとのあやつり人形のような動作に戻ってしまった。ジェニファーもそれに倣いたいという衝動を感じたが、ここから抜け出なければ歴史は繰り返し、数年も経つうちにはブロードムアから一歩も出られないゾンビになり果てるだろう。浴場には、普通の鉄格子がはまっていない小窓があることにジェニファーは気づいていた。自分の細い身体ならこの窓をすり抜けられるだろう。タオルや衣類をつないで結び目を作った「はしご」を洗面台の水栓に縛りつければ、ジューンも私に続いて来れるだろう。それからタールマカダム舗装の中庭に降り、塀まで走るのだ。ある女性が数年前に別の患者の肩を借りてなんとか塀をよじ登り、向こうへ飛び下りたという噂を二人とも耳にしていた。ブロードムアが建てられた時には、女の方が男より弱いと考えられていたから、女性棟の塀は男性棟ほど高くしていないのである。その女性は足首を捻挫したためにクローソーン駅までの道を半マイルも行かないところで警察に検挙されてしまったが、束の間の自由を味わいはした。

ジェニファーは浴場の外廊下でジューンと向かい合っていた。懸命に信号を送って、今夜脱走するから急がなければならないことをジューンに分からせようとした。しかしジューンは何の反応も見せない。片手を顔の上にかざし、もう片方の手で身体をかばう姿勢のまま強情そうに前を見ている。無駄にできる時間はない。もうすぐ午後八時になる。浴場へ入るチャンスは今以外にはないだろう。「ジェニファーとジューン！　一体何してるの？　寝る時間ですよ」サマンサ・ベヴァンがもの言わぬ双子の間に割って入った。この女性がブロードムアで女性患者の世話を始めたのは十九歳の時である。その後二十年以上経ち、彼女にとって患者は家族以上に近しい存在だった。この病院で一日の大半を患者と共に過ごし、ある患者とは十年以上の付き合いになる。そのシスター・ベヴァンもジューンとジェニファーのことは気にかかった。こんなにも頑なに口を開かない少女にこれまで出会ったことはなかった。ちょうど居合わせた看護師と協力してまずジューンを、続いてジェニファーをかかえ上げ、廊下を引きずって隣り合ったそれぞれの部屋まで連れてきた。そこまでしても二人は自分からベッドに横になろうとはしなかった。パクルチャーチの時とそっくり同じだった。

サマンサ・ベヴァンはジェニファーの能面のような顔に目をやってから、床に跪いて上掛の端をたくし込んでやった。ジェニファーは自分を覗き込むシスター・ベヴァンの顔をじっと見つめて好感を持った。だがこの看護師は、ジューンにも心をかけているように見える。ジェニファーは格子窓と威圧的な壁に視線を移すと、今まで感じたこともないような怒りのエネルギーが満ち溢れ、指先がほてり、身体が震えるのを感じた。ジェニファーの中で、このようにとてつもない怒りの奔流が姉以外の人に向いたのは初めてのことだ。姉と同じくこの女も、私が空気を胸一杯吸い込み、自由になることを妨げようとしている。

あっというまにジェニファーの爪がサマンサ・ベヴァンの顔面に食い込んだ。「バカヤロー！」とジェニファーは叫んでいた。傷の痛みもさることながら、それまで口をきかなかった少女がこんなにはっきりした言葉で怒鳴ったことにショックを受けて、シスター・ベヴァンは大声で叫んだ。手を放したジェニファーが見上げると、入口に駆けつけた若い看護師が怯えたようにじっと見つめていた。

第一ランカスター棟は、ブロードムアに収容される女性患者の「集中治療」用に使われている。階下の部屋ほどパクルチャーチの静まり返った房に似ていた。飾り気のない壁、高いところにある格子窓、マットレス一枚だけの床。この棟に連れてこられた患者は、まず病院中で一番下の部屋、最も暴力的で危険な患者用の部屋に入れられる。それからちょうど「双六（すごろく）」のように、第一ランカスター棟にある二十三の部屋を徐々に上へ昇って、次に第二ランカスター棟へ移ってから、開放的な部屋や宿舎のあるヨーク・ハウス（双子がここに着いてすぐ連れて来られたところ）へ戻る。そして何か事を起こすたびにその深刻さの度合いに応じて後戻りしながら、あまりたびたび「一回休み」にならなければ、平均して六年目にはリハビリ者用の棟、第三ヨーク・ハウス最上階の部屋に入れるのだ。

この上昇階段を昇るたびに必ずご褒美がもらえた。ブロードムアの決まりに逆らわずにおとなしくすれば、ＢＢＣ幹部や政府役人の執務室とみまがうばかりの「個室」に入れる。第一ランカスター棟では、決まりをよく守った者には、ベッドと合板製の家具がいくつか備えられた部屋が与えられる。全部で二十二部屋ある第二ランカスター棟に移ると、最も良い場合には椅子、ワードローブ、（木製の）机、加えて鏡、それに床には敷物が敷いてある。普通は個人の持ち物全てを室外のロッカーに入れなければならないが、このような部屋では室内の鏡台にしまっておける。また自由時間にも等級がある。第一ランカスター棟の、攻撃的な患者や自損的な患者を収容する部屋は昼夜施錠されているのに対して、第三ヨーク・ハウスでは、病院内パスポートまたは「仮釈放」カードを発行して、どこへでも自由に往き来するのを許した。ブロードムアに長年収容されていて、退所の可能性がない患者は特定の棟から動けないことが多いが、それ以外の者のためにこのような制度が設けられていたのである。

第一ランカスター棟の隔離部屋で、ひとりマットレスに寝ころんだジェニファーは、これまでの十九年間で最も暗い気分に陥っていた。パクルチャーチを去る前の二、三ヵ月間に抱いた期待は、この新しい監獄の壁とドアの向こうに消えていった。「子どもがどんな時にもキャンディを欲しがるように、私は死を待ち望む」とジェニファーは書いている。「死はいつでも手の届くところにいる。満面に笑みをたたえ、友達になりたがって」ジェニファーの舌は、薪の束がきちっと結わえられるようにこわばって、一言も喋れなかった。日曜日、第一ランカスター棟の娯楽室は教会に模様替えされたが、ジェニファーは大好きな祈りの言葉を皆と一緒に唱和できず、牧師が聖体拝受のパンを差し出した時も口を開けることができなかった。ワインの時もジェニファーの唇は意に反して堅く閉じたままだった。牧師はジェニファーに祝福を与えてから隣りに移る。ジェニファーは昨年の夏に飲んだワインとウォッカを思い出しながら、第一ランカスター棟の女囚を見渡した。みんな物憂げに目を見開いて何列にもなって座り、まるで銃殺の順番を待つ兵士のように見えた。カールやランスやウェインの世界は遠くへ行ってしまったのだ。

双子の妹から隔離されたジューンもまた暗澹たる気分だった。ジェニファーが暴力をふるった日から十三日後の七月二十一日の早暁、ジューンは自室で首をしめて自殺しようとしていたところを発見されている。新しい青のワンピースのベルトを首に巻きつけ、あれほど多くの魔法の力を与えようとした銀の腕輪にその一方の端を縛り、両手で引っ張っていたのだ。

こうして双子の場所は入れ替わった。ジューンはジェニファーがそれまで入っていた集中治療棟へ送られ、ジェニファーは中間の段階を飛ばして第二ヨーク・ハウスの宿舎に戻った。二人とも憔悴し切っていたが、特にジューンは四年前にカマーザン治療所に収容されて、初めて二人が隔離された時と同じような無気力状態に陥った。食堂で食事を摂ることを拒み、体重は七ストーン〔約四十四・五キロ」を割った。

私が初めてブロードムアを訪れ、二人の看護師に支えられたジューンが面会室に現われるのを見たのはちょうどこういう出来事が起った七月初め頃である。ジェニファーも姉に続いてすぐ連れてこられ、同じように沈黙を守り、何を尋ねても反応がなかった。ところがその後、息つく間もなく話し始めた。「ジューンをもとのように私と一緒にすべきだってお医者さんに言ってください。こんなこと良くない。私達一緒にいたいんです。お願い、助けてください」

ジェニファーの嘆きはジューンほど劇的ではなかったが、姉が戻るのを切望する気持ちには変わりなかった。まるで前線から戻る夫を若妻が待つように。廊下にいつもと違う足音が響くたびにジューンが帰ってきたと思った。傍らの誰もいないベッドを見つめて、そこにジューンが横になることだけを一心に望んだ。何時間ものあいだ窓の外を眺め、もしや庭にジューンの姿が見えないかと期待した。

「Jが戻ってこなければ私は死んでしまう」とジェニファーは書く。「どうしようもなく会いたい。何か悪いことが起っている。この病院の人はよかれと思って私達を離ればなれにしているのかしら?」

日が経つにつれ、全く日常的な行動でさえ二人にとっては厳しい試練に変わった。談話室に入れないほど怯え切って、廊下をふらふらすることが多くなった。いったん室内に入ると、いつでもドアに一番近い椅子に座り、そこから離れるのを怖がった。自分一人が先に帰るために立ち上がると、室内の全員にじっと見つめられているように感じる。逆に他の人が全部立ち去るまで待っている時には、その人が出ていった後でなければ動けないと思われているのではないか、そういう疑念がジェニファーの頭から去らなかった。

屋外もかなり暑くなり、七月末の陽気でハエが飛び回っていた。ヒースロー空港を飛び立ったジャンボジェットが、アメリカかもっと遠くへと飛び去る音をジェニファーは聞いていた。しかしここでは、いつもレクリエーションの時間にジェニファーが座る椅子に、誰かが陣取ってタバコを吸っている。自分はどうしたらいいだろう。隣りに座るのは恥ずかしくてとても無理だ。もし話しかけられたら？　タバコをあげたら？　しかし前を通りすぎて隣りの椅子に座れば、気取って社交的でないと誰の目にも映るだろう。「自信がないのが本当に嫌だわ。どうして『こんちは！』と言って垣根を越えられないのかしら？」

ジェニファーはあまりにも内気なために、看護師や患者の前でお茶を飲むことさえ諦めていた。ミルク入れやティー・ポットを持ち上げるのも、とりわけ位置が悪かったり把手が反対側を向いている場合には不可能だった。「この子には何度頼んでもダメ。自分のが欲しければ自分で淹れると思うけど」と、同じ宿舎のヴィがジェニファーの頭越しにサラに話しかけている。ジェニファーは自分が目に見えない存在であるかのように感じた。サラはジェニファーのところにあるスプーンが欲しいが、ジェニファーのことを耳が聞こえないか、それとも気分を害していると思っている。ジェニファーはそれを取って手渡してやればいいと分かっているのに、どうしても行動に移せない。なぜサラは、ちょっと渡してとジェニファーに頼まないのか。他人が話しかけないことにジェニファーも我慢ができなくなってきた。「神経にさわる。私が苛々するまで黙っていて、私をバカにしてるんだ。どうして喋りかけて私を気楽にさせてくれないんだろう」お茶を飲まないという評判が立つと、本当に皆の前で飲めなくなるのではないかとジェニファーは心配した。

一九八二年七月二十六日月曜日、ジェニファーが看護師を傷つけ、双子が別々の棟に分離されてから約一ヵ月過ぎた頃のことである。ジェニファーはいつも通り惨めな気分で、作業療法室へ向かって階段を上っていた。一番上まで行くとヴィが呼び掛ける声が聞こえた。「ちょっと、あんたの姉さんがいるわよ」半信半疑で前を見ると、たしかにジューンが長いテーブルに向かって腰掛けていた。ジューンは、ジェニファーの持ち物のセーターと、両親が一週間前に面会に来た時に持ってきてくれた緑のスカートを身につけている。ジェニファーは黄金色の方を好むと思ったと、グロリアは話していた。二人は周囲の好奇の目も忘れて面と向かって喋った。

お茶の時間にも二人は並んで座り、早口で喋った。二人ともお互いが不幸であることが分かった。「私一人でいる時には、私はあんただって思うことにするの。これはあんたの顔、あんたの身体なのよ。私はあんたなの」とジューンが告白する。これを聞いてジェニファーはびっくりした。「違うわ、それは私がしなくちゃならないことよ。私があんただって想像してるの」

「そうじゃない。あんたは独立した女性よ」とジューン。「あんたが一人でペン・パルに会いに行った時のこと覚えてる？　あの時のことを考えると心強く感じる」

二人はこれから互いに手助けし、支えあおうと誓いあった。

「新聞で私達のことを知った人から手紙をもらった。その人には言語障害があって、私達どちらかにガールフレンドになってほしいんですって。そうそう、マークは面会に来た？」

ジェニファーがこの問いに答える前に、ジューンはランカスター・ハウスから来た他の患者とともに看護師に連れ出されてしまった。

それがかえって好都合だった。マークが五日以内に面会に来る予定であることを言ったほうがよいかどうか、ジェニファーは迷っていたのだ。その週は、マークが来るのを半信半疑で待ちながら、興奮と心配のうちにあっという間に過ぎていった。マークが面会に来るとなるといくつか問題が生じないでもなかった。ヨーク・ハウスの患者は来客用のお茶を自分で淹れて面会室まで運ぶことになっている。お茶、カップ、砂糖、ビスケットなどは売店で買い、ミルクは当日要求しなければならない。これがジェニファーにとっては簡単なことではなかった。またその日何を着るかについて何時間も頭を悩ませた（最近、特別病院の制度が改革されて、ブロードムアでは患者自身が着るもののデザインや色を決められるようになった。ロンドンのある店がこの病院と契約していて、年に一度、何台もの車に着物を満載して明け方にやって来る。午前九時までには女性患者が次々に押しかけて、病院から贈られる一着と、自分のお金で買う場合にはもう一着を慎重に選び始める。患者は病院の規則に従順な度合いに応じて三〜六ポンドをもらうほかに、生活保護手当があり、また病院内でお金を使う機会はなかったから、病院に設けられた各人の口座にはどんどんお金が貯まった）。

もしも新しい赤のワンピースを着ると、スタッフ全員にこの面会人がジェニファーにとって特別の人だということが分かってしまう。しかし将来の妻からマークが受ける第一印象は、できるだけ良いに越したことはない。「私が恥ずかしがり屋か自信家か、彼には分かるはず。私についての全部、私の嫌な癖にも気づくはず。それが一番恐いことだ」ジューンからアドバイスをもらえればよいのにと思いながら、ジェニファーは自問自答した。ペチコートの色も気にかかった。白が素敵だけど、もうヴァージンじゃないからふさわしくない。そこで黒のペチコートと黒のタイツにする。また勇気をふるって美容院に行き、いつものお下げをほどいてポニーテールにした。

マークが面会に来る日がきた。ブロードムアの面会時間は午後二時十五分から四時までである。ジェニファーは緑のスカートとカーディガンを着てお茶の用意を整え、名前が呼ばれるのを待った。三時になってもまだ来ない。マークはどこだろう。着るものの選択が悪かったせいではないかと考え始める。緑は不吉な色である。玉突き衝突に巻き込まれたのかもしれない。彼の上司が早退を許してくれなかったのかもしれない。それともジェニファーが手紙で多くを語りすぎ、性急すぎたために、会いに来る気がしなくなったのだろうか。そうこうしているうちに雷が鳴り始め、一面真っ暗になってドシャ降りの雨が窓を叩いた。七月に嵐だなんて、何か良くないことを象徴しているのではないだろうか。外でパタンパタンという音が聞こえた。たぶん木枠か何かが風で外れかけてるのでは。ジェニファーはうとうとした。目覚めると面会時間は終わっていた。

後にジェニファーも知るのだが、マークは面会のために出かけたのに、オールダーショット［ブロードムアから南に十六キロほど離れた町］からの鉄道とバスの乗り継ぎを間違ってしまったのだ。その後クローソーン駅から丘の上までの一マイル半を歩いている最中に、辺りが暗くなり雨が降ってきた。マークは愛しいペン・パルのために何冊もの本の包みと、ジェニファーが何か買うようにと十ポンド分の郵便為替とを持っていた。ブロードムアがどんな所なのかマークはほとんど何も知らなかったので、こんな変わった場所で初めてのランデブーをすることが心配になってきた。数年間病院に入るとジェニファーは手紙に書いていたが、彼女が全然返事を寄越さなかった時に腹立ちまぎれにそれまでの手紙をみんな焼いてしまったので、なぜこんなに高い塀の中に閉じ込められているのか、マークには正確な理由が思い出せなかった。正門の呼び鈴を押した時にすでに三時半だった。二組の面会者がサインしているあいだ、マークは狭い部屋の机の傍らで待っていた。ついに勇気をふるってミス・ジェニファー・ギボンズはどこかと尋ねてみた。「おやおや、彼女は女性棟ですよ」と受付の看護師は言った。「ここは男性棟ですから、外へ出て右手へ行ってください」

マークが女性棟に着いた時には四時十五分前になっていた。受付の大柄な威張った看護師は、濡れねずみの黒人少年をちらっと見て言った。「遅いですね」その口調には何の同情も感じられなかった。「面会は四時で終わりですから、今からですと病棟からお連れする付き添いの手配をする時間がありません」それならせめて持ってきた本と為替を渡してもらえないかとマークは頼んだ。「面会者用ロッカーに持っていってサインして下さいね。ここには何も置いておかないように」彼女の態度にマークは縮み上がってしまって、面会者用ロッカーがどこにあるか尋ねることすらできず、贈り物の包みを再び抱えて駅への長い道のりを引き返したのである。

その後数週間でジューンは第二ランカスター棟へ移ることができたが、相変わらず寂しげで口を固く閉ざしていた。他方ジェニファーは病院の日常生活に前よりも馴染んできて、話をしようという努力も窺えるようになった。もっともほとんど練習しなかったので、何を言っているのか分かってもらえないことが多かったが。

「そんなに書いてばっかりで、疲れるってことはないの?」シスター・ベヴァンが尋ねた。ジェニファーは娯楽室のいつもの椅子に座り、練習帳に覆いかぶさるようにして新しい短篇の筋を考えているところだった。「事務所にいらっしゃい。何か縫い物でも見つけてあげるわよ」ジェニファーは何という幸運だろうと耳を疑った。他の女の子が縫い物をしているのを見ると、イーストゲートでジューンと一緒に作ったような可愛らしい縫いぐるみ人形を作ってみたいと心から願っていたのだが、切り出す勇気が出なかったのである。「縫いぐるみを作ってみたいんじゃない? 展覧会に出すことだってできるわよ」とシスター・ベヴァンは続けた。

ブロードムアでは縫いぐるみの製作に力を入れていた。いろいろな形や大きさの動物や人形が面会室や食堂にずらりと並べてあって、一般の人や患者に販売される。患者が買う場合の値段は材料費だけで、病院の口座から差し引かれる。ジェニファーは作りたい人形を説明しようとしたがうまくゆかないまま、シスター・ベヴァンについて事務所へ行った。「どんな色が好きなの?」ジェニファーは鼻から抜けるような声を出した。「ダーク・ブラウンがいい」と呟いたつもりだった。家に置いてあるテディベアを思い出したからだ。しかしシスター・ベヴァンは聞き違えた。「何でもいいんですって? それじゃあ、この色はどう?」彼女は、ジェニファーが嫌いなベージュ色のキットを渡して、針に糸を通し始めた。

ジェニファーが作りたかったテディベアはベージュ色の小犬に変わった。その上間違えて足に尻尾を縫いつけたのでいびつな姿になってしまった。それでもこの小犬はとても可愛らしかったので、ラッセルと名付けて購入票にサインした。良い出来ではなくとも、一九八二年の夏の思い出の種にはなったからだ。

二人は身体検査や種々の検査を受けた結果、血液が全く同じで、一卵性双生児であることが分かった。母親のグロリアは常々一卵性双生児ではないと言っており、これまでその言い分に疑問を持った医者は誰一人いなかったのだが。また心理学者のスタッフがやって来て、ストップウォッチ片手に反応時間を測り、ありきたりの質問をどっさりあびせ、性格テストや知能テストを繰り返した。まるでイーストゲートで行なわれたことの再現だった。

学校の教師も出張して来たが、やはりジューンの言っていることが全然理解できなかった。「学校へ行きたいなら、もう少しなんとかならないとね」とその先生は注意した。「学校では君の妹と一緒にはできないよ。看護師の話だと、ここでは二人だけでこそこそ話したり笑ったりしているらしいが、学校じゃそれは困るからね」参加できるクラスについてその教師が説明すると、ジューンは国語、数学、タイプ、美術のクラスを申し込んだ。しかしこの教師は自分では気づかずに、勉強する気を失わせるような不用意なことをジューンに言ってしまった。「君達を見分けるのは難しくないね。君のほうが少し太ってるじゃないか」

言語治療士のジェニー・フランスもやってきた。「この猫はどうして喜んでいるのでしょう?」彼女は言語治療に用いられるおきまりのカードを見せて尋ねた。一枚目は金魚鉢で泳ぐ金魚、二枚目は上の方を見上げる猫、最後は猫と割れた金魚鉢。「なくなったのは何ですか?」と次に尋ねる。ジェニファーはこれを前にやったことがあった。まるで五歳の子どもみたい。含み笑いしながら、ジューンもたぶん笑っているんじゃないかと思った。

双子は離れればなれの状態を耐えがたく感じていた。二人とも何かの拍子にいつも自殺を考えた。「お風呂で溺れ死ねるかしら?」とジューン。「それとも作業療法の部屋から針を取ってきて心臓に突き刺せば? Jはどうするかしら? 虚脱状態? あの子は本当にこんな鉄格子の中に入るべきじゃないんだ。あの子はあまりにもかわい過ぎて、社会にうまく馴染めないのだ」二人は毎日祈り、何か変化の兆候を見つけられないかと星占いに頼った。「神よ! どうぞ私を助けてください!」ジェニファーはある日、トイレの中で拳を壁に打ちつけながら叫んだ。「いつ姉が戻って来るか、教えて下さい。あの子が必要なんです。どうして私を助けて下さらないんですか?」二人が会えるのはたまたま二人の棟が同じ作業室を使った時と、ご褒美として週末に会わせてもらう時だけだった。看護師達は二人の気持ちを利用して取引したのだ。もし決まりをよく守り、話す努力をしたら、土曜の午後、シスター・ベヴァンの部屋で会わせてもらえる。しかしこうして時々会わせたために、二人を分離する方針を貫くことはいよいよ難しくなった。というのは、一緒の時は二人とも生き返ったようになるが、別れたとたんに生気を失ってしまったからだ。それでも担当の精神科医はこの方針を決して曲げなかった。

ブロードムアの女性棟の管理に責任を持つ医務官はボイス・ル・クトゥール博士である。彼は最初の事件が起こった後に双子を分離する方針を決定してからは、どんなことがあってもこれを変更しようとはしなかった。痩せぎす、長身で、陰気な五十代後半の彼は、生れ故郷のオーストラリアで医学の勉強を始め、一九六〇年に法廷精神医学の実績を積むためにイギリスにやってきた。ブロードムアでの勤務が二十五年にもなるのに、オーストラリアの奥地から抜いて来たばかりの乾燥した棘の木のような容貌は、当初から少しも変わらなかった。古い学説を墨守していて、患者の行動を制限するとなかなか自由にさせないと言われていた。

ギボンズ家の双子に対する彼の態度は、私と話し合っている時に窺える限りでは、無関心そのものだった。しかし『ザ・サンデー・タイムズ』に書いた私の記事が出た後で、ジャーナリストである私に電話をかけ、双子と話しをするためにブロードムアまで来るように勧めてくれたのは、他ならぬこの人である。二人のために創作クラスを手配するように願ったのも、二人の日記を読めるように配慮してくれたのも、博士であった。またブロードムアの看護師他のスタッフが加盟する組合である監獄職員協会の何人かのメンバーの反対にもかかわらず、その後三年以上にわたって私が訪問できるように取り計らってくれたのも博士に他ならない。しかし、完全な隔離下で長期にわたって治療する必要があるという点では、博士の意見は昔も今も少しも変わっていない。顕微鏡がなければ読めないような双子の日記を一読すれば、二人の人格の頼りなげで弱々しい一面が理解できるのだが、おそらく読んでいないせいであろう、敵意に満ちた姉妹と見えてしまう二人に対して、博士はほとんど同情を抱かなかったようだ。

ジューンとジェニファーは、二人一緒の生活に戻してほしいと要望する手紙を博士宛てに何通も書いたが、彼はイーストゲートやパクルチャーチの報告書に先入観を植えつけられていたために、二人を一緒にするまでにはなお長期にわたる隔離と治療が必要であると考えていた。ブロードムアのような病院での治療は行動修正が中心である。パーソナリティ障害に適した治療法はほとんどこれくらいしかないと考えられている。ここでは毎日の生活のあらゆる局面に褒美か罰が設定されている。患者はいつでも監視され、全ての言動が記録され、これに基づく序列の上に位置づけられると少しずつ特権が与えられる。ジェニファーは縫いぐるみを作った時の努力と職員との協調性が高かったとして、夕方に入浴することが許された。「午後や夕方に入浴する人の方が、朝の人よりいいのだ」とジェニファーは書く。こんな風に生活が変わるのはジェニファーには大歓迎で、午前中に詩を書く時間がとれるようになった。しかし都合の悪いこともあった。マークが週末にもう一度面会に来ることになっていたのに、彼と会う前に入浴できないのだ。

一九八二年八月十四日土曜日、朝、目が覚めると数羽の小鳥が窓のそばでさえずっていた。「誰かが私を助けてくれる！　誰かが私を助けてくれる！」と言っているみたいだった。マークはまた私を失望させるのだろうか？　準備は万全だ。カップ二つ、お茶、ビスケット。ビスケットは八つ。一分長く待つごとに信頼が失われてゆく。便所に行くために起きて、祈った。万能の神よ！　どうか私の望みをかなえて下さい。もう失望するのは御免です。

スピーカーから声が流れる。「ジェニファー・ギボンズ。面会です」ジェニファーは上品さを失わないよう気をつけながら、お茶の用意をする部屋に急いだ。しかし興奮していたせいで他の少女のお盆を間違って取ってしまった。「私のお盆をちょろまかすのは誰よ？」とその少女。「これは私のカップよ、このバカ！　返して！」その少女はジェニファーが手にしたお盆をひったくったので、自分のを探し出してもう一度最初から準備するほかなかった。付き添いの看護師が苛々しながら待っている。ジェニファーを含めた女囚達の一団がまさに面会室に向かおうとした時、ジェニファーは砂糖を忘れたことに気づいた。もう一度自分のロッカーまで戻って砂糖を取り出し、砂糖入れを借りる。先程の一団はとうに行ってしまったので、とり残されたジェニファーは次の付き添いがやって来るのを待たなければならなかった。

ようやくのことでお盆を持って面会室まで来た。最初マークが誰だか分からなかった。だがよく見ると、緊張した若い男が一人テーブルに座っているのが見えた。写真と同じようにしゃれた縞のシャツと灰色のズボンを身につけている。写真を見た時のぞっとするような失望をまた感じた。マークはまるで目立たない生徒のようで、ケネディ家の少年達のような不良っぽい魅力は全然なかった。

「やあ！」と彼は言うと、ジェニファーが落としそうになったお盆をさっと支えた。ジェニファーは腰を下ろすと紅茶を勧める。

「いや、結構です。お茶は飲まないんですよ」とマークは言うと、気まずい沈黙の後で説明した。

「熱いものを飲むと消化が良くなって、お腹が減るんです」

「ビスケットは？」とジェニファーは囁いた。

「いや、いりません。間食はしないんです」マークは微笑んだ。ジェニファーが身動きしないでいると、マークが彼女のカップにお茶を注いでくれた。「僕が淹れましょう。砂糖は？」と上品に尋ねる。ジェニファーはかぶりを振る。砂糖入れを求めててんてこまいしたのが全部無駄だったわけだ。

一人の看護師が様子を見にきた。マークを見て「弟さんなの？　ジェニファー」と尋ねた。ジェニファーは睨み返す。「そのうちあなたもここに慣れますよ」その看護師は、まるで保護者のような口調でマークに言った。ジェニファーはそういう態度に我慢ならなかった。初めての人と会っているところにこんな風に無神経に割り込んで来るなんて。じっくりとマークの顔を見ると、真っ白い出っ歯が見事だ。マークの魅力的なところを見つけ出さねば。

マークはウォーキンガムでの生活を少し話して聞かせた。友達がいないこと、小さな家で上司と一緒に暮らしていること。週末はほとんどテレビを見るか、レゲエのレコードを聞いて過ごしていること。日曜には教会に行くこと。二人とも何か共通の土壌がないかと必死だった。「あの人がとてもゆっくり喋る理由が今分かった」とジェニファーは思った。「あれが魅力なんだ。私が言ったことの意味がよく分からないように見える時でも、にっこり笑っている」マークの星座や家族についても質問した。二人の出会いは、二人が交わす手紙と同じように、ジェーン・オースティンのお茶の会のように堅苦しかった。しかしその午後の本当の目的は話し合うことだったはずなのに。どうしようもない感情に突き動かされて、ジェニファーはうっかり口を開いてしまった。「約束のことだけど、去年の七月の」

マークはかぶりを振って「えっ？　何のこと？　分からないなあ」と言った。

ジェニファーは当惑した。たぶん私の言うことを聞いていなかったんだわ。「結婚のことよ」マークは考え込んでいる様子だった。だが勇気を出してもう一度聞いた。どちらにしても、最愛の夫になるつもりがあるのかしら？　マークの腹は固まっているように見えなかった。結婚するにはお金がかかること、知っているのかしら？　ジェニファーは不安になり、自分が性急に事を進めすぎたと判断した。

二人とも黙り込んだ。意味なく言ったり髪の毛をいじったり指に巻きつけるなどの、神経症の兆候が知らずに出たことにジェニファーは気づいた。マークにも分かったかしら？　隣りのテーブルの人も見ていた？　マークの注いでくれたお茶をちょっと飲んで、まだ話すことがあるかどうか考えてみた。「サッカーは好き？」「ああ、あんなのは女のスポーツですよ」とマーク。ジェニファーはまごついたが、質問を正しく聞いていなかったんだと決めた。好きなポップ・ソングや、クリケットとかゴルフが大嫌いだとか、共通の話題が見つかると二人は打ち解けた。看護師が面会時間の終わりを告げるまで、マークは帰りたそうな素振りも見せなかった。

マークが帰ってから、ジェニファーは訪問者用ロッカーで贈り物の品々を渡された。リーダーズ・

ダイジェストの小説集や、ノーマン・ヴィンセント・ビール博士著『毎日元気が出る言葉』などが出てきた。またテリー社製のゴールド・チョコレート大箱もあった。これはちょっと問題だった。みんなが分けて欲しがるに決まっている。ジェニファーはこの箱をロッカーに隠しておいて、夜の楽しみにちょっとずつ取り出すことに決めた。しかしロッカーには日記や雑誌類が山ほどつまっていたので、箱の形が変わるほどに押し込まなければならなかった。そうしてジェニファーが廊下を忍び足で立ち去ろうとしていると、ロッカーの扉が突然開いて、チョコレートが床に飛び散る音が聞こえた。大慌てでそれをまた押し込もうとするジェニファーを、二人の少女が見つけて笑った。ジェニファーは腹が立ち、心のどこかで今日の面会は成功じゃなかったと思いはじめた。マークは良い人だったがどこかよそよそしく、初めて会うフィアンセをじっと見つめるような人ではなかった。「要するに獅子座なんだわ」とジェニファーは日記のなかで自らを慰めている。「堂々たるライオンってとこ。きっと王者にふさわしい人生があるんだ」

一週間後ジューン宛に家から来た手紙で、双子の占いに対する信頼が根本から揺らぐような事実が分かった。ル・クトゥール博士がジューンの誕生時の様子を問い合せたのに対して、グロリアが寄越した返事によると、これまで双子が信じていたのとは違って、ジューンが午前八時十分、ジェニファーは八時二十分に生まれたというのだ。何年もの間、かなりのお金を注ぎ込んで星占いの研究をしてきたが、その大前提は、ジューンが八時、ジェニファーは八時十分に生まれたということだった。今やそれぞれの性格についての占いは全然違ってしまい、運勢も一変した。今までジェニファーのものだった発展運をジューンが引き継ぐことになり、ジューンについてあれこれ調べたことは全く関係なくなったのだ。ジューンからこの知らせを聞くと、ジェニファーは「全部間違いだなんて悲劇だわ」と書いている。

私の占いは私に全然関係なくなる。私の運勢はジューンのと入れ替わっていた。大好きだった私の星占いは、かわいそうに奪い取られてしまった。一番ひどいのは、私の運勢が強い水瓶座でなくなったこと。水瓶座の性質は全部あの子のものになった。なんていうこと！　また最初から始めなければならないなんてひどすぎる。私は誰なの？　これから星占いの本を読む時には少しも油断できない。

一九八二年の夏が過ぎる頃には、双子の関心は塀に囲まれたこの小宇宙だけに向けられるようになった。「私達二人とも外の世界の人のことを全く忘れてしまいそう」とジューンは書いている。家族もたびたびは来られなかった。ハヴァフォドウェストからブロードムアまでの鉄道の旅は長時間かかり、おまけに早朝のレディング［ブロードムアのあるバークシャーの主要都市］での乗り換え、駅から病院までの交通手段の問題など、煩わしいことが沢山あった。双子の兄のデイヴィッドとヴィヴィアン夫妻は、二人の子どもにブロードムアはふさわしい所でないと考えて、ヴィヴィアンは一度も面会に来なかったほどである。しかし双子は気を悪くしなかっただけでなく、デイヴィッドとヴィヴィアンの誕生日と結婚記念日を覚えていてカードを送り、病院の口座からお金を送ることさえ考えていた。二、三度来てくれたグレタにも、たまにやってきて大きな慰めを与えてくれた両親にも、実際に送金している。

私は作文講座や本など、二人の創作力を刺激するようなものを持っていった。初め双子は乗り気になって短篇をいくつか書いた。ジェニファーは長篇小説も書き始めた。二人のタイプライターを家から持ってきて使わせてやってはどうかと私が持ちかけると、ル・クトゥール博士は大賛成で、オーブリとグロリアにタイプライターを運んで来させて、第二ヨーク・ハウスの休養室でジェニファーがいつでも好きな時に使えるようにした。しかしジェニファーは一度も触れようとしなかった。私の助言で病院側はジャーナリズムと詩の通信教育の費用を払ってくれさえした。ジューンもジェニファーもやってみると約束はしたが、日記と詩を除けば書くことへの興味はすっかり消え、毎日の作業以外には関心を払わなくなった。またマークへの思いもジェニファーの心から姿を消した。

医者やほとんどの職員と口をきかないことを除けば、規則に外れた二人の行動は今や影を潜めたために、褒美として二人一緒にしてもらう時間が増えた。男性棟と共催の懇親会、ディスコ、ビンゴ大会などへの出席を示す掲示板に名前を書き込むこともできるようになり、また作文、タイプ教室や、課外活動センターの作業室やレクリエーションでも、男の子と話を交わすようになった。二人が恋に落ち、互いに競い合うようになるのに大して時間はかからなかった。

ジューンは座ってオレンジエードを飲み、ぎこちなくタバコを吸っていた。傍らには退屈そうな表情のエディという若者が座っている。その向かいのジェニファーはコートのポケットにあった古いチューインガムをくちゃくちゃ噛んでいた。毎週開かれる男性棟との懇親会の一コマである。

「こいつら、どっちが先に口を開くか牽制しあってんだよ。お笑いだな!」とエディは友人のロンに言った。ロンは感受性の強そうな十七歳の少年である。こんなことを言われてジェニファーは悔しかったが、率先して話すことができない。ジューンはまたもや冷淡で手の届かぬ存在になっていた。

「ロン、ジューンに挨拶しろよ」ロンはジェニファーを見た。「名前、知らないんだ」ジューンの名前は覚えていて、私の名前は忘れるなんて頭にきた。「ジェニー」と呟く。

「デビーだって?　いい名前だ」いつもと同じように聞き間違えられた。双子はタバコを吸い、ガムを噛み続けた。目の合図で、ジューンは今まで通りエディと付き合い、ジェニファーがロンをつかまえてみることに合意する。しかしどちらも相手を信用できず、また口もきかない。エディもロンも双子が楽しんでいることは分かったが、次第に飽きてきた。「どっちが退屈してるのか、見分けがつかないな。君？　それとも君？」エディは二人を交互に指差していたが、最後にはジェニファーに落ち着いた。それから「じゃあね」と言ってぶらぶら立ち去る。ロンも立ち上がり、ジェニファーの方を向いて言った。「ディスコに行かない？　月曜日だけど」

「あんたが悪いんだ」とジューンは非難した。「あそこに背をまるめて座っているもんだから、エディは私が嫌になったんだ。この売女！」その夜、ジェニファーは部屋で横になって、腹立ちまぎれにガムを噛み、嫉妬にかられた姉か自分のどちらかを抹殺する計画を練っていた。いつまでもガムを噛んでいたのは、寝ている間にそれで窒息死すればいいと思ったからである。

月曜のディスコは成功だった。二人はもし誘われれば本当に踊ろうと約束していた。「看護師だって驚かないわよ」とジューンはジェニファーに囁いた。「私達、おかしいと思われてるんだもの」二人とも最近支給された新しい靴を選び、新しいワンピースを着た。エディとロンも二人のテーブルへやって来た。音楽が大き過ぎたせいで、前と違って会話をしようと思ってもできなかった。ロンはテーブルの下でジェニファーを突き続けた。四人は笑ったりダンスをしたりした。エディはジューンの耳の後ろにタバコをはさんだ。音楽が止まり、看護師が少女達を呼び集めた時、男の子は「あばよ」と声をかけた。

ジューンとジェニファーは、ロンを共有してエディは臨時に利用することにしたので、この四人の関係はこんがらがった。ロンはジェニファーに手紙を書き始め、ジェニファーも返事を出した。双子は書き言葉ならばどんな男もその気にさせたが、現実はいつもそれを裏切った。エディは放火と暴行の罪でブロードムアに収容されていること、またロンは殺人罪であることが分かって、二人はショックを受けた。「本当に痛ましいニュースだ」とジェニファーの日記。

何てことに首を突っ込んでしまったんだろう。殺人犯と関係ができて、贈り物までもらうなんて。だまされたと思うと落ち込む。故意にやったんじゃないって彼は言った。事故だったのかもしれない。以前にJと私は絞め殺される夢を見たことがある。ロンが素手でやったんじゃないことを望むだけだ。ナイフを使ったってことも考えられる……。今では彼が信じられない。私のことを「とても可愛い」って手紙に書いてた。嘘つき！　本当は可愛くないって知っているのに。殺人でここに入れられたと言ったのも嘘かしら？　幽霊のことも言った。あれも嘘だったかもしれない。

不運だ。だってあの子はこの中でただ一人の十七歳なんだもの。

たしかに双子には不運が付いて回ったようだ。これまでずっと、手が届きかけてようやく関係が結べそうになると、すっと逃げられることの繰り返しだった。ヨークシャーの小学校では校長が二人に興味を持って、校長室で隣りに座ることを許してくれたと思ったら、オーブリがデヴォンシャーへ転属された。次にハヴァフォドウェストに移り、何年も口をきかなかった末にキャシー・アーサー先生に心を開き始めた。ところが、この人なら信頼できると感じたちょうどその時に、先生は二人についての論文を書くために大学へ行ってしまい、戻ってきた時には、初めての赤ん坊を抱えて先生の生活は多忙をきわめていた。その後は二人を治療するはずの医療専門家からも見放され、ただ失業手当だけを頼りに生きなければならなかった。そこへケネディ家の少年達が現われ、二人の少女は進んで心と身体を捧げた。しかし彼らはほとんど何の前触れもなく姿を消し、その後二度と連絡がない。近所の少年達とも同様だった。この団地に住む人の勤務はおよそ三年周期で、いろいろな人々がやって来

ては去っていった。二人が惹かれた少年達の一人として長期間そこに住みつきそうには思えなかった。痛ましいパターンが繰り返されたのだ。

ジェニファーが失望する種がもうひとつあった。当時私が面会に行くと、ジェニファーは毎回のように自作の三つの小説の原稿を見つけてほしいと頼んだ。『ディスコ狂』と『パジリスト』は見つけたが、出版するためにニュー・ホライズン社へ送った最初の作品『タクシードライバーの息子』については、原稿もちょっとしたメモも見あたらなかった。ニュー・ホライズン社へ問いあわせると、同社は一九八二年九月八日付けでハヴァフォドウェストのミス・ギボンズ宛に手紙を出していたことだけが明らかになった。二週間経っても返事がなかったので、この原稿は処分されたということである。手紙の冒頭には「一九八二年九月二十三日、廃棄」と記されていた。「当初申し上げましたように、この原稿のコピーを取っておかれるべきでした」

このことを告げてもジェニファーは何の感情も表わさなかったが、私も物書きの一人として、ジェニファーがどんなに残念であったかが理解できた。その後、私宛の手紙や私との面会の際には必ず、下書きだけでも見つからないかとジェニファーは尋ねるのだった。

秋が深まるにつれて、患者番号一九〇九一と一九〇九二とは周りの環境に慣れ、懇親会で顔をあわせる若者が幼児性犯罪者や婦女暴行犯や殺人犯であっても驚かなくなった。事実二人はロナルド・クレイ［イギリスの双子のギャング、クレイ兄弟の兄。二人は一九五〇年代終わりからおよそ十年間にわたって殺人や放火などあらゆる犯罪を犯した］のように有名な犯罪者と同じ場所にいることに誇りを感じるほどで、きわどい交際を楽しんでいた。クリスマスのお祝いにはジューンもジェニファーも全力投球した。私への手紙には、棟で行なわれるパーティーの日々について綴られている。「マージョリー様」とジェニファーは書き出す。

クリスマスにジューンが私を訪ねてきました。棟では一日中ディスコがありました。まあまあでした。夕食もよかった。全員が病院からのプレゼントをもらいました。私のは本です（ということは、私が読書好きだと誰かが知っているということ）。この本は、誰かに追われてるという意識につきまとわれている男の話です。ちょっと変わった話で、ほとんどが日記形式です。たくさんのパーティーがあってJと私は一緒に出ました。ジューンは第一ランカスターへやられそうだと言っていました。これは天王星と関係があると思います。天王星は少し破壊的なことで知られていますから……。面会にきて下さるのを待っています。お気をつけて。あなたの友、ジェニファーより。

一九八三年三月までに、もう一人の新しい男性が二人の生活に登場している。ジェニファーはロンをジューンに譲って、若い犯罪者ビリーに心を寄せた。ロンの恐ろしい罪を知って熱が冷めたのだ。新しいビリーとの関係はやはりうまくいかないことが後に分かったが、それなりの興奮もあった。

ビリーは私に子どもを生ませるつもりだ。ああ、神様！　あの子はとうとう賛成してくれました。今夜卓球の時間に話したら彼はショックを受けていた。その原因は、予告されたみたいに私の夢を見たことにあるようだけど。彼とセックスしたし、あの人は私の胸や感じやすいところにキスした。信じられる？　今も続いているのよ。月曜には、スペルマをビンに入れて持って来ると言う。もしそれでうまくいかなければ木曜日にやり直すらしい。神様、もうすぐ本当に母親になるのですね。私の気持ちは幸福と疑いの両方だ。もしうまくいかなければ？　でも、うまくゆくように祈っています。ビリーにイースターの卵を、まっ黄色のをあげた。卵だなんて！
——ジェニファーはビリーの写真をブラジャーに隠し持ち、時々取り出してはキスをした。「写真に写っているこの若い男がもうすぐ父親になる」そのあとジェニファーは謎の言葉を付け加えている。「もう一度」

週末にジェニファーは使い古した化粧ビンを見つけて、お風呂の水で消毒した。しかし、次の日ビリーに会うとまだ用意ができていなかった。ビリーは容器がなかったと言い、袋に入れたら薄まってしまったのだと話す。そして来週末にかけて注射器が見つかればもう一度やってみると言った。しかし二人が会う機会はなかなか訪れなかった。というのはジェニファーのぞんざいな生活習慣、汚れた洋服を洗濯しなかったこと、引き出しの片付けの悪さなどがたたって、懇親会に出ることを一週間禁止されてしまったからである。ジェニファーの心は掻き乱された。ジューンはビリーと会うだろうか。私のかわりにあの子を相手にすることはないだろうか。

ビリーも懇親会に出席していなかったと書いたメモをジューンからもらって、この恐怖はおさまった。ビリーも外出禁止になっていたのだ。例のものはイースターのダンスの時にもらえるだろう。しかしビリーが監禁された本当の理由が明らかになった。彼は注射器を探し回り、大騒ぎのうちにジェニファーとの計画が全部知れわたってしまったのだ。

「さよなら、赤ちゃん！」取り乱してジェニファーは書いている。「失敗だ。この世に生を受けなかった子のために胸が張り裂けるほどに泣いた。あまりに多くを望んだがゆえに、全部ダメにしてしまった。看護師を襲い、手首を切って隠遁生活に入ってしまおう。かわいそうなビリー。哀れなJ。私達は行き詰まってしまった」

四月になるとビリーは他の囚人と共にリバプールの新しくできたパーク・レイン病院へ移されてしまう。
ジューンにとって第二ランカスターでの生活は退屈で滅入った日々になった。やはり妹が恋しくて、看護師達とも精神科医や医者の誰とも親しくなれないどころか、敵と見做すほどだった。ジェニファーと一緒にして欲しいとしきりに願ったが、誰も双子に同情する者はなかった。二人が一緒にされた時、または懇親会の席上で男と一緒の時、姉妹ともに笑い、喋り、ダンスをするのを看護師達は目にしていたが、一旦病棟へ戻ると、腰を屈め、沈黙する影に戻ってしまうのだ。そこで職員に対する二人の敵意と反社会的な振る舞いは意図的なもので、容認すべきでないとされた。特にジューンの精神状態は下降線をたどっていく。いつも独りで娯楽室に座り、他の人が噂話をしたり、ボーイフレンドのこと、生理のこと、マスターベーションや赤ん坊のことを話している横で、じっと耳を傾けていた。自分だけ排除されているようで、不幸せだった。

今夜私に何が起きるの
私はプールで泳いでいるようだ
足元へ波が打ち寄せる浜辺で
潮の強い　気持ちのよい香りを味わう
親指の間に水が流れ込み
私の目からは塩辛い涙がこぼれ
ひんやりしたかさかさの手に伝わる
どんなことが起こるというのか

手をのばせば星にも届く
木星や金星だって見える
銀河系が見え　地球を発見し
失われた宇宙　私の失われた宇宙を見る
だって私はこの世のここにも　どこにもいない
今宵　私自身が宇宙を占める

話さなければいけないと言われるたびに、ジューンはさらに反抗的で、一層不幸せになった。「恐れていたことが起っている。皆がだんだん私に背を向け始めた。私が言っているのは憂鬱な看護師達のこと……。頭の中がゴタゴタで心は穏やかでない。神様、どうか助けてください。鬱々としてダメになりそう」

しかしこうしたジューンの状態を、病院のスタッフ達がしかと見極めていたとは言いがたい。「ねえ、分かっている？　自分のやっていることが。何をしているか知っているでしょ」と言語治療士のジェニー・フランスは話した。二週間の猶予を与えてジューンが協力的になり、訪問治療の意味があるかを判断しようとしていた。タイプのクラスからはおよそ努力しないということで放り出された。スタッフは、ジューンのパーティー好きをうまく逆手にとって、なんとか喋らせようとした。「もっと大きな声で『どうかお願いします』と言って！」とシスターは大声を出した。ジューンが新しい練習帳を要求した時、「お声が聞けて嬉しいこと」と言ったシスターもいた。声を出して話さないと、昼間のクラスや夕方の催し物に出ることは許されなかった。

こうしたやり方は恫喝（どうかつ）以外のなにものでもないとジューンは感じて、一切答えることを拒否した。

過去には個々の職員にそれぞれ異なった受け答えをしたものだ。職員達の立場を配慮して考えながら接する、それがジューンの性格でもあった。しかしブロードムアでの日々を経て、ジューンの心は頑固になっていた。何もかも自分の敵と見做しはじめ、ただの遊びではないことを示すために、新しい武器を備えだした。それは謎めいた笑いだった。これはつまらなそうな顔つきよりも、看護師達の激怒をかった。「いつもいつもいじめられる。恐くて心細くて、喉をかっさばきたいくらいだ」二十歳の誕生日に家族がお祝いに来てくれた時も、二人の「監視員」が重苦しい雰囲気のなかで見張っており、その場は台無しになってしまった。

「『お誕生日おめでとう』は虚ろな寂しい言葉に聞こえた。私は喜ぶことができない。今二十歳。若くも年寄りでもなく中途半端……。私には何もない。子どもも、夫も、目的も」ジューンはこう日記に書いている。

ジェニファーもまた、病院治療によって生じる犠牲者の典型的な様相を呈していた。ジューンと同様にヨーク・ハウスの同じ棟に九ヵ月間閉じこめられ、二人の裁判が行なわれた日からもうそろそろ一年だった。あの時は病院に行けば治療も精神的安定も必ず得られるに違いないと、希望に燃えていた。しかし一年近く過ぎたのに、誰も二人を助けることはできなかった。看護師をはじめ二人に関わりを持つ人達全てが、まるで赤ん坊かバカ同然に扱うことに二人は気づいていた。この時初めて、病院のやり方が勝利を収めつつあったのだ。時々会う機会を利用して、不幸な二人の少女は復讐計画を練った。自分達が主導権を取らなければならないと二人は決意した。その時が来た。

一九八三年五月二十七日、午後七時二十五分、ブロードムア病院女性棟の庭や散歩道に警報ベルが鳴り響いた。看護師が各棟の間を走り回り、男性棟の当直看護師も数人駆けつけた。第二ランカスター棟の二階では、ジューンが時計を見ていた。いいわ、ちょうど時間通りだ。「D－デイ、ロケット発射。あの子がやった。うまくいったわ、ジェニー。私より勇気がある」看護師が一人の患者を組み伏せて、庭を横切って第一ランカスターへ引きずっていく騒ぎが聞こえてきた。「自由を、自由になりたい！」という叫び声が響いた。それは明らかにジェニファーの声だった。心がじんとして妹のことを思った。「神の恵みを、ジェニー。今私と同じランカスター棟にいるのね。一体何をやらかしたの？」ジューンにはジェニファーが何を企てたのか分からなかった。警報を鳴らしたことは確かだが、その他のことははっきりしない。二人の計画の狙いは、同時に攻撃を仕掛けて二人一緒に集中治療棟に入ろう、もしそれでもまだ二人を分離するために、ジューンをランカスター・ハウスの集中治療室へ移すなら、ジェニファーをヨーク・ハウスへ移さざるをえないだろう。こうしてこの病院のやり方を逆手に取り、あっちへ移ったりこっちへ移ったりしてこの制度を混乱させようというのだ。

最初の攻撃はうまくいった。ジェニファーがベルを鳴らした日に、二つの棟をつなぐ施錠されたドア越しに二人はなんとか落ち合った。鍵穴を通して囁きあい、ドアの下から手紙をやりとりした。しかしジューンが行動を起こして計画が完遂される前に、捕まってしまう。

ジェニファーはまた「双六」の出発点である第一ランカスター二十三号室に入れられた。二つの罪を犯したのだ。警報を鳴らしたことと、看護師のキーを奪って顔に向かって投げつけたことだ。ジェニファーは一週間隔離室に閉じ込められた。事件の翌朝、ジューンがロッカーの所へ行くと中が空っぽになっていた。日記、手紙、詩、洋服が全部なくなっている。実は、同じ棟でランカスターの掃除をしていた女の子に頼んで、ジェニファーへ手紙をこっそり渡してもらおうとしていたのだ。憎しみに満ちた手紙はたぶん奪われ、盗み読みされているに違いない。

奴らは私に仕返しをする様子です。だってあんたが世界をひっくり返すほどの大騒ぎを起こしたから。いったい何をしたの？　誰も話してくれないのです。二人で計画したとあのバカ女達は思っているでしょう？　私に話したこと、覚えてますか？　やる時間を決めた？　私達読心術者かしら？　あの人達何を信じたらいいか分からないでしょう、きっと。あいつらにものを言ってやるつもりはない。あいつら、自分達の方を向いて、叩いてほしいとでも思っているんじゃないの。ちょっと頭がよすぎるから、そんなことできないわよ。第一ランカスターに入れられたのが私ではないので、あいつら怒ってる。どうして私をそこに入れないのかしら？　長い長い休息がとれるのに。今度はいつ会えるかしら？　いろいろ不可解なことだらけ。せっかく「運命の輪」が回りだしたのにどうして止まったの？　私が遅れをとったのは何故？　とりあえず一巻の終わり。

その夜ジューンは緑の雪と自動車の夢をみた。両方とも悪い前兆だ。妹の抵抗に続かなければと分かっているのに勇気がなかった。ジェニファーも同じことを考えて姉を見下していた。ジューンは二人が約束した任務を遂行できなかったのか。臆病風に吹かれてジェニファーを先に行かせたばかりでなく、ついてこれなかったのだろうか。

一週間後、ジェニファーは二十三号より少し上の部屋へ移された。所持品も返されたが、日記とロージーが誕生日にプレゼントしてくれた金と銀の腕輪は別だった。食事は第一ランカスターの食堂で食べることが許され、二、三時間娯楽室で過ごしてもよいことになった。ジェニファーには知らされていなかったが、その時ジューンは廊下の端の隔離室に入れられていたのだ。ジューンは自尊心を取り戻すために、自分の攻撃は妹の行動よりずっと派手でなければならないと思っていた。

しかし今度は病院側に切り札があった。ル・クトゥール博士は各々の部屋へやって来て、もしこのまま素行がよくなければ、ランプトン特別病院［イングランド中部ノッティンガムにある精神疾患の犯罪者を収容する警戒厳重な隔離病院］へ二人のうちどちらかを送る手続きをしなければならないと言った。この脅しは効いた。双子は心を乱し、これまでのように病院相手の共同の闘いをやめて、お互い同士の競争をするようになった。ル・クトゥール博士は、分離させられるかもしれないという二人の恐怖を掻き立てれば、相手を非難することになるだろうと判断した。「一人を良い棟へ移せば、飛び越されたもう一人は協力的になるでしょう」そんなことを、私が訪問した時に博士は説明してくれた。

一九八三年の秋までに、ジューンとジェニファーは生気を失ってしまった。ランプトン行きの恐怖に悩まされて、二人は病院の日常生活にきちんと納まっていた。ただし掃除、洗濯、アイロンかけのような雑用は巧みに避けていたが。ジェニファーはスタッフと話す努力も少しはしていたが、ジューンは部屋で石のように無言で座り込んでいた。その頃までに二人とも薬物療法を受けるようになっていた。精神安定剤デピクゾルは統合失調症や強度の精神疾患によく用いられるが、攻撃的な患者を協調的にするために用いられる場合もある。二人ともこのデピクゾルの標準量を注射されていた。二人の手紙によれば、この注射のために目がぼんやりかすみ、集中力が落ちて読書ができず、詩も短いものしか書けないし、日記も書き出しの部分で精一杯だというのだ。女性棟の医務官シリル・レヴィン博士とル・クトゥール博士によると、この薬の副作用に関する常識的な知識から判断して、この投与量はまったく無害であるという事だった。

八三年の九月十九日に私はジューンとジェニファーを訪れた。ジェニファーは少し顔が丸くなっていて、目はけだるそうだった。だが、私の本の中で彼女の日記を引用することや、書いたものが出版されるかもしれないことなどを告げると、生き返ったようになった。ジューンはまだ集中治療室にいた。顔は腫れ、手は震え、ほとんど喋らなかったが、自分の書いた詩の本を私に手渡してくれた。ロンドンへ戻る道中でそれを読みながら、私は目頭が熱くなるのを覚えた。『連作九月の詩』と名付けられ、一日に三、四篇も書かれたものだろうか、それらは感動とメランコリーに満ちみちていて、危険なサイコパス患者から人が予想するものとははるかに異なった世界が広がっていた。

正気と狂気　私はそのどちらにも無縁な人間
私はからっぽのプレゼント箱
クズ箱に捨てるために包装が剝ぎ取られたむきだしの箱
私は投げ捨てられた卵の殻
その中身に命はない　私は誰の目にも映らないから
虚無の奴隷
何も感じず何も持たず　時の流れのままに
私は風船についた銀の吹流し
酸素も入っていない風船は
はるか彼方に飛んでいく　何も感じない
私は無　けれど
この高みから世の中を見ることができるのだ

二人とも今では創作のクラスに出席しなくなっていた。試験の日を間違ったこともあるが、かつてはあれほど興味を持っていたにもかかわらず、言葉をつないで文章を作り、自在に物語を書いたり詩や本を書くのは無理だと教師が判断してしまったのだ。オーブリがわざわざ家から持ってきたタイプライターは、手も付けられぬまま休養室に眠っていた。ル・クトゥール博士は別段驚きはしないと私に話した。私が二人を訪問することでまた創作意欲がわき、書き始めるかもしれないと博士は考えていたが、二人はわずかに短い小篇を一篇ずつ書いたのみだった。もちろんその他に詩と日記があり、博士は読まなかったが、看護人の話によればそれはエロチックなファンタジーや猥褻な文章に満ちていると聞かされていた。「心理療法を二人は受けていない。言語治療士に対しても全く無反応だ。もし二人が私と話したいといえば喜んで聞こう。ただ無駄に時間を費やそうとは思わない」これが博士の言い分だった。

治療スタッフも同じように不満を覚えていた。ジェニファーが移ったランカスター棟の主任看護師レニー・ダンはどんなに手こずったかを訴えた。「あの子は私にも他のスタッフにも片言しか喋りませんでしたよ。それも何か欲しい時だけ。規則を破ったりすると日記を取り上げましたが、一向に気にしないんです。これまで通り、私達に対してだけでなく、誰に対しても挑戦的でした。あの子ときたら、チェス盤の上で私達を自在にあっちやこっちへ動かしているようでした」

二人の心のなかでは、お互いに対するかつての闘いが怒りとともに再現していた。ジェニファーはジューンが喋らず協力しないことに腹をたてたし、ジューンは不幸な事態になったことを何もかも妹のせいにした。ジェニファーは第二ランカスターの二階、ジューンは第一ランカスターにいた。ファージー・パークやパクルチャーチと同じことの繰り返しであったが、ただ今回は国家のぜいたくな施設を使って二人を分離し続けた点だけが違っていた。

次の年、ジューンとジェニファーは部屋も棟もよりよい所へと移された。一般的な精神安定剤を投与され、お互いに対しても病院に対しても比較的落ち着いた様子だった。しかし、私が最後にここを訪れた時、二人をこのまま別けておくべきかどうか（二人を離すべしというのは全員一致の決定であった）を討議する症例研究会に出席してみたが、そこで聞かされた二人の状態ははかばかしくなかった。双子は私に「自分達二人で話し合って解決する」ことに決めたと伝え、それなりに一生懸命努力をしていたが、他の才能をすっかり眠らせてしまっていた。手紙の内容も友達づきあいや日常生活の細々としたことに限定され、詩や物語や新しい本の計画には全然触れていなかった。ジェニファーは私にこう話した。「今はあまり読まないのよ。昼食後少し読むだけ」

「最近何を読んだの？」

「ジューンの『ペプシコーラ中毒』」

「だけどそれはもう何度も読んだものでしょ」

ジェニファーはにやっと笑った。よい患者になろうとすれば、必ずその反動があると私が知っていることに気づいているようだった。「集中できないし、目がぼやっとしてるの」

「書いてる？」

また同じようににやっと笑う。「日記だけね。私達のこと書いてる本はどうなってる？　どうして題を『縫いぐるみ』にしないの？」

「他には何をしているの？　国語や美術のクラスに出てる？」

またジェニファーは首を振った。「作業療法。男性棟の活動センターへ行ってもいいことになっているの。ボーイフレンドもいるし……」

「そこで何をするの？」

「おもちゃづくり。それから色つけ」

「あなたは絵も上手だったでしょう。自分の絵を描かないの？」

肩をすくめてジェニファーは笑った。

看護師達はジェニファーの方がジューンより協調的であると考え、適切な行動修正プログラムを始めたと説明した。一日の出来事に対する気持ちと反応を綴らせるのである。私はあの子が渡してくれた日記のことを思い出していた。あの子の頭にも同じことがあったと思う。シスターは「あの子、とてもよくやってますよ」と話した。「自分の感情を表現し始めてますからね。回復に役立つでしょう」

しかし見かけの進歩とは裏腹に、ル・クトゥール博士の判断によれば、二人がお互いに独立して一人で生活でき、本当に病が癒えて社会にいかなる危害をも加えなくなるには、ずいぶん時間がかかるようである。

二人もまた、近い将来にはほんのこれっぽっちの希望も抱いていない。平凡な日常から脱出し、認められようと命の火を燃やした日々のあと、二人ともがんじがらめの規則に従わざるをえなくなってしまった。二人が病院生活に満足すれば外界との接触が薄れ、外の世界から見捨てられるだろう。ジューンは日記にこう書いている。

私達は忘れ去られ、消され、再び誰の目にも触れることはないだろう。自由になって外に出たらどんな生活が待っているのかしら？　天候は？　私はいくつになっているだろう。考えただけで背筋がぞくぞくする。Jと私は歴史に残る双子、黒人の少女だ。外の生活は動き、毎日が過ぎ去る。私の起こした事件や裁判の思い出も過ぎてゆく。今、私達はどこにいるのか、そう人は尋ねるのだろうか？　今どんな姿をしているのかと。そしてある日、私達は成熟した女になって静かに秘密のうちに解放される。すべてが終わる。そして新しい日々が始まるのだ。

ブロードムア特別病院で著者と談笑するジェニファー（左）とジューン（右）。

第十一章　大詰め

私の影がなくなれば私は死ぬ？
それとも影がなくなって初めて生命を手にする？
自由になれるか、ただ死ぬのを待つだけ？

ジューン・ギボンズ

ジューンの予想が現実のものになり、双子がブロードムアの門を通って外の世界へ、家族の住む西ウェールズ近郊へと追い出されるまでにおよそ十年の歳月を要した。それからほぼ一ヵ月後は、二人が三十回目の誕生日を迎える日だった。移送される直前にジューンは次のように記している。

私とジェニファーはこの精神科病院の中でずっと傷つけられ続けた。ここでは時間が歪んでしまったように感じる。なぜなら二人は今でも迷える十九歳のティーンエイジャーのままと感じているから……。奴らは私達の若さを盗み、私達の二十代を盗んだ。二十代こそ誰もが一番幸せであるはずなのに。その代わりに私達は二十歳の夏に小さな部屋に閉じ込められた。そう、あの時以来私達はこの独裁体制のもとで、がんじがらめの規則と権威に、孤独と絶望に苦しめられてきたのだ。どうかお願い、私達二人がまだ若い間に、ここから解放して欲しい。

ジューンもジェニファーも、傷害事件など自分達よりはるかに重い罪を犯したティーンエイジャーがせいぜい数ヵ月の投獄しか科せられないのに、自分達は器物破損と三件の放火の罪で不定期刑を宣告されたことに全く納得していなかった。オーブリとグロリアも同じようにこんな判決を受け入れることはできなかった。双子が逮捕されてからの十二年間、自分達から娘が奪われたと感じていた。家族に精神的な病を抱えている人は誰もがそうであるように、彼らは無視され続けてきた。双子の娘がどんな状態で暮らしているのか、投薬や治療はどんなふうに行われているのか、ほとんど何も知らされていなかったのだ。ギボンズ夫妻は礼儀正しく、謙虚で、何事にも文句を言い募るような人ではなかったが、娘達が遠く離れたブロードムアに拘束され、医療の専門家から何の説明も与えられないことに苦しめられていた。二人は次第に幻滅を感じて周りから孤立し、双子が毎週送る手紙だけが彼らの支えになった。

「ジューンとジェニファーがブロードムアへ送られた時、二人には精神療法が必要だと私達は聞かされた」とオーブリが語る。「私達が思ったのは、専門の医師と会話を続けることが二人の助けになるんだということです。まさか、それからずっと刑務所で拘束されるなんて思ってもみませんでした」

しかしジューンとジェニファーはもちろん、両親にも選択肢はなかった。双子にできることと言えば、なんとか生き延びてブロードムアの従順な一員となることしかなかった。そこでは近代的な治療も試みられていたが、精神的な病に対して伝統的な偏見がなお深く染み込んでいた。

もちろん変化がなかったわけではない。バークシャーの森や広場が見渡せる病院の建物は順次建て替えられ近代化されたが、既存の建物が建て替えられる度に、収容者はこちらからあちらへと収容施設を変更された。一九八二年に双子がここへ収容された際にあった人目を惹く緑の門はなくなり、電動のチーク材の門に替わった。面会人が証明書を提示し、サインするみすぼらしい受付はなくなり、代わりにガラス窓をはめ込んだアーチと面会室へ通ずる自動ドアが設置されている。通行証はコンピューターで管理され、タイプライターは姿を消した。

ブロードムア訪問を重ねるたびに、私にはそれが中世の丘にそびえる街のように見えた。統治者もいれば商人ギルドもあるような街である。しかし違いもあった。そこにそびえる壁は訪問者を阻むためではなく、内に住む市民を閉じ込めるためにある。それはまるで強制的に徴用したクルー達を乗せた船のようで、指揮官はいつか起こるかもしれない暴動に常に備えていた。内部の人々が企てる謀略だけでなく、外部からの侵入を恐れる妄想に満ちた場所だった。政治家であろうと報道関係者であろうと、ここを批判するものは誰もが敵とみなされるのだ。

ブロードムアの状況は八方塞がりと言えよう。一方でこの施設は、この国の最も暴力的で危険な犯罪者から人々を守る責任を負っている。しかし同時に、この人々は精神的な病を抱えた患者であり、人道的な扱いと敬意を払われるべき存在でもある。彼らの病が癒えた時には、一般社会に戻る準備をしておかなければならない。この施設の改革への道は、危険な陥穽（かんせい）に満ちていたのである。

この施設の新築された管理ブロック以外は、ヴィクトリア時代そのままの趣を残している。ゴシック調の鉄格子がはまった窓、施錠された格子戸、さらに監房を結ぶ廊下は常に暖房が効き過ぎており、殺菌されたリノリウムが幅広く敷かれていることなど、これらはお役所的な決まりごとの典型である。褒美と罰則で受刑者をコントロールする古い方法は、十九世紀初めから現在まで使われているのだが、今なお効果的と思われているらしい。ジューンとジェニファーはブロードムアでは別々の場所に収容されていた。時々同じブロック内で行われた集まりや行事で出会うだけだった。

新しい時代にそったオープンな管理体制など一連の改革を導入し、時代の流れに沿った施設に生まれ変わることがブロードムアの基本方針だった。収容者はこの施設に収容されている間に、一般社会へ復帰できるように自己改造が求められた。高名な慈善事業家で、テレビ番組「ジムにおまかせ」［一九七五年から二十年近くBBCテレビで放送されていた人気番組］の司会者を務めていたサー・ジェイムズ・サヴィル［病院などでのボランティア活動や寄付金集めの功績で爵位を受勲したが、数多くの性的虐待を行っていたことが死後明らかになった人物］が内務省によってブロードムアに落下傘部隊のように降下してきたのは、これらのタスク・フォースを指導するためだった。彼はまるで優秀な秘密工作員のようにこの施設の改革を実施し、リハビリテーションを通じて外の世界へ出る道筋を設けようとした。それまで週一回か二回の懇話会の折にしか会えなかった収容者は、ほとんど毎日会えるようになった。バス旅行も可能になった（もっとも四人の収容者が逃亡してからは、当局の積極的な姿勢は後退したが）。ブロードムア所長のアラン・フレイネイは、一九八八年からの四年間でそのような旅行が二千五百回も実行されたと自慢している。海辺への旅行や映画鑑賞、買い物、パブ、また監視付きだが夫婦が週末を二人で過ごす旅行も実施された。

一九九二年の夏、ジューンとジェニファーは二人別々に監視付きのロンドン行きを許され、フランス語のロック版オペラ「双眼鏡」を観劇した。これまで繰り返した闘争で消耗し尽くしていた双子には、全面的な変化を起こす力は残っていなかったようである。しかし彼らはこのような新しいチャンスをすぐに利用して、男をめぐる闘争を始めた。収容者達は、季節ごとに繰り返されるシーズン限定のスペシャル活動のプランに沿って動いていた。例えば夏はバーベキュー、冬はダンスやファッションショー、さらに社会常識や男女交際の規範を教えるためのパーティーなどだが、それらはジェーン・オースティンの小説同様、古臭いものだった。双子は十九世紀のヒロインのような役割を演じた。ちらっと目配せするとか合図するなどがせいぜいのところで、大きな成果と言えば庭でこっそりキスするぐらいだった。ジューンは一九九三年一月に私への手紙で次のように述べている。

> 私達はブロードムアの全てのパーティーに参加した。ディスコやパーティー、それにフェイト［慈善事業の資金集めなどの目的で物品販売や軽い食事・飲みものが提供される会で、屋外で開催されることが多い］、これは全部この病院が計画している行事です。ハロウィン・パーティー、ガイ＝フォークス・パーティー、イースター・パーティー、クリスマス・パーティー、学校パーティーなんてやつ。そこでは私達が一番かっこいい黒人少女だし、小柄で身だしなみがいいって分かってる。

ジューンとジェニファーは恋に熱を上げ、競い合い、失恋に至る絶望的なあやとり遊びをしていたと言える。毎日の一時間ごと、一分ごとが、恋人になれるかもしれない相手の顔に浮かぶ微妙なサイン——笑い、しかめ面——を読み取る勝負だった。ジューンの手紙は次のように続く。

> 私達にはたくさん恋人がいたが、全部ここから去って行った。だけど新しい男もやって来た。私達二人は男を愛して、見捨てる女と噂された。永久保存版のラブレターを書き、デートし、いちゃついて、情熱的なキスもしたが、この十年という長い期間セックスはしていない。私達は今はシングルです。

双子の日記から二人の精神生活における儚（はかな）さ、欲求不満、究極的な閉所恐怖が読み取れる。一九八六年四月、ジェニファーは新しく入所した男性とどうやって恋に落ちたかを書いている。

一九八六年四月二十四日、ダニエルとディスコでの素晴らしい夕べ。キスして手を取り、ダンスしてりんごをムシャムシャ食べた……。嵐のように情熱的な炎が胸の中で燃えているが、これは恋ではないと分かっているので心は苛々している。恋、それは苦くて甘いもの、そしてとても傷つきやすいもの。

一九八六年四月二十七日、私の関心は食べ物とダニエルとに引き裂かれている。飢えている。ドカ食いする。私は太っていて、痩せっぽちだ。心が痛い。食べ物と恋が原因だ。

翌日、ジェニファーはカントリー&ウエスタンに合わせてダンスをしている時に、不意を衝かれて手をダニエルのTシャツの下に引っ張り込まれる。罰としてその週のエンターテーメントは全て禁止。

「ダニエルは明日の卓球で私に会うのをすごく期待していたのに。心が重い。苦痛だ」

一九八六年五月二日、もう五月だ、夏の恋の月だ。最高に美しく、素晴らしい夕べをダニエルと庭で過ごした。最後の最後に庭に出る許可が出た。ジューンも同じ。

一九八六年六月二日、ダニエルは私だけでなく、ジューンにも恋をしている。彼はジューンに出会ってたった二十分で恋に落ちた。二人は仕事の時に会っていた。ジューンが真実を知れば喜ぶだろう……。だって彼女もダニエルを愛しているから。私は傷つき、それだけじゃなく嫉妬もしている。だけどきっと乗り越えてみせる……。ジューンはリロイと二股をかけている。次はどうなることだろう。

一九八六年六月十三日、私の心は恋次第、そして嫉妬がらみの恋は苦痛だ。ああ、私が愛していると思っている男性は姉を愛している。真っ赤な熱い棒が、どうしようもなくて弱く小さな私の心臓を突き抜けた。身体が燃えて、嫉妬に翻弄され荒れ狂うように感じる。私の恋する人、あなたは誰なの？　一体どんな風に笑えばいいのか。私は子どものように笑い、恋する人は私とともに笑う。岩だらけの大地を駆ける馬の蹄（ひづめ）のように、大きくくっきりした声。でも今夜、私の笑いはほとんど涙に変わった。

そうして二人は悲惨の極致から一挙に恍惚の頂上へと連れて行かれる。たまに閃（ひらめ）いて、自分達が何者で、誰を崇拝しているかを気づかせてくれる。

一九八六年五月十九日、彼は、十六歳の自分が写った、そう、とても素晴らしい、美しい写真をくれた。なんて可愛いブロンドの髪。なんてセクシーな姿。何があっても一生持ってる。彼はガールフレンドを絞め殺した。だからここに来たの。でも気にしない。それでもこの人を愛してる。

翌週までに彼の犯罪がもっと残忍だったことが分かったが、彼女の愛情はより確かになった。

一九八六年五月二十九日、今夜ダニエルとはおしまいにすることにした。私は全然愛していないのに、かろうじて「愛してる」と言った。とっても気まずいの、分かるでしょ。二人ともダンスをしたいと思わなかった。お喋りだけを望むからそうした。彼はガールフレンドを絞殺したのではない。ナイフで心臓を突き刺したのだ。「あの子は浮気をしたんだ」と彼は言った。たぶん彼と誰かを二股かけたのだろう。「怖くないわ」と私は言った。「私を殺すつもり？」「いや、君を

「傷つけたりしないよ」とダニエルは答えた。私は混乱している。でも彼を信じるつもり。

ジェニファーとジューンは周辺の男連中に寛容になりがちだった。「気にしないわ、あなたが完璧ってわけないもの」と感じて。ここのような監禁状態のもとで、情欲と愛、現実と幻想は容易に混同されるものだ。時間を持て余している二人にとって、心の中で沸き起こる愛情を昇華させるのに、女性同士や愛する人に長い手紙を書くことは何よりの手段だった。三ヵ月の間にジューンとジェニファーは百通以上の手紙を、ダニエルとジェニファーも約八十通の手紙を交わした。

歳月が進み、十一回目の冬と夏が巡って来るが、ノンアルコール飲料と卓球大会やビンゴ集会、そしてこっそり隠れて交わすキスを順に何回も繰り返すことで二人は満足できなくなっていった。長時間の華麗なパーティーはたびたび行われたが、そこではジューンとジェニファーが本当に求めるものを手に入れることができず、二人の飢餓感は募るばかりだった。例えば、そこでのマラソン・ダンス〔慈善などの目的で長時間行われるダンス大会〕ではお互いの相手を交換し、共有し、さらに盗んでいる間に誰が誰のものか分からなくなった。また旅客船での世界旅行でも二人はほとんど上陸を許されなかった。客船のスタッフは乗客に比べてはるかに多く、船内に店舗も整髪店もエンターテイメントも全て揃っている。しかも自主的でなく参加した二人のこの船旅には、十一万ポンドもの経費がかかっている。今日の価格に換算するとおよそ十倍になる。

毎日決まったプログラムそれ自体は不快ではないものの、毎年毎年同じように繰り返されると息が詰まるようになる。他の患者と全く同じように、ジューンとジェニファーの朝は七時半のお茶とタバコで始まり、その後に朝食（希望者のみ）、投薬と続く。九時から十二時までは仕事か教室に行く。ジェニファーの一番最近の私宛の手紙には次のように書かれていた。

たまたまですが、私は勉強が好きです……。コンピューターや数学、国語、歴史などのクラス全部に満足しています。仕事に行くチャンスがある時は縫いぐるみを作りますが、そこのスタッフ全員ともうまくやっています。

ジューンはタイピングと数学のクラスも受講しており、GCSE〔ジェネラル・サーティフィケイト・オブ・セカンダリー・エデュケーション、CSEに代わって、十六歳で教育課程を卒業する人の国家資格試験として一九八八年に導入された〕に準拠する全ての試験に合格していた。後年には庭での労働もあって、落ち葉を掃いて庭をきれいにした。昼過ぎには昼食、その後は投薬、喫煙、その後は周辺を散歩した。午後二時には労働または教室に戻った。五時にはお茶になり、ほとんどの日にその後は社交のイベントがあった。八時半か九時頃から男女全ての収容者は監房に戻り、テレビを見たり本を読んだり、ジューンとジェニファーの場合のように手紙や日記に自身が抱える欲求不満を綴るのだった。

二人とも教会に通い、ある時から病院の合唱隊に参加した。「沈黙の双子」が他の人に混じって声を上げているのを目の当たりにした時、驚いて「一つの音符でさえ調子を合わせて歌えないといつでも言っていた二人なのに、一体全体なぜコーラスをやることにしたの?」と尋ねると「私は合唱しているんじゃないの」と皮肉っぽい目つきでジューンは答えた。「ただ他の人に合わせて歌っているだけ」

生活のスケジュールも息抜きも、ここでの管理体制は二人が内心に抱える不安と絶望を治療するにはほとんど効果がなかった。打ち解けた社交的な様子を示そうと少しだけ努力することはあっても、特にジェニファーは監房に戻ると何時間も黙りこくって憂鬱そうに過ごした。もちろん二人が心を開こうとするスタッフも少しはいたが、看護師も収容者も自分達に罠を仕掛けるに違いないと信じ込んでしまい、妄想の高い壁の後に退却してしまうのだった。二人は激烈な言葉で衝突し、時には暴力もふるった。ジェニファーは同房の女性を殴るとも言われていた。一九八八年、ジューンはシーツで首を吊って自殺を試みている。ジューンが言う通り「私達が生き延びたのは奇跡です。二人ともここではこれ以上ひと時も過ごせなかったと思います」

双子はこの頃までに統合失調症と診断されていた。最も一般的な精神疾患である。ただ双子の関係性が根深くかつ複雑なことを考えると、このような診断は不適切だったと思われる。私は精神障がい者のための慈善団体ＳＡＮＥの設立に関わって以来——現在その理事長を務めている——多くの統合失調症の患者と面会し、彼らが書いた原稿や手紙をたくさん読んできた。この本を書くにあたって双子が書いた何百万もの言葉を読んだが、統合失調症に典型的な症状を示すわずかな兆候すら一度たりとも見出すことはなかった。また双子が統合失調症の最も厄介な兆候——例えば幻聴など——に悩まされているようにも全く見えなかった。二人と話をしている時も、あるいはコミュニケーションが非常に難しい放心状態の時にも、二人の人格が根本的に分裂していると感じたことは一度もない。確かに二人は、誰かに見られているのではないか、自分達の心が読まれているのではないかという被害妄想の感情に苦しめられている。しかしそのような妄想は、二人がお互いの心を読み合い、お互いを嫉妬しあった経験の延長線上に位置づけられると考えられるのではないだろうか？

何年とは言わないが少なくとも何ヵ月にもわたって、この診断に基づく向精神薬を投与される環境の中に双子は置かれていた。ジェニファーはデピクゾル［以下幾つかの薬はいずれも統合失調症やパーキンソン病の患者に処方されたもの］の注射を三週間でおよそ百五十ミリグラムを適量として打たれ、その副作用である震えを抑えるためにベンゾクソルの錠剤を与えられていた。一九九二年秋には、注射の間隔は三週間ではなく二週間になっていた。ジューンはモデケイトの注射とラーガクティルの錠剤、さらに毎日ステラジンを与えられていた。ブロードムアの専門家は、二人の行動は大きく改善したので、統合失調症という診断が正しいかとは無関係に、これらの投薬は生活の質の向上に貢献したと主張した。しかしジューンの意見は違った。彼女は社会活動家のような巧みな文章で、私への手紙に次のように書いている。「私は毎日十三個の錠剤を飲んでいますが、それは私には全く必要ないもので、ただここの医師にとっては重要なものです。彼らは、私の一部が死んだままにして、ここにこんなにも長く留めているのです」

一九九二年の春までに、ブロードムアの医師達は、二人の行動が充分に改善されたので、もう少し緩い警備の施設でリハビリテーションを行ってもよいと判断した。しかし二人のために別の施設を探すのは困難だった。なぜなら政府からの追加的財政支援はあったものの、警備付き施設はこのあたりにはほとんどなく、非常に遠くにしかなかったからだ。同時に、古い精神科病院の老朽化と、特別病院からの収容者の受け入れに消極的な病院が多いために、結果として警備付き施設はすぐに満杯になり、患者の退院先が見つからないのだった。

最初ブロードムアのスタッフはジューンとジェニファーを別の警備付き施設へ送ることを企図(きと)した。一人はバーミンガムへ、もう一人は南部の海辺へ。しかし、バーミンガムの医師は二人を分離することに賛成せず、一人だけの受け入れを拒否した。実はちょうどその時、ウェールズで初の警備付き施設カズウェル・クリニックが開設されていた。ブロードムアで上級研修医の経験があり、双子を知っている医師のテグウィン・ウィリアムズと、この新しい施設の院長であるクリス・ハンターは、ここに双子を受け入れることを提案したが、ブロードムア側は、一人だけバーミンガムへ送ってもう一人は残すべきだと主張する。「二人を引き離すことの利点が私には理解できませんでした」とウィリアムズ医師は語る。「いつかは二人一緒に暮らすでしょうから、今からその練習をしておくほうがよいと考え、そのための準備をしていました」双子の裁判が始まる十一年前にこの種の施設がウェールズに建設されていれば、ブロードムアに収容されることはありえなかったと考えると実に悲劇的である。しかしたとえそうした施設があり、精神科医が善意を持って判断したとしても、困難は免れなかったかもしれない。なぜなら二人を同時に収容できる施設を見つけることは依然として難しかったし、双子を一緒にしておくと何をするかわからないという漠然とした不安があったからだ。そこで二人の関係性に触れずに別々に要望書を送るという策が採用された。

この時、移送をめぐって多くの不確定要素や遅滞があり、双子の状況はそれによって良くはならなかった。何ヵ月もの間、二人の所有物はカバンに詰め込まれていつでも出発できる状態に置かれていた。釈放が近くなると、ジューンとジェニファーは二人がかつて繰り広げた闘争を再考せざるを得ないようになった。今この時こそ、自分が何者なのかを決めなければならない。外の世界と再び接触し、社会が二人をどのように受け入れるか、二人をどんな風に見比べるかに直面する時が来るのだ。二人には充分な洞察力があり、ブロードムアの壁と監房の施錠された扉だけが自由を妨げる障害ではないことを理解していた。一九九二年十月以降ウェールズへの移送が現実的になると、二人はますます死の観念に取り憑かれるようになり、どちらの権利がより多いかを巡る闘いが激しくなった。毎日クラスに行く前に顔を合わせると、立ったままでどちらが先に死ぬかを大声で怒鳴りあった。

絶え間なく続く奇妙な議論は必然的にスタッフの目を惹いた。「『そんなに大声で話すんじゃない！』と言われても、やめるわけにはいかなかった」とジューンは語る。「ジェニファーに言ってやった。『お前は強い。もし私が死んだら、すぐに立ち直るよ。お前は闘う女だから』私は大丈夫ってあの子は言った。もしあの子が死んだら、私のボーイフレンドがあの子の代わりに双子になってくれるわ。どちらが死んでも、生き残った方は死んだ者の名前を子どもにつけることで、二人とも生きるって約束した。あの子に心からお願いした。『私より先に死なないで。私を先に死なせて』と。だけどジェニファーは決心していた。『私が先に死にたい。お前が死んだ時の悲しみと痛みを味わいたくない』」

新生活を目前にした二十九歳になる二人の女性が、死をめぐる対決を繰り広げたのだ。しかしこのジレンマが解決する時が来た。決定的なことは誰にも決して分からないが、意識してか無意識にかジェニファーが二人に関する決断を下したようだ。一九九三年一月二十四日日曜日の彼女の日記には次のように書かれている。

長くかかったが最終的に私が抱く恐怖と死をやっつけた。今私はもはや赤ん坊ではなく一人の女。おお神よ、私は全部理解しました。

一九九二年十二月から一九九三年二月までの間、私は二人を三回訪問し、何通かの手紙を交わした。この数週間の間に、興奮と笑いを通じて二人が大詰めへと着実に向かっていく様を目にすることになった。

私が最後にブロードムアを訪問したのは一九九三年二月二十八日だった。ジューンとジェニファーは騒々しい小鳥のようにペチャクチャお喋りをし、お互いが喋るのを絶えず遮り、クスクス笑った。「マージョリーったら聞いてよ、ちゃんと聞いてちょうだい」と二人はふざけたように言った。ほとんどの時間、二人はお互いを相手に話していた。二人といるといつもなのだが、彼らの会話が流れるその下の深いところに強い潮流が動いているのを感じた。二人を比較するような言葉に対しては、たとえ彼ら自身が言った場合でさえ、直ちに目にシャッターが降りて生きいきした表情が人形のように固まった。こうして話が途切れると、私は数年前にパクルチャーチ拘置センターで見知ったもの言わぬ双子の姿を思い出すのだった。

ジューンとジェニファーは一見すると同じように見えても、実はそうではない。今日では二人は驚くほど違って見える。ジューンの顔は丸くなり、大人びてきた。彼女は淡いブルーと白のエレガントなニットのジャケットを羽織り、同色のブルーのベレーをかぶっていた。ジェニファーは昔よりもずっと痩せて頰がこけ、目は驚くほど明るく輝いていた。彼女の顔は粋なエメラルドのベレーのせいで、なにか切羽詰まった小さい子のように見えた。ジェニファーは興奮して何度も同じ言葉を繰り返した。「もうすぐここを出るの、もうすぐここを出るの。ここから出なくちゃ。十一年間も地獄にいたんだから」彼女の紅潮した顔と首の下の窪みを見て、ちゃんと食べているか、気分は悪くないかと何度も尋ねた。ジェニファーはブロードムアを離れれば調子が良くなると断固として言い張った。次に移送される施設が約束の地であること、緑の野原にある家であることを確信していたのだ。

二人は昔のように、痩せたいと病的に思い込んではいないとジューンは言った。「私達もうすぐ三十歳よ。顔や見かけがそれなりに歳相応になることを受け入れなくちゃ」と言うと、ジェニファーも同意した。「もしも体重が増えたら今より可愛く見えるかしら?」しかし私は、ジューンが静かに落ち着いているのに、ジェニファーは絶えず心を乱しているのが心配だった。それから二人は小指を絡ませて指切りをしたが、それは何年もの間私が見たことのない振る舞いだった。秘密の協定を結んだ証（あかし）らしい。しかし一体どんな協定なのか？　ただ三十歳になる前にブロードムアから出るというだけのことなのか？　それとも何か悪意の込められたものではないか？　私にタバコをねだるのと同じような、何気ない調子でジェニファーは言った。「私は死ぬの」「どうしてそんな風に思うの？」と尋ねると、「私には分かる。分かっている」とジューンが言った。

三月の最初の週に、数日後ウェールズの施設に移送されると二人は知らされた。双子は一連の心理テストを受け、ブロードムアの医師は、その結果からジェニファーは依然として重い精神的混乱の兆候があると判断した。三月七日日曜日、ジェニファーは気分が悪いとジューンに告げて食事を摂らなかった。それでも二人は教会に行くことにして、ジューンによれば「そこで頭がおかしくなるほど歌った。歌ってるのは私達二人だけで、全員が見ていた」三月八日の朝、ジューンはジェニファーの監房のドアのところで短時間出会い、ジェニファーが息苦しそうで声がしゃがれていることに気づいた。「ジェニーは私に『もうボロボロで死にそう』と囁いた。でも冗談だと思った」とジューンは言う。「あの子に言ったの。『私の目の前で死なないで。ブロードムアから出る前に』」

ジューンとジェニファーは脳波検査のために、午後二時にもう一度会った。なぜブロードムアがこのテストをしたのかは明確でないが、危険なテストでないことは間違いない。待つ間にジェニファーは疲れて気分がよくないとジューンに話したが、敢えてスタッフには何も伝えなかった。ここから出られなくなるのを恐れてのことである。検査の後、看護師は自動販売機でチョコレート・ドリンクを買ってジェニファーに与えたが、彼女は吐きだしてしまった。監房に戻ってサンドイッチを食べた時にもまた気分が悪くなっている。

その晩、ジューンのお別れのパーティーがシェフィールド監房であった。ジェニファーは再び具合が悪くなったので彼女のパーティーは取りやめになった。「あの子はここから出ていくことに興奮し、また切望もしていました」とブロードムアの医療部長、マーガレット・オー医師は説明した。特別心配すべき理由はなかったように見えた。

翌日、三月九日火曜日、ジェニファーはいつものように朝早く一杯のお茶を飲んで喫煙し、スタッフとハロゲイト監房の友人に別れを告げた。それから中庭に止めてあるミニバスまで自分でカバンを運んだ。このバスで双子と付添の看護師二人は百四十マイル［二百二十キロ余り］離れたブリジェンド［南ウェールズ、カーディフ近くの町、二人が移送されるカズウェル・クリニックの所在地］まで向かう。車のドアがロックされ、施設の門が開けられていよいよ二人は自由になった。

ミニバスはクローソーンの村を抜けて高速道路へ向かった。「ああ、ジューン」とジェニファーが囁いた。「ついに出られたわね」それからジェニファーはジューンの肩に崩れ落ちた。「あの子は疲れているのかなと思ったの」とジューンは言った。「まるで寝ているように見えたけど、目は開けていてどんよりしていた。看護師が言うには、車酔いの錠剤を飲んだから眠いんだろうと」サービス・ステーションに停車した時もジェニファーは目覚めなかった。看護師が一人彼女に付き添い、もう一人は外に出た。ジューンはスポーツドリンクを買ってきたが、ジェニファーは起きられなかった。

ミニバスは午後一時ごろにカズウェル・クリニックに到着した。ジェニファーは歩くことも喋ることもできず、病室まで運ばれてベッドに寝かされた。看護師は、彼女を診察して血液検査を実施した医師に注意を喚起した。ジェニファーの血圧は安定しており、緊急措置を必要とするような状況とは考えられなかった。到着の二時間後、ジューンはジェニファーの病室に行きたいと願った。「『ジェニー！』と大声で呼びかけました」とジューンは思い出している。「あの子は私を見上げて、何か言おうと唇を動かすのですが、声は出ないんです。『私はここよ』と言おうとしていたように思います。あの子の息は非常に荒く、とても心配になりました」この頃までに血液検査の結果が出て、驚くべき深刻な状況であることが判明した。溶血圧力が強まり血小板が著しく減少していた。テグウィン・ウィリアムズ医師は病室に駆けつけた。ジェニファーは溶血症、つまり血液の組成が崩壊する危険性があった。「ジェニファーは私のことが分かりませんでした」とウィリアムズ医師は述べる。「彼女の目は開いているのですが、何も見えていないし反応もしませんでした。脈は速く、呼吸も浅くなっていました。すぐに救急車の手配をしてプリンセス・オブ・ウェールズ病院に搬送することにしたんです」

ジェニファーは午後五時半に病院に着いたが、状況は急速に悪くなっていた。六時過ぎ、担当研修医ハウェルズが診察している間にジェニファーは亡くなった。蘇生を試みたが効果はなかった。「誰にとっても大変なショックでした」とウィリアムズ医師は述べる。「二十九歳の女性の容態がこんなにも急速に悪化して亡くなるなんて、誰も予想していませんでしたから」

ジェニファーが亡くなったちょうど六時十五分に、私は偶然この施設に電話して、理事長と担当医師を訪問する約束を取り付けようとしていた。もちろん二人がすでに到着していることは知らなかった。彼らは、ブロードムアの後にジューンとジェニファーの担当になる人なので、今後も双子との関係を維持したかったからだ。担当医のクリス・ハンター博士から二人がその日の午後早くに到着していることを聞いて、とても驚いたが、次の月曜日に二人を訪問する約束をした。こんなことを話しているまさにその時、プリンセス・オブ・ウェールズ病院はハンター博士に連絡をとって、その日起こったことを伝えようとしていた。ハンター博士とウィリアムズ医師はその夜遅くに電話でその日の出来事を私に教えてくれた。この双子にいつも起こることだが、偶然の一致はまさしく空恐ろしくなるほどだった。

ジェニファーが重体になったので、ジューンはプリンセス・オブ・ウェールズ病院へと連れて行かれた。「容態が非常に悪いと言われた」とジューンは思い出している。「心臓が早鐘のようにドクドク打つのを感じながら病院の待合室に座っていると、ウィリアムズ医師がやって来て、遅かったと言った」

最初ジューンはひどく取り乱して、信じられないと泣き叫んだ。しかし十分後には落ち着いてジェニファーに会いたいと頼んだ。ジューンは勇気を振り絞って、ジェニファーが横たわる部屋へと入っていった。「あの子はとても安らかに見えました」とジューンは語る。「以前はいつも手をしっかり握りしめていましたが、いまではリラックスして開いていました」ジューンはおよそ半時間ジェニファーの手を握ったまま、額にキスをして話しかけた。ジューンの悲しみは苛立ちへと、そして怒りへと変った。「あの子はいつだってこうなんだから」とジューンは呟いた。「どうして私を置いていってしまったの？　どうして今日という大事な日を壊してしまったの？」

ジューンは両親にこのことを早く知らせたい、ブロードムアにいるジェニファーのボーイフレンドにも知らせたいと思いつつクリニックへ戻った。その間に、施設のスタッフはオーブリとグロリア・ギボンズをハヴァフォドウェストから連れて来る手配をしていた。両親が到着した時、ジューンは二人をしっかり支えた。すぐに母親を抱きしめ、両親がプリンセス・オブ・ウェールズ病院へ行くのに付き添った。ジェニファーの胸には聖書と一輪のバラが置かれていた。

その週末に私がギボンズ家を訪れた時、オーブリは悲しみのために言葉少なに語った。「この子達が生まれた時、双子は神様の贈物だと言われたものです……。その神の賜物がこんなことになって私達の家に戻るなんて、何という悲しみでしょう」

私はオーブリを注視した。退役後決して満足できない数年間を過ごしたにもかかわらず、彼は上品で威厳を保っていた。バルバドス政府から奨学金をもらって「イートン校」に入った少年のように私には見えた。いつも礼儀正しく、たとえ悲しみのうちの会話でさえ、紳士的であるように心がけている。彼は英国空軍に入隊したことを後悔し続けていた。なぜなら家族が転々としなければならず、双子にとって落ち着いた生育環境を与えることができなかったからだ。しかしオーブリの子ども時代も決して幸せなものではなかった。私はバルバドスへ出かけて彼の父親と会ったことがある。オーブリの父親は競馬の予想屋界隈で目立った奇人で、勝つためには手段を選ばないことで有名な人だった。彼は借りたベンツの運転手を雇い、私の島巡りドライブのお供をさせた。彼は何度も意味のないバカ笑いをする、いたずら好きな人で、オーブリには真似できない、あるいは決して真似しないエネルギーと無節制さをもっていた。全く対照的に、息子のオーブリ・ジュニアはチェッカーのチャンピオンかつ退役英国空軍の伍長で、灰色に沈む団地に佇む姿は、これまでに彼が経験した数々の失望を物語っていた。

グロリアは深刻な疑問に悩まされていた。どうして全てがこんなに悪くなってしまったのか？　なぜオーブリ夫妻には、何年もの間ほとんど何の情報も与えられなかったのか？　なぜ移送中に看護師はジェニファーの容態が悪いことに気づかなかったのか？　ジェニファーはなぜすぐに病院へ運ばれなかったのか？　そもそもすでに前夜から彼女の具合が悪かったのに、敢えてブロードムアから移送することを許可したのはなぜか？　しかしそれ以上に、彼女の心はもっと深い問題にかき乱された。グロリアは神秘現象をほとんど信じていないが、双子にはなにか不可解なことがつきまとっているように感じてきた。涙を拭いもせずに彼女は何度も繰り返した。「おかしいでしょう。私には分からないけど、なにか普通じゃないことがある」

ジェニファーの死後五日目に、私はジューンの新しい施設を訪問した。ジューンは陽射しが入る明るい居間のテーブルの前にゆったりと座っており、その周りにいる数人の介護スタッフが抜かりなく見張っていた。彼女はとても落ち着いているように見えた。胸に大きく「このTシャツよりセクシーな私」と書かれたTシャツを着て、モコモコで鉤爪（かぎづめ）のついた大きなスリッパを履いていた。ジューンは私を温かく迎え入れ、自室へ誘ってくれた。寝室はとてもきちんと整頓されていた。沢山の人形がベッドの上に行儀よく並べられており、そこからピンクのドレスを着た青い目の人形を手にとって「これはクリスマスにジェニファーにあげたもの」と言った。それからジェニファーがくれた「ミルク飲み人形」を揺りかごに寝かせた。

看護師が一人、覗き穴のついたドアの外に座っていた。一見する限り警備はそれだけだったと思う。「みんな私が自殺すると思ってる」とジューンは打ち明けた。「でもいまはそんな気分じゃない。気分をハイにしてどん底から立ち上がれると感じてる」彼女は自由に喋り続けて、最後に会った時に比べてコミュニケーションの問題は大きく改善されていた。「ジェニファーがいなくなって寂しいのは、あのくだらなさとあの笑い方。これまでいつも二人のどちらかが死ぬことを恐れていた。でもそれが現実になった今、気持ちのいい開放感を感じる」とジューンは語った。彼女なりに二人の関係は「感応精神病」、つまりお互いが理不尽な考えや恐れを影響し合う病気だったと信じている。「ジェニファーが苦しんでいたことは知ってるわね。あの子の方が私よりも心が病んでいた。私はジェニファーを恐れ、彼女がママや他の人に辛く当たることが嫌でたまらなかった。でもあの子の気がおかしくなったのは私のせいよ。それを一度も疑ったことはない。二人が一緒にいると、あの子が私の中から病気を引き出すの。二人がお互いを病気にしていたんだわ。今、私の精神は健康です」

ジェニファーは自分が死ぬことを知っていたと、ジューンは確信していた。彼女はジェニファーの日記から、最後に書かれた痛苦に満ちた詩を引用している。

あれは私達の大笑い
あれは私達の微笑み
私はいま死んだ

　ジューンは嘆き悲しむ状況であることを受け入れていたが、その時点では耐えられると思っていた。彼女は次のように語った。「酷い時のことを思い出すと強くなれるの。私達の愛と憎しみの関係を覚えているでしょ？　あの子が死ぬ直前まで、二人とも犬猿の仲のようにいつも喧嘩していた。私が機嫌が悪い時は恐いと学校であの子が言ったから、出会った時にはお互いに微笑むよう努力する協定を結んだの」しかし残念ながらジューンが認めたように、この協定はほとんど守られなかった。二人が出会うとすぐに闘争が始まった。「ジェニーが言うには『お前が死んだら私は自由になる。私の背中から離れて、私の行動を束縛できないでしょう』」

　私が訪問する日に、ジューンには新しい想像力が満ちてきて、作家になれると夢見ることでとても気分が高揚していた。彼女はブロードムアで書いた三編の短編小説の原稿を探して、読んで欲しいと頼んだ。そしてこの『沈黙の闘い』の最終章に掲載するために、いくつかの詩と日記からの断片を私に渡した。

　私はジューンに言った。「あなたについての最後の章を書いてこの本が完成したら、これから先あなたはずいぶん頑張らないといけないわよ」

「もちろんです」と彼女は答えた。「もちろん。これから先の未来が鮮明に開けてきたように感じるのです。これからは近くの海辺を散歩して、自分のことやジェニファー、これからどんな本を書くか考えたいと思っています。私が描く新しい美を目にした読者に驚きの叫びを上げて欲しい。斬新で生きの良い、私独自の文体や言葉を使いたいのです。例えば緑の草に降りた霜とか、コーンフレークにかかった砂糖とか。明喩や暗喩を駆使しようと思います。私が寒いと書けば読者も寒く感じ、誰かが死んだと書けば、読者が大切な人に先立たれたと感じるように」

創作の決意を頂点まで高めてジューンは詩を朗読した。「書き取って、早く！」と私に求めた。それから、まるで盲目の作曲家ディーリアスが代筆者にしたよう［二十世紀初頭に活躍したイギリス人作曲家F・ディーリアスは病のために視力を失い、代筆者の助けを借りて作曲した］に、虚空を見つめて詠んだ。

ジェニファーへ

秋のドアが閉まるように
　もう一つの季節のドアが開く
深い闇に包まれた部屋のどこかで
　古い傷がまた開いてしまった
混乱した世界のどこかで
　小さな子どもが泣きながら
　その心を摑むために手を伸ばす
風が途絶え　また吹き始める
空を見上げると　お前の目の中にその余波が見える
私は冷え切ってバラバラになって置いていかれた
　だけど決してお前にその理由を尋ねはしない

詩は終わり、ジューンの説明によると胃袋が空っぽなのでこれ以上書けないという。気分が変わってしまった。「もちろんあなたには分かると思うけど、ジェニファーはある日私の前に現れるはず。私の最初の十冊が出版される時、ジェニファーは嫉妬に駆られ、まるでポルターガイストみたいに原稿を全部投げ散らかすでしょう。あの子が私の赤ちゃんを殺してやるって何度も言っていたこと、覚えてるでしょう？　いまでもあの子がとても怖い。きっとあの子は私達を空から眺めて、笑ってると思う」と彼女は言うのだ。

双子星の片割れを失ってしばらくの間、ジューンは悲しみと自由の間を漂っていた。彼女は次のように語った。「ジェニファーは死を恐れていなかった。あの出来事の一週間前に初めて私達は素直になりました。以前はいつでもゲームの駆け引きをしていたんです」

確かにジューンは正しいと思う。ジェニファーはそのあたりにいて、二人のゲームはジューンが生きている限り続くだろう。しかしそれでも今やジューンが勝者である。

「ジェニファーの葬式の日から一ヵ月間、横断幕を掲げる手はずを整えて欲しい」とジューンが頼んだ。

「そこには何を書けばいいの」と私が問う。

迷うことなくジューンは答えた。「こう書いて下さい。『ジューンは元気です。とても能力があり、自分の道を進んでいます。遂に自分自身に行き着いたのです』」私が書き留めている間、彼女はいったん黙って、それから静かに語りはじめた。「ようやく私は丸ごとジューンになったの、ジェニファーの一部ではなく。二人の悪循環を誰かが止めなければならなかった。私達は二人の闘争で疲れ果てていた。長い闘いだった。お互いに相手の重荷になっていた」

最初の解剖はスー・クレイドン医師が行ない、ジェニファーの死因は「急性心筋炎」、つまり心筋の全体的な炎症と衰弱であると判定した。その原因はすぐに明らかになったわけではない。カーディフにあるウェールズ大学の法医学部長バーナード・ナイト教授は私に次のように述べた。「予想したよりもはるかに赤みがかっていて、劇症で急激な炎症によって心筋が完全に破壊されていました」しかしそのような心筋の破壊はいかなる原因で起こったのだろうか？　心筋症の原因には五十ぐらいの要因が挙げられるが、ほとんどの場合に緩やかに進行する。それ自体で、今回のように急速に進行して死の原因になることは稀である。確かに詳細な検査は行われなかったが、ウィルス性である可能性は低いとナイト教授はみなした。腸チフスや結核などの疾病も原因になりうるが、ジェニファーはそのような病にかかってはいなかった。服毒によることもありうるが、解剖結果からそのような証拠は見つかっていない。薬害も考えられるが、彼女は何ヵ月も同じ薬を与えられていたからその可能性も低い。

今後の調査からどのような事実が明らかになったとしても、ジェニファーの死は、彼女の人生と同じように不気味で不可解だった。彼女は以前から健康を害していて、まもなく死ぬことを知っていたのだろうか？　今までの絶食では、頬骨が浮き上がり、顔が痩せて双子の片割れより美しくなる結末を求めたのだが、今回だけはジューンを自由にしてしまったということなのだろうか？　ジェニファーの突然死の前に、姉のジューンの方が強いから、生き残る権利があるとの協定を結んだのだろうか？　それとも、痩せさらばえたジェニファーは絶食と過食の繰り返しによって痛めつけられ、そこに投薬が拍車をかけ、自身の間違った思い込みに苦しめられた結果、まるで犠牲の仔羊のように、希なウィルスあるいはアレルギー、または毒素にやられてしまったのだろうか？

この双子の物語を知る人は誰でも不安な気持ちを抱くだろう。もちろん、何もかも偶然で説明することもできる。しかしこんなにも偶然の一致があるものだろうか？　双子との関わりの中で経験したことが、なぜ私の心をかくも根底から揺るがせるのだろうか？　まるで事実は小説より奇なりというように。

　私が七年前、この本の「はじめに」に書いたように、この双子は止めることのできないゲームを幼い頃から始めていた。子ども時代の遊びには、無邪気な繰り返しによって思いもかけない暗闇へと導かれることもある。「一回抜かしも罰金もあった。プレーが長すぎる時には、振り出しに戻ることも、罰も、死も用意されていた」今後のジューンにどんな事が起こるだろう？　彼女は気づくだろうか？「陽の光を奪う暗闇の妹」がいなくなることで、人生の新しいステージが開いて、自分の中にジェニファーを取り込み、二人分の人生を自信を持って歩めることに。

ジェニファーの墓前に佇むジューン。

第十二章　生き延びるための死

［本章はザ・サンデー・タイムズ『ザ・マガジン』一九九四年七月三日号に寄稿されたものである］

黒ビーズ・カーテンのように流れる艶やかな編み込みの下から、ジューンのにこやかな笑顔が現われる。ジューンは哀しみを隠そうとはしなかった。編み込みスタイルには五～六時間と六十ポンドがかかったけれど、ジューンの新しい自由のシンボルでもある。「さぁ、行こうか」と声を掛け、お店目指して駈け出さんばかりだ。

その日は単にジューンの三十一歳のお誕生日を祝うだけではなく、私達が本当に初めて自由に過ごせる日だ。つまり、監視員や看護師の存在を肩越しに確認することもなく、またバタンと閉まるドアやジャラジャラ音のする鍵、たびたび鳴るベル、スピーカーから流される患者や訪問者への指示などを一切気にすることなく過ごすことが出来る。ジューンを知って十四年になるが、その間ずっと、まずパクルチャーチ拘置センター、次にブロードムアで大きな制限のもとで私達は面会していた。そこは、ジューンと双子の妹ジェニファーが五週間にわたる公共物破損と放火の犯人として収容されていたところだ。

二人が判決を下される裁判の席に私は居合わせた。二人はほとんど消え入るような小声で罪を認めた（と裁判所が二人の呟きを解釈した）結果、二人はブロードムアでの不定期拘留を宣告されてしまった。すべては二人の奇妙な振舞いと不気味なほどの沈黙——実際に二人はほとんど誰とも話しをせず、時々妹ロージーに言葉をかけるだけだった——が問題で、それは反社会的な犯罪行為というよりは、専門家でさえ頭を悩ませる症状であって、本当は二人を受け入れて治療のできる病院が必要だったのだが。

世間一般に沈黙の双子の姉妹として知られるようになった若い二人は、一九六三年四月十一日、アデンのスティーマー・ポイントにある英国空軍病院で生まれた。ジューンがジェニファーの誕生十分前に生まれたが、この差をジェニファーは幼少期から不満に感じていた。父親のオーブリは、空軍に入隊した時、妻のグロリアとともにバルバドスを離れ、アデンに配置された。双子の姉、グレタは双子誕生時七歳、デイビッドは四歳。一番下の妹ロージーは、双子誕生の四年後に生まれている。イギリスの幾つもの空軍基地に配属されたのち、家族は南西ウェールズのハヴァフォドウェストに落ち着いた。

当初、ジューンもジェニファーも幸せに、カタカタ車を押して遊びに興じているように見えたが、四歳を迎える頃に両親を無視し始め、沈黙の協定を交わして、大人の世界に真向背を向けてしまったのだ。この段階で双子は切り離されてもよかったのかもしれないが、両親は、双子というのはしばしば不思議な行動や振る舞いをするものだと安心していたふしがあった。けれども時が過ぎ、八歳の頃には通知表に注意事項が明記されるようになった。「お話しができればいいのですが」と書かれたものが残っている。父親は心配して助言を求めたが、誰もその必要を感じなかった。

二人が十四歳になり、この土地の中学校に通うようになって初めて、先生も生徒も誰一人双子が話すのを聞いたことがないという事実が問題視されるようになった。二人は特別教育センターに移されたが、どのような手立てを講じても、二人の問題は解決されなかった。お互いにしがみついて離れない二人は、意志的に沈黙しているのだと診断された。ただ、話すことを拒否するので二人の知的能力を測ることができない。互いの会話は切れ目なく続き、それはまるで二人だけの特有の言語のように聞こえた。だが、当時二人の特別指導教員になったキャシー・アーサーは、録音された二人の言葉をゆっくり再生してみると、言語障害は認められるが、通常の言語を、言葉によってはアクセントの位置を変えて発音しているだけだと分かった。毎日毎日、二人はただむっつり座り込むか、無気力に同じ動作をする。足を組んだりほどいたりを同時に行う様子は、まるで二人ともに目に見えない糸で操られているようだった。今になってジューンの言葉を借りれば、それは事前の合意と目の合図、そして身体察知能力によって完璧になされた演技だった。

精神科医や心理学者がこの二人を切り離すべきであると真剣に試みるようになった時、双子はすでに十五歳になっていた。あまりにも遅すぎた。カマーザン青少年治療所に送られたジューンは哀しみに沈み、妹恋しさで食事も摂ろうとしない。しかも二人を元通り一緒にすると、激しく罵りあい、顔を引っ掻き、髪の毛を引っ張りまわす喧嘩に終始する。愛と憎悪の逃れようのない深い罠にはまった双子。二つの星はお互いの引力圏に閉じ込められ、自分を取り戻す必死の闘いから抜け出すことが出来なかった。本当のところは誰にも理解できず、最後には死が待つのみだ。

私がこの双子と関わったのは、二人が判決を待つ勾留中の身だった時である。教育心理学者のティム・トーマスから二人の窮状について深刻な説明を受けた。また双子の父親であるオーブリは、二人の少女が書いた詩、短篇、そして小説のいくつかを見せてくれた。どれも鋭い感性に満ち、興味深い内容だった。私を虜にしたのは二人の持つ想像力だった。同時に執筆に費やされた努力と時間を知る中で、その類まれな作家資質に驚嘆した。

私が父親のオーブリと一緒にパクルチャーチを訪れた時、二人は十八歳になっていた。看守にもたれかかるように立つ双子は、まるで木製の厚い板を思わせた。二人の間には目に見えない強力な力が作用しているのは明らかで、およそあらゆるコミュニケーションを拒否していた。その時私が必死に挑んだのは、どうにかしてこの機械仕掛けの二人のお人形のネジを巻くことだった。私は、精神的な疾患によって罪を犯した若年犯罪者の症例ケースとしては、二人を見なかった。後になって多くの精神医学関係者もこれを支持している。二人が書いたものは、すぐに世の中に受け入れられないかもしれないが、機知に富んだ言い回しや抜群のユーモアのセンスに溢れていた。

双子への最初の訪問で突破口が開けた。プラスチック板のテーブル越しに、私は二人と向かい合って座った。近くの監視員に見張られながら、一方的な問いかけを続けている状態に私は内心焦っていた。なんとも気まずい沈黙の時間が続いたが、二人に文筆の才能があることに触れた時、私の言葉に明らかな反応があった。自動車事故で昏睡状態に陥った患者に、突然意識が戻ったのが分かったような気分だった。ジューンが最初に吃りながら声を発した。「あの話、好き？　終わりはどう？」私が二人に代わって声を発することができ、世の中に著作を広め、有名にしてティーンエイジャーの夢を叶えてくれると、双子は考えた。私はあまり自信はなかったけれど、二人の挑戦を受け入れた。

身体的に硬直していたジューンとジェニファーが、実は書き言葉の世界では自由に踊り回っている、それが私の発見したすべてだった。一行に四行分の運針のような細かい文字が「引きこもり」の日記を満たしており、それこそが二人の意思表示だった。そこには全く普通の日常の苦悶や、すさまじいまでの心の闘いが記録されていた。一人の呼吸すらもう一人を苛つかせ、一挙一動が新たなバトルを生む引き金になった。拒食と過食が繰り返され、一人が拒食状態にある時には、もう一方に二食分を食べるように強要し、その逆が何度も繰り返された。入念に練り上げられた規則を片方が破るようなことになれば、外の世界に向けて闘うために溜め込んでいた弾が、どちらか一方に向けて放たれたのだ。

およそ百万語以上に及ぶ日記の解読を通して、私は二人の考えの内に秘められた苦悩を知るようになり、幼児の無邪気な遊びに潜む何かが、次第に絶望と束縛に移行していくことが分かり始めた。

それは本来、持ち合わせて生まれるはずのない絆だった。幼少期から双子は、一人の顔にもう一人が枕を押し付けたり、押し倒して窒息させる悪夢に悩まされていた。まるで子宮の中で押し合っているかのように。ジェニファーは日記に「ジューンの恐怖光線はまるで網のように私を襲う。分かってやってるんだ。知ってるのよ。私にできるのはただそれをぶった切るだけ。すごく弱いライバルへの復讐に燃える猫みたいに、私が闘って、叫んで、悲鳴を上げてるのを誰だって知っているわ。あの子は死ぬ、そして私は自由になる。そう決める。なんでも好きなことをして、本来の自分になる。自分の敵をやっつけたことが分かれば、もう自分をコントロールできる。誰にも分かるはずのことだ。心、魂、精神がすべてなんだから」と書いている。

その後ブロードムアで二人は死と戯れ、どちらかが逝くことでしかもう一人が自由になれないと思い込むようになった。しかしいったい誰が死ぬべきで、どちらが生きるのか。二人の間に交わされた協定は、誠に奇妙なものであったのは間違いない。

ブロードムアの医師は、二人が共に統合失調症、すなわち思考や感情、現実認識が歪む症状があるとの見解で一致していた（ジューンはいまも、統合失調症の治療に処方される薬で治療中である）。

確かに二人には表面上、この症例を示すものもいくつか認められるが、双子であること自体が孕む深くて複雑な問題こそ重要である。二人の書いたもの全てに目を通した結果、私は統合失調症の特別な症状のかけらも見出すことはなかったし、人格の顕著な分裂にも気づくことはなかった。二人にはパラノイア——誰かに監視されているとか、自分の考えを読まれていると感じる——の傾向が見られた。しかし、それはお互いがもう一人の考えを常に読もうとしていたことの延長に過ぎないのではないだろうか?

ブロードムアの医者は再度二人の引き離しを試みて、双子はそれぞれ別棟に隔離された。しかし、この隔離が厳しければ厳しいほど、二人がお互いに通じる方法は巧妙になってゆく。お互いに毎日長文の手紙を書き、会える方法を考え出すのに相当なエネルギーが費やされていた。場所は、教室、運動場(二人ともに一切の競技をしなかったが)、教会(コーラスに二人ともに参加していたが、どちらも歌うことはできなかった)で、夜のパーティー会場ではブロードムアの若い男性を自分に引き寄せるための闘いを繰り広げた。オレンジジュースとタバコだけを手に、二人はディスコ会場を自分達の精神がぶつかり合う闘技場に変えていたともいえる。やがて九時になると、二人はそれぞれの収容棟に戻り、ありとあらゆる怒りや哀れみをぶちまけるように手紙や日記に書き綴った。そこにはジェーン・オースティンの細やかな視線や動きが再現され、エドガー・アラン・ポーのおぞましい意図を彷彿とさせるものもあった。

「ジェニファーと私は恋人同士のよう」とジューンは書いている。「あの子は私のことを弱虫と思っている。どんなに私があの子を怖れているかが分からないのだ。それだけ余計に私は弱く感じる。あの子からなんとかして離れるだけの強さがあれば。神様、どうぞその力を与えてください。絶望です。ジェニファーと私はまた元に戻れるでしょうか。本当のところ、一人になりたいのですが、そう言いながらもそれは嘘なのです。誰か話しをする人が必要、友だちかな……。でも今はちっともときめかない。ジェニファーが側にいる時、ジェニファーと一緒の時だけ、心臓がどきどきしてしまう」

一九九二年の十月、ブロードムアからウェールズに戻されることが現実味を帯びると、双子は死の悩みに取りつかれるようになり、二人の闘いは一層激しさを増した。それぞれのクラスに向かう前に必ず出会い、戸外で立ち尽くし、どちらが先に死ぬかを巡って怒鳴り合うのだった。

果てしない二人のやりとりが、スタッフの目にとまらないはずはなかったが、介入することは無理だった。ジューンは述べる。「ジェニファーに言ったの。『あなたは強い。私が死んでもすぐに立ち直るわ。ファイトがあるもの』あの子は私のことを大丈夫と言った。もしあの子が死んだら、私のボーイフレンドがあの子の代わりになってくれる。私達賛成したの。どちらが死んでも、生き残った方が逝った子を赤ちゃんと呼ぶ。そうすれば二人ともに生きていける。私は懇願した。『お願い、私より先に死なないで。先に死なせて』でもジェニファーは決めてた。『私が先に死にたい。悲しみはごめんよ。あんたが先に死ぬのは辛いもの』」

釈放される九日前に二人を訪問すると、ジェニファーは「私はもうすぐ死ぬ」と言った。「バカなこと言わないで。あなたはまだ本当に若いのよ。そんなはずないじゃない」と私が返すと「私には分かる」とジェニファーは答えた。「私には分かる」

三月九日、ブロードムアから双子が移送される日、ミニバスに二人が乗り込んだ十分後、ジェニファーは話した。「やっとここから出られるわ。嬉しい！」そう言って姉の肩にもたれかかった。旅の間、ジェニファーはどことなく元気がなく、黙りこくっていた。目は開けているけれど眠っているようだった。南ウェールズのカズウェル・クリニックに着いた時にはベッドに移され、会話もままならず、ジューンのことも分からなくなっていた。そして四時間後、血液検査の結果が出た直後に病院に搬送されたジェニファーは、六時十五分頃に亡くなった。

検死ではジェニファーは突然死だった。病理学検査の結果、死因は急性心筋炎とされた。つまり心筋の炎症が、ウィルス感染や薬物中毒、急激な運動、栄養失調、ストレスなどによって引き起こされる症状である。

ジューンが病院に駆けつけたのは、ジェニファーの心臓が止まった数分後だった。その悲しみの深さと嘆きは想像を絶するもので、そこには、二人の「大切な日」を台無しにしてしまった怒りも混じっていた。ジェニファーの死後ジューンが彼女宛に綴った多くの手紙の中に、次のような思い出が語られている。「ジェニー？　どうして死ななければいけなかったの？　どうしてあんなに素晴らしい日を死ぬ日に選んだの？　最高の日、夢の叶った日だったのに。ブロードムアからようやく自由になったのよ。いま、私は独りぼっち。花の妖精が風に乗って飛んで行ったみたい。あんたの部屋の水仙を見たわ。死の匂いがする。水仙の花は、まるで私のことをからかうように首を振っていた。お前の胸には開いた聖書が置かれ、一輪の赤いバラがのせられていた。表情は安らかだった。おもいっきり泣いた」

ジェニファーの死の数日後ジューンを訪れると、同様の葛藤を口にした。「ある意味で、やっと解き放たれて自由になった」とジューンは話した。「二人とも疲弊しながらずっと闘ってきた。本当に長い闘争。誰かがその悪循環を止めなければならなかった」ジェニファーの葬儀の一ヵ月後に、ハヴァフォドウェストの空に横断幕を掲げられるかとジューンが私に尋ねてきた。「いったいどんなことを書くの？」と私が問うと「ジューンは元気です。とても能力があり、自分の道を進んでいます。ついに発見しました、とね」と返事が返った。

その時、ジューンが納得していたのは、ジェニファーが自分の命を犠牲にして双子の人生を自由にしたということで、それは今も変わりない。ただ自分を解放してくれた妹への深い愛情は、自分を今でも縛り付けている妹への嫉妬や怖れとないまぜになっていた。ジェニファーは死んでもなお不思議な影響をジューンに及ぼしている。「私の身体はより強くあの子を抱きたがる。だから、あの子への愛をもっともっとはっきり示していればと、いつも言い続けている。今ならしっかり抱いて、こう言える。『ジェニファー、どんなことがあろうと、私があなたを愛していることを覚えておいて』あの子の中には悪魔が潜んでいた。けれど天使のふりをして、私に命を与え直してくれた。そのことを心から感謝しなければ」

私達は公営墓地の丘にあるジェニファーのお墓の前に立っていた。ジューンの家からほんのわずか歩いたところだ。抱えてきたチューリップの花束（ジェニファーは水仙を絶対に嫌がって拒否していた）を置いたあと、青いパンジーを植えたが、花弁はアイリッシュ海から丘を吹き抜ける冷たい風に揺れていた。墓石は黒い大理石で、ジューンの選んだ言葉が金文字で刻まれている。それはジューンが読んだ雑誌の記事からの引用で、作家のアイザック・ウォルトン［十七世紀イギリスの作家、『釣魚大全』の著作で有名］が最初の妻に与えた簞笥に書かれた碑文を改作したものだった。

私達は　もともと一人一人の二つだった
私達二人は　やがて一つになり
私達は　二人ではない
私達は　生涯ずっと一つになる

ジューンは妹と並んで墓の下で眠ろうとは願っていない。「呼んでる。ゆっくりだけれど私を呼んでいるわ」ジューンはそう言いながら、「私は同じお墓に入るつもりはない。昔の二人のベッドのようになってしまうもの。それにあの子が昔のままなら、私を捕まえて言うに決まっている。『やったぞ、とうとう死んだか。お前より前に私は死んだの。でもお前はいつも私と一緒、いまもずっと一緒』そうしてジェニファーは笑うんだわ。私から太陽の光を奪い取った奴。私の中に忍び込んだ奴。もし生きていれば、今なお私から私自身を盗もうとする」

　陽が差し始めても、ぞっとするこの考えを締め出すように、ジューンはジャケットのジッパーを閉めたままだ。二人でしゃがんで、熊手やコテの泥をぬぐい、お墓の周りに散らばった紙きれを集めていたが、その間もジューンは沈黙の双子の不可思議なミステリーをずっと語り続ける。

「ジェニファーは、私に精神的な病を植え付けた」とジューンは言う。「精神的におかしくなったのは、ジェニファーの仕業だった。心に毒を盛った。今も生きていれば、私達二人は犬猫同然の取っ組み合いをして、おそらくジェニファーは私を乗っ取っていただろう。あの子が死んで数ヵ月経ってから、ようやく私は私になれた。それもすぐにではなく五ヵ月くらいかかった。ようやく解放されて、私は自分の人生を取り戻した。生まれ直したの」

「この場所でそんなことを考えるの、少し悪いと思わない？」と私が尋ねるとジューンは肩をすくめる。生き残りをかけた闘いに彼女は勝った。けれどその勝利は長く続かず、五年後には死んでしまうというジェニファーの予言を、ジューンは信じていた。「罪深いとは感じないわ」とジューンは言う。

「今はずっとましになった。何年も何年も、好機を逃してきた。厄介な双子関係のために。誕生時に別々にされるべきだった。もしも今一緒に暮らしていれば、家に戻った時にうまくいくはずないでしょ？　あの子は死んだ。いつも自分に言い聞かせている。あの子は私に命を与えてくれた。私が生きていること、毎朝ちゃんと目が覚めて、声を出して深呼吸できることを、幸せと思わなければ」

ジェニファーの死を受け入れるのは依然として難しいけれども、同時に彼女の犠牲を生かしたいとのジューンの決意も見て取れる。ジューンの会話には進歩がみられ、言葉もスムーズになっている。それは私相手だけでなく、まったく知らない初対面の人に対しても。

その日、誕生日のプレゼントを買いに本屋に出向いた時のことだ。わざと私の書き下ろした本を一冊買って欲しいと頼んでみた。ジューンは若い店員のところに行って、目元に笑みを浮かべながら、真顔で「『沈黙の闘い』ってありますか?」と尋ねた。店員は「犯罪コーナーだったかな」と言いながら、本棚の一番下の棚を探った。「今ありませんね、売り切れじゃないかと思います。発注しましょうか?」「いいえ、結構です。なくても大丈夫ですから」とジューンは丁寧に答えた。少し間をおいて、店員はこの客の正体に気づいてびっくりした。それを尻目にジューンも私も混雑した土曜日の通りを一目散に走った。それから大笑いしたのだった。

私といる時、ジェニファーはいつも含み笑いしており、それが中断されるのは、嫉妬に狂って沈黙するか、怒りの時だけだった。双子が一緒にいると互いに傷つけ合うが、一人だとジューンは抑制がきかなくなった。他の人が二人を見つめて噂しているのではないか、ジェニファーの方が小顔で、頬骨が高く、スタイルも良くてかわいいと思っているのではないかと心配したのだ。ジューンは、時に歪んだ鏡を見るように、自分が一番怖れる顔や心の欠点をジェニファーの中に見てしまうのだった。

ジューンは、盗みを働いた場所であっても、昔よく行った所を訪ねてもよい気分になっている。「もし、私達が二人で現れたら、誰もが『ほらまた双子がいるよ』って話すでしょうけど、もう今は誰もそんなこと言いやしないわ」とジューンは説明した。

ジューンの自己改革は、簡単になし遂げられたのではない。長年にわたって、薬物療法とともに、言語治療士、医者、ソーシャル・ワーカーによる治療が行われ、最近ではカズウェル・クリニックでの集中リハビリ治療も効果を上げたのだろう。しかし、ジューンが変われたのは、彼女自身のなかで、ジェニファーとの絆――共に生きることも、離れることも出来ない――を緩められたからだと、ジューンは確信している。

ジェニファーの死は、闘い、分離、再会の痛ましい繰り返しからジューンを救った。しかし初めのうち、ジューンはなおジェニファーの支配下にある感覚から逃れられなかった。「ジェニファーは病気だった。この世では生きようとしていなかった。自分と一緒に私を何度も引きずり降ろそうとしたの。冷たい冷酷な心の持ち主……」とジューンは繰り返す。だがすぐさま切り替えて語る。「ねえ、もしもジェニファーがここにいれば、お茶を淹れるとか、なんだってしてあげるわ」

ジェニファーの死の数週間後でも、ジューンは妹の力に打ち勝つだけの力が無いのではないかと、自死を企てかねないほどの不安を感じていた。悪意に満ちた自分の片割れがベッドの端にいるのではと怖れて、電気をつけたままで眠った。「私は自分に言い聞かせてるの。『いまは死にたくない。眠りながら死んでしまいたくない。寝ている間に襲わないで、ジェニファー』ってね」姿を見ることはないけれど、いつもジェニファーの存在を感知していた。カーテンが揺れたり、水がポタポタ落ちる音がすると、ジューンはこう思うのだった。「ジェニファーだわ、ジェニファーよね。私を破滅させようとしてる。私が作家になるチャンスをぶっ壊そうとしてるのね」

ジェニファーの死後五日目に会った時、ジューンは自分の中にまだジェニファーがいると折に触れて感じていた。「私もジェニファーのように、これからずっと精神的な病いを抱えると思う。あの子同様、統合失調症を持っているのじゃないかしら」ジューンが鬱々とするこうした日々に、彼女は歪んだ鏡の国から自分自身を救い出して、本来の姿が映るように自分のアイデンティティーを探り出さなければならなかった。「ジューンは好かれ、ジェニファーは嫌われた」お墓を訪問した帰りの車の中で、ジューンはそう話す。「私には、幸運と成功、その魅力が備わっていた。でもあそこでは、私はまるでジェニファーみたいに扱われた。ジェニファーは無視されたし、嫌われていた。つまり、私がジェニファーの時、私は誰からも嫌われた」

一九九三年九月の爽やかな日のことだった。ジューンはようやく双子の片割れを厄介払いできたと感じた。自分の考えることすべてにジェニファーが侵入してきたり、夢を盗もうとして挑んでくることもないのだ。ジューンはようやく亡霊から自由になった、少なくとも当分の間は。

ジューンはグリーフ・ケアのカウンセラーからもらった一枚の紙を壁に貼っていた。それは妻の死を悼んだヘンリー・スコット・ホランド［十九世紀半ばから二十世紀初めに活躍したオックスフォード大学神学教授兼クライスト・チャーチ司祭］の有名な文章だった。「死は何ものでもない。私はその場を去って隣室に移っただけである。それでも私は私で、あなたはあなたのままだ。かつての私達の関わり方は、今もなお変わらない」カズウェル・クリニックの自室で写真や本、人形に囲まれてジューンがこの文を読んだ時、一緒に読むジェニファーの声がジューンの耳に響いた。「その瞬間、やった！　って感じた」とジューンはハッキリ記憶している。「私はまたジューンになった。朝起きると皆がとても良くしてくれる。『お早うジューン、元気？　お茶はどう？　ジューン』とても驚いた。自分の身体から何かが飛び出したみたい。ジェニファーが私を追い出したのかもしれない。私は自分で離婚した」

墓地を訪問してから、英国空軍の勤務者家族が住んでいた、荒涼としたファージー・パークに向かった。三十五番地の前で車を止めると、ジューンは二階のベッドルームの窓を見上げる。「私達、外へ出かけることはなかった。一日中、自分達の部屋に引きこもっていた。ただひたすら書いて、手紙を送り続けて、待っていたの」二段ベッドのある小さい部屋は、秘密の人形の空想世界を作り出す原動力になり、ブロンテにならって作ったミニチュア本や創作物で埋もれていた。二人は夜を通して笑い、お喋りを続けながら、他方では家族の誰とも会話すら拒む生活が続けられた。「あそこから望遠鏡でよく覗いたものよ」とジューンは話す。「私達はスパイ気取りで、近所の人を見張っていた。台所にいるところを監視してたの。まるで映画を撮っているみたいにね」

「そりゃそのとおりよね、他人の家の中の様子を自分達の勝手で覗いてたんですものね。だけど、声をかけたりはしなかったでしょう？」私が尋ねると、ジューンは覚えていないと言う。今になれば、およそ人と話さなくなったのは、ジェニファーだったとジューンは考えている。ジェニファーは自分を失うことを怖れていたのだ。「もしそうしようと思えば、私は普通になることだってできたはず、ジェニファーがそこにいなければ。振り返ってみれば、できれば話したかった。二人ではいつも言っていた。明日は話そう、明日こそと、でもその明日がとうとう来なかった」

通りを隔ててアメリカ人の声が聞こえてきたので、当時、恋愛対象としてジューンを強烈に惹きつけた四人のアメリカ人の少年達が思い出される。双子の人生を変えたかもしれない。少年達は双子の主要目標だった。二人が囚われていた閉所恐怖症的な悪夢から逃れるために、選択できた道の終着点である。二人は少年達を街中ストーカーのように追いかけ、それに気づいた一番年下のカールがコーラの缶を投げて寄越した。それが運命の分かれ道になった。双子は数十マイルも離れたウェルシュ・フックの村にある少年達の家に招かれることになる。そこは、ひっそりとした美しい渓谷で、クレッド川は、一面に咲き乱れる黄色クリン草や、サクラ草、キンポウゲ、ひなげしの草原を縫って流れ、そこで二人は不用意にも、ウォッカと大麻と軽犯罪への道に誘われたのだった。

ジューンはウェルシュ・フックに連れていってほしいと願う。自分達が十代の時、一番ショッキングだった事件の一つを思い出したのだ。少年達の関心を惹くために、ライバル意識からジェニファーを溺死させようとしたことがあった。「あの子は嘲って、私を呪った。私の未来の子ども達までもね」ジューンは思い起こして話し続ける。「闘った末にジェニファーを川の中に突き落として、頭を水の中に押し込んだわ。あの時地元の少年が通らなかったら、そのまま抑え込んでいたはずだ。あれでジェニファーが死んでいたら、私は自由になれた。結婚して、今では子どももいたかもしれない」「ジェニファーを溺れさせようとしたことに罪の意識はないの？」私がそう尋ねると「ない。あの子は私とは違っていた。二人は全然別だった。女の子には二つのタイプがあって、可愛い子もいれば、可愛くない子もいる。ジェニファーは魅力的な子で、私は可愛い」

「私達はぶつかり合って、ジェニファーは私の人生を台無しにした」

一九八一年五月、十八歳になったジューンとジェニファーはウィッグを被り、サングラスをかけて、ハヴァフォドウェストからヒッチハイクで自分達のヒーローに会いに出かけている。後に、少年達が二人のことをつぶさに語った時、「あの気味悪い黒ウサ子ちゃん」を少年達の家族が喜んで迎えなかったことは明らかだが、二人の奇妙な振舞いが少年達を楽しませたのも確かである。双子は麻薬を吸うか、ウォッカをがぶ飲みしないと話しすら出来なかった。何時間も雨の中で待ち続け、教会に避難し、少年達から渡してもらったフィッシュ&チップスを食べた。

私達は少年達の住んでいたクリードー・コテージに着いた。かつて双子がこの家に忍び込んで記念のものを漁っていたら、「お父さんが帰って来たの」ジューンは思い出してくすくす笑った。「ベッドルームから抜け出して芝生の上に飛び降りた。それから畑を駆け抜けて、そこの教会まで走った。今あの教会に入れるかしら。教会の来訪者名簿に名前が残っていると思う」

小さな教区教会は、茶色の梁の部分を除いて全体は薄いピンク色に塗り替えられていた。ここで、十九歳のジューンもジェニファーも、生贄の子羊のようにカールに身を捧げたのだ。ジェニファーとはうまくゆき、ジューンには、その時のことが年月とともに色あせることのない、栄光の一瞬として残っている。常軌を逸した行為だとは思えないままだ。純粋で、必死で、かつ忠実そのものだった。

この出来事の数週間後に、この家族はアメリカに戻った。少女二人は恋に破れた。

ジューンは来訪者名簿に駆け寄って、自分達が書いた名前が間違っているのに気づいた。ペンを借りると飾り文字で「沈黙の双子の一人が戻った。ようこそお帰りなさい！」と書く。

それから私達は、広くて誰もいない海岸をドライブした。そのあたりは、哀しみのドン底にあった二人がカタルシスの浄化方法として、破壊行為と放火（三軒の無人の建物）に走ったところで、その結果、双子は投獄されたのだった。

砂浜でジューンは明らかに解き放たれた様子だ。身につけたたくさんの腕輪や首輪をジャラジャラ鳴らして彼女は走り回る、鈍く銀色に光る海水がギザギザに浸みこんだ砂地を蹴って。彼女は身体を揺すりながら、大空に向かって手を伸ばす。仔犬が吠えながらついて回る。ジューンは浮きうきして車に戻る。「ああ、面白かった！」と息を弾ませる。「海の空気は気持ちいい。すっきりするわ」ジューンはそう言いいつつしかめ面をして、カメラを見てふざけて笑う。


ジューンは、もうジェニファーの亡霊に付きまとわれているようには感じていないし、夜ベッドサイドにジェニファーが現れるのではないかと、電気をつけたまま眠ることもなくなっている。家路に向かう間に、ジューンは現在の平均的な自由時間についても話してくれた。投薬と精神分析医との面談が必要な場合には、カズウェル・クリニックに二週間に一度は通うこともできる。カズウェル・クリニックから出た最初の一週間は不安を感じることもあったが、いまや自立して過ごせるようになっている。地域のデイセンターに出かけ、料理を習い、タイプも始めたいと願っている。ジューンには抜群のウィットに富む精神と書く才能があるので、その目標とするところはかなり高い。「十冊のベストセラーを出して、ピューリッツァー賞を狙う」加えて他にもやりたいことがあるという。息のつまるような病棟で監視され、オレンジジュースとお楽しみ行事だけが娯楽だった十一年間を思えば、週一でディスコに出かけたり、パブに車で乗りつけるのをジューンが何より楽しみにしていることは、容易に想像できる。

一番嬉しかったのは、ディスコで出会った若者に誘われたことだと話す。「本物の男の子。空想上のボーイフレンドじゃないわ。ナイトクラブで出会ったごく普通の人。これまで一度もナイトクラブに入ったことがなかったの。そこで飲んだり、ダンスしたり、タバコを吸ったり、いろいろ面白いことをする場所だと分かった。次は結婚して、妊娠、そして自分の家に落ち着くことだって夢ではない」

双子の片割れから離れて、一人で新しい人生をものにしたいという熱情は、誰にも予想すら出来なかっただろう。彼女を以前からよくよく知っていた人間を除けば。双子についての研究では、一人が亡くなるともう一人も痩せ衰え、死んでしまうという結果が多く示されている。しかしジューンの状況はこれとは違って、彼女には新しい生活が開けている。ジューンとジェニファーの症例は、決して教科書通りには行かない。

二人の日記を初めて読んだ時以来、私は一人の人間がもう一人に与える愛と憎しみの極限について理解し始めていた。双子は正真正銘の恋人同士で、同時に敵でもあった。昔から、生まれる権利を主張しているのはジューンだとジェニファーは知っていたようだ。哀しみに満ちた十代、収容所に閉じ込められた二人は不吉な儀式ごっこに明け暮れた。例えば、朝起きて先に動くのはどちらか。

ジューンは書いた。「ジェニファーが全く動かない側で、私はまるで硬直して麻痺したかのように横たわっていた……。いつ終わるのか？　死んだ時？　それとも離れた時？　私としてはどうしようもない。あの子もどうしようもない。どちらか一方が負けなくちゃならない。両方ではない。これはゲームなんだから」

可哀そうなジェニファーはゲームに負けた。あの子が何度も繰り返す声が今でも耳に残り、ジューンの目に映るジェニファーの絶望も目に浮かぶ。死の直前の日々、ジェニファーが恐怖に駆られて嘆願していた様子が思い出される。いかにも虚弱で病的に見えた。またジェニファーが自分を犠牲にするのは避けられないとジューンも感じている。「あの子はかなり参っていたが、私を取り込んでいて、私を連れて行こうとしていた」

ハヴァフォドウェストのギボンズ家に戻って、みんなで温かいお茶を飲んだ。オーブリは、以前と変わらず、渋くて、礼儀正しく、完璧にもてなしてくれた。グロリアは参っていて、ジェニファーの身に起こったことに憤慨していた。どうしてあんなふうに死ななくてはならなかったのか。誰もが抱く疑問だった。「あの子が病気だったのは、誰の目にもはっきりしていた。ブロードムアを出発する前の日に、ジェニファーの様子がおかしいとジューンが言っていたのに。どうして長旅が許可されたのか？　クリニックに到着した時、どうして四時間ものあいだ、誰も何の手立ても講じなかったのか？　それになぜ自分達にすぐ知らせてくれなかったのか？　すぐに駆けつけて、せめて手を握ることができたのに」

ジェニファーの死の前後の状況を全員が確認して、ようやく私達は懐かしい写真や手紙を見て過ごす。ごく普通の家族のくつろいだ雰囲気だ。過去数年にわたって、私達を黒い潮流が飲み込み、恐ろしい悲劇が襲ったのは信じ難いことだ。

この家の下の階には、現在ミルフォード・ヘヴンのローカルホステルに住んでいるジューンが戻った時に使っている寝室があるが、そこは亡くなった双子の想い出に満ちている。ジェニファーの死を経て書かれた七十を超える詩と二冊のノート、そして手紙の束が私に手渡される。そこには、愛情、哀しみ、喪失を綴った優しいメッセージが溢れている。その内のいくつかには、幼い頃に回帰する濃厚なイメージが漂う。

空っぽのお前の椅子に腰かけて
溢れる涙にくれている
するとお前は揺り籠を揺らす
怖くないのよと囁きながら

ジューンはいまなお、ベッドサイドに動物のぬいぐるみや、亡くなる前の最後のクリスマスにジェニファーがルークと名付けたベビー人形などを置いている。ただのおもちゃだけど、と大人のジューンは肩をすくめて、恥ずかしそうに言う。「でもいまでも夜になると寝かしつけて、朝には起こすのよ」

これは不思議な物語だが、結末はさらなる不思議を秘めている。ジューンの自由の代償はジェニファーの死そのものだった。ジューンはいまや二人分の人生を生きる決心をしている。双子という暗闇のさなぎ状態から三十年を経て、ジューンは今ようやく輝く蝶として登場したのだ。

ジューンは魅力溢れる素敵な女性だ。今まで自分の日記の中に埋め込んでいたユーモアのセンス、また鋭い感覚や洞察力に溢れている。瓜二つだが実はまったく異なる人格を持ち、しかも魂を共有しようとするジェニファーと、生涯にわたって闘争したにもかかわらず、なお自分自身を保てているのは、ジューンの持つ強い精神力の賜物と言える。

ジューンの詩と新しい小説の最初の数ページを読み終えて、ロンドンに向かって車を走らせながら、私は出版社を探せるかどうかを考えていた。その時一つのイメージが浮かび上がる。白く砕ける波に向かって果敢に飛び込むジューンという緋色の点、それは分身の影を秘め、人生の新しい段階に向けて今まさに踊り始めようとしている。

ジェニファーの死後、砂浜を走るジューン。

エピローグ　心地よい解放

草深い丘を歩きながら
静かにメロディーを口ずさむ
過ぎ越した歳月を見つめて
私の身体からあの子を切り離す

ジェニファー・ギボンズ

二〇二二年四月、ジューンの五十八回目の誕生日と、長年の友情を私達は祝っている。波止場で出会い、ハグしながらジューンは私に話す。「あれから四十年も経ったなんて信じられない……。あなたがパクルチャーチを初めて訪問してくれてから」

『ザ・サンデー・タイムズ』の一介の事件記者でしかなかった私が、双子の父オーブリとともに二人を訪ねたあの運命の日以来、激動の四十年間だった。その時、二人は五週間にわたってハヴァフォードウェストにある三棟の空きビルディングに侵入し、放火を重ねて逮捕された。最後は死に至る二人の長い闘争の間と同じように、その時、二人とも微動だにせず一切口を閉ざしていた。二人は立てかけられた彫像のようで、目を伏せ、唇を固く閉ざしていた。二人の部屋に残されたメモ、書物、日記の中の文章に私が触れて、この不気味な沈黙を破った時だけ、ジューンが目を開けてわずかに笑みを浮かべたように見えた。

「あなたは、えっと……えっと……その文章が好き？」彼女がつっかえつっかえ小声で話すと、すぐにジェニファーが横から睨んでそれを制した。沈黙の協定を破ってはならないというサインだった。これこそ二人が作り出した砦で、この砦にこもって大人や外の世界と闘ったのだ。不可思議な束縛によって二人はがんじがらめになり、ついにはジェニファーの突然の死を招く結果になった。三十年前のことだ。

心身ともにボロボロだった二人の少女とは全く対照的に、今では自信に満ちた女性が私の側にいる。ジューンは落ち着いて充実した様子で、目にはお茶目でいたずらっ子のような光を宿している。買い物は全てネットでしており、紫色のキルトのジャケットをきちんと着こなし、黒のスカーフを頭に巻いている。私と出会ってインタビューを受けている今、双子の新しい映画も公開されていることに興奮して、ジューンはとめどなくお喋りを続ける。

新しい映画が公開されることは嬉しいが、その映画に関わりたくないし、インタビューや広報をするつもりもないとジューンは語る。彼女が見抜いているように、この映画の主題は荒れ切った双子だった頃のジューンで、今彼女が過ごしている穏やかな生活を描こうとはしない。ただしジューンも興味があるようで「その映画が気に入るかしら？」と尋ねる。「そうね、どちらとも言い切れないわ。あなた達に共感して描いてはいるけれど、二人の十代の年月を現実よりもっと不可思議なファンタジーに仕立て上げて、ちょっと不愉快なシーンもあるので」と私。

「賞をいっぱい取るかしら？」と彼女が尋ねる。「怖いシーンがたくさんあって、見た子が悪夢を見るようでないといいんだけど」同時にジューンが興味を持ったのは、このドラマが現在のBLM［ブラック・ライヴズ・マター］運動に便乗しようとしているのではないかということだ。「それはただ流行にのることになるでしょう。私達の物語は黒人であることには無関係で、双子の問題なのだから」

「でも、二人の物語が注目されることは望んだ……というか望んでいるでしょう？　新しい映画のプレミア試写会にあなたが登場して、セレブのように写真を撮られたり称賛されるのは嬉しいでしょう？」と私が問うと、ジューンはきっぱりと否定した。「いいえ。あなたの本が出版されておらず、私達の物語がまだ知られていないのなら、私の名前が広く目にされ、耳に届くように闘うつもり。でも今はもう闘う必要はないの。むしろ静かな日常を乱されないようにしなければならない」「何年も前とはずいぶん違うのね」と私。「最初にあなたに会った時、有名になるためなら何でもするって言ってたのに」　彼女は答えた。「そう。私達は有名になりたくてたまらなかった。世界中に私達の深い文学的才能を知ってほしかった」（二人がお気に入りの文豪、例えばＤ・Ｈ・ロレンスやジェーン・オースティンやエミリー・ブロンテなどと同じ程度の才能が自分達にはあると、彼女は半ば真剣に思っている）「だからあなたと話したの。二人はお互いに束縛しあって言葉が出せなくなっていた。そこへあなたが来てくれて、隠れた才能を見出し、私達を信じてくれた。あなたは二人の命綱だったのよ」

その言葉に私は深い感動を覚える。一人のジャーナリストとして双子の物語を出版するために、誰の目にも触れることのなかった二人の日記と格闘して、何年も費やして読み解いてきたのだ。彼らの考えの全て、観察力、普段の生活の細々したこと、相手の感じ方に関するそれぞれの（ほとんどの場合において誤解された）認識を私も共有した。二人が寒い時や空腹を感じた時、私も同じことを感じた。病院のバカバカしい管理体制について読めば、私も笑いとばした。二人が怒りや絶望を感じた時、私も怒り、絶望した。双子が拘束されていた十一年間のほとんどの日々、まるでぎっしり目の詰まった織物を織るように、二人はそれぞれおよそ三千語を小さな文字で練習帳の一行に四列ずつ書いていた。その縫い目をほどくのには何時間もかかり、たった数語を解読するために一晩かかることすらあった。一介のジャーナリストで四児の母でありながら、二人の奇妙な世界にそこまで没頭したのは何故か？　何故ただ読み飛ばさずに、まるで暗号を解読するかのように、二人の言葉の層を解きほぐそうとしたのか？　深入りはするまいと決心したにもかかわらず、双子の心の中で展開されるドラマに私は誘い込まれた。どちらがどんなソーセージを食べたとか、どのパイプを叩いて連絡したかなどを記した日記には、実はこの双子の不思議な関係を知る貴重な手掛かりが隠されていた。そこに綴られた愛と憎しみの数々はシェークスピア劇の核心をなすほどのものでもあり、宝石のように輝く言葉はありふれた日常生活を詩へと昇華させる力を持っていた。こうして二人の心理闘争に私は引き込まれ、言葉による砲撃戦の中で時に応じて一方の、また他方の味方になったりした。これらの言葉は、二人がお互いから、そして外界から自分の身を守り、自我を確立するための闘いの武器として使われた。

二人は自分達の物語を本当に書いて欲しかったのだろうか？　その結果もたらされたものは望ましいと言えるのか？　ＢＢＣの双子の映画は世界中で注目されたが、私がその脚本を書いたことは正しかったのか？　二人の悲劇を題材にして世界の様々な国で劇やオペラや歌が作られたが、許諾したのは正しかったのか？　二人の関係、そしてこの本、また映画について私自身が持ち続けている疑問と恐れを、初めてジューンに語ってみる。彼女は恐れも疑問も全く持ってはいない。「私にはジェニファーの声が聞こえる。『ありがとう！　感謝しています！　どんどん先に進んで！』」

私達はハヴァフォドウェスト近くのマリーナにあるカフェにいる。イースター休暇の行楽客で店内は一杯だ。カップや食器のカチャカチャいう音に遮られて、ジューンの声は聞き取りにくい。彼女はいまだに少し吃音があるので、もう一度言い直すよう何度も頼んだ。

三十年前の凍えるような日、ブロードムアで私達は日曜日の午後のお茶の時間を過ごしていた。私の娘、ソフィアが一緒だった。ソフィアは双子に作ってもらった縫いぐるみで遊んでいた。いつものようにお喋りをしたり笑ったりしていたが、双子は興奮しているように見えた。数週間先にはブロードムアからウェールズにある新しい施設へ移送されることを双子は知っていたからだ。粋な黒のベレーを弄ん(もてあそ)でいるジェニファーは、ずいぶん痩せて消耗しているようだった。突然彼女は振り向いて言った。「マージョリー、マージョリー、私はもうすぐ死ぬのよ。二人で決めたの」ジューンが同意して頷いたのを見て、私はショックを受けた。しかし、その時二人が最後の決断を下したのだと、今の私には分かる。娘には他の患者達のところへ行ってビスケットをもらって来るように言った。他の患者と言ってもほとんどがレイプ犯か殺人者なのだが。ジェニファーは練習帳のページを繰って次の詩を読んだ。

お前はいつも大笑い
お前はいつも微笑んで
私が死んだいま
お前はいつも泣き叫ぶ

ジェニファーがその詩を読んだことをジューンは覚えているが、二人の協定についてはハッキリしないようだ。「私自身を守るために忘れようとしたんだと思う」とジューンは振り返る。「それじゃあ、なぜあなたはジェニファーが死ぬと思ったの?」と尋ねると、ジューンはしばらく思案して「時間をかけた自殺よ」とキッパリ答える。「自分が生きていると二人の未来がだめになることをあの子は知

っていた。二人は一緒に生きられない、うまくいかないって、ずっと以前に決めていたの。あの子は私を自由にするつもりだった」「でもどうやって？」と私はこだわった。「ブロードムアから移送されるミニバンの中で、どうしてジェニファーが死ぬ計画を立てられる？　二人とも二日前まで移送日が分からなかったのに」これを聞いて、ジューンは双子の片割れとの最後の旅を細かく思い出す。「ブロードムアから出て、門が閉じるのを見ながらジェニファーは私に囁いた。『ついに自由になったね……』。お前がプレゼントしてくれたモノクロテレビ、覚えてる？（ジューンは象徴的な記念品として、何も映らないスクリーンをいまだに保存している）。カバンの中で目覚まし時計が鳴り響いたのは、気味悪かったね』」二人に付き添ったどちらの看護師も、ジェニファーの具合が悪くなったのに気づかなかった。ジェニファーは眠っているとジューンには思えた。南ウェールズのカズウェル・クリニックに着いた時にジェニファーはほとんど意識がなく、中に担ぎ込まれた。ジューンは別の部屋に連れて行かれ、お茶の時には会えると期待していたが、ジェニファーはやって来なかった。

担当の精神科医テグウィン・ウィリアムズが言ったことをジューンは思い出す。「妹さんは病院へ運ばれたので、あなたもすぐに行って下さい」プリンセス・オブ・ウェールズ病院の待合室で彼女が一人座っていると、博士が戻ってきてジェニファーが亡くなったことを知らせた。ジューンはそれを聞いて打ちのめされたが、しばらくしてなんとか気を落ち着かせた。「あの子に会いに行って長い間手を握っている間に、自分を取り戻しました。どれだけあの子を愛していたか、あの子に語りかけました。あの子がかぶっていた黒のベレーとイヤリングを取り、さよならを告げました」

その後、ジューンと私はカフェから出てマリーナの人混みをかき分けて歩きながら、車へと急いだ。以前もそうだったが、ジューンは昔住んでいた場所を訪れたいと願ったので、私達はファージー・パークへと向かった。英国空軍に所属する軍人のための小さな団地で、そこにあった二人の寝室こそまさしく彼らの創造性と自己を鍛える場だった。車は郵便局（今では美容院になっている）の前を通り過ぎる。ここは二人が自費出版のための原稿を発送したかもしれないし、本が詰まった大きな小包や、たびたびメールオーダーで購入したタイプライターなどの商品を受け取りに来た所だ。またジューンは、二人が放火した建物を指差す。当時はトラクター工場だったその倉庫を見ながら、ジューンはどこかしら他人事のような態度で、その時二人は並んで炎を見ながら立ち尽くしていたと振り返る。「なぜ？」と私は尋ねる。「あるセラピストは性的な快感を味わったかと尋ねたけれど、そうじゃなかった。でもアメリカ人の男の子のことを思い出していた。炎を見ていると心の中に何かうごめくものがあったわ」とジューンは答える。

この日ジューンは墓地に行きたがらない。「あまりにも感情が高ぶってしまうから。長い時間が経ったのに」彼女の説明では、私が購入した墓石は取り除かれ、今では五年前に亡くなった父オーブリとジェニファーの名前が彫られただけの大理石があるらしい。

車は美しい春の陽射しの中をウェルシュ・フックへと向かっている。そこは例のアメリカ海軍に勤務する軍人家族、その息子達が住んでいた小さな村だ。彼らが住んでいた家や川の堤防、そしてサクラソウやキンポウゲ、デージーなどが咲き乱れていた草原をジューンは見たがる。私達は墓地を抜けて教会へ向かってそぞろ歩いた。その教会こそ双子が性的に誘惑された場所だ。「あの家に侵入してあちこち荒らし回り、本から手紙が落ちた時に、あの人達が引っ越すつもりだと分かった」とジューンは語る。「私達には何も言わなかった。別れの言葉なんか口にすることすらなかった」

イーストゲート特別教育センターで二人の担当になった教育心理学者ティム・トーマスは、器物破損と放火など五週間に及ぶ双子の非行が、アメリカ人の兄弟への異常なまでの執着に起因すると確信している。「この少年達は非常に粗暴で、狡猾にも双子の孤立と狂気を利用したのです」と彼は語る。

「最年少の弟には前科があることも分かっていましたし、フィッシュガード学校に放火したのはあの子です。証拠を突き合わせると、双子にはなんの悪意もなく、ただ少年達への強いこだわりによってバカげた行為に走ったことが明らかです」精神科の診断ミスと、その結果として司法機関が双子に不定期刑を宣告したことに対して、ティム・トーマスはいまでも怒りを抑えられない。「二人は『精神疾患の放火犯』と決めつけられましたが、一言も口をきかない人間をどうしたらそのように診断できるのでしょう？」と彼は述べる。「ことの全体像が摑めたので、私のキャリアや家族を危険にさらしてでも、二人の権利を守り、事件の背景に注目が集まるように闘う決心をしました」ティム・トーマスは実際に一時期、職を失いかけたが、それでも双子のために闘い、ジューンの友であり保護者であり続けた。

その日の午後遅くお茶を飲みながら、ジューンの今の生活にジェニファーの死の影が依然としてつきまとっていることへ、話題は戻る。「ジェニファーの決断は、あなたにとって悲しみと喪失感をもたらしただけ？」と問うと、ジューンはじっくり考えて冷静に答えを出す。「ある意味ではイエスで、ある意味ではノーです。あの子のおかげで自由になれました。今はとても幸せで満足しています。毎日の生活をあるがままに受け入れています」

私達は三十年前のことを思い出す。「ジェニファーが死んだ四日後に会った時、ハヴァフォドウェストの上空に横断幕を張って、『ジューンは元気に生きている。やっと自分自身を取り戻した』と書いて欲しいと言ったわね。ジェニファーの死を心から悼んでいるけれども、同時に心地よい解放感も味わっていると言った。今でもそんなふうに感じてる？　双子というものは、一人が死ぬと片方だけでは生きられないと信じられている。生き残った方は罪悪感を感じるから。あなたはこれまでに死にたいと感じたことがある？」そう尋ねると、「もちろんない、絶対に違う」と迷わず答える。「もし私が自分の命を無駄にしたら、ジェニファーに失礼でしょう。あの子のために、あの子の分も生きなければならないの。あの子が私のために諦めたからこそ、私は自分の人生を有り難く思う。あの子が私を強くしたの。私を誇りに思っているに違いない」

ジェニファーの公式の死因は「心筋炎」とされている。つまり心筋の不可逆的な炎症である。しかしそのような炎症が起こった原因は何か？　若者の突然死を引き起こす要因の中で心筋炎は最も一般的なものの一つではあるが、その多くの誘因とされるウィルスやバクテリアの感染、あるいは薬害または急激な運動などのどれ一つも、ジェニファーの検死では確認されなかった。検死官は「自然死」と判定したが、ジューンも私も何か神秘現象に近いものがあったと思っている。「あなたはブードゥーを信じている？」と尋ねると、ジューンは首を振って「いいえ、あれはバカげているわ。でも私達双子はとても霊的な人間だった。おそらくあの子が死んだ原因は心臓の筋肉の炎症というよりも、ストレスによる心筋症だったと思う」と語る。「どうして？　何が原因なの？」と尋ねるとジューンの答えはこうだ。「多分あの子は死に至る病にかかっていて、治療できないことを知っていたはずよ」

ティム・トーマスは、双子がこれまでの精神医学の常識から大きく外れていたこと、また二人の場面緘黙が、これまで彼が対応した精神障害のある子どもや青少年とは全く異なっていたことを想起している。「二人は稀有な症例でした。家庭環境は温かく平凡で、何を手助けすればいいのか当惑しました。私を悩ませた一つの問題は、ジェニファーが自暴自棄になってジューンを支配し、悪意に満ちた影響を与えているように見えることでした」

双子の沈黙は、第一章で書いたように、一つのゲームとして始まったようだ。しかし多くの幼児の遊びと同じように、このゲームの底流には何か不吉なものが潜んでいた。恐らく二人の緘黙は簡単にはやめられない習慣だったのかもしれない。ジェニファーがジューンを支配していたことが原因になって、二人は極度の相互依存関係に陥ったのだろうか？　二人に密接に関わった人々が動揺し、それぞれの人生に多大な影響を与えたものは一体何だったのか？　一九九三年、ジェニファーの死の一年余り後に、ジューンと私がジェニファーのお墓を訪れたことを思い出す。その時ジューンはまるで芝居のセリフのように囁くのだ。「ジェニファーが呼んでいる。ゆっくり私を呼んでいる。このお墓に入るように誘っている」風の強い黄昏時だったが、風とは別のヒヤッとした冷気を感じた。その夜遅く、ウェルシュ・フックのネオ・ゴシック風ホテルで楕円形の鏡を覗いた時、私は胸にしこりを見つけ、二週間後には進行した乳がんだと診断された。もちろん偶然の一致だと思うが、それにしても不思議な気持ちにさせられる。その時、これは恐らく、他人の心の中をあまりにも深く掘り下げた罰だと思った。

　その数ヵ月後、化学療法の最中だったが、私はハヴァフォドウェストを再び訪れた。ジューンと私がジェニファーの墓前に花を手向けている時、スキンヘッドを覆い隠していた私のスカーフがどこかへ吹き飛ばされてしまった。その時もまた、二人の暗い運命が私の運命と結びついているように感じた。

　その後、『沈黙の闘い』はイギリスから他国へと広まり、フランス語、イタリア語、スペイン語、日本語などたくさんの言語に翻訳された。アメリカではベストセラーになり、一九八六年には私が書いた脚本を使ってBBCが映画化した。監督はジョン・アミエル［BBCのテレビドラマやアメリカでの映画の監督・制作で高名なイギリス人］で、双子が育ったハヴァフォドウェストのまさにその地が舞台になった。フランスでは「双子の姉妹」というタイトルでロック・オペラがプロデュースされて成功し、オランダでは「地獄に咲く花」というタイトルで劇化された。二〇〇七年にはエロリン・ウォレン［カリブ海にあるベリーズ出身のイギリス人作曲家］が音楽を担当してロンドンのアルメイダ劇場で現代クラシック・オペラとして上演された。そしてごく最近ではプロデューサーのポリー・ティール［演出、美術監督、劇作などで活躍するイギリス人］が「沈黙」というタイトルで劇化し、エディンバラ・フェスティバルで上演した後、各地で公演した。

なぜ双子の物語はこんなにも人々の心を惹きつけるのか？　二人の愛と憎しみに宿る普遍性が世代を超えて共感を呼び、さらに、距離を保てない人間関係に内在する核心的なものが、双子の視点や洞察によって白日（はくじつ）の下に晒（さら）されること、これがその答えではないだろうか。だが、二人の関係はあまりにも極端で、強固な拘束を解きほぐすことが出来なかったために、双子のどちらかが死ななければならない運命にあった。ジェニファーの死を深く悼みながらも、ジューンが妹の重力圏から脱出し、独立と和解を手にしたこと、それはまさしく奇跡であり、ジューンの内なる強さの賜物でもある。

ジューンは確かに明朗で、思慮深く、逆境から立ち上がる力を持ちあわせた人――少し引っ込み思案だとは言え――という印象を与える。行事や人との付き合いを避けていると彼女は言うが、いま私とは熱心に話をする。「セラピーはあまり効果がなかった」と彼女は言う。「自分に忠実であろうとして心の平安を得てきました。内省的で目立たない、ネズミのように静かにしていたい、それが本当の自分なのです」

いつものように、ジューンは亡くなった双子の妹にどれほど頼っていたかを繰り返し語る。そしてこんな風にも述べる。「いまは自由になりました。ブロードムアから解放され、二人の闘いも終わりました。今では監視員に見張られることもなく、新鮮な空気の匂いを嗅ぐことも、陽の光を見ることも、自分の顔で雨や風を感じることもできます」ジューンは自分の判決が正当でなかったことを、そしてそのためにイギリスで最も警戒厳重な病院で過ごした十一年間に受けた傷を、否定はしない。しかし、私が最後に訪れた時の表現はかなり穏やかになったように感じる。彼女は語る。「私達の若さは奪われましたが、今はそれについて闘う気分ではありません」

ジューンは控えめに毎日を過ごしている。カズウェル・クリニックから解放された後の一年間、彼女は更生訓練施設で生活した。そこで同じぐらいの年頃の男性と知り合い、二人は小さな家をシェアしている。「私は精神的に病んではいません。だけどちょっと変わっていると見られてるかもしれませんね」ジューンは私の問いに答えて皮肉な笑みを浮かべる。

毎朝ジューンは自宅の前の通りを散歩し、時々はバスで周辺にまで足を伸ばす。ケア・ハウスに入っている母のところへは週に二度見舞いに行き、兄弟や大きくなったその子どもや孫と会う。その中で年長の二人だけがジューンに起きたことを知っている。彼女はそれでいいと思っている。

ジューンは以前と同様に貪欲に本を読む。多くはサイコ・スリラーだ。テレビのドキュメンタリーを観て、BBC3かクラシックFMでクラシック音楽を聴く。お気に入りはオペラとロマン派、そしてバロック音楽だ。「喋り過ぎ」の番組は好きではない。毎日聖書を読むが教会へは行かない。彼女はもう書いてはいない。「必要性を感じないの」と言う。「私がものを書いていた力の源泉は、二人の強烈な関係にあったのです」

「本を書いて成功している人がちょっと羨ましく思わない？　自分自身の物語を書いてみたくない？」と尋ねると「いいえ、あなたの本で十分。私自身が書くよりも、他の人の作品の方が好きよ」とジューンは返す。

物静かな双子の一人、ジューンと別れる時、私は素直に喜びを感じつつ、満足感で満たされる。彼女との友情が続き、鋭い洞察力や当意即妙のユーモアのセンス、さらに私や家族への気遣いを見せてくれることに感謝している。こんなにも長い間ブロードムアに双子を訪ね、日記を解読し、私自身と二人の人生を撚（よ）り合わせた決心を、全く悔いてはいない。訪問した翌日、私達はEメールアドレスを交換し、ジューンは私と過ごした不思議な時間と友情に感謝する。私達は大いに力を尽くしたけれど、双子の沈黙とジェニファーの犠牲という謎はほとんど解明できていない。ある文化圏では双子は良き事の予兆であり、別の文化圏では悪である。ある部族では双子の生き残った方は、死んだ片割れの姿を体現している。また肉体的、精神的に固く結び着いた双子は、全く同一の人間として生き続けるよりも、処分される危険が高い事例もある。私が今までに見た研究事例で、ジューンとジェニファーのような苦しみと悲劇を説明しているものは全くない。「幼い時、あなたの口を開かせなかったものは何だと思う？　どうして二人は、沈黙の協定をあれほど長く守り続けたの？　ジェニファーはどうしてあなたのために死のうとしたの？」ジューンの返答はいつもと同じように曖昧だ。「本当に、本当にどうしてこうなったのか分からない」とジューンは書いている。「たぶん神様だけが答えを知っている……。おそらく私達のことはこれから先も謎のままでしょう」

マージョリー・ウォレス
二〇二二年五月

ジューン・ギボンズとマージョリー・ウォレス（2022年）。

本書（旧版）に寄せて

京都大学名誉教授・医学博士
山中康裕

この本は「事実は小説より奇なり」というありふれたコトバで評するには、あまりに奇なる事実の連続に満ちている。

主人公は、カリブ海に浮かぶ島バルバドスの出身でイギリスに移住した黒人一家の一卵性双生児。双子以外には誰一人として通じない言葉。他者にはかたくなな緘黙を通し続け、奇妙な犯罪、つまり悪意なき放火と窃盗を繰り返し、裁判となり、結局「精神病質」ということで凶悪犯専門のブロードムア特別病院に送られてしまうが、一人は小説を出版する。

愛憎の強烈な同居と葛藤から評者は「境界例」と考えるが、緘黙の内部に渦巻く心の真実をこれほど克明に描き出したものは稀である。すべての精神科医や心理療法家、教師は勿論のこと、一般の読者にお薦めする必読の書である。

（一九九〇年記）

訳者あとがき（旧版）

本書の訳稿を進めながら、著者のあまりに慎重で丁寧な繰り返しの多い文章に私共は時に困惑した。しかし今は、ジューンとジェニファーのかくも不思議な物語をノンフィクション文学として著すには、これ以外に道はなかったことを改めて感じ入っている。双子の綴った言葉から、二人のはかり知れない心の揺れや想像を超えた日々を受けとめ、著者自身の心も沈んだり舞い上がったりしながらこの書を書き下ろしたのであろうか。訳者の私共は、双子の魂の重い叫びだけでなく、二人をめぐるイギリスの社会と人々に対する著者の思いの、この両方の囚われの身となったように思う。翻訳を終えてなお、双子の強烈な影は、哀しくも愛しい姿のまま消えることがない。

作者のマージョリー・ウォレスは医学ドキュメントを専門とする『ザ・サンデー・タイムズ』の寄稿者である。サリドマイド児を取材して *On Giant's Shoulders* を書き、それはテレビ化されて一九七九年の国際エミー賞を受賞している。その後ギボンズ家の双子と出会った一九八二年以来四年の歳月をかけて、この書を世に問うた。謝辞にも述べられているように、両親をはじめ双子にかかわった全ての人間が実名で登場するのは、それらの人々の決意と勇気の証であると同時に、作者ウォレスが彼らとの間に深い信頼関係を築き得たことを示している。

それまで他者と触れあうチャンスを逃し続けた双子が初めて出会った人がウォレスであり、彼女こそ二人の内面追求の激しい欲望を理解し得た最初の人間だったと思われる。特別病院に現在収容中のうら若き女性、黙して語らない彼女達の魂の言葉を、極度に読みにくい日記の解読を通じて私達に紹介したウォレスの仕事は、まさしく偉業と呼ぶにふさわしい。ただし本書のなかで何度か提出しながら、ウォレスには解決できていない問題もある。それは双子の「異常性」とギボンズ家の民族性の関わりの問題である。カリブ出身の双子の両親は、イギリスに移住することによって自らの母語や文化から切り離された。父は完全なイギリス人になりきろうとした。しかし近隣で数少ない黒人家族である彼らに対して、イギリス社会はあからさまに排斥もしないが、まったく隔てなく受け入れたわけでもない。ギボンズ家の双子に付きまとうこのような異民族文化と言語の問題が、二人の沈黙と異常行動に関係があったのかなかったのか。ウォレスがこの問いを前にして呻く声が、私共には聞こえるような気がする。

本書に述べられているジューンとジェニファーの人形遊びや夥しい日記、物語創作の行動は、読めば読むほどブロンテ姉妹と似通っていることに驚かされる。しかも単に行動形式上の類似だけでなく、ジューンとジェニファーの書いたものにはきらめきが満ちみちている点も、ブロンテ姉妹と共通している。ウォレスは文学史上にブロンテ姉妹をいただくイギリス人の一人として、この点を慧眼にも見抜いた。そして、かくも多くの専門家が真摯に双子の問題に取り組みながら結局二人の心の壁を崩すことができず、双子の文学性が蕾のままついに開花できなかったことを、心から惜しんでいるのである。

この翻訳が日の目を見るまでにたくさんの方々のお力添えをいただいた。中でも、私共とこの本を出会わせてくださり、遅れがちな仕事を待ちながら励ましてくださった刈谷政則さん、大和書房の小宮久美子さん、ゲラに目を通して適切なアドバイスをいただいた児童文学者の今江祥智先生、精神医学上の専門用語をご教示いただいた友人の橋本恵以子先生、またお忙しい中でこの本を読んで貴重なお言葉をいただいた精神分析学の山中康裕先生には、ひとかたならぬお世話をかけた。心からお礼を申し上げたい。

一九九〇年七月

島浩二

島式子

増補決定版の発刊に際して

一九九〇年の発刊から三十余年の月日が流れたが、その間私共は「もの言わぬ不思議な双子」のことを折に触れて思い返し、ウォレスの記述に刻まれた二人の言動のあれこれや、日記や未熟な作品に書かれた文章が時折頭の隅に浮かんでは消えていった。四十年にわたって双子の姉妹と、最後は生き残ったジューンと交流を続け、鋭い観察と解読を重ねた著者が書き足した増補版によって、この物語が悲劇的で謎の多い「解決」に至ったことを知らされた今、不思議な安堵を覚えている。作家、ジャーナリスト、そして精神障がい者へ助けの手を差し伸べる社会運動家として活躍してきたマージョリー・ウォレスの底しれぬ実力に深い敬意を表したい。

出版後数年経った一九九三年、畏友ヴァジニア・ハミルトン（アフリカン・アメリカンの児童文学作家、一九九二年国際アンデルセン賞受賞、二〇〇二年没）を環太平洋児童文学会（Pacific Rim Conference）京都開催に招聘（しょうへい）した時、再会の場で、ヴァジニアは社会主義者・公民権運動家・作家など多方面で活躍したデュボイスのノンフィクション *W.E.B.DuBois: A Biography* に挑んだ日の苦労を語り始めた。フィクションでなく、異なる時と場所に生きた人物と同じ場で呼吸し、声を交わすような気持ちになるまでにどれほどの時間を必要としたかを熱心に語った。ごく自然な流れで私共の翻訳した『沈黙の闘い』の話が続き、双方の言葉が重なって不思議な雫が零れた。ヴァジニアは、正にその「沈黙する双子の物語」を読んで新しい境地に至り、三部作 *Justice and Her Brothers* 創作に踏み出したというのだ。ノンフィクションとフィクションの架け橋の空間を見るように感じる一瞬であった。この作品に描かれた双子の歴史と二人が書き綴った文章は確かに謎に包まれているが、誰しも人生を歩む中で、一人の人間の中にもう一人の別人の存在を感じているからこそ、この物語が世界のあらゆるところで受け入れられるのではないだろうか。

この増補決定版が発刊されるまでの経緯について一言しておく。一九八六年に出版された元の *The Silent Twins*（『沈黙の闘い』）は「はじめに」から十章までの構成だった（一九九三年に一章が付け加えられたことがコピーライトの表示から窺えるが、内容は確認できない）。二〇〇八年版の電子書籍では十一章と十二章、そしてエピローグが付け加えられ、さらに本訳書が底本にした二〇二二年版（三度目の増補版）ではエピローグが大幅に修正されて、五十八歳になった双子の姉ジューンとウォレスの交流の様子が描かれている。ほぼ三十年の時間を経過して書き足された後半の章には、それまでの叙述と重複する箇所がいくつかあり、とりわけ十二章は冒頭に註記したように、最初の出版の数年後に書物全体を手短にまとめた雑誌の記事がそのまま使われているために重複するところが多く、若干読みにくいきらいがあるが、著者の意図を尊重して原著作のままに訳出したことをお断りしておく。

エピローグの中で言及されているように、この二〇二二年版が出版されるきっかけになったのは本作をもとにした国際共同制作（俳優レティーシャ・ライトがプロデュースし、ポーランド人女性監督、アメリカ人女性脚本家を起用）映画 *The Silent Twins* の公開（二〇二二年九月）である。この映画で双子のジューン役としてだけでなく、プロデューサーとしてもかかわったレティーシャ・ライトはイギリスでデビュー後、アメリカのマーベル・コミック社の人気キャラクターをもとにしたスーパーヒーロー映画「ブラックパンサー」(二〇一八年)と、その続編「ブラックパンサー：ワカンダ・フォーエバー」(二〇二二年、以下では「ブラックパンサー2」)で、主人公ティ・チャラ国王の妹シュリ王女を演じて国際的にブレイクし、二〇一九年に英国アカデミー賞ライジング・スター賞を受賞した。ティ・チャラ国王を演じた俳優チャドウィック・ボーズマンが翌二〇二〇年に急逝したため、レティーシャ・ライトは「ブラックパンサー2」で彼に代わる主役としてブラックパンサーを襲名し、その演技は高く評価された。全米黒人地位向上協会(NAACP)主催の二〇二三年イメージ・アワードにおいて、「ブラックパンサー2」は最優秀助演女優賞と最優秀作品賞を獲得、また惜しくも受賞は逃したものの映画 *The Silent Twins* が国際映画部門に、さらにレティーシャ・ライトは最優秀主演女優賞にそれぞれノミネートされている。

そんな彼女が、なぜこの作品のプロデューサーとなるまで映画化にこだわったのか。実は彼女も南米の元英領ガイアナ(一九六六年独立)に生まれ育ち、バルバドスから移住したギボンズ家の双子と同じように八歳の時に家族とともにイギリスに渡っている。そのためレティーシャも発音やアクセントが異なることでいじめられた経験があり、ネット上のインタビュー記事からは、彼女自身が双子の境遇に並々ならぬ共感を寄せていることが分かる。こうした事情から彼女はこの物語の映画化に積極的にかかわったのではないかと推測される。もとイギリスの植民地であるために英語への親近感はあるとしても、文化や習慣が全く異なる社会の中でギボンズ家の双子がマイノリティーとして過ごさざるを得なかったことは、二人が犯した一連の異常行動と全く関係がないと言えるだろうか。一九九〇年の「あとがき」で私共が指摘したことは、今もなお強調されてしかるべきであろう。生き残ったジューン自身はエピローグで否定しているが、この映画が最初に劇場公開されたのが二〇二二年九月のアメリカであることを考えると、ギボンズ家が抱えた問題をBLM（ブラック・ライヴズ・マター）と切り離して考える人はむしろ少ないのではないか。そのような意味でも、二人の生と死を巡る謎はこれからも探求される意味があると思われる。

最後にこのような形で本書を出版できた背景に、私共の二人の子どもの助力があったことを記しておきたい。映画を研究課題の一つとして、北米の二つの大学（アイオワ大学、マギル大学）で十一年間学んだ大吾が、本作品のアメリカでの映画化をいち早くキャッチしたことが増補決定版出版の重要なきっかけとなった。また私共の世代には全く不案内なマーベル・コミックやレティーシャ・ライト等の映画に関する情報は彼から教えられた。言語教授法を学習するためにイギリスの二つの大学（ゴールドスミス大学、ダラム大学）で約三年間学んだ玲子は、イギリス英語特有の言い回しや六〇年代から現在までのイギリス社会・文化に関する詳細な情報の提供者であった。特にブロードムア特別病院に「落下傘部隊のように」送り込まれたサー・ジェイムズ・サヴィルという人物が、貴族の称号まで得たにもかかわらず、政治家や王室との関係を利用して、恵まれない子ども達に対する数々の蛮行を犯していたことが死後に暴露され、今なお指弾され続けていることは、二人が指摘してくれるまで私共の世代は全く知るところでなかった。ウォレスは抑制した筆致で書いているが、彼が指揮した「改革」なるものが如何にデタラメであったか、短い註記ではあるが読者に注意を喚起できたのは、二人の助力の故である。

マージョリー・ウォレスが四十年の長きにわたって追跡した双子の物語を二度翻訳することになった私共を、三十年前には夕食後に慌ただしく額を合わせて作業している両親として見ていただけの子ども達が、今では作品の意味を理解して折に触れて助言してくれるようになった。海の向こうで世代を超えて語られた物語を、こちらでも文字通り世代を超えて受け止め、読者に提供できる不思議と喜びを深く感じている。

二〇二三年四月
島浩二
島式子

本書は一九九〇年七月に小社より刊行された『沈黙の闘い——もの言わぬ双子の少女の物語』に三章を増補し訳註を付け加えた改訂版である。

著者略歴

マージョリー・ウォレス Marjorie Wallace

マージョリー・ウォレスはユニバーシティ・カレッジ・ロンドンを卒業後、BBCなどのテレビ局でプロデューサーやディレクターとして経験を積んだ医学ジャーナリスト。1972年『サンデー・タイムズ』の調査チームの一員として、サリドマイド児に関するドキュメンタリーを発表、またザ・タイムズ紙に「忘れられた疾病」という記事を連載して注目を集め、1986年には精神疾患に関する先進的な慈善団体、SANEを設立してその理事長に就任した。2008年にはCBE［芸術や科学、慈善・福祉事業などに貢献した人に与えられる一種の騎士の称号］を授与されている。

著書『沈黙の闘い』は1986年に出版、各国語に翻訳され、またドラマ化や劇化が行われた。2022年には後半に3章を付け足した3度目の増補版が出版され、さらに本書をもとにした長編映画『サイレント・トゥインズ』がアメリカで制作され、さらに本書をもとにした長編映画*The Silent Twins*が国際共同で制作されている。

訳者略歴

島 浩二（しま・こうじ）
1947年京都生まれ。阪南大学名誉教授
主な著書『住宅組合の史的研究』（法律文化社）
主な訳書G・クロシック『イギリス下層中産階級の社会史』（法律文化社）など

島 式子（しま・のりこ）
1947年京都生まれ。甲南女子大学名誉教授
主な著書『Voices』（編著）（晃学出版）
主な訳書　ヴァジニア・ハミルトン『マイゴーストアンクル』（原生林）、ポール・フライシュマン（文）、バグラム・イバトゥーリン（絵）『マッチ箱日記』（共訳）（BL出版）など